A E
& I

Fuego en la garganta

Autores Españoles e Iberoamericanos

Beatriz Serrano

Fuego en la garganta

Finalista Premio Planeta
2024

Planeta

Obra editada en colaboración con Editorial Planeta – España

Diseño de la colección: Compañía
Composición: Realización Planeta

Bajo el sello editorial PLANETA M.R.
Avenida Presidente Masarik núm. 111,
Piso 2, Polanco V Sección, Miguel Hidalgo
C.P. 11560, Ciudad de México
www.planetadelibros.com.mx

Primera edición impresa en España: noviembre de 2024
ISBN: 978-84-08-29586-0

Primera edición impresa en México: noviembre de 2024
ISBN: 978-607-39-2381-1

Impreso en los talleres de Litográfica Ingramex, S.A. de C.V.
Centeno núm. 162-1, colonia Granjas Esmeralda, Ciudad de México
Impreso en México – *Printed in Mexico*

A Manu,
por aceptar y validar mis pequeñas obsesiones
y calmar mis grandes ansiedades

Me pregunto si para hacer algo heroico primero hay que hacer algo insensato.

PETER ORNER, *Sigo sin saber de ti*

Mis pensamientos encenderán fuegos en vuestras ciudades.

CHARLES MANSON

PRIMERA PARTE

—

BLANCA Y LAS CHICAS DE INTERNET

I

Dicen que para contar una historia lo mejor es empezar por el principio. Sin embargo, en la mayoría de las historias resulta complicado determinar cuál es el principio de todas las cosas. ¿Fue un nacimiento? ¿Una boda? ¿Una muerte súbita, un funeral y la consiguiente repartición de una jugosa herencia entre varios hermanos? Cada uno de nosotros, los pobres mortales, decidimos qué punto de nuestra existencia supone nuestro propio arranque narrativo. Aquello que, en retrospectiva, explica la historia de nuestras vidas. El antes y el después. Esa cosa, y no otra, que fue la que nos convirtió, irrevocablemente, en lo que somos.

El principio de la historia de Blanca, por ejemplo, no podría comenzar el día de su nacimiento, porque qué más da y a quién le importaría; tampoco su primer día de colegio, que fue irrelevante tanto para ella como para el tema que nos ocupa; ni mucho menos el día en que tomó su primera comunión, porque, de hecho, Blanca ni siquiera está bautizada. El principio de la historia de Blanca data del día en que su padre le dijo —una lluviosa y antipática mañana de febrero del año en que se estrenaron las películas de *El rey león*, *La máscara* y *Los Picapiedra*, mientras servía en la mesa del comedor un tazón de cereales azucarados con leche para ella y un café solo y un Ducados para él— que su madre se había marchado de vacaciones. Lo que terminó provocando su primer milagro.

—Mamá se ha ido de vacaciones —dijo el padre echando al techo, que por fortuna estaba pintado de un conveniente color llamado tabaco, el humo del primer cigarrillo del día.

—¿Adónde? —preguntó la niña con escasa emoción, todavía ajena a la importancia de aquella revelación matutina y a lo mucho que cambiaría el curso de sus vidas, sin apartar la vista de la pantalla del televisor donde emitían una versión animada de *La vuelta al mundo en ochenta días.*

—Volverá pronto —sentenció él, la vista fija también en los monigotes de la pantalla y el cigarrillo reposando entre su dedo índice y su dedo corazón, que ya amarilleaban.

Sin embargo, su madre nunca volvió.

No eran extrañas aquellas desapariciones por parte de su figura materna, sobre todo en los últimos tiempos, que eran los únicos tiempos que una niña de nueve años era capaz de almacenar en su memoria. Todavía hoy, Blanca no tiene el recuerdo de que hubiese un gran cambio en el ambiente doméstico el día que su madre se fue para no volver nunca más: la casa olía, como cada mañana, a café recién hecho y su ropa para el día que daba comienzo descansaba, también como cada mañana, sobre la silla de su escritorio, planchada y lista para ser vestida, indiferente a cualquier atisbo de ausencia o abandono.

Es cierto que su madre iba y venía, tal y como decían las vecinas del bloque de viviendas en el que Blanca vivía con sus padres, negando con la cabeza de forma reprobatoria, como si nadie pudiera oírlas. «Esta va y viene», comentaban sentadas sobre aquellas ridículas sillas blancas de plástico que sacaban cada tarde, si el tiempo era bueno, al portal, abanico en mano los días más calurosos del año. «Ni caso a esas cotorras», solía responder su madre cuando Blanca le iba con el chisme del patio vecinal, en parte con la secreta intención de congraciarse con ella y demostrarle así su lealtad, en parte para que su madre le contase dónde había estado. «Reuniones, charlas, esas cosas», respondía, por su lado, su padre arrojando algo más de claridad sobre el asunto. «Tu madre es una mujer inquieta. No todas las mujeres se quedan todo el día en casa fregando el suelo de la cocina», agregaba sintiéndose muy moderno, un hombre avanzado a su tiempo, un hombre venido del mismísimo futuro, aunque, en efecto, Blanca hubiese visto cientos de veces a su madre arrodillada en casa, sacándole brillo al suelo de la cocina con una vieja camiseta de algodón y unos raídos pantalones vaqueros, hasta dejarlo como un espejo para las bragas.

Blanca sí había comprobado, basándose en la observación y la comparación con las madres de sus compañeras de colegio, que su madre no era como las demás; y por eso sus salidas y sus ausencias importaban un poco menos en el núcleo familiar. Su madre jamás le hacía bocadillos, sino que le compraba algo en la panadería a la hora de merendar. «Así el bolso no me huele a chóped», le decía simulando una arcada. Su madre llevaba minifaldas y jerséis ajustados, como las chicas de las revistas, y unas botas tan altas como sus propias ambiciones, por encima de la rodilla, siempre de tacón. Su madre siempre la esperaba a eso de las cinco de la tarde apartada del resto, sentada en un banco, fumando un cigarrillo y hojeando alguna revista que acabase de salir a los quioscos, ya fuese una de moda y tendencias o una de historia. Su madre no se sentaba en la cafetería de la plaza a tomar cafés con otras madres, sino que jugaba con Blanca o, si Blanca estaba jugando con otras niñas, se sentaba tranquilamente a un lado a fumar o a leer. A menudo, a hacer las dos cosas al mismo tiempo. Su madre a veces no se peinaba, sino que llevaba un moño hecho de cualquier manera. Tampoco se maquillaba en exceso, pero, cuando lo hacía, se dibujaba una raya en el ojo que alargaba hasta la sien, como una Cleopatra contemporánea. Su madre reía en alto y hacía aspavientos, cantaba a viva voz en el coche de camino al colegio y gritaba a los conductores que se le ponían por delante. Y cuando le tocaba hablar con los profesores, ponía los brazos en jarras y mostraba un ceño fruncido, al contrario que las otras madres, que los miraban desde abajo, con una angelical sonrisa, y, en más de una ocasión, aparecían con una tartera llena de dulces recién traídos del pueblo.

«Mi madre dice que tu madre es un putón», le dijo una vez una niña de su clase llamada Aurora. «A tu madre lo que le pasa es que es una cateta», respondió Blanca sin dudar en su respuesta ni ofenderse lo más mínimo. *Cateto* era una palabra que oía habitualmente en casa, en boca de sus padres, refiriéndose a todos los demás. «Esto está lleno de catetos», decían mientras buscaban un agujero donde clavar la sombrilla en una playa a rebosar de domingueros. «Esta panda de catetos no se pondrían de acuerdo ni con otra dictadura», comentaban entre risas al volver de una reunión de la comunidad de vecinos que, como siempre, había acabado entre gritos, acusaciones y acalorados debates sobre los distintos colores escogidos para los toldos de la fachada. «La cateta de la frutera ha puesto los kiwis por las nubes», decía su madre al regresar de la compra mientras sacaba las cosas del carro. O «el cateto dc mi jefe me la tiene jurada», decía su padre a la vuelta del trabajo. De modo que Blanca pronto aprendió a distinguirse de los demás con una fórmula bien sencilla: estaban los *catetos*, y luego estaban ellos.

Dos semanas después de que su madre se marchase de vacaciones, en el colegio comenzaron a murmurar sobre su desaparición, al tiempo que en el pecho de Blanca empezaba a aparecer un sentimiento antes desconocido, una nueva tonalidad en la gama cromática de las alteraciones del ánimo que no suele tener cabida en el cuerpo de los más pequeños, y que más adelante ella identificó como preocupación.

En casa, el padre de Blanca insistía en que su madre estaba de vacaciones, pero la niña notaba como, noche tras noche, las ojeras de su padre iban tornándose más y más oscuras, y sus respuestas, más cortas y cortantes. La inquietud de Blanca iba en aumento conforme pasaban los días y percibía que su padre cambiaba constantemente la versión que le ofrecía de los acontecimientos. Primero le dijo que su madre estaba en Benidorm, pero más adelante, ante la insistencia de la hija, le dijo que se había marchado a Hawái. «¿A Hawái?», preguntaba ella con extrañeza antes de correr a su habitación y buscar Hawái en su globo terráqueo. No ser capaz de localizar a su madre en un punto exacto e inamovible de aquella esfera que tenía en su habitación aumentaba su nerviosismo, más todavía cuando el padre dejó de darle como respuesta lugares concretos (su madre pasó por Singapur, por Nueva Zelanda y por Viena) y comenzó a responderle con un nada alentador y poco entusiasta: «Ya volverá». Ni el dónde ni el cuándo ofrecían a la niña respuestas tranquilizadoras, y mucho menos claras, sobre el misterioso paradero de su madre. Era demasiado pequeña todavía como para preguntarse el porqué.

El «no te imaginarás de lo que me he enterado» empezó a ser una frase comodín cada vez que Blanca pasaba por delante de todas aquellas madres, cabizbaja y con la mochila al hombro. Eran tiempos en los que todo el mundo conocía a todo el mundo. Entendiendo por *todo el mundo* o *el mundo entero* el perímetro de aquel barrio de poco más de cinco mil habitantes censados muy próximo a la ciudad de Valencia. Aunque aquel rincón estaba a poco menos de un tiro de piedra paseando hasta la ciudad, era un emplazamiento aparte, con su propia historia, en el que sus propios habitantes no se consideraban capitalinos, ni los de la capital los consideraban vecinos de sus calles.

En aquel lugar, todos sabían de quién eras hijo y nieto. O si por el contrario habías venido de fuera, todos conocían con exactitud desde dónde habías llegado, porque en esos casos el forastero perdía su nombre de pila para convertirse, sencillamente, en el Murciano, y si el Murciano echaba raíces, por extensión, estas se convertían en los Niños del Murciano. También se sabía dónde vivías (si en la zona noble, más próxima al centro de la ciudad, con edificios de construcción reciente, cerca de la avenida principal, la plazuela y los comercios, o en la zona obrera, al otro lado del descampado, cerca de la gasolinera), a qué te dedicabas, con quién te juntabas y en cuál de los dos colegios del barrio cursaban los estudios los niños, si en el público o en el concertado. Y si algún crío hacía alguna maldad propia de la edad, ya fuera romper un cristal de un balonazo o cargarse el espejo retrovisor de un coche de una patada, a los pocos minutos una vecina ya estaba tocando el interfono en el portal de la madre del malhechor para contarle la batallita. En ese microcosmos, los cambios, ya fuera la adquisición de un vehículo familiar último modelo, una separación, un hijo que se volvía yonqui o un nuevo tinte de cabello en la cabeza de una vecina, no pasaban nunca desapercibidos.

Y de la noche a la mañana empezó a ser el padre quien iba a buscar a Blanca todas las tardes y, a diferencia de su madre, él sí que hablaba con las otras madres, las *catetas.* De modo que era difícil ignorar la ausencia de la mamá, que ya despertaba sospechas. Más todavía cuando en alguna ocasión habían sido todas estas mujeres quienes habían tenido que hacerse cargo temporalmente de Blanca, ya que su padre había llamado a última hora, muy apurado y desviviéndose en disculpas, para que, por favor, la llevasen con ellas al parque, que a él se le había complicado la jornada laboral.

—¿Y tu mamá por dónde para? —preguntaba siempre alguna de ellas, dándole un codazo cómplice a cualquier otra que tuviera cerca, observando a aquella niña de ojos tristes. Blanca siempre respondía de la misma manera: se encogía de hombros, miraba al suelo y permanecía en silencio.

Y las madres comenzaron, cómo no, a hablar entre ellas. «Me contaron que este la pilló en la cama con otro». «No me digas, me dejas muerta». «Si parecían muy enamorados, ¿no?». «Yo oí que se había vuelto al pueblo, que su madre estaba muy enferma». «Ya, hija, y entonces ¿por qué iban a actuar con tanto misterio?». «En eso tienes toda la razón, esas cosas se cuentan sin la menor vergüenza». «A mí me huele todo muy raro». «Y más por cómo era esta, me lo dices de la Pili y digo: "Bueno", pero ¿esta?». «Yo noto a la niña como triste». «Y además no suelta prenda, que parece que le hayan cosido la boca». «Pues a mí me da que la tía andaba cucú y debe de estar en algún tipo de sanatorio». «Pues eso me pega bastante». «Qué va, un cáncer de mama, lo sé de buena tinta». «Pues que no querrá que la vean calva». «En eso tienes razón, siempre ha sido una chica muy coqueta». «Y muy descocada». «Ay, qué mala eres, Julita, que me desorino». «Bueno, os dejo, que al enano le entra el hambre y se pone potroso». «Si me entero de algo te llamo». «Sí, sí, nos vamos contando». Y así hasta que la madre de Aurora le preguntó directamente al padre de Blanca que dónde se había metido su mujer, que hacía mucho que no la veían y andaba todo el barrio en un sinvivir. Y el padre de Blanca, con toda probabilidad pillado en un momento de flaqueza o de desesperación, respondió que se había marchado por tiempo indefinido, sin dar demasiadas explicaciones, y que ni tan siquiera él tenía del todo claro adónde ni con quién. Lo que faltaba.

Los rumores viajaban a la velocidad de la luz en el microcosmos de aquel barrio, y pronto se decidió, por consenso popular tras unos cuantos «No te imaginarás de lo que me he enterado» y «Pues si te digo lo que he oído yo...», que la madre de Blanca debía de estar en una institución de salud mental, por aquel entonces denominadas manicomios y donde la gente no «ingresaba», sino que «la encerraban». Entiéndase el matiz de la época y de la opinión popular sobre la figura de la madre de Blanca, porque todos sabemos que los rumores suelen ser mucho más crueles cuando versan sobre una persona que, en líneas generales, no cae demasiado bien a quien los produce y reproduce.

Fue precisamente Aurora, la niña que un día había llamado a su madre putón, quien volvió a encararse con Blanca durante el recreo, después de que esta se colase un turno para jugar a lo que estuvieran jugando el resto de los críos, quizás a la comba. Aurora la enganchó de la coleta y le dijo que todo el mundo sabía que su madre los había abandonado porque estaba loca. «Loca de atar», dijo, imitando el tono exacto con el que una frase así se pronunciaría en una de aquellas telenovelas que las señoras solían ver a la hora de la siesta. Aquella era la primera vez que Blanca oía la palabra *abandono* en boca de alguien, y pensó en su sillita frente al escritorio, donde ya no reposaba la ropa planchada del día siguiente, y sintió que aquello era verdad. Su madre no estaba en Hawái ni en Singapur, sino que se había marchado para no volver. Blanca entonces miró a su alrededor y observó como al resto de sus compañeros les daba la risa floja. «Tu madre está loca, tu madre está loca», empezaron a corear con esa maldad tan propia de los niños pequeños que todavía actúan sin temor a las consecuencias de sus propios actos.

Blanca sintió como algo le quemaba muy dentro del pecho y como ese fuego, ese líquido denso y amargo, le ardía y le subía por la garganta como una erupción volcánica, a punto de salírsele a borbotones de la boca como una vomitona después de un copioso menú infantil del Burger King. Entonces tomó a Aurora del brazo y, mirándola a los ojos, le espetó: «Espero que te dé un cáncer transparente y que ningún médico te lo vea». Luego le arreó un bofetón. Aurora, entonces, se marchó de allí llorando a lágrima viva con la mano sobre su moflete colorado. Eso es lo que recordaría todo el mundo: el bofetón. Aquel golpe de efecto fue tan violento y sonoro (¡plas!) que la maldición de Blanca pasó desapercibida para el resto de los niños allí presentes.

Blanca no sufrió ningún castigo, porque todos, en especial los adultos, sentían pena por ella, la pobre niñita abandonada. Aurora, por el contrario, sí que recibió una dura amonestación por parte de la directora de la escuela, que la instó a ser más empática con la situación de los demás «porque no todos los niños tienen la misma suerte que tú». Entendiendo por *suerte* la de tener un padre y una madre y saber más o menos dónde está cada uno. Aurora no llegó a final de curso. A los tres meses murió de una enfermedad rara para la que ningún médico fue capaz de encontrar cura ni tratamiento que le alargase su corta vida. Fue fulminante, aunque tremendamente dolorosa para la criatura.

Blanca recuerda poco más de lo que sucedió aquel año. La memoria, sin duda, es caprichosa y ella había vivido demasiados sucesos traumáticos en tan corto periodo de tiempo como para poder hacer una fiel cronología de aquellos meses oscuros. Desde el momento en el que su madre se fue y su vida se transformó en una agónica espera, sus recuerdos fueron perdiendo nitidez, como si los hubiera almacenado desde detrás de un cristal golpeteado por la lluvia. Las rutinas y los ritmos en casa cambiaron, mutaron y se transformaron hasta que dieron paso a rutinas y ritmos nuevos. Por las mañanas seguía oliendo a café recién hecho, pero Blanca comenzó a escoger su ropa para ir a la escuela y el menú diario se redujo a una lista de las dos nuevas especialidades de aquella triste casa de comidas: macarrones con tomate y carne picada al mediodía, y filete de pollo y espárragos con mayonesa por la noche.

Algo que sí recuerda de aquel año es el hecho de comprender el verdadero significado de la palabra *silencio,* que a veces se volvía tan insoportable que parecía pesar sobre los hombros de Blanca y de su padre, hasta el punto de que ambos comenzaron a caminar con la cabeza gacha, encorvados, como si les hubiera crecido una chepa. Otras veces, ese silencio se llenaba de banalidades («¿Qué te apetece cenar hoy?», «El sábado por la mañana empezaré a llevarte a natación») en lugar de llenarse con las preguntas que Blanca quería hacer («¿Dónde está mamá? ¿Cuándo volverá?») y las respuestas que necesitaba escuchar. No recuerda con claridad en qué momento dejó de insistir con aquellas preguntas, ni cuándo se acostumbró a esa soledad compartida por dos.

Poco más recuerda Blanca de aquellos primeros meses

de ausencia materna, ni qué hacían su padre y ella en casa, ni de qué hablaban, si es que hablaban de algo. Hoy puede cerrar los ojos y, haciendo un esfuerzo que le perla de sudor la frente, rememorar vagamente la puerta principal de su colegio, de ladrillo rojo y adornado de buganvillas, su pequeño pupitre color verde menta y su mochila azul cielo. Recordar, sí, a la profesora de música dando palmas para que todos siguieran el compás de una melodía. O al profesor de matemáticas explicando algo y diciendo después: «Esto irá para examen». Puede recordar sus botas de agua de color amarillo, y el sonido que hacían cuando saltaba sobre los charcos, y su paraguas transparente, que le permitía comprobar la intensidad de la lluvia. Recuerda a su padre en casa, hablando por teléfono con alguien, probablemente con algún familiar y diciendo «No lo sé, joder, no lo sé» justo antes de colgar furioso el auricular. Puede recordar cuando los niños y niñas de la escuela se apartaban de su lado y cuchicheaban a su paso. O que nadie quería jugar con ella en el recreo, como si fuese un gato negro, porque Blanca siempre sería quien le dio aquel sonoro bofetón a la niña enfermita.

Lo que Blanca sí recuerda con absoluta claridad es la tarde en la que enterraron a Aurora. La parroquia del barrio, pequeña hasta la claustrofobia, el olor a incienso, el chisporrotear de todas aquellas velas encendidas y el tufo dulzón de las coronas de flores que adornaban el altar por decenas. Nadie en todo el barrio se había olvidado de la pequeña Aurora. Blanca tiene en su cabeza, como si fuera una fotografía, la imagen de Aurora, pálida como una muñequita de cera, con un vestido de color rojo y unas merceditas de charol negro que Blanca no recordaba haberle visto puestas y cuyas suelas estaban impolutas, relucientes y sin gastar, colocada dentro de una caja de pino del tamaño de un pequeño coche de choque. Recuerda a una señora secándose las lágrimas con un pañuelo al tiempo que exclamaba, una y otra vez: «Pero ¡si parece Caperucita!». Recuerda cuando todos los niños de su clase cantaron *Pescador de hombres,* que, ahora cuando lo rememora, piensa que tampoco es una canción especialmente apropiada para el funeral de un niño, pero quizás, por aquel entonces, era la única canción que se sabían todos y, ante lo inesperado, mejor no improvisar. Recuerda que la madre de Aurora se desmayó dos veces: una cuando llegó a la parroquia y se encontró con toda la escena, y otra cuando caminaba detrás del ataúd de su única hija. Recuerda al cura diciendo frases que retumbaban en la pequeña parroquia, pero que caían en el vacío, puesto que no alcanzaban a la gente que se congregaba en aquellos bancos de madera oscura con el consuelo con el que deberían ser alcanzados, como aquella sobre aceptar el misterio de Dios mientras señalaba el cofrecito donde descansaba una niña que no cumpliría nunca dos dígitos. Y recuerda el contagio de las lágrimas, como si se tratase de un virus más de esos que corren con tanta alegría por los colegios. Cómo comenzó llorando Berta, la que se consideraba la mejor amiga de Aurora, y poco a poco, como por efecto dominó, empezaron a llorar uno por uno todos los niños y las niñas del colegio que asistieron aquel día al entierro de su compañerita. Blanca también lloró, con las rodillas apoyadas sobre el banco de madera de la iglesia, mientras, en teoría, rezaba una oración por el alma de aquella niña muerta. Pero Blanca no rezaba por el alma de Aurora, rezaba por la suya.

Blanca recuerda alzar la vista mientras el resto de sus compañeros miraban todavía al suelo, concentrados en el rezo, y ser consciente por primera vez de que Aurora ya no era una niña, sino un cadáver. Su rostro, antaño despierto y curioso, no era más que una máscara sin expresión que provocó que ella se preguntase, pese a lo escuchado aquella tarde de boca del párroco, si aquel ser que ni sentía ni padecía podría tener alma y dónde estaría ahora. Sobre sus cabezas, un Jesucristo clavado en la cruz con gesto doliente parecía seguirla con la mirada allá donde tratara de esconderse, y Blanca tuvo la impresión de que aquel hombre en las alturas era consciente de su pecado original, o lo que fuera que había hecho. El fuerte olor a incienso, flores y humanidad concentrado en tan pequeño espacio le produjo a Blanca un mareo que hizo que tuviera que agarrarse con fuerza al banco de la iglesia para no desfallecer. Pensó en el fuego que había brotado de su propia garganta. Pensó en la maldición que le había echado a Aurora. Pensó en que los muertos dejaban de parecerse a las personas que una vez habían sido. Y en aquel instante, con el último sol de la tarde entrando por las ventanas de la parroquia, sintió un miedo que le recorrió el cuerpo entero hasta instalársele, helado, en los huesos.

Tras el funeral, Blanca sufrió unas terribles fiebres que la mantuvieron en cama varias semanas, lo que no ayudó a rellenar los ya de por sí frágiles huecos de su memoria. Su padre pensó que debía de ser por la conmoción de todo lo vivido durante aquellos meses, cuya guinda había sido un desafortunado entierro infantil que había dejado tristón a todo el barrio. Pero Blanca, sudando en su pequeña camita, sentía en la boca el amargor de la culpa, y en la nuca, los ojos clavados del Jesucristo de su parroquia, que jamás volvió a pisar.

Y, después de aquello, Blanca recuerda que llegó el verano.

II

Al contrario de lo que haya podido parecer tras el arranque de esta historia, la infancia de Blanca fue, con todo, una infancia más o menos feliz; o quizás sería más apropiado decir que fue más o menos normal, dadas las circunstancias. En comparación con algunos de sus compañeros de colegio —alguno cuyo padre se fue un día a por tabaco y nunca más se supo; otra cuya madre aparecía de cuando en cuando con unas enormes gafas oscuras para ocultar un moratón sobre los ojos, y algunos más cuyos padres estaban siempre bebiendo botellines de cerveza en la barra del bar Manolín, con la cara roja como un tomate, para después regresar a sus casas haciendo eses por el mismo parque donde jugaban sus hijos—, Blanca no estaba tan mal. En lugares donde abundan el tipo de historias que nadie querría mencionar en el brindis de una boda, el mal de muchos suele ser el gran consuelo de todos.

Tras aquel primer año en el que su madre se marchó dejando un enorme vacío, la vida de Blanca se fue llenando poco a poco de otras cosas que fueron creando bajo sus pies cierta solidez para seguir caminando. Su padre se adaptó a esa nueva realidad con entereza y con eso que las vecinas de las sillas de plástico llamaron una gran dignidad y mucha compostura, y, no sin cierto pragmatismo, decidió dejar de esperar cada noche encadenando cigarrillos la vuelta de su mujer y asumió, llegado el mes de septiembre y el inicio del nuevo curso, que habían dejado de ser tres para ser únicamente dos. Quizás, en el fondo, siempre lo había sabido.

El padre de Blanca tenía una gran familia que se fue metiendo poco a poco en aquella casa para empezar a ocupar los espacios y parcelas que antaño había ocupado la madre de esta. Su abuela y sus tías comenzaron a cuidar de ella como si fuera una hija más, colmándola de cariño y de atenciones, y, gracias a sus tápers de comida casera que dejaban apilados en el congelador y a su maña con la limpieza y la gestión de lo doméstico, ese piso que parecía haberse quedado congelado en el tiempo se reenganchó de nuevo a la vida.

Lo primero que las tías de Blanca hicieron fue eliminar el rastro que su madre había dejado: vaciaron lo que de ella podía quedar en los armarios, los cajones y las estanterías, se repartieron los cosméticos que seguían quedando en los muebles y estantes del cuarto de baño, escondieron las fotografías familiares en las que aparecía la madre, antes expuestas por uno y otro lado de la casa, incluso tiraron las viejas sábanas y colchas sobre las que la madre de Blanca seguramente había sudado la decisión de marcharse.

Fue como si su madre nunca hubiera estado por allí.

Y aquel piso volvió a transformarse en un hogar que ya rara vez permanecía en silencio, o, al menos, en el silencio de los primeros meses de ausencia, porque casi siempre estaba lleno de gente. Su tía Felisa, hermana mayor de su padre, soltera y sin hijos —aunque, de tanto en tanto, aparecía con alguna *compañera de piso*, siempre una mujer muy basta y con el pelo muy corto—, era quien más se dejaba caer por allí, quizás dos o tres tardes a la semana, y, a menudo, se quedaba a cenar para después alargar la sobremesa con su padre hasta pasada la medianoche. A veces, mientras Blanca contaba ovejitas, le llegaban ráfagas de las risotadas de su padre, que por un tiempo casi había olvidado, así como las categorizaciones sociales de antaño («Es que menuda pandilla de catetos, Felisa»), y ella se dormía tranquila y con cierta sensación de seguridad al pensar que todo estaba más o menos en orden en su vida si podían oírse risas desde el salón.

Blanca echaba de menos a su madre, claro está. Al principio de manera constante, después, de manera intermitente. Lo peor era cuando soñaba con ella, ya que durante el día podía entretenerse de mil maneras, pero el subconsciente tendía a ser traicionero. En la calidez del sueño incluso podía olerla, para después despertarse y recordar, de golpe y con dolor, que su madre ya no estaba allí.

Sin embargo, había algo que siempre estaba por encima de ese echar de menos a alguien: la preocupación por que ninguna de las otras personas de su vida se fuera a marchar también. Si a veces soñaba con su madre y se despertaba con lágrimas en los ojos, peores eran las pesadillas en las que su cerebro fabulaba que también se había marchado su papá de casa y entonces no se despertaba llorando, sino con la sensación de tener un enorme agujero en el corazón. Así, Blanca creció como una criatura ansiosa por dentro pero profundamente cariñosa, educada y dulce por fuera. No daba un ruido, no alzaba la voz, sacaba buenas notas y se preparaba ella solita el desayuno cada mañana, como hacían siempre las responsables hermanas mayores en las series familiares de Estados Unidos que veía los fines de semana.

Al cabo de un tiempo que se consideraría prudencial si el abandonado es el hombre, aunque un tanto escandaloso si la abandonada es una mujer, alguien vino a sustituir por completo a su madre. Se llamaba Rosa y su padre se la presentó una tarde de primavera con muchísima ceremonia, como si fuera toda una autoridad. «Blanca, quiero presentarte a una persona muy especial —le dijo— que a partir de ahora nos hará mucha compañía». Habían pasado un par de años ya desde aquella fría mañana de febrero, y casi de un día para otro volvieron a ser tres.

Rosa no se parecía en nada a su madre, sino que era como todas las demás: no llevaba minifaldas ni botas de tacón, sino pantalones vaqueros, náuticos y jerséis suaves y mullidos. En lugar de comprar revistas de moda o de historia, leía *¡Hola!* o *Lecturas*, y no le molestaba charlar en la puerta del colegio con el resto de las madres sobre el tiempo, sobre la duquesa de Alba o sobre qué iba a preparar para la cena. No fumaba, casi no bebía, llevaba el pelo corto y teñido de un rojo vibrante, no llamaba a la gente cateta y, cuando Blanca terminaba la jornada escolar, le tenía preparado un pepito de atún con aceitunas, que era su bocadillo preferido, lo cual la hacía sentirse más como cualquiera de las otras niñas del colegio de lo que se había sentido en toda su corta vida, pero especialmente durante los dos últimos años. Ahora volvía a tener una mano a la que agarrarse en el camino de vuelta a casa.

Rosa también entraba y salía, pero de otra forma: para ir a la compra o al banco, para llevar a Blanca a la peluquería, para ir a reuniones de la escuela o para salir al cine y a cenar con su padre. Al principio, Blanca le preguntaba constantemente adónde iba y cuánto iba a tardar, incluso se ofrecía a acompañarla y ayudarla con lo que fuera necesario. Años y años más tarde, en las cenas familiares se comentaría entre risas que Rosa debía pedirle permiso a la niña hasta para entrar en el cuarto de baño. Después, cuando la presencia de Rosa fue normalizándose en aquella casa, Blanca se relajó. Adivinaba por el tintineo de sus abalorios que Rosa ya estaba entre el segundo y el tercer piso de su edificio, y fingía despreocupación cuando la veía entrar por la puerta con dos bolsas de la compra en las manos y una barra de pan bajo el brazo.

Rosa pronto se convirtió en una presencia tan natural en aquella casa como lo había sido su propia madre: puso sus cosméticos en una balda del armario del cuarto de baño y su ropa en los armarios, y en aquel nuevo hogar comenzó a aflorar el suave olor de su perfume como si siempre hubiese estado allí. Blanca y su padre se acostumbraron a llevar un salero a la mesa, porque Rosa solía ser negligente con la sal en los platos que cocinaba, un hecho que pronto se convirtió en su primera broma interna como nueva familia, y por eso Rosa no se molestó nunca por aquella suave crítica a sus dotes culinarias.

Blanca quería genuinamente a Rosa, ya que la sola presencia de aquel personaje femenino conseguía calmarla y liberarla de ansiedades preadolescentes. Y sentía que ese cariño era recíproco, a pesar de ser consciente, por las constantes miradas compasivas de Rosa y sus suspiros un tanto exagerados cada vez que Blanca regresaba con una buena calificación o hacía alguna monería, de que quizás ese amor le había nacido de la lástima que sentía por ella. Aquello no era solo intuición, ya que en más de una, dos y tres ocasiones, Blanca pilló al aire alguna que otra conversación de descansillo en la que Rosa, quizás para hacer nuevas amistades y llevarse bien con las vecinas, decía aquello de que quién es capaz de abandonar a un niño. Pese a todo ese cariño en el recién estrenado núcleo familiar, y como las comparaciones tienden a ser odiosas, de tanto en tanto, cuando Rosa pronunciaba mal una palabra —decía *«dijistes»*, *«hablastes»*, *«pensastes»*, decía «coger un *taxis*»— o se quedaba más de tres segundos pensando la respuesta a una pregunta que alguien le acababa de hacer,

Blanca no podía evitar pensar que era un poco *cateta*, y más tarde se odiaba por ello.

Lo que todo el mundo decía de ella era que era una niña muy buena. No destacaban de ella que fuera guapa o que fuera lista, sino que fuera una niña tan buena, que es lo que todo el mundo dice de un niño cuando este es callado y no tiene unas cualidades demasiado reseñables ni llamativas a simple vista. A Blanca, sin embargo, le gustaba aquel adjetivo cuando lo oía, de pura casualidad, en boca de familiares o amigos de estos familiares, ya que le hacía aplacar aquel otro pensamiento que la rondaba de tanto en tanto: el de que era mala y había matado de una forma lenta y dolorosa a una niña a la que, por otro lado, detestaba con todo su ser. Una razón de peso para que volvieran a abandonarla.

Blanca pensaba constantemente en el día en el que maldijo a Aurora. O, más bien, lo sentía de manera obsesiva. Su mente viajaba unos años atrás y revivía aquel calor sofocante en el pecho y cómo este subió por su garganta hasta escapársele por la boca transmitiendo una enfermedad a través de sus palabras. No podía hablar de esto con nadie que tuviera a su alrededor. A los diez, once, doce años comprendió que, si mencionaba aquel dato, con toda probabilidad la llevarían a un psicólogo infantil para hablar del abandono de su madre, como hacían con los niños raros de las películas. Y aquello era lo último que necesitaba cuando había encontrado cierta normalidad en su diminuta existencia: el ser carne de habladurías del barrio y de chisme vecinal por haberse convertido en la hija solitaria y abandonada que termina en la consulta de un loquero encontrando mariposas y calaveras en un test de Rorschach.

Como no tenía a nadie a quien acudir con aquellas preocupaciones, Blanca buscó y rebuscó aquella sensación por todas partes. Dentro de ella, sí, pero también en el exterior, por si allá afuera encontraba ese fuego capaz de causar el desastre. Se fijaba en los otros niños, especialmente en los más pequeños, cuando tenían sus temibles rabietas en medio del supermercado frente a unas madres que no sabían dónde meterse. Blanca quería comprobar cuán rojos se ponían al lanzar la bolsa de guisantes por los aires y miraba tanto a las diabólicas criaturas como a las madres, por si estas sufrían un ligero vahído, un mareo, o si su rostro denotaba cualquier mínimo cambio producido dentro de su ser. Se fijaba en las riñas en el patio del colegio. Blanca observaba, como siempre, desde lejos y a la sombra, esperando que alguna de esas broncas por quién dominaba esa mañana la parcela de juegos tuviera consecuencias más inverosímiles y catastróficas que el consabido parte o la expulsión. Se fijaba también en los adultos que discutían a viva voz en plena calle, con las venas latiéndoles de manera violenta en los cuellos y en las frentes, a punto de reventar, antes de darse de hostias porque uno había mirado a la esposa del otro o le había hecho un arañazo al coche. Mirase donde mirase, veía la chispa, pero nada comparable a lo suyo. Nadie parecía albergar ese fuego abrasador en las entrañas. Blanca pensó que, si volvía a encontrar dentro o fuera de ella algo parecido, quizás sería capaz de comprender qué había sucedido, si es que había sucedido algo.

Entonces buscó todo aquello en internet.

III

«¿Se puede matar a alguien con el pensamiento?» fue la primera búsqueda que Blanca realizó, a los trece años, cuando en su hogar se instaló un ordenador con acceso a internet en 1998. Ante sus ojos se abrieron cientos de ventanas, miles de opciones y caminos que, a su vez, la llevaban a hacer nuevas preguntas y lanzarlas al vacío. Blanca creyó que debía empaparse de todo, bebérselo todo, leerlo todo saltando de un lado a otro como si en algún momento se fuera a terminar, porque creía que en eso consistía el uso de lo que, según decía su padre, era «la tecnología más poderosa de todos los tiempos».

De modo que entró en páginas web informativas, blogs personales, foros comunitarios, chats recreativos e incluso en salas de juegos en línea. Blanca leyó sobre superpoderes, sobre magia negra, sobre cultos ancestrales, sobre sectas satánicas, sobre santos y mártires y sobre la historia de las religiones. Leyó, de principio a fin, el blog de un hombre que se hacía llamar el Maldito Josep, natural de Perú según su biografía, que afirmaba ser capaz de matar a cualquier persona que tuviera frente a él, incluso a través de la televisión, si mientras le observaba deseándole la muerte se comía un huevo duro. Blanca seguía aquel blog con fervor. Cuando fallecía una celebridad, el Maldito Josep colgaba un nuevo post para aclarar si había o no había sido él la persona responsable de aquella muerte y, si la respuesta era afirmativa, adjuntaba como prueba irrefutable la fotografía en baja calidad de la cáscara del huevo que se había comido durante su particular ritual.

Leyó la historia de Charles Manson y su secta de sexo y drogas en el rancho Spahn, y aquella teoría llamada *Helter Skelter* según la cual el apocalipsis le había sido revelado a través de una canción de los Beatles, por lo que debía iniciarse una guerra racial entre los negros y los blancos cuyo pistoletazo de salida debía dar el propio Manson. Y así lo hizo. Primero, matando a Sharon Tate, la mujer de Roman Polanski, y a los amigos que aquella noche se encontraban en su casa, y al día siguiente, a otro matrimonio en su residencia familiar. Blanca se horrorizó cuando vio la fotografía de la puerta de aquella mansión en el 10050 de Cielo Drive en la que se leía la palabra PIGS escrita con la sangre de las propias víctimas, aunque también descubrió que no podía apartar la mirada. Leyó sobre el asesinato de Sandro Beyer por los autodenominados Hijos de Satán en Alemania en una página web que narraba historias de crímenes rituales. Leyó sobre Jeffrey Dahmer, sobre Ted Bundy y sobre Ed Gein. Leyó terribles historias de chicas asesinadas, porque, Blanca se dio cuenta, las víctimas solían ser, en su mayoría, mujeres o, peor todavía, chicas un poco mayores que ella. Por cercanía geográfica, se obsesionó con el crimen de las niñas de Alcàsser, Míriam, Toñi y Desirée, tres chicas que podrían haber sido sus compañeras de colegio y que una noche, al salir de fiesta, desaparecieron y después aparecieron muertas. Leyó sobre la huida de Anglés y la captura de Ricart, los asesinos. La fascinó descubrir, por primera vez, aquella historia tan truculenta explicada con todo lujo de detalles, ya que, cuando aquello sucedió, todos los padres del barrio prefirieron ocultárselo a sus hijas y solo hablaban de ello entre susurros, cambiando el canal de televisión cuando la fotografía de carné de aquellas tres niñas iluminaba la pantalla.

Cuando creyó conocer a todos los asesinos en serie del mundo, entró de casualidad en la página web de la Iglesia de la Cienciología, de la que no entendió nada porque estaba en inglés. Saltó de las sectas a las religiones y, de ahí, a las pseudorreligiones y las nuevas creencias. Descubrió qué significaba *yin* y *yang*, qué eran los chakras y la meditación trascendental. Se aprendió de memoria su horóscopo y también su signo ascendente, aprendió a leer el tarot y casi le tangan una cuantiosa suma de dinero al intentar hacerse una carta astral, pero tuvo la fortuna de desconocer la hora de su nacimiento, ya que según su padre fue por la noche, pero no tenía la persona a quien interrogar sobre el momento exacto en el que dejó de sentir dolores. Entró también en el blog de una mujer que decía ser pitonisa y tener la capacidad de eliminar el mal de ojo o mandar hechizos de protección a través de la red a cualquier persona que los necesitase. Cuando Blanca le preguntó, en una de las entradas en su blog, si también podía matar a gente y cómo lo conseguía exactamente, la pitonisa le respondió «Sí, cielito mío» y escribió un número de cuenta bancaria con sede en Ciudad de México. Entró en blogs que publicaban recetas de hechizos. Y de ahí traspasó la fina línea entre realidad y ficción al descubrir las leyendas urbanas, los llamados *creepy pastas* y un sinfín de historias de terror con componentes sobrenaturales afincadas en foros cuyo fondo siempre era de color negro y con tipografía en color rojo. Internet, le pareció a Blanca, era en efecto una poderosa herramienta llena de rincones oscuros que todavía no estaba segura de cómo utilizar, puesto que no sabía qué haría después con todos aquellos descubrimientos que no podía compartir con su entorno más cercano.

Blanca estaba enganchada, claro está. Internet, en el fondo, siempre ha sido el refugio de los más solitarios. Y ella, que había vivido toda su infancia planteando preguntas que rara vez encontraban una respuesta apropiada, sentía cierta tranquilidad al escribir cualquier cosa y recibir información a cambio. De modo que salía del colegio a toda prisa, sin sentirse demasiado triste por no tener ningún plan al que acudir más tarde, para regresar a casa y sentarse frente al ordenador, donde podía seguir explorando el universo.

Su padre y Rosa se preocuparon, sobre todo al principio. Ninguno de los dos comprendía por qué una niña de trece años se encerraba en su habitación en lugar de estar en un banco comiendo pipas, haciendo lo que hacía la chavalada de su edad. Si no insistieron demasiado en aquello de subir las persianas y obligarla a que le diera el aire, quizás fue porque, aunque ninguno de los dos quisiera admitirlo en voz alta, sabían que era probable que Blanca nunca hubiera sido formalmente invitada al banco de aquel parque.

Jorge y Rosa lo intuían. La niña no tenía en su agenda anual una media de treinta cumpleaños a los que asistir, como mucho uno o dos, y casi por cercanía de pupitre. Cuando la recogían del colegio, solía caminar detrás de este o aquel grupo, un tanto rezagada y cabizbaja. «Blanca debería integrarse mejor» solía ser la única nota a pie de página cuando le entregaban sus calificaciones, por otro lado brillantes, pero, igual que su padre y Rosa, los profesores no insistían demasiado frente a la pobre niñita abandonada que tampoco daba un ruido, sentadita con la espalda muy recta al fondo de la clase.

No obstante, Blanca sí comenzó a encontrarse con una serie de restricciones y límites técnicos que antes eran inexistentes en aquella casa. Estaba prohibido conectarse antes de terminar los deberes y prohibido conectarse después de cenar. Estaba prohibido chatear con gente de más de dieciocho años y prohibido revelar su nombre real. Y, probablemente, su padre habría impuesto muchas más líneas rojas si en aquellos momentos hubiese entendido mejor en qué consistía internet, pero, como a cualquiera en aquella época, todavía se le escapaba.

La mayoría de las veces, Blanca acataba aquellas normas manteniendo al principio una actitud un tanto beligerante. No porque quisiera salirse con la suya sino porque, al fin y al cabo, negociar era otra manera que ella y su padre tenían de comunicarse. Mejor discutir durante una hora que, de nuevo, el silencio. Otras veces, se saltaba aquellas normas cuando le venía en gana: por ejemplo, cuando su padre y Rosa se retiraban a su dormitorio a dormir, Blanca siempre volvía a conectarse de puntillas.

Lo más significativo de su búsqueda, por cómo marcaría el rumbo de su vida, lo encontró en una sala de chats. Se hizo asidua a un canal de Ya.com llamado XiKaS 666 SaTaNiKaS donde muchas adolescentes como ella estaban obsesionadas con la brujería, el esoterismo, el satanismo, lo paranormal y, en especial, con el cantante Marilyn Manson, a quien Blanca por aquel entonces confundió con Charles, lo cual hizo que muchas de sus conversaciones iniciales no tuvieran demasiado sentido. He aquí un ejemplo:

vErOnIkA

y cual es tu cancion preferida de manson?

Blanca

dices del White Album? Revolution 1

vErOnIkA

q????

El chat XiKaS 666 SaTaNiKaS derivó, al cabo de no demasiado tiempo, en un grupo de una nueva herramienta llamada Messenger que pronto se convertiría en un instrumento de comunicación masivo. Aquel grupo fue denominado también XiKaS 666 SaTaNiKaS para no perder las buenas costumbres. El pequeño club privado solo admitió cuatro miembros, las cuatro participantes más afines de aquel chat en el que tanto Blanca como aquellas otras tres desconocidas habían pasado casi todas las tardes entre semana de los últimos meses, lo cual era una cantidad de tiempo que se antojaba inmensa para cuatro adolescentes. Ya despojadas de sus apodos digitales (†BrokenGirl†, Lullaby y vErOnIkA), las otras tres chicas resultaron llamarse Carla, Inma y Verónica. Blanca (en internet, Perséfone) era la cuarta.

A pesar de lo demoníaco del nombre de la sala de chat en la que se conocieron, aquellas eran chicas que podrían describirse como normales, tan solo unas preadolescentes asomándose a lo desconocido. Dentro de aquella pequeña ventana al mundo exterior y a un nuevo horizonte de posibilidades, Blanca encontró una comunidad con sus mismos gustos, intereses y fascinaciones, y aquello la hizo sentirse, por primera vez, parte de algo.

Al contrario que en su colegio, donde Blanca se dejaba caer con uno u otro grupo en los que, casi por cortesía, era admitida, pero en los que nunca llegaba a desarrollar una verdadera intimidad con ninguno de sus miembros, en internet dio con un grupo de chicas a las que, por primera vez, pudo llamar amigas. Porque, al contrario que en su colegio, en internet de momento no existía el concepto del pasado y la propia Blanca se sentía mucho más libre encerrada en su habitación que en el ancho campo de fútbol de la escuela, donde temía que, si se abría demasiado, alguien con mejores o peores intenciones volviera a sacarle el tema de su madre ausente o perdida.

Aunque vivían en distintas ciudades de España y jamás se habían visto en persona, cada noche, saltándose sus toques de queda, las cuatro chicas se conectaban a la misma hora y charlaban en línea hasta que se iban a la cama, contándose los pormenores de su día a día, chismorreando sobre sus intereses románticos en el instituto, si es que los tenían, quejándose de sus respectivas familias y, sobre todo, dando rienda suelta a todas sus pequeñas obsesiones. Se recomendaban películas y grupos de música. Al principio, sobre todo aquellos productos culturales al hilo de lo que las había unido, como los filmes *Jóvenes y brujas* o *Prácticamente magia*, o el ya mencionado Marilyn Manson, junto con Rammstein, Ministry o Nine Inch Nails. Más adelante ampliaron sus intereses hacia la literatura, sobre todo por recomendación de Verónica, que era la mayor, y leyeron varios de los cuentos de Edgar Allan Poe y las *Leyendas* de Gustavo Adolfo Bécquer. También *Frankenstein* de Mary Shelley y, por supuesto, *Drácula* de Bram Stoker. Después de aquella lectura, Blanca tuvo que desconectar el pequeño televisor que su padre había instalado, tiempo atrás, en su cuarto, puesto que la lucecita roja que indicaba que estaba enchufado le recordaba a los ojos del conde, rojos y brillantes, que se aparecían en la oscuridad. Después, les dio por todo Anne Rice, por casi todo Stephen King, por *La semilla del diablo* de Ira Levin, o por *El retrato de Dorian Gray* de Oscar Wilde, el favorito de Blanca. Resultaba curioso, visto desde fuera, observar a cuatro muchachas rebosantes de vida encerradas en sus cuartos leyendo hasta que les dolían las pestañas, obsesionadas con la muerte.

De las tres chicas con las que Blanca compartía palabras y obsesiones nocturnas, Verónica era sin duda a quien se sentía más cercana. A menudo dejaban a Carla y a Inma charlando en el grupo que tenían en Messenger y se trasladaban ellas dos a una ventanita todavía más privada que la anterior. Aquello era su secreto. Blanca tenía muchas razones para considerar a Verónica su favorita. En primer lugar, era la mayor: tenía diecisiete años, mientras que las otras andaban entre los trece y los catorce, por lo que Verónica siempre parecía ir unos cuantos pasos por delante del resto, como la hermana mayor que Blanca nunca había tenido. Era también la única que vivía en Madrid, algo que a ella le resultaba fascinante. Carla era de Alicante e Inma de Jaén, lugares para Blanca mucho menos evocadores en comparación con la capital de España. Blanca le hablaba de lugares que quería visitar, y que para esa otra chica con la que hablaba noche tras noche eran lo más normal del mundo: Verónica paseaba a menudo por la Gran Vía, echaba la tarde en el Templo de Debod con sus compañeros de instituto, iba a los cines de la plaza de los Cubos y compraba en tiendas de ropa de segunda mano situadas en La Latina o en Malasaña. Desde su cuarto, en aquel barrio donde a Blanca le daba la sensación de que no pasaba nunca nada porque todo lo importante sucedía a veinte minutos a pie y aun así ella todavía no tenía permiso para ir sola, los nombres de aquellos lugares tenían sobre ella un efecto electrizante.

Verónica salía con chicos, iba a conciertos y bebía alcohol, lo que permitía que Blanca tuviese acceso, aunque fuese desde la ventana, al mundo de los mayores. Verónica también era quien le había abierto un universo cultural que a ella le era desconocido. Por quien había descubierto, y amado, la literatura, la música o el cine. Era su prescriptora de confianza, la que le daba ciertas pistas sobre por dónde debería seguir indagando si le había gustado tal o cual cosa. Si le gustaba Marilyn Manson, debería escuchar a The Cure, grupo al que Manson había hecho referencia en muchísimas entrevistas. Si escuchaba a The Cure, quizás le podía interesar Joy Division. Si llegaba a Joy Division, quizás debería comprar algo de New Order. Pero, más allá de la música, el cine o las películas, Verónica también guiaba a Blanca en los asuntos de la vida, con consejos que a la niña solitaria de provincias le servían para apuntalarse en el mundo en el que le había tocado existir («Cuando los demás estén gritando a tu alrededor, TÚ habla en voz baja y verás como to2 te hacen + caso», «No t muevas si alguien va a x ti, y verás cm les das miedo», o «No discutas con tu padre, dale la razón y luego haz lo q quieras xDDD»).

Blanca se encomendaba a Verónica para saber qué debía leer, ver, escuchar, y más adelante, incluso para saber qué hacer. Todo ello, en conjunto, y en especial para una adolescente, era casi lo mismo que aprender de alguien cómo debía ser, como un Pigmalión digital cuyos aprendizajes permeaban en el pequeño barrio por el que paseaba Blanca.

Cuando empezaron a tener sus primeras cámaras digitales y se tomaron y mandaron fotografías, todas se sorprendieron de lo bella que era Verónica, que además llevaba el cabello teñido de rosa chicle. Mientras que las demás estaban todavía en esa fase en la que ni son del todo niñas ni son del todo mujeres, aquella chica representaba lo que todas podrían llegar a ser.

No todo era perfecto, también hay que decirlo. Verónica, en ocasiones, desaparecía durante unos días, en los que Blanca se sentía perdida. Verónica justificaba sus ausencias alegando un viaje familiar o un intento de suicidio. Porque los intentos de suicidio para ellas, unas románticas en el sentido puro del término, eran como para un grupo de atletas alardear de haber ganado otra competición.

Verónica le confesó a Blanca que era la mayor de tres hermanos, el resto todos varones, y que vivía con sus padres en un ático cerca del Retiro, donde, según le contó, se encuentra una de las pocas estatuas de Europa dedicadas al demonio. Blanca le contó que era hija única, y, aunque en un primer momento le dijo que vivía con sus padres, más adelante le confesó que Rosa no era su madre, sino su madrastra, porque su madre los había abandonado cuando ella era tan solo una niña.

Fue la primera vez que escribió la palabra *abandono* refiriéndose a lo que su madre les hizo a su padre y a ella. «Y xq se marchó?», preguntó Verónica. «Nunca lo supimos», respondió Blanca.

VeRoNiKa

Y nunk pensaste en averiguarlo?

El 31 de diciembre de 1999, Blanca tomó las uvas frente al ordenador, así de fuerte se había vuelto el lazo que la unía con aquellas tres chicas a quienes jamás había visto cara a cara, pero que sentía como hermanas, unidas por un vínculo más profundo y genuino que la simple conveniencia geográfica. Su padre y Rosa habían organizado una cena en casa con amigos y familiares, pero, antes de las doce de la noche, ella se excusó alegando que había quedado en Messenger con algunos compañeros de instituto para felicitarse el año, y los familiares la dejaron marchar bromeando sobre que la niña se les estaba haciendo mayor, y esperanzados por que Blanca tuviera algo parecido a un grupo de amigos.

La realidad era que quería pasar la noche con sus amigas virtuales, quienes, siendo criaturas de internet, se habían contagiado unas a otras un miedo atroz al llamado Efecto 2000 —aquella teoría que afirmaba que, con el cambio de milenio, se produciría un error del *software* de programación, el cual no sería capaz de reconocer en los sistemas la llegada del nuevo siglo, lo que provocaría a su vez un efecto cascada que desataría el caos, puesto que los cajeros dejarían de dar dinero, los aviones no podrían despegar, los teléfonos y los servicios de emergencias colapsarían y el mundo se vendría abajo—, por lo que todas, en mayor o menor medida, temían que aquella fuese la última noche que pasasen juntas conectadas a la red. Lo cual para ellas era lo más parecido a vivir el fin del mundo. Cuando el reloj del ordenador marcó las 00.00 y allí no pasó nada de nada, las cuatro chicas se sintieron un tanto decepcionadas por no haber vivido una hecatombe mundial, aunque se alegraron de poder seguir charlando noche tras noche, y, después de hacer un ritual con velas, pétalos de rosa y una pluma para tener suerte en el año que daba comienzo, se fueron a dormir.

IV

Los descubrimientos y cambios que Blanca estaba viviendo de manera interna y en la intimidad de su habitación, frente a la pálida luz de la pantalla, pronto comenzaron a notarse en su aspecto exterior. Lo más notable es que Blanca se hizo gótica, la primera gótica que hubo en todo el barrio. Poco a poco dejó atrás los colores pastel de la infancia y su armario se fue tiñendo de negro. A la edad de catorce años, Blanca ya se vestía todos los días como si tuviese que asistir a una sucesión de funerales, lo cual no pasó desapercibido para su padre ni para Rosa, que, sin embargo, «y con todo lo que la niña ha pasado», vivieron aquel cambio como una expresión de personalidad, gusto y carácter, y le permitieron lucir botas de plataforma que recordaban a viejos zapatos ortopédicos, faldas largas y oscuras de tul de bailarina trasnochada, camisetas de grupos con hombres disfrazados de monstruitos y gargantillas que parecía que iban a cortarle el riego sanguíneo del cerebro.

Su rostro y su cuerpo también mutaron, como los de cualquier adolescente, y Blanca se convirtió en una especie de cisne albino y espigado con el cabello color ceniza, bastante alta para su edad, aunque sin curvas de ningún tipo. Sus tías, siempre y cuando creían que Blanca no se daba cuenta, mencionaban que cada día se parecía más a su madre, lo cual provocaba que su padre diera un ligero respingo. Y ella se sorprendía escudriñándose a menudo en el espejo, antes de aplicarse una densa sombra en color negro o un carmín del color de la sangre, para descubrir si, efectivamente, la imagen que le devolvía aquel reflejo se asemejaba a la imagen de sus recuerdos infantiles. Nunca supo la respuesta, porque no tenía forma de cotejarla con nada: durante el ejercicio de transformación de piso aséptico a nuevo hogar realizado por su abuela y sus tías, escondieron todas las viejas fotografías de los álbumes familiares en las que aparecía su madre en un lugar que Blanca, por más que buscara, nunca pudo encontrar.

Si antes ya había sido una niña callada, de adolescente el silencio de Blanca se transformó en un mutismo hermético que rozaba lo patológico: tan solo respondía con monosílabos cuando le hacían una pregunta directa y, en las ruidosas comidas familiares, se sentaba en una esquina o bien con su discman sobre la mesa y unos aparatosos auriculares en las orejas o protegida tras un libro, casi siempre uno con las solapas muy oscuras, sin mediar palabra con nadie, ni siquiera con los primos de más o menos su misma edad. Ella sentía, en estas ocasiones, que su vida real y familiar era una especie de trámite. Un peaje que debía pagar con su presencia para, a cambio, conectarse tranquila a internet. Ante la preocupación, esta vez sí, de su padre y también de Rosa por la mudez de la criatura, las tías de Blanca, que ya habían comenzado a llamarla Mudito, como uno de los enanos de *Blancanieves*, se encogían de hombros y, quitándole hierro al asunto, decían aquello de que los adolescentes eran un mundo, y tranquilizaban al padre y a la madrastra explicándoles que en cuanto cumpliese los dieciséis años volvería a ser una persona normal. «Y si no, habrá que llevarla a un loquero», advertía su tía Felisa, como si Blanca no estuviera sentada a la misma mesa que el resto de los comensales, viendo de reojo como su padre volvía a dar un respingo.

A pesar de todo aquello, no solía dar problemas. Aunque su existencia estuviera ahora teñida de color negro y su banda sonora la entonasen, en gran medida, hombres que se habían suicidado, seguía sacando buenas notas. Ningún profesor llamaba la atención sobre ella en clase. Lo único que ocurrió fue que su padre recibió una llamada en la que le advirtieron desde el centro escolar de que estaba prohibido llevar maquillaje a clase, recado que el padre le pasó a Blanca sin armar demasiado alboroto y que ella acató sin mostrar demasiada resistencia.

Quizás si su familia hubiera podido echar un vistazo dentro de su cabeza, se hubiesen tranquilizado al descubrir lo anodinos que podían llegar a ser sus pensamientos a lo largo de la jornada y, en especial, aquellos en los que se recreaba justo antes de dormir.

Mientras que a esa edad muchas adolescentes se tumban en la cama y sueñan con un futuro lleno de aventuras, Blanca se tumbaba en su cama de noventa y soñaba con una vida plácida y normal. Sus fantasías nada tenían que ver con ser la novia de la estrella de rock de moda en aquellos momentos o con pasear por las calles de grandes capitales europeas de la mano del chico de los anuncios de Calvin Klein, sino que se imaginaba haciendo la compra una tarde en el supermercado, mirando una lista escrita a mano, para luego meter toda esa compra en el maletero de un coche y conducir hasta su casa. Imaginaba que llegaba a un piso amplio, en alguna zona residencial tranquila y arbolada que estuviera cerca de un par de parques en los que pudiera pasear a un perro. Imaginaba el golpe de calefacción que la recibiría al entrar en una casa donde ya estuvieran todas las luces encendidas, porque ya la esperaría alguien. Un marido que sería lo suficientemente atractivo como para poder interpretar a un secundario en una serie de televisión, pero jamás tanto como para interpretar al protagonista. Quizás dos niños, puede que tres, nunca otro hijo único. Imaginaba para sus hijos inventados en la oscuridad de la noche todas aquellas rutinas que a ella le fueron negadas tan pronto. La tarde de juegos después del cole, el trajín de la ducha, la cena y el cuento antes de dormir. Se imaginaba algo muy sofisticado, como terminar el día tomándose una copa de champán en el sofá junto a su marido, porque Blanca desconocía, como adolescente que era, que los adultos solo beben champán en ocasiones especiales. Fantaseaba, en fin, con cierta seguridad: un trabajo fijo, un horario estable, una rutina reiterativa, una casa en la que al llegar siempre hubiese una luz encendida.

Bien es cierto que la nueva y recién estrenada personalidad de Blanca provocó una brecha cada vez más profunda entre ella y su padre. No es que su relación con su padre fuera mala; no obstante, con el paso de los años y a base de conversaciones prácticas pero intrascendentes, habían perdido la facultad de comunicarse y de entenderse el uno al otro. Blanca y su padre no tenían nada que decirse. O no sabían cómo hacerlo después de perfeccionar, año tras año, el arte de no hablar de las cosas de las que hay que hablar. Podría decirse, con total seguridad, que aquello comenzó el día que se marchó la madre y el padre de Blanca dedicó todos sus esfuerzos a pretender que todo seguía tal y como estaba, como si aquella ausencia no hubiese sido determinante en la vida de ambos. Ella valoraba el esfuerzo de su padre por preocuparse y atender a los pormenores del día a día, pero también le hubiese gustado que, en alguna ocasión, su padre le preguntase «¿Cómo estás?» en lugar de «¿Qué tal llevas el examen de matemáticas?». La realidad es que el padre de

Blanca, quizás por el bloqueo tras la fuga de su mujer y el posterior estado de negación que le tuvo varios meses ocupado, no sabía cómo hablar con la niña que su mujer tránsfuga le había dejado en casa. Así que lo que hizo fue asegurarse de que tuviera todas las necesidades básicas cubiertas, lo cual era otra forma de amor para la que no hacían falta las palabras: aprendió a cocinar de la mano de sus hermanas para que Blanca tuviera una buena alimentación, la llevó a todas las citas con el pediatra y con los médicos, la apuntó a natación, para que creciese fuerte y sana, y a clases de teatro que Blanca no tardó en abandonar, con la intención de que aprendiera a expresarse como él nunca supo hacerlo, le compró ropa y zapatos cada temporada, y se sentó con ella para asegurarse de que hacía los deberes cada tarde.

Poco a poco, desde que era todavía niña, su padre confundió rutina con confianza y cordialidad con intimidad. Con la llegada de Rosa, el padre de Blanca pudo por fin delegar algunas de sus tareas y dejarle a Rosa la más difícil de todas: la educación emocional de una niña que pronto sería una jovencita y, más adelante, toda una mujer. Así, cuando Rosa se mudó con ellos, su padre pudo perseguir ese ascenso que llevaba tiempo postergando, con la intención de seguir cubriendo todas las necesidades económicas que, ahora o más adelante, pudiera tener su hija.

Blanca hubiese querido que la relación con su padre fuese distinta, pero tampoco tenía herramientas para lograr que el estado de las cosas cambiara. Sabía, o mejor dicho intuía, que, para mejorar aquella relación y romper todo ese hielo que escarchaba en la superficie, tendría que preguntar, tarde o temprano, por su madre. Pero quizás fuera por la actitud de su padre y sus respingos cada vez que alguien recordaba la mera existencia en el mundo de la mujer que un día se marchó, o por la presencia de

Rosa, que le hacía sentir que la sola mención de la otra mujer que acostumbraba a dormir en su lado de la cama podría constituir una traición, por lo que Blanca no se atrevía a hacerlo. Al menos todavía.

V

Las cosas que no podía hablar con su padre ni con Rosa las hablaba con sus amigas. Desde que Blanca le contó a Verónica aquella historia de abandono, Verónica indagaba de vez en cuando en ella. No lo hacía de manera impertinente, ni siquiera por una curiosidad morbosa, sino con la firme convicción de que para eso estaban las amigas, para hablar de todo lo que no se podía hablar en los otros espacios encorsetados en los que debíamos habitar. «No dejó ninguna nota, simplemente se fue», escribió Blanca a oscuras en su habitación, de madrugada y con la pantalla del ordenador iluminando su rostro, en una de esas conversaciones con Verónica en las que terminaban tratando aquel asunto.

VeRoNiKa

Y tu padre q te dijo???

B l a n c a

No hablamos nunca de eso

VeRoNiKa

Y no te da como mucha curiosidad?

Blanca

Sí...

Antes más, ahora menos

VeRoNiKa

Has rebuscado alguna vez entre las kosas de tu padre? Igual hay algo...

A Blanca nunca se le había ocurrido esa posibilidad. Ni había sentido aquella urgencia más que para intentar rescatar del olvido viejas fotografías. Más que nada, porque no pensó que su padre pudiera guardarle secretos. Pensaba que su padre, en lo referente a la marcha de su madre, era tan ignorante sobre sus razones y motivos como ella, así como lo era sobre su posible paradero. Aunque, ahora que lo hablaba con Verónica, pensó que debía de haber existido un cambio de actitud en su madre que derivase, como mínimo, en una conversación. Con toda probabilidad, en varias conversaciones. De lo poco que recordaba ya sobre su madre, Blanca sabía que era una mujer parlanchina y que, a pesar de ir y venir, la cosa es que siempre volvía. Al menos, debería existir una nota de despedida que encajase como la última pieza de un gran puzle. Algo, cualquier cosa, que le hubiese dado a su padre información sobre la inminente partida de su mujer.

De hecho, ahora recordaba Blanca pensando en aquella lluviosa mañana de febrero, su padre sabía que su madre se había marchado de vacaciones, y ella supuso que para marcharse de vacaciones antes debería haberle dicho que se marchaba de vacaciones. Imaginó una maleta abierta sobre la cómoda de la habitación de sus padres la noche anterior, las llaves encima del mueble del pequeño recibidor, y de pronto se le ocurrió que los adultos también guardaban sus propios secretos. Pensó, sintiendo como su cabeza le empezaba a pesar, anticipando el inicio de un nuevo episodio de fiebres, que quizás los adultos podían mentir.

Blanca

Me pasó una cosa cuando mi madre se fue...

VeRoNiKa

¿????

Blanca

No sé si maté a una niña

VeRoNiKa

COMO QUE NO SABES?????????

Y entonces Blanca describió, por primera vez en su vida, aquello que llevaba tantos años guardándose para sí, porque no quería seguir siendo la única portadora de ese gran secreto que, incluso en etapas recientes, cuando no engañaba a su mente con sus fantasías de una vida normal y corriente, la hacía permanecer en la cama, con el termómetro marcando 38 grados.

Blanca

Mi madre se fue. Eso ya lo sabes
Y cuando se enteraron en el colegio,
muchos niños empezaron a reírse de mí
Una niña era la que más se metía conmigo
Decía que mi madre estaba en un manicomio
La odiaba porque era una zorra. Siempre
había sido una zorra
Así que la cogí por banda, le pedí que me
dejase en paz o algo así, y sentí una especie

de fuego en el pecho y le deseé que se
muriera y al poco tiempo se murió de un
cáncer muy chungo o algo así
Siempre pensé que fui yo

VeRoNiKa
Bua, pero q fuerte!!!!!!
Creo q tenemos q hablar con las xikas,
blanca
CONCILIO DE BRUJAS

Lo que no esperaba Blanca era que aquellas otras chicas no solo no pusiesen en duda ninguna de las partes de aquella historia que ella tanto tiempo había deseado contar, sino que la tomasen como algo de carácter incontestable e intentasen ayudarla a descubrir si aquello que sucedió fue un hecho aislado y puntual o si se trataba de una especie de poder que Blanca poseía y podía aprender a desarrollar de alguna manera. Aquella noche, su secreto se transformó en una confesión. Y la confesión, en verdad absoluta. Y la verdad, al contrario de lo que había pensado siempre Blanca, no era una losa ni una maldición. Para aquellas chicas era un poder, una energía, un arte oscuro, un don. Prácticamente un milagro.

Cärlä
yo, x ej, siempre he tenido sueños premonitorios, como ya sabéis, pero un día descubrí q solo los tenía si x la noche había comido mucho queso

♥ inma the dreamer ♥
¿???? a ver qué premoniciones has tenido tú

Cärlä
pues sabía x ej que no iba a suceder el
efecto 2000
os lo dije

♥ inma the dreamer ♥
pero eso es pq tu padre es informático y te
contó la movida, no pq cenases gran capitán

VeRoNiKa
lo q creo q dice carla es q igual hay cosas q
ayudan a q salgan los poderes, no?

Cärlä
SIIIIIIII!
lo q os digo es q yo x ejemplo sueño con
cosas que luego pasan cuando ceno queso
no solo el efecto 2000, inma, también os
dije q había soñado q tenía un accidente con
un avión y a las semanas o así fue lo de air
philipines, no os acordais????

♥ inma the dreamer ♥
tía pero q no es igual
o sea no te lo digo a malas pero es q
también habías visto VIVEN hacía poco
q te lo dije ya en su momento
y tu erre q erre con lo del sueño y el queso
o sea q es q no sé
soñaste con la peli... pues muy bien
de ahí a q sea una premonición........
pero esto es fuerte
es matar a alguien

Cärlä
vale lo q tú digas, inma,
q hoy estás muuuuuy borde
yo paso

VeRoNiKa
si tía estás to borde, relaja
q aquí todas tratamos de ayudar

♥ inma the dreamer ♥
bueno bueno perdón
pero es q no estáis FLIPANDO???

Cärlä
sisi
mira yo lo q digo es q blanca tu has dicho
q sentías así como un fuego, no?

B l a n c a
Sí, en la garganta
O en el pecho y luego en
la garganta
Ya no me acuerdo bien

VeRoNiKa
y si era una especie de emoción lo q desató
eso?

Cärlä
claro rollo un conjuro q solo conoces tú

VeRoNiKa
sentiste mucha rabia, blanca???

B l a n c a
Sí, creo que sí

VeRoNiKa

y si pruebas a cabrearte muchísimo?

El problema era que Blanca llevaba años perfeccionando, aunque fuese sin haberse dado cuenta, el talento de esconder todas sus emociones. Sentía y vivía a través de las ficciones que consumía, pero no se permitía derramar una sola lágrima poniéndose a pensar sobre lo que había sido el devenir de su corta existencia. Era un mecanismo de protección, claro está, para no sentir dolor, para no terminar sudando en la cama a altas horas de la madrugada a causa de las fiebres. Pero, al meter sus tristezas debajo de las gruesas alfombras de su mente, también metió ahí debajo la rabia o la alegría. Por miedo a lo malo, cubrió todo aquello que le hubiese permitido llegar a entenderse.

Tampoco era una chica susceptible a las emociones propias de la adolescencia: no suspiraba por amor en el pasillo del instituto, no daba saltitos de colegiala al descubrir que había sacado una buena calificación o al saber que aquel año irían de excursión a algún sitio bonito. Sus emociones eran templadas, serenas y pausadas como las de los ancianos que están de vuelta de todo porque ya han vivido todas las cosas. «La niña es un alma vieja», solía comentar con humor su tía Felisa, sin ser consciente de que eso es lo que suele decirse de los niños que están tristes o ansiosos por elementos externos que no son capaces de controlar. La actitud de Blanca, sin duda, iba acorde con su vestuario, pero aquella noche, hablando con sus amigas, se dio de bruces con una realidad: no tenía ni idea de cómo emocionarse.

Un día, de vuelta a casa después del instituto, observó a lo lejos a una niña, de no más de cinco o seis años, que jugaba en el parquecito de los columpios rojos con su madre y con su perro, un pequeño yorkshire con un lazo que sus dueñas encontrarían adorable, pero que a Blanca le resultó ridículo. Pensó que aquella podría ser una buena escena para ponerse a prueba. Observó a la niña. Observó a la madre. Observó al perro. Y se permitió pensar en la niña que ella misma fue, en su madre y en el perro que nunca tuvo. Se concentró en la búsqueda de una tristeza que la llevase a la rabia, sin darse cuenta de que la tristeza raras veces se busca, sino que es algo que te encuentra de sopetón.

Así, sentada en un banco, mirando aquel parque y la idílica estampa familiar que el parque le devolvía, Blanca no pudo encontrar en su interior ninguna emoción predominante más que un profundo rechazo ante semejante panorama. De pronto, aquella escena le resultó falsa, prefabricada, casi irreal, hasta sentir algo que era parecido al asco. Imaginaba a aquella niña mimada, con esos tirabuzones rubios de otra época, llorando histéricamente cada vez que no conseguía lo que quería, y a su madre resoplando furiosa en el escenario donde se produjese el espectáculo. Blanca no se vio reflejada en aquella niña, ni vio a su madre en la otra madre. Aquellas dos, madre e hija, eran sin duda dos catetas con ínfulas que pretendían emular la escena poscréditos de cualquier serie de televisión estadounidense, pero terminaban pareciendo un anuncio de detergente barato. De modo que se levantó del banco, volvió a echarse la mochila sobre los hombros y se marchó de allí como si nunca hubiera estado.

Otra tarde, fue al cumpleaños de Silvia, una de las pocas compañeras de su clase que, de tanto en tanto, le extendía una invitación a algún plan. Como Blanca, Silvia también era una buena estudiante, compartían pupitre y almuerzos, y solían emparejarse habitualmente para hacer los trabajos escolares. Blanca jamás había estado en casa de Silvia porque solían quedar para hacer aquellos trabajos en la biblioteca y, nada más cruzar el arco de la puerta, tuvo la certeza de que los padres de Silvia tenían más dinero que su padre y que muchos de los progenitores de las otras chicas de la escuela. Fue aquella una sensación incómoda porque, hasta la fecha, Blanca había supuesto que todos los alumnos de la escuela pertenecían, más o menos, a la misma clase social: una clase trabajadora, cuyos padres habían mejorado considerablemente su posición respecto a la de sus abuelos, alguno con un título universitario bajo el brazo, como era el caso del padre de Blanca, hecho que le distinguía del resto, pero la gran mayoría con profesiones de las de toda la vida, lo que solía llamarse oficios. Ella pensaba que su familia era, casi con toda seguridad, la más privilegiada de todas las del barrio, salvo, claro está, porque le faltaba una madre. Pero en casa de Silvia, rodeada de tantas cosas bellas, no hubiese sabido explicar por qué había creído todo aquello. Fue allí donde cayó en la cuenta de que quizás las amabilidades de Silvia venían impulsadas por una especie de compasión hacia ella, o porque sus progenitores la obligaban a hacerlo.

Silvia vivía en un precioso y amplio ático decorado con lo que Blanca comenzó a intuir que era buen gusto. Se fijó en los detalles más simples: unas flores frescas en un jarrón de cristal sobre una cómoda de madera maciza del salón. Una alfombra cuyo tacto, cuando se sentó en el suelo y apoyó la mano sobre ella, le pareció muy delicada, excesivamente suave para un objeto diseñado para que lo pisotearan. Ausencia de gotelé en las paredes, la máxima distinción de clase. Un tocadiscos. Un sofá al que Silvia se refirió no como «el sofá», sino como «la *chaise longue*». Aunque, sin duda, lo que más captó su atención fue la habitación de Silvia. No es que fuese más grande o bonita que la de Blanca; a fin de cuentas, era la clásica habitación de una preadolescente de la primera década del siglo XXI: una cama de noventa en una esquina con un cabecero de madera, un escritorio lacado en blanco, una silla a juego, un armario empotrado. Fue la vitrina.

En una esquina de la habitación, frente a la cama de la niña, había una vitrina que contenía en exposición todos los logros de la pequeña Silvia: un diploma como mérito a sus buenas notas, una medalla de plata de una competición de natación, una fotografía de la niña enfundada en un maillot de danza, una escultura de cerámica que todos los niños del colegio realizaron en un fin de curso, la tela con lentejuelas engarzadas de un bonito disfraz con el que la vistieron en primaria. Un altar para celebrar su infancia, una muestra de que la niña existía y era valiosa e importante, digna de que la admiraran y la recordaran.

Blanca no tenía ningún altar, porque Blanca no tenía a la mujer encargada de llevar a cabo una labor de celebración de su vida como sí la tenía Silvia. Pensó, por primera vez, que hay gente que lo tiene todo. Una casa espléndida, buenas notas, una madre amorosa que hace tartas el día de tu cumpleaños.

Blanca sonrió con cara de circunstancias y, una vez en el salón, entonó el *Cumpleaños feliz* junto al resto de los invitados (no eran muchos, todo sea dicho, otros cinco compañeros de la escuela y los padres de Silvia), y entonces se dio cuenta, en ese preciso instante, cuando todos cantaban aquello de «te deseamos todos», de las enormes carencias de su vida.

Después de darle a Silvia su regalo (un libro de Stephen King que no pareció agradar demasiado a sus padres), se excusó para ir al lavabo, donde se contuvo para no llorar, ya que llevaba demasiadas capas de máscara de pestañas oscura. Allí, en el pequeño aseo, descubrió las toallas mullidas para secarse las manos, los juegos de jabones con olor a frutas, el inmaculado espejo sin manchas de pasta de dientes de la noche anterior. Todo lo que había en aquella casa le recordaba lo que no tenía ella. Aunque no era rabia lo que sentía exactamente y mucho menos hacia Silvia: Silvia había sido siempre buena con ella. Demasiado buena, de hecho, ya que había intentado, y seguía intentando, que ambas fueran uña y carne, sin llegar a serlo nunca, por las reticencias y los miedos de Blanca a dejar que nadie de su colegio entrase en su vida más que en el descansillo. Desde luego, Silvia no merecía una enfermedad terminal. En ese momento Blanca se sintió completamente sola en el mundo.

VeRoNiKa

jo, blanca, lo siento mucho...

♥ inma the dreamer ♥

tambien t digo q cosa mas friki tener esa
vitrina en tu cuarto
como si te hubieras muerto

Cärlä

ya eeeeh
ni q silvia hubiese ganado el nobel

♥ inma the dreamer ♥

xDDDDD 4 dibujos de mierda de cuando
tenia 4 años
su madre pensando q ha parido a picasso

Cärlä

Jajajajajajaja
Lo del trozo de vestido mugriento
Q debe oler a cuco

VeRoNiKa

Jajajajajajajaja

Me muero del asco!!!!!!

Cärlä

estaba pensando una cosa

igual no tiene q ser algo relacionado con tu

madre, blanca

yo q se

a mi me pone de muyyyyy mala ostia cuando

mi padre elige la peli de x la noche, q

siempre es un coñazo de la 2.ª guerra

mundial además

sabes???

ese tipo de cosas

VeRoNiKa

es verdad

igual con todo lo de tu madre no haces más

q ponerte triste

y no es tristeza, no?

ES RABIA!!!

Aquella semana, siguiendo el consejo de sus amigas, Blanca se sentó con mucha ceremonia frente a su escritorio y escribió una lista de cosas que le molestaban profundamente. La tituló así: *Cosas que me molestan profundamente.* La lista incluía once puntos:

- ir a alquilar una película y que no esté en el videoclub;
- quedarme sin tinta en la impresora;
- no poder hablar con mi padre de las cosas verdaderamente importantes;

- que Rosa haga la broma de si mañana vestiré otra vez de negro;
- que la gente del instituto siga murmurando en los pasillos que mi madre me abandonó;
- que mi madre me abandonase;
- no haber tenido nunca una mascota (ni siquiera un hámster o un pez);
- que llamen al teléfono cuando estoy conectada a internet;
- los bakalas y las chonis que te dicen cosas al pasar cuando tú vas tan tranquila por la calle;
- no recordar la voz de mi madre;
- que internet vaya lento.

Blanca iba cada viernes al videoclub a eso de las seis de la tarde, cuando terminaban las clases. Desde hacía un tiempo, y por recomendación entusiasta de Verónica, que vivía obsesionada con la película desde que la vio en el cine, Blanca había tratado de alquilar, sin éxito, *El club de la lucha.* Aquella tarde se propuso encontrarla. Pensó que, si se saltaba las últimas clases e iba al videoclub a eso de las tres, antes de que la gente acudiera en manada a escoger sus películas del fin de semana, se haría con ella. Y eso hizo, alegando en el instituto que tenía mucho dolor de regla.

Al llegar al videoclub, la película estaba, una vez más, alquilada. «Joder», musitó para sí, tomando en sus manos la carátula, en la que aparecían Edward Norton y Brad Pitt con una pastilla de jabón rosa. Imaginó la vuelta a casa, teniendo que dar explicaciones sobre el hecho de llegar tan temprano, y encima con las manos vacías. «Joder», volvió a decir, notando como el cabreo le iba subiendo, apretándola en las sienes como si le hubiesen puesto dos tornillos a los lados, y como le subía una ligera calentura desde la boca del estómago. «Joder», dijo por tercera vez, mirando a Brad Pitt a los ojos. En aquel momento, un hombre entró en el videoclub e hizo la devolución de dos películas, que dejó sobre el mostrador. El dependiente, después de revisar que los DVD estuvieran donde tenían que estar y que no tuvieran rayaduras, levantó la vista y miró a Blanca.

—¿Tú querías esta? —dijo abanicándose con la carátula, en la que estaba estampado el logotipo del videoclub.

A Blanca se le iluminó la mirada.

—Sí —respondió acercándose al mostrador y sacando con ansia el cartón de socia.

El dependiente echó una mirada de arriba abajo a aquella criatura que acostumbraba a alquilar películas que no eran acordes a su edad, marcó con el sello en su cartón y se la tendió.

Blanca pensó que aquello había tenido algo de milagroso.

VI

Digamos que matar a una niña y alquilar una película no entrarían en el mismo grado de importancia en la escala de los milagros. Especialmente si le preguntasen a alguien del Vaticano. Pero Verónica, Carla e Inma coincidieron en que aquello era algún tipo de señal del universo, porque Blanca había sentido lo que debía sentir y había tenido una consecuencia inmediata. Creer que todas las cosas deben tener siempre detrás algún tipo de significado es algo muy propio de la adolescencia —que el chico que te gusta te pida fuego, que las chicas a las que no soportas se callen súbitamente cuando pasas por su lado en los pasillos del instituto, que suene tu canción preferida cuando entras en la discoteca *light*—, pero más todavía para un grupo de chicas que pensaban que sus estados emocionales estaban regidos por las fases de la luna y la alineación de los planetas.

Marcaron *Aurora* y *El club de la lucha* como hechos significativos y relevantes en la biografía milagrosa de Blanca, y la instaron a seguir la recién inaugurada senda de las emociones que nacen en la boca del estómago. Y lo cierto es que todo lo que sucedió a partir de entonces en la vida de Blanca podía tener una explicación plausible y racional o una milagrosa, y las chicas optaron por alimentar la idea de la siempre más interesante segunda versión de los hechos. Por ejemplo, un día, mientras hablaban por Messenger, alguien llamó por teléfono a casa de Blanca y se cortó internet. Ella, que estaba sola, salió con ímpetu de la habitación para descolgar y colgar el aparato y a quien fuera que estuviera llamando, y, cuando llegó al salón hecha una furia, se cayó una estantería de la pared. La explicación plausible y racional: que Blanca había salido hecha una furia de su habitación, dando a su salida un enorme portazo que había podido provocar en el salón, estancia contigua a la suya, un derrumbamiento. Explicación milagrosa: milagro.

El milagro que más les gustaba a las chicas fue el que tuvo lugar el día en que Blanca rescató un gato. Fue un domingo a mediodía, cuando regresaba de la panadería justo antes de comer. Ella vio congregados a un grupo de vecinos que observaban fijamente la copa de un árbol. En una de sus ramas se encontraba Isidoro, el gato de la señora Vicenta. Al parecer, según le contaron, el gato había saltado al árbol desde la ventana del salón de Vicenta hacía ya unas cuatro horas, y ahí seguía, maullando como un loco, sin tener muy claro cómo bajar y sin acordarse de por dónde había llegado hasta allí. «Es que es mayor, tiene alzhéimer», explicaba su dueña con preocupación y en pantuflas, atándose fuerte el nudo de su batín. Un vecino trajo una escalera, pero el gato, al verlo subir, saltó, asustado, a una rama todavía más alta. Blanca estaba a punto de marcharse cuando, según les contó a sus amigas, sintió algo en el pecho: una calurosa corazonada. Así que se aproximó al tronco del árbol, miró hacia arriba, musitó el clásico «bsbsbsbs» y extendió los brazos. El gato, como hipnotizado, saltó hacia ellos. Blanca lo agarró con fuerza y se lo entregó a su dueña, que se mostró tan agradecida con ella que subió a su casa y le bajó un par de botes de mermelada de naranja casera. «La hice ayer», le dijo con un guiño.

Explicación plausible y racional: quizás el gato solo necesitaba que le indicasen lo que debía hacer, pero por allí no había ningún experto en comportamiento animal. Explicación milagrosa: está claro, milagro.

Incluso los vecinos más escépticos coincidieron más adelante en las versiones que circularon por el barrio: el animal parecía «como hechizado por la niña satánica de los vecinos del cuarto» y aquello había sido «casi mágico, como milagroso».

Otro ejemplo: de regreso a casa después de las clases, Blanca siempre tenía dos opciones de ruta. La primera, volver por el camino más largo, que incluía un par de callecitas secundarias y una calle principal, más segura, llena de bares, comercios y un gran supermercado. La segunda opción consistía en atravesar un descampado, un camino que tanto su padre como Rosa desaconsejaban siempre que podían por encontrarse, en palabras de Rosa, «muy desangelado», y por ser el punto de reunión de aquellos pobres y flacos supervivientes de la heroína de los años ochenta.

Blanca, que aquel día debía de ir con prisa, atravesó el descampado, donde había aparcadas un par de destartaladas furgonetas y un coche abandonado, y desde donde detrás de una de aquellas furgonetas se le apareció uno de los quinquis del barrio —camiseta de tirantes blanca, vaqueros, riñonera, zapatillas J'Hayber y las clásicas gafas de sol de ciclista a modo de diadema—, que nada más ver a Blanca le preguntó si llevaba algo suelto. «No, lo siento», respondió ella poniéndose muy recta, todo su cuerpo alerta, y aumentando un poco la velocidad de sus zancadas. «Cómo que no, Morticia, ven aquí ahora mismo». Blanca intentó desviarse para no tener que pasar directamente por su lado, pero el quinqui era más rápido y consiguió cerrarle el paso, quedando frente a ella. «Que me enseñes tu mochila ahora mismo, Bitelchús». Ella levantó las manos para apaciguar a aquella bestia y dio unos pasos cautelosos hacia atrás. El quinqui, como si fuese un vals, caminaba, también despacio, a su encuentro. Blanca empezó a correr hacia atrás sobre aquellas plataformas que parecían zancos y comenzó a sentir aquel fuego en el pecho, y el quinqui trató de perseguirla, pero, sin saber cómo, tropezó con uno de aquellos pedruscos que proliferan en todo descampado y cayó de morros al suelo. Cuando levantó la vista, Blanca observó que se había roto una de las paletas y que le sangraban los morros. «Ya te pillaré, puta mierdosa». Explicación plausible y razonable: todo el mundo sabe que los yonquis no tienen buena psicomotricidad. Explicación milagrosa: milagro.

De las cuatro chicas, Blanca era quien dudaba más de su poder. Una niña muerta, una película, un gato tonto o un yonqui que perdía el equilibrio no le parecían hechos lo suficientemente grandes para rellenar la biografía de una santa y, a menudo, sentía que aquellas tres amigas intentaban calmar y analizar desde un punto de vista racional los miedos e inquietudes de la niñita abandonada, ahora que todas conocían aquello que no le había contado a nadie. Aun así, y pese a aquellas dudas de lo más razonables, Blanca no podía negar que, a base de prueba y error, había logrado encontrar aquello que buscó en los supermercados, el patio de la escuela y, más adelante, también en internet: ese calor interno, sofocante, repentino y misterioso que, siempre que aparecía, tenía algún tipo de consecuencia y que, por primera vez, detectaba dentro de sí. Blanca pensaba que, quizás, con un poco más de maña, aprendería a controlarlo. Y la sencilla idea de tener control sobre algo era una cuerda a la que poder agarrarse.

VII

Mientras los milagros de Blanca se iban sucediendo, las chicas empezaron a hacer planes para conocerse en persona. Los nombres Carla, Inma y Verónica salieron de internet y empezaron a permear en la vida y las conversaciones de Blanca. «Verónica me ha recomendado esta película», «Carla se ha apuntado a clases de repaso porque va floja en matemáticas y química», o «Inma dice que estuvo con sus padres en Benidorm». Al principio, ni su padre ni Rosa comprendían del todo bien que Blanca pudiera tener amigas que no existían en el mundo que ellos conocían, y se preocuparon por los usos que les estaba dando a las nuevas tecnologías. Ellos creían en todas aquellas historias alarmistas que contaban en los programas matinales; leyendas urbanas que hablaban de secuestros, de sectas y de pederastas que habitaban en los albores de internet y, de tanto en tanto, saltaban al mundo real para hacer daño a las niñas de la edad de Blanca. Internet era para los adultos un lugar misterioso, incluso aterrador. No fue fácil convencerlos de que aquello no era exactamente así.

La primera chica a la que conoció fue a Carla, por conveniencia geográfica. Aquel verano de 2001, Rosa y su padre decidieron alquilar un apartamentito en Denia para pasar las vacaciones. En cuanto Blanca relató en aquel grupo de Messenger lo que iba a ser su verano, Carla, que era de Alicante, comenzó a hacer planes para que se conocieran. Aquello supuso un par de llamadas entre los adultos para confirmar que Blanca era Blanca y que Carla era Carla y que ninguna de las dos era en realidad un señor de cuarenta y siete años de Cuenca con oscuras intenciones y el ordenador lleno de pornografía infantil. Una vez que se quitaron los miedos, Rosa y su padre invitaron a los padres de Carla a pasar un día en Denia para que las chicas se pudieran conocer. Y así lo hicieron.

Un 14 de julio el paseo marítimo de Denia fue testigo de una estampa poco habitual: dos chavalas vestidas de un negro que resultaba insultante para el calor que hacía: una muy alta, muy rubia, muy delgada, y la otra muy bajita, muy gorda, muy morena. Los padres dejaron a las chicas en el paseo y se fueron a tomar algo y, aunque en un primer momento las dos chicas se quedaron sin saber muy bien qué decir, arrolladas por la extrema timidez propia de cualquier primera cita, al cabo de quince o veinte minutos comenzaron a soltar la lengua hasta terminar hablando por los codos. De lejos, solo podían intuirse unos escandalosos «¡Ya, tía!», y «¡¡Ya, tía!!», pero de cerca podías escuchar a dos jovencitas hablando sobre si eran más de Josh Hartnett o de Devon Sawa, sobre *Cumbres borrascosas*, sobre el abandono de la madre de Blanca, sobre los helados Drácula, sobre *Los rompecorazones*, sobre la intuición de Carla de que sus padres no seguirían casados después de aquel verano, sobre cuándo conocerían a las otras dos chicas, sobre la imperiosa necesidad de irse todas a vivir juntas cuando cumplieran los dieciocho años, sobre perder la virginidad, sobre las tetas de Pamela Anderson, sobre máscaras de pestañas que soportasen un chapuzón en la piscina, sobre el miedo a hacerse mayores, sobre *El caramelo asesino*, sobre la tristeza de Carla tras la muerte de su abuelo, sobre el número exacto de milagros de Blanca

—esta contaba pocos y con reticencias, pero Carla contaba ya siete: «No te olvides de lo del gato con alzhéimer», apuntó—. Aquello era la efervescencia de la amistad, la sensación de haber encontrado un alma gemela con la que te entiendes por encima y por debajo de las palabras. El tipo de amistad en la que sabes que otra persona ha comprendido lo que querías decir desde la otra punta de la habitación.

Las chicas pensaron que llevaban charlando tan solo quince minutos cuando los padres por fin regresaron y les dijeron que habían estado hablando tres horas y se fueron todos a comer. Frente a los adultos, Carla era tan parca en palabras como Blanca, pero ambas pasaron el almuerzo lanzándose miradas que no requerían ningún tipo de explicación. Al marcharse, las chicas intercambiaron un par de pulseras de hilos y quedó pendiente una visita de Carla a casa de Blanca y una visita de esta a casa de Carla. Las dos niñas góticas se abrazaron con intensidad en su despedida, como quien trata de atesorar un momento que, a pesar de los planes futuros, no sabe cuándo se repetirá.

Ya con la garantía de que internet quizás no era un lugar tan peligroso como pensaban, Rosa y el padre de Blanca empezaron a ver con mejores ojos la cantidad de tiempo que pasaba conectada a la red, y también de distinta manera la posibilidad de que conociese al resto de las chicas góticas. Digamos que los temores del padre y de Rosa a que no fuese una niña del todo normal se confirmaron, pero al mismo tiempo consiguieron despejarse. Quizás, más adelante, rodeada de la gente adecuada, Blanca encontraría su sitio. Quizás, pensaban, tan solo necesitaban un poco más de tiempo y paciencia.

Con aquel beneplácito, las chicas empezaron a gestar

un plan para poder coincidir en algún punto de España antes de que finalizase aquel caluroso verano: Verónica e Inma vivieron con emoción, pero también con una punzada de celos, que las otras dos ya se hubieran visto en persona, lo que aceleró en gran medida los acontecimientos.

Y parece que los astros se alinearon para ellas.

El hermano de Inma, de Jaén, debía acudir a la capital a principios del mes de septiembre para buscar piso, ya que aquel año comenzaría sus estudios universitarios en la capital, y la familia al completo le acompañaría. El padre de Carla tenía que ir por motivos de trabajo durante las mismas fechas, y su hija le convenció de recoger a la otra niña gótica de camino y quedarse todos juntos en un hostal. Verónica ya estaba allí. Así que por qué no hacerlo.

♥ inma the dreamer ♥
Me muero de ganasssss

Cärlä
vale pero cuando iríais vosotros inma

♥ inma the dreamer ♥
creo que la segunda semana o asi
estaremos el finde y nos qedamos hasta el martes o miercoles
depende de si encontrams piso

Cärlä
nosotras es q llegamos el lunes x la tarde y hasta el martes cuando mi padre acabe su reunion

B l a n c a

Pues quedamos el martes!

VeRoNiKa

En ke dia cae???

yo no se si puedo!

♥ inma the dreamer ♥

Como no vas a poder????

B l a n c a

11

martes 11

VeRoNiKa

Pq creo q no volvemos de Sotogrande hasta el 15

♥ inma the dreamer ♥

joder, pero inténtalo!

VeRoNiKa

Sisisi lo voy a intentar

Cärlä

martes 11

nos podríamos tatuar jajajajaja

B l a n c a

Jajajajajajaja

VeRoNiKa

Jajajajajaja

M11

♥ inma the dreamer ♥

11 de septiembre
como mecano
es nuestro aniversaaaaaaaario jajaja

VeRoNiKa

tia eso es el 7 como eres tan cateta jajajjaja

♥ inma the dreamer ♥

Vero q era una broma, jope

Cärlä

11S

Blanca

♥ 11S ♥

VIII

El verano pasó lento, más lento que de costumbre, como siempre sucede cuando estás esperando algo, ya sea la llegada del próximo autobús, los resultados de una prueba médica o la llamada de un amante. Basta con tener una fecha importante marcada en el calendario para que los días se estiren como un chicle pegado a un zapato. Las semanas se hacían eternas, y Blanca las pasaba encerrada en su habitación o a la sombra de los pinos cuando su padre y Rosa insistían en que saliese a que le diera un poco el aire, siempre en compañía de algún libro bajo el brazo que la entretuviera. Blanca terminaba entonces por darse cuenta de que, al contrario que en otras ocasiones, el libro no aceleraba aquel tiempo muerto, puesto que se encontraba tropezando una y otra vez en el mismo párrafo cuando su mente se perdía en los recovecos de su imaginación y de sus ilusiones, que estaban tan cerca.

Blanca se aburría tanto aquel verano que comenzó a tontear, por pura desidia, con un muchacho de aire sombrío con el que había empezado a coincidir de tanto en tanto en la biblioteca pública. Pronto se dio cuenta de que el chico la miraba con la atención de quien busca cualquier excusa para levantar la vista de la página del libro que tuviera delante, y decidió sostenerle la mirada las veces que le pilló utilizándola como pretexto para no estudiar.

Hasta entonces no había sentido gran interés por ningún chico en particular. En parte, porque los chicos guapos de su instituto, que siempre terminaban siendo los más populares gracias a la lotería de la genética que les había tocado en la rifa, no solían cruzar palabra con ella, como si perteneciese a una casta inferior por el simple hecho de vestir de negro, no llevar esos polos tan de moda de Tommy Hilfiger y hablar poco. En parte, también, porque Blanca se sentía cómoda en esa casta inferior, admiradora y anhelante de miradas y caricias que nunca eran para ella, ya que la hacía identificarse como una de las heroínas trágicas e incomprendidas de las novelas georgianas que ahora leía apasionadamente.

Ese chico era distinto. Al no pertenecer a su mismo instituto, Blanca podía despojarse del rol de chica rara que allí le había sido dado desde la niñez y que mantendría, con toda probabilidad, hasta su marcha a la universidad. Y le pareció que aquella historia de biblioteca también tenía su punto novelesco: ella acudía porque la biblioteca tenía aire acondicionado y todos los libros del mundo. Él, porque era mal estudiante y debía aprobar las asignaturas que le habían quedado para septiembre. Eran como una balada de rock y quizás eso fuera lo que verdaderamente tenían en común: la espera. Para ambos, el mes de septiembre representaba una fecha importante en el devenir de sus días y, mientras tanto, solo podían hacer tiempo hasta que llegase.

Y, aunque no hubiesen tenido nada más en común, Blanca llevaba meses sintiendo que, a sus dieciséis años, ya debería dar su primer beso antes de que aquella carga, por entonces todavía ligera, se hiciera más pesada. A los quince, no haber sido besada podía entrar dentro de la normalidad. A los dieciséis, te convertía en una paria social. De modo que Blanca le puso las cosas muy fáciles:

primero se mostró excesivamente solícita ante sus miradas, invitándole a dar ese primer paso que él no tardó en aceptar moviendo todos sus bártulos de la zona donde acostumbraba a ponerse para, al cabo de tres días, estar ya sentado a su lado. Después, ella jugó bien a ese *ping pong* de las presentaciones amistosas que buscan convertirse en una conversación más íntima: cómo te llamas, dónde estudias, qué haces aquí, por qué no estás en la playa. Y, al cabo de un par de días más, Blanca ya reía sus chistes echando mucho la cabeza hacia atrás como si fuera bobita, asentía de manera efusiva y entusiasta cuando él le hablaba de cualquier cosa, como si estuviese descubriendo el lenguaje y el poder de la comunicación a través de él, ya versase la conversación sobre bandas de música que le gustaban —la de chapas que se comió la pobre acerca de las guerras internas del *britpop*— o sobre películas que «sí o sí» ella tenía que ver «para ser alguien con criterio» —como *La naranja mecánica* o *Pulp Fiction*, películas que ella ya había visto y comentado con sus amigas, cuyos análisis, al contrario que los del chico de la biblioteca, iban un poco más allá del «es una peli de esas que te hacen pensar después»—, y también se mordía la lengua para no corregirle cuando aportaba algún dato que Blanca sabía que era erróneo y que casi siempre, por los intereses del nota, estaba relacionado con la Segunda Guerra Mundial.

Blanca pensaba en lo imposible que resultaba hablar con naturalidad con cualquier chico, al contrario de lo sencillo que era hacerlo con sus amigas. Se daba cuenta de que la mayoría de los chicos no querían escuchar a las chicas sino escucharse a sí mismos hablándoles a las chicas. Y, por tanto, ella debía interpretar ese papel femenino y asignado de nacimiento que, ahora se daba cuenta, era el que había aprendido de las revistas para adolescentes que consumía de tanto en tanto y que siempre daban consejos sobre cómo gustar a los chicos («Sonríe, hazle preguntas, muéstrate prudente, no alardees de tus logros, no hables más de tres minutos seguidos, baja la mirada cada vez que te haga un cumplido, tócate el pelo al hablar, pon tu mano sobre la suya... ¡y será tuyo!»). Blanca tenía que mostrarse más insegura de lo que era, más ignorante de lo que era, más tonta, más interesada en lo que él quisiera contarle, más ingenua, más vulnerable, más dulce, más afable, más cariñosa, más atenta a cualquiera de sus necesidades y demandas, aunque esta fuera, simplemente, darle su botella de agua si él se atragantaba con su bocadillo de jamón. Ella tenía que aparentar ser alguien que no era porque, a fin de cuentas, lo único que le pedía aquel chico era que escuchase durante una hora y cuarenta y nueve minutos de reloj por qué estaban a la gresca los de Blur con los de Oasis. Es decir, el chico tan solo le pedía que fuese un interlocutor con tetas.

Así que atendió, asintió, sonrió, se tocó el pelo, esperó pacientemente a que él le hiciese alguna pregunta que no le hizo jamás y, llegados a finales del mes de agosto, el día que él le dijo «Eres distinta a todas las chicas que he conocido, contigo se puede hablar», Blanca echó la cabeza atrás y cerró los ojos, como hubiese hecho cualquier personaje de una novela de Jane Austen, y él le pegó un morreo que duró algo así como tres siglos, hasta que se encendieron las farolas en las calles y pudo regresar a su casa. No le volvió a ver. En lo que quedaba de agosto, Blanca, con la intención de evitarle, no regresó a la biblioteca. Después de las chapas y el beso, no le quedaban fuerzas ni razones para seguir quedando con él. Pero pudo tachar de su lista mental de cosas pendientes el peliagudo tema del primer beso y, aunque le gustó aquello, para qué negarlo, porque sintió que todo su cuerpo se encendía de una manera que la tuvo días y días en estado de turbación, también se planteó si durante toda su vida tendría que soportar la verborrea mental masculina como peaje antes de que le metieran la lengua hasta la campanilla.

IX

Esta fue la escena: tres chicas enloquecidas, enfervorecidas, tremendamente excitadas. Tres chicas que burbujeaban y explotaban como cuando echas una pastilla de Mentos en una botella de un litro de Coca-Cola. Tres chicas que brincaban y chillaban como si fueran las tres únicas personas en la madrileña plaza de Callao, frente a la escalinata de los cines Capitol, un martes cualquiera a las doce del mediodía.

Eran Blanca, Carla e Inma, claro está, incapaces de contener la emoción que les provocaba el verse por primera vez (aunque para Blanca y Carla ya fuera la segunda), de poder tocarse y sentirse, de escuchar el sonido y la tonalidad exacta de sus voces, de descubrir a qué olía cada una de ellas, su cuello —Inma y Carla llevaban Tommy Girl, Blanca llevaba CK One— y su pelo —todas olían a Fructis—, de conocer qué gestos las caracterizaban como señas de identidad hasta volverlas inconfundibles fuera de la pantalla —Carla se doblaba por la mitad al reírse, Inma daba pequeños toquecitos en el brazo cuando otra decía algo que le parecía muy divertido y Blanca se tapaba la boca, como si fuera una chica japonesa, cada vez que la hacían reír—, o cómo retumbaban cada una de sus carcajadas.

Hablaban las tres a la vez, pisándose las unas a las otras,

y luego callaban al mismo tiempo para escuchar lo que las otras tuvieran que decir, y ante la coincidencia se partían de la risa. Y vuelta a empezar. Cháchara, silencio, risas. Risas, silencio, cháchara. Una y otra vez, como si no hubiera un mañana o, mejor dicho, como si no las fueran a recoger a eso de las cinco de la tarde, un poco antes en el caso de Inma, que tenía que regresar en coche con su familia a Jaén después de que su hermano encontrase esa misma mañana una habitación en el barrio universitario de Moncloa.

Aun así, a pesar de las prisas y el poco tiempo que tenían para conocerse y disfrutarse, no cabía felicidad más grande en esos cuerpecitos tan pequeños. En especial en el de Inma, la desconocida Inma, la tercera pata de la mesa, a quien ahora descubrían en todas sus dimensiones: pelirroja y diminuta ella, ya que no llegaba al metro cincuenta de estatura, con unas gafas enormes de montura negra y redonda que le tapaban casi toda la cara, vestida como una estudiante de un internado inglés, pero con un profundo acento del sur de España. «¡Parecemos las Supernenas!». Rubia, morena, pelirroja, y otra vez venga la risa. Cualquier tontería era digna de una gran celebración, de un enorme alboroto, de más saltitos y chillidos de cerdo camino del matadero. Eran tres muchachas encantadas de haberse conocido por vez primera, en carne y hueso, aunque supieran hasta qué día les había venido el periodo ese mes.

El bip, bip de sus teléfonos móviles, pesados como bloques de ladrillo, sonó a la vez dentro de cada uno de sus bolsitos, pequeños y compactos. Era Verónica: «Q pena no poder estar □». Seguido de otro: «Q vais a hacer???». «¡Vamos a comer al VIPS!», se dijeron las unas a las otras. «Vms a comer al vips en gran viaaaa», respondieron, muriendo de ilusión ante un plan que, por aquella época, consideraban hasta cierto punto glamuroso y, sobre todo, adulto.

Y pusieron rumbo calle abajo por la Gran Vía, mirando las tres provincianitas al cielo, a lo alto de esos enormes edificios, sin perderse detalle alguno de la arquitectura que las envolvía y casi parecía que las iba a devorar. Blanca saboreaba con algo más de pasión aquella estampa, atisbando quizás un futuro en la gran ciudad, imaginando una vida en la que pasease por esa calle arriba y abajo a diario, ida y vuelta al trabajo, haciendo algunas compras, taconeando de un lado a otro como imaginaba que hacían las mujeres de más de treinta años que han desarrollado una carrera profesional. En su fantasía no contemplaba que los madrileños evitan la Gran Vía siempre que tienen ocasión de hacerlo, porque a esas alturas de su vida era algo que no podía saber, como tampoco imaginaba la hora y media de transporte público perdida para llegar al trabajo con el táper dentro de una coqueta bolsita de Tous cuando, por mucha carrera profesional que hayas desarrollado, debes llegar taconeando desde Alcorcón. No, ahora no tenía tiempo ni tampoco la información suficiente para pensar en detalles tan grises y aburridos como la vivienda, el transporte o el verdadero funcionamiento de una gran ciudad. Ahora, mientras paseaba por esa calle tan emblemática, tan de ficción, no podía más que imaginarse como la protagonista de una película, la suya.

—Qué pena lo de Vero, la verdad —dijo Blanca mientras paseaban las tres cogidas del brazo, creando un bloque compacto e incómodo para el resto de los peatones, que intentaban adelantarlas por ir con algo más de prisa.

—Ya, bueno... —respondió Inma en un tono de voz que Blanca no llegó a descifrar del todo, porque no sabía si en él había agradecimiento o reproche ante la ausencia de la cuarta amiga en cuestión, a quien ella tenía en tan alta estima.

—¿Qué pasa? —preguntó Blanca sin miramientos, porque las amigas de verdad, pensaba ella, no esconden secretos.

Y entonces captó una mirada rápida y cómplice entre Carla e Inma, una de esas miradas que vienen a decir que ellas sabían algo que Blanca todavía desconocía, pero que estaba a punto de conocer. Una mirada que venía a confirmarle que, igual que Verónica y Blanca a menudo pasaban horas y horas charlando sin las otras dos, era posible que Inma y Carla hicieran exactamente lo mismo entre ellas. No le molestó, hasta cierto punto lo comprendía. Así funcionaban, al final, los grupos de amigas. Siempre iban creando pequeñas divisiones, microbloques de complicidad, confianza y lealtad que solo salían a la luz cuando había algún tipo de conflicto en el grupo principal, que, por fortuna, en el caso de estas cuatro ni existía ni se le esperaba. O eso creía Blanca.

—A veces es un poco rarita... —explicó Carla con cierta cautela, esperando a ver si Blanca reaccionaba en alguno de los dos sentidos, el de aceptación o el de negación, para decidir si debía o no seguir tirando de esa cuerda o si la cuerda se tensaría demasiado.

Blanca caminaba mirando al suelo, confiando en recibir algo más de información antes de formularse una opinión concreta, pero pensando en que era cierto, para qué negarlo, que Verónica era la más excéntrica de las cuatro, sí, con aquella vida tan llena de cosas, frente a la vida a la espera que vivían las otras tres chicas, todavía demasiado jóvenes como para hacer todo lo que estaban deseando empezar a hacer. Pero también era la más mayor, la más anárquica y la más libre, la que tenía menos remilgos para hablar de cualquier cosa y la que parecía más despegada de lo que se supone que debía hacer una chica de su edad. Ser poco convencional, se decía Blanca, era parte del magnetismo de Verónica, una de las muchas notas que le gustaba olfatear en aquella personalidad por la que sentía tanta admiración.

—Sí, puede ser... —concedió ella, en parte porque era verdad y en parte porque sentía curiosidad por saber qué más tenían que decir—, pero es buena gente, ¿no? —Un breve silencio un tanto preocupante para un grupo de chicas que, por lo general, no callaban nunca.

—También creemos que nos miente en algunas cosas —añadió Inma cogiendo la cuerda de Carla, tensándola un poquito más.

—¿Cómo? —Ahí Blanca sí que se paró, ya casi a las puertas del restaurante VIPS, para observar de frente a sus dos amigas—. ¿En qué cosas?

De nuevo, aquella mirada cómplice, ese ligero balanceo sobre sus pies, hacia delante y hacia atrás, como si alguna de las dos necesitase un empujón definitivo para lanzarse a decir lo que ambas, estaba claro, pensaban. Fue Carla la que le dio un codazo a Inma animándola a tomar la palabra.

—Pues... todo eso de que sea rica, no sé, vivir en el Retiro, estudiar en un colegio privado que nunca nos dice cuál es...

—¿Desconfiáis porque es rica o porque no creéis que sea rica? —preguntó Blanca, pues eran dos cosas bien distintas.

De hecho, ella misma había envidiado en más de una ocasión el desahogado estilo de vida de Verónica: su casa, sus padres, sus vacaciones, sus posibles y sus posibilidades. Quizás todo venía dado por cierto resentimiento hacia los constantes alardeos de su amiga mayor, esa a la que sus padres nunca le negaban nada de nada, ya estuviéramos a día 1 o a día 30 del mes. La otra cosa era la posibilidad de que la vida de Verónica no existiera.

—Lo segundo. Creemos que se lo inventa —dijo Inma.

—O que maquilla su realidad —añadió Carla de una manera que hizo pensar a Blanca que sus dos amigas ya habían tenido esa conversación en numerosas ocasiones, analizando en un chat aparte las frases exactas de Verónica y poniéndolas en duda—. Porque todo es como... A veces tiene una casa en Mallorca y luego la casa, de repente, está en Sotogrande, por ejemplo.

—Igual tiene dos casas. Es rica —apuntó Blanca.

—Nosotras pensamos que se olvida de las mentiras que nos dice y cambia de versión todo el rato. No creemos que Vero sea rica, sino que lo hace para fardar con nosotras. Hay un millón de ejemplos más, Blanca —le dijo Carla en un tono con el que casi parecía que estuviera rogándole que entrase en razón.

—¿Como cuáles? —Se notaba tensa, un tanto enfadada, con la mosca detrás de la oreja. Y no por lo que Inma y Carla le estaban tratando de explicar, sino porque empezaba a ver con claridad algunos de los patinazos narrativos de la historia de Verónica y se sentía un poco boba por no haberse dado cuenta antes, o por haberles restado la importancia que tenían.

—Como cuando nos dijo que después del concierto de The Cure había estado con ellos en el camerino..., pero no tenía ninguna foto de aquel día —dijo Inma—. ¿Tú no te hubieses hecho una foto con Robert Smith?

—Dijo que había perdido la cámara digital —la defendió Blanca ignorando todo lo demás. Porque claro que Blanca se hubiese hecho una foto con Robert Smith. Ella se hubiese cortado una mano a cambio de hacerse una foto con Robert Smith.

—Vale. O las cincuenta y siete veces que nos ha contado que ha intentado suicidarse —contraatacó Inma.

—Que debe de tener el récord Guinness de la peor suicida de la historia... —añadió Carla, e Inma secundó su comentario con una ligera risita.

—¿Y qué pasa con eso? ¿No la creéis? —replicó Blanca sintiendo ahora la tensión en la mandíbula—. Ya sabéis que ella siempre habla del ambiente opresivo de su casa.

Porque estas niñas, curtidas por las novelitas que leían, tenían ese tipo de expresiones: «los ambientes opresivos» (cuando sus padres las llamaban a gritos para cenar, decían vivir en ambientes opresivos), «la volatilidad de los sentimientos» (cuando les dejaba de gustar un chico porque les empezaba a gustar otro) o «sentirse encorsetada» (cada vez que les tocaba hacer algo que no querían hacer, por ejemplo: «En la última cena de Navidad con mis primos me sentí completamente encorsetada»).

—Sí, pero... —Inma suspiró, como si no quisiera seguir indagando en el tema pero no le quedase más remedio que continuar haciéndolo por el bien común. Con un gesto que a Blanca le resultó hasta tierno, se subió las gafitas con el dedo corazón—. ¿Te has fijado en que siempre le ha pasado algo cuando decíamos de hablar por teléfono o queríamos poner las webcams?

—Cuéntale lo último, Inma —dijo Carla—. Merece saber la verdad.

—Las fotos que nos mandó, las de la chica con el pelo fucsia —expuso Inma como prueba definitiva del caso Verónica, con el tono de victoria que utilizaban los fiscales en las series de televisión de abogados.

—Sí.

—No es ella.

—¿Cómo?

—No es ella.

—¿Cómo lo sabéis? —preguntó Blanca, ahora sí, bastante confundida.

—Porque Carla encontró las mismas fotos en un foro de looks góticos... y esas fotos las subía una chica de Wisconsin.

—¿De Wisconsin?

—Sí, en Estados Unidos.

—Ya sé dónde está Wisconsin, pero ¿no puede una persona de Wisconsin haberle robado las fotos a Verónica de internet, y no al revés?

—Sería más raro, ¿no?

—¿Por qué? —quiso saber Blanca.

—No sé, porque nosotras sí que leemos cosas en inglés, pero la gente de Wisconsin no suele leer cosas en español —argumentó Inma, de una forma un tanto pobre, aunque increíblemente verosímil cuando expuso aquella idea en voz alta—. Y porque esas fotos están tomadas en sitios que no parecen España, las hemos analizado.

—¿Y cuál es vuestra teoría? —preguntó Blanca, no tanto con enfado, sino con curiosidad—. Verónica nos miente, pero ¿por qué?

—Tampoco tenemos ninguna teoría... Solo creemos que nos engaña con muchas cosas —dijo Carla.

—Yo sí tengo una teoría —saltó Inma—. Creo que Verónica no es rica, que es normal o que igual es pobre, que quizás ni siquiera vive en Madrid o que vive aquí, pero en un barrio como el de *Manolito Gafotas*, y que se inventa cosas porque su vida real le debe de dar mucha vergüenza. Creo que seguramente es fea o igual tiene algún tipo de deformidad en el cuerpo, y encontró una foto de una chica muy guay que decidió usar y ahora quiere que sigamos siendo amigas, pero le da miedo mostrarse tal y como es.

—Pero ¿qué tipo de deformidad va a tener? —señaló

Blanca, ahora sin poder ocultar la risa—. ¿Pensáis que Verónica es el Hombre Elefante?

—No sé, ¿y si tiene enanismo? —repreguntó Inma, completamente en serio—. No es algo tan raro.

—Es bastante raro, Inma; ¿a cuántos enanos has visto tú? —preguntó Blanca.

—Pues a mi prima Berta, que es enana, por ejemplo.

—Vaya, lo siento —dijo Blanca bajando la mirada hasta sus enormes zapatos de plataforma, sintiendo como los mofletes se le ponían colorados—. No sabía que tu prima era enana, Inma, perdona.

—No pasa nada, si ella es muy feliz —respondió esta con sinceridad.

—Pero ¿tiene cara de enana y todo eso o es simplemente una persona muy chiquitita? —quiso saber Blanca.

—O no tiene por qué ser enana, es que ese no es el tema, Blanca, igual es algo con algún cromosoma —dijo Carla sin pensar demasiado, intentando salir en ayuda de sus amigas, que habían entrado en el bucle de la conspiranoia, tan propio de criaturas cuya educación ha venido dada, en parte, por foros de internet—. O es que ni eso, solo son suposiciones.

—Vale, vale, perdón; y entonces ¿qué hacemos? —preguntó Blanca con los brazos en jarras, mirando primero a Carla y luego a Inma—. ¿Le escribimos y le preguntamos si tiene dierna?

—¿Qué es dierna? —soltó Carla.

—No preguntes eso, Carla, búscalo luego en internet —respondió Inma intentando volver al tema principal antes de que la cosa se descontrolase de nuevo—. Si nosotras no estamos diciendo que tenga que irse del grupo ni nada por el estilo, Blanca, la queremos un montón, pero... es raro. Nos gustaría que fuera real. Como nosotras.

La verdad es que eran buenas niñas. Blanca se sorprendió pensando justamente eso: «Son buenas niñas» y «Qué suerte he tenido de encontrarlas». Así que se encogió de hombros, concedió que Inma y Carla llevaban algo de razón y que algunas historias de Verónica cambiaban varias veces de versión hasta encontrar la versión definitiva, que sus ausencias injustificadas cada vez tenían justificaciones más estrafalarias e inverosímiles y que, y aquello era lo más llamativo, ninguna la había visto por cámara ni sabía cómo sonaba su voz. «Tendremos que hacerle una intervención», dijo Blanca dando por cerrado el caso, y entraron en el VIPS.

Todas pidieron un sándwich club y hablaron de todo aquello de lo que solían hablar a través del ordenador: música, libros, películas, chicos y, en especial, los milagros de Blanca, que últimamente, en opinión de Inma y de Carla, eran un poco flojos. Todas tenían sus teorías, claro está. En los últimos meses Inma se inclinaba más hacia la teoría de la casualidad: a Blanca le sucedían cosas cuando se enfadaba, pero no tenían razones de peso suficientes para pensar que un suceso estaba relacionado con el otro y quizás antes, siendo más pequeñas, habían decidido creer en todas esas cosas, como creían en los conjuros, pero ahora, siendo más mayores, Inma se daba cuenta de que no tenía mucho sentido. Inma, con la edad, había perdido la fe. Carla, por el contrario, con el tiempo se había vuelto más y más creyente en la extraña adoración que le profesaba a Blanca. Quizás porque esta era para Carla lo que Verónica era para Blanca: aunque se llevaba mejor con Inma, Blanca era su ojito derecho, aquella a la que admiraba y a la que se quería parecer, y por eso se empeñaba en pensar que tenía dentro una cualidad extraordinaria y fuera de lo común, casi como cuando nos enamoramos de alguien y solo somos capaces de explicarlo a través de la nota irracional, magnífica, casi mágica.

Blanca les aseguró que no había tenido ninguna experiencia milagrosa en lo que llevaba de verano. Es más, les confesó, se había aburrido como una ostra y por eso se había enrollado con el chico de la biblioteca. Y, aunque Inma y Carla ya habían leído esa historia por Messenger, obligaron a Blanca a contársela de viva voz, con pelos y señales y sin omitir ningún detalle. Y así, ella comenzó a relatar su romance de verano, elevándolo, transformándolo, romantizándolo como siempre hacemos con los recuerdos pasados: las miradas, el primer acercamiento, la primera frase que le dijo, lo que él contestó, cómo era, cómo vestía, si llevaba la mochila colgada de un solo hombro o de los dos, cómo se peinaba, cómo caminaba, a quién se parecía, qué personaje hubiese interpretado de salir en *Los Rompecorazones* o, mejor, en *Sensación de vivir.* «Sin duda un Dylan —concluyó Blanca—, porque es repetidor».

Tan ensimismadas estaban con aquella historia de amor que cuando aquel hombre se situó frente a su mesa no le hicieron ni caso al principio. Después, al sentir una presencia que llevaba más tiempo de lo razonable parada de pie en ese rinconcito casi al fondo del restaurante, que precisamente habían escogido para tener toda la intimidad del mundo, le miraron de reojo, y luego, al ver que no se desvanecía como un fantasma, fue Inma quien le espetó: «De momento no tomaremos nada más, gracias».

Y aquí cada una recuerda la historia de una forma distinta, y aunque la pusieron en común después, cada una de ellas la sigue contando de manera diferente: Inma explicaba que el hombre se marchó sobre sus pasos, salió a la calle y después regresó para hablar con ellas. Carla dijo que el hombre se quedó parado tanto rato que uno de los camareros del restaurante se acercó para preguntarle si se encontraba bien y si conocía de algo a aquellas chicas, detalle que ni Blanca ni Inma son capaces de recordar. Blanca oyó que el hombre carraspeó y luego elevó la voz para decir: «Soy Verónica».

Fuera como fuera la historia, o bien antes o bien un poco después, aquellas tres adolescentes se quedaron más pálidas de lo que ya mostraban las capas y capas de base de maquillaje blanco porcelana que solían ponerse a diario. Observaron a aquel hombre, al que todas consideraban muy mayor, aunque tenía poco más de cuarenta años, con la boca abierta y sintieron que el tiempo se había detenido en aquel preciso instante. Un hombre. Un hombre vestido con unos pantalones vaqueros Levi's y una camiseta de, casualidades de la vida, The Cure. Un hombre con el cabello pincho teñido de un rubio oxigenado, incipiente barriguita cervecera, manos y frente sudorosas que se apoyó sobre aquella mesa mientras las tres chicas abrían mucho los ojos sin comprender, puesto que sus cerebros eran incapaces de procesar esa sencilla pizca de información revelada en dos palabras («Soy Verónica»). Podría decirse que sus tres corazoncitos estaban en sincronía, bombeando con fuerza dentro de sus pechos, tratando de descifrar lo que tenían delante. Ese señor, Verónica. Ese paletorro, Verónica. Ese puto vejestorio, Verónica.

—¿Qué coño estás diciendo? —fue Blanca la primera en responder, poniéndose en pie, con todo su cuerpo tenso—. ¿Qué coño dices? ¿Dónde está Verónica?

—Tranquilas —respondió él, la persona que se había presentado como Verónica. Incómodo, diríase que avergonzado, alzando como pudo las palmas de las manos en son de paz e intentando controlar su respiración—. Tranquilas.

—Pero ¿cómo vamos a estar tranquilas? —espetó Blanca levantando la voz—. ¿Cómo vamos a estar tranquilas? —repitió, todavía más alto, sintiendo como el corazón se le salía del pecho. Buscando con la mirada a su alrededor a adultos que pudieran venir en su ayuda y en la de sus amigas, aunque el restaurante estaba casi vacío y, por el lugar estratégico que habían escogido, fuera de la visión del camarero que las había atendido.

—¿Eres un pederasta? —preguntó Inma, con los ojos llorosos detrás de sus enormes gafas, que comenzaban a empañarse.

—No —respondió el señor, Verónica—. De verdad que no lo soy.

—¿Nos vas a secuestrar? —preguntó entonces Inma temblando ya de pies a cabeza, con las lágrimas rodándole por las mejillas y dejándole unos ríos negros a su paso—. ¿En un VIPS? ¿Eso se puede hacer?

—No, no os voy a secuestrar —contestó él con calma—. Perdonad...

—Nos va a matar —dijo Carla en su susurro dirigido a sus dos amigas, pero mirando a aquel hombre con un gesto de clemencia—. Nos va a matar —repitió, como aceptando su destino con resignación, rindiéndose ante la evidencia.

¿Cómo no? Aquel era el destino de las chicas de internet que salían en las historias que tanto habían leído en este o aquel foro. El cuento de Caperucita moderno, ese del que tantas veces las habían advertido familiares, conocidos y presentadoras de programas matinales de la televisión mirando a cámara con el ceño fruncido, sin que ellas hiciesen ningún tipo de caso o, peor aún, tomándoselo a risa. La historia que cuenta que el mundo entero está poblado por lobos que atacan a las chicas que quieren salir de sus casas. Aquel cuento de nunca acabar que sirve de lección y moraleja para todas las demás chicas que alguna vez han fantaseado con la idea de marcharse, de una u otra manera, aunque fuera a través de la seguridad de la ventana de su ordenador. Carla comprendió esto al instante: ya está, se acabó lo que se daba, colorín colorado y fin del cuentito que llevaban tiempo escribiendo en su chat de Messenger; alargó la mano derecha al centro de la mesa buscando coger la de sus amigas. Al menos, se marcharían juntas. No era este el destino buscado, no era este el plan que habían organizado con ilusión, pero ahí estaban. Blanca e Inma se apresuraron a coger su mano, como si cogiéndose las unas a las otras, apretándose fuerte, pudiesen salvarse de alguna manera.

—No nos va a matar —dijo Blanca, esta vez sin chillar, del todo serena, al sentir que su mano, al agarrar las otras, estaba tan caliente que casi quemaba—. Lárgate de aquí —añadió, ahora mirando al señor, Verónica, directamente a los ojos.

Y entonces soltó las manos de sus amigas, porque notó que las suyas ya le ardían, y sintió de nuevo aquel fuego en la garganta que hizo que se marease y tuviera que bajar la mirada hacia el borde de la mesa para encontrar algún punto de apoyo. Pensó en todas las noches en vela hablando horas y horas con Verónica, contándole sus más íntimos secretos y escuchando los de ella, todas aquellas horas charlando de *Cumbres borrascosas*, de Quentin Tarantino, de sus próximos exámenes, de Rosa, de Ian Curtis, del chico de la biblioteca, de su padre, de su madre, de lo que era su vida entera. En su cabeza volvió a aparecerse la imagen del funeral de Aurora, solo que ahora era aquella chica del cabello rosa la que estaba dentro del ataúd. Comenzó a respirar con dificultad, casi a hiperventilar, sintiendo que iba a vomitar aquel sándwich club con patatas fritas encima de la mesa. Volvió a mirar a aquel hombre, esta vez no con odio, sino con tristeza. Por lo que fueron. O por lo que nunca fueron, en realidad.

—Lárgate de aquí ahora mismo.

—Lo... siento —respondió él nervioso y con un ligero tartamudeo—. No os quería molestar.

El hombre se dio la vuelta y caminó a paso ligero hacia la puerta del restaurante, saliendo de aquel VIPS exactamente a las 14.45 de la tarde del martes 11 de septiembre de 2001, la hora a la que el vuelo 11 de la compañía American Airlines, que realizaba el trayecto de Boston a Los Ángeles, con 81 pasajeros y 11 miembros de la tripulación a bordo, se estrellaba contra la torre norte del edificio World Trade Center de la ciudad de Nueva York. Dada la magnitud de los hechos, ninguna se atrevió a llamarlo milagro, pero a todas se les pasó por la cabeza aquello que no podían decir.

El mundo se ralentizó y se aceleró al mismo tiempo durante aquellas dos horas y media. Las tres chicas, los camareros, el resto de los clientes del VIPS de Gran Vía se quedaron ensimismados mirando las pantallas de televisión del restaurante, que emitían una y otra vez las imágenes del primer avión estrellándose contra la primera torre, grabadas en baja calidad por transeúntes y turistas que, por casualidades de la vida, iban paseando por Manhattan con una cámara en la mano, y luego las imágenes del segundo avión estrellándose contra la segunda de las torres, estas ya del todo nítidas, grabadas por profesionales, y que hacían que todo pareciera mucho más real. Cundió el estupor primero, y después, enseguida, el pánico, aunque aquello hubiese sucedido en Nueva York o, precisamente, porque aquello había sucedido en Nueva York. Los teléfonos empezaron a sonar, a brincar en sus bolsillos. «¿Dónde estáis? —decían los padres y las madres alarmados al otro lado de la línea—. Ahora mismo vamos a recogeros. No os mováis».

Y así, la primera vez que aquellas amigas se vieron en persona quedó ensombrecida por el caos que desataron unos terroristas islámicos en un atentado al otro lado del Atlántico, pero sobre todo por la presencia de Verónica en un VIPS de Madrid. Por una cosa o por otra, el mundo, sobre todo el suyo, jamás volvería a ser el mismo.

X

Blanca y Carla regresaron a sus respectivas ciudades sentadas en la parte trasera del coche del padre de la segunda, cogidas de la mano, en silencio, mirando cada una por la ventana que quedaba a su lado, el mismo 11 de septiembre por la tarde. El padre no se percató de aquel silencio, porque conducía escuchando Radio Nacional de España, donde iban dando la última hora sobre los atentados de Nueva York. «El mundo se ha acabado», decía de vez en cuando él, sin buscar un interlocutor para sus propios pensamientos, la vista fija en la carretera. Y ellas, con lo suyo por dentro, pensaban lo mismo.

En los días posteriores Blanca intentó procesar lo sucedido, pero aquello era como intentar resolver un viejo puzle del que se habían perdido demasiadas piezas y, de las que quedaban, no había una sola que pareciera encajar con las demás. Por muchas noches que pasara ensimismada mirando el techo de su habitación y asediada, de nuevo, por aquellas terribles fiebres, aprendiéndose de memoria dónde estaba aquella mancha de humedad y qué extensión exacta tenía aquella grieta, Blanca no era capaz de comprender la situación al completo, puesto que siempre se trababa en la pregunta clave: ¿por qué?

Algunas noches, pensaba que Verónica debía de ser algún tipo de depredador sexual que quizás se excitaba cuando hablaba, noche tras noche, con tres menores de edad. Pero luego le extrañaba que lo fuera: Verónica jamás había propuesto mandar para recibir a cambio fotografías. Aquello siempre había sido idea de alguna de las otras tres, y nunca había comentado expresamente las imágenes que le llegaban a su ordenador más que con el emoticono de una carita sonriente. Es cierto que eso no significaba que Verónica no pudiera masturbarse también con sus fotografías una vez recibidas, pensaba Blanca, pero lo que estaba claro era que jamás insistió en obtener más. Verónica también ponía excusas para eludir todas aquellas quedadas que hicieron por webcam, aduciendo razones que ahora resultaban de lo más evidentes. También solía participar menos, ahora se daba cuenta, en las conversaciones que podían tener sobre chicos, sobre besos, sobre iniciación al sexo, incluso en las conversaciones más picantes que pudieran haber tenido las otras tres, aunque fuesen inocentes comentarios sobre los calores que sentían al ver la escena de Jack y Rose dentro de aquel coche en la bodega del Titanic. Y cuando Blanca hablaba directamente con ella sobre tal o cual asunto en relación con algún chico, los consejos de Verónica, que ahora Blanca releía con mayor atención al detalle, eran cautos y prudentes («JAMÁS HAGAS NADA CON LO Q NO ESTÉS DE ACUERDO!!», o «Solo pq él quiera no significa q tú tengas q dejarte hacer»). Aquellos eran buenos consejos, mejores, pensaba ahora Blanca, que los que le había dado Inma («A veces s mejor hacerse un poco la tonta») o Carla («Si no les dejas al menos tocar una teta, se van a aburrir»). En todas aquellas conversaciones pasadas, no encontró ni una sola línea que ahora, conociendo la verdadera identidad de su amiga, le resultase incómoda o fuera de lugar. Entonces ¿por qué?

Tampoco podía decirse que Verónica estuviese intentando sacar algún tipo de rentabilidad económica de las chicas, lo cual, durante aquellas noches mirando las grietas y sudando sobre su almohada, fue otra de las teorías con las que Blanca buscó entender qué había sido todo aquello. Releía ahora aquellas largas conversaciones, haciendo una labor de arqueología, y jamás hubo preguntas que, visto desde un nuevo prisma, pudieran resultar sospechosas: nada de nombres y apellidos completos, nada de direcciones personales, lugares de trabajo de los padres ni, mucho menos, cuentas bancarias. Quizás Verónica era más lista, pensaba Blanca, y estaba dejando que las tres chicas tuviesen más y más confianza para conseguir lo que de ellas estuviese buscando un poco más adelante, pero, entonces, ¿por qué aparecer de esa manera en el VIPS? ¿Por qué no quedar con ellas en algún lugar aislado y tranquilo para hacer lo que tuviera en la mente hacer con ellas, aunque fuese robarles el bolso? ¿Por qué mostrarles su verdadera identidad en un espacio tan público y, por tanto, seguro para ellas, aunque inseguro para él? De nuevo, ¿por qué?

La tercera teoría era la más peregrina, quizás a causa del estado febril en el que Blanca se encontraba, con el cerebro frito por las distintas líneas de pensamiento que se le acumulaban en la cabeza. Según esta teoría, Blanca pensaba que Verónica seguía existiendo, y aquel señor era un impostor que le había hecho algo malo a su amiga, o que había hackeado sus cuentas y había acudido al VIPS con alguna oscura intención, suplantando la identidad de la chica del pelo rosa. Es la que Blanca hubiese deseado que fuese real, pero no se sostenía. Poco después de que Verónica abandonase el VIPS, recibieron un mensaje de texto en sus teléfonos móviles: «Perdón xfavor dejad q os dé una explicación». Todas bloquearon el número de sus contactos. También recibieron mensajes en el grupo de

Messenger, de donde la expulsaron, emails, y hasta encontraron sentidos comentarios en los blogs que solían visitar. No cabía duda, era Verónica.

La cuarta teoría era que Verónica podía ser, sencillamente, un loco. Una de esas personas que aparecen en programas como *El diario de Patricia* para diversión de la audiencia: el perfil de presidente de un club de fans de un artista de segunda, que le sigue por toda España a la caza de autógrafos, o de persona con aficiones un tanto extrañas, como recorrer el país entero en busca de saleros y pimenteros originales o coleccionar muñecas de porcelana. O alguien con una verdadera enfermedad mental, pensaba Blanca, que, un buen día, y de casualidad, entró en un chat llamado XiKaS 666 SaTaNiKaS y se quedó más rato de la cuenta. Lo curioso es que, leyendo las antiguas conversaciones con Verónica, Blanca seguía imaginando al otro lado de la pantalla a la chica del pelo rosa. Alguien que la había guiado cuando se encontraba perdida. Alguien que, a pesar de sus faltas de ortografía y su manera de expresarse, algo que ahora resultaba todavía más llamativo que antes, parecía una persona cabal, inteligente, lúcida y culta. No daba la sensación de ser un loco. ¿Qué quería entonces Verónica? ¿Quién era en realidad? ¿Y por qué hizo lo que hizo? Esas tres preguntas eran la razón por la que Blanca comenzó a lucir unas oscuras ojeras desde aquel 11 de septiembre. ¿Por qué?

Aquello supuso un cataclismo en la relación entre las chicas de internet. Tres no era lo mismo que cuatro, que tan fácilmente podía dividirse en dos y dos, y Blanca había perdido a su pareja de baile. El nuevo curso comenzó al poco de regresar de su primer encuentro y, sin buscarlo, pero también sin evitarlo, se alejó poco a poco del ordenador de su habitación.

Al principio puso la excusa de que no quería seguir

hablando del tema que Carla e Inma no podían dejar estar, porque para las otras dos parecía más bien un chisme, una historieta, un relato de tintes épicos o un giro de guion de película de sobremesa, pero a Blanca le pesaba demasiado, le dolía demasiado, le provocaba sudores y noches de sueños febriles, incómodos y nada reparadores.

Blanca había vuelto a sentir el abandono que ya había sentido cuando se marchó su madre, pero ahora esto era distinto: dolor sobre dolor, como cortar de nuevo con un cuchillo sobre la cicatriz de una vieja herida. Es cierto que Verónica no la había abandonado, pero aquella traición, ese no ser quien decía que era, también era sentido por Blanca como una pérdida. Quizás porque, en ausencia de un referente femenino que la guiase y acompañase en la vida, esta había encontrado en Verónica el espejo en el que mirarse y al que intentar parecerse. Rosa acompañaba, pero no guiaba, porque no entendía los mundos interiores de Blanca como sí lo hacían las chicas de internet, en especial la mayor. Cuando ella pensaba, noche tras noche, en Verónica, la sentía como parte de ella, y sufría su falta como la de un miembro fantasma después de una amputación. Hay quien tiene madre y hermana, referentes con los que compararse, imágenes a las que parecerse o de las que alejarse con el paso del tiempo. A sus dieciséis años, Blanca había perdido a las dos.

Más adelante, Blanca se inventó en el chat de Messenger toda una serie de excusas. Tareas, deberes, entregas y exámenes que, antes, jamás habían sido motivo de preocupación en el grupo de chicas, puesto que gestionaban todo eso y más con la habilidad de las niñas listas y la energía propia de la edad. Esa que les permitía acostarse a las cuatro de la madrugada después de charlar más de tres horas por internet y despertarse frescas como flores recién cortadas. Y así, poco a poco, Blanca fue pasando más tiempo sin conectarse al chat de las chicas. Primero fue un día, después dos, luego tres, luego cuatro.

♥ inma the dreamer ♥
Blanca...

Cärlä
estamos preocupadas, blanki, porfa
haznos saber q estás bien

♥ inma the dreamer ♥
Blanca di algo
te echamos de menos

Curiosamente, y como suele suceder cuando estamos hechos polvo pero fingimos que no pasa nada, el segundo peor momento en la corta existencia de Blanca ayudó a mejorar su vida familiar y social. Como esta quería pasar menos tiempo con sus chicas, comenzó a pasar más tiempo con su padre y con Rosa, aunque fuese de manera más presencial que emocional, tumbada en el sofá del salón, leyendo un libro por la noche, mientras ellos miraban la película que fuera que estuvieran echando por la tele.

«Está saliendo poco a poco de su caparazón», decía la tía Felisa cuando llegaba a casa junto con su nueva *compañera de piso* y Blanca bajaba las solapas de su última lectura al oírlas venir y las saludaba con una media sonrisa. Algo es algo. Ya no cenaba a toda prisa para volver a encerrarse en su cuarto, lo cual le hizo tener esta y esta otra conversación sobre cómo Rosa había pasado el día o cómo le iba a su padre en el trabajo. Aquello, desde fuera, parecía por fin una familia en toda regla. Blanca se dio cuenta de que, en muchos momentos, bastaba con interpretar el papel que se esperaba de ella como hija, alumna o, esto último lo comprobaría más adelante, también como amiga para que las cosas funcionaran mejor; parecía que la simple ejecución de una falsa normalidad llevase a la normalidad auténtica. Al final, una familia, como todo lo demás, es tan solo un conjunto de normas, costumbres y protocolos: la cena siempre a la misma hora, la pregunta de rigor sobre el día que se ha llevado, la celebración de una receta que está más jugosa que otras veces («¿Te lo parece? Le puse un chorrito de limón», respondía, sorprendida y orgullosa, Rosa), el dar las buenas noches antes de irse a dormir.

Aquella huida hacia delante también llevó a Blanca a aceptar este o aquel plan con Silvia y otras chicas de su clase. Planes que antes, siempre o casi siempre, había rechazado con educación por tener la sensación de que solo la habían invitado porque se encontraba presente en el momento en el que las chicas lo estaban organizando. Una película en los cines Lys, un paseo por la calle Colón, en el centro de la ciudad, para mirar las tiendas y escaparates y merendar después en el McDonald's, o un viernes en una discoteca *light* de la calle San Vicente Ferrer.

Blanca hacía todos estos planes como un exdrogadicto decide irse a la montaña y aprender a escalar o empieza a acudir a misa cada tarde: para evitar la tentación de caer de nuevo en su adicción de conectarse a ese ordenador, de volver a aquella conversación infinita. Blanca no podía evitar comparar a aquellas chicas nuevas con las otras chicas: se daba cuenta de que a Silvia y a las demás les faltaba la cultura de las otras, también el ingenio y la mala leche, y descubrió, por vez primera, cómo era el universo de las chicas normales. En lugar de hablar de The Cure o de Siouxsie and the Banshees, hablaban de David Bisbal y David Bustamante, dos concursantes de un programa de televisión recién estrenado que a ella la horrorizaba por hortera, pero que no le quedó más remedio que empezar a seguir para poder participar en la conversación y al que, para su propia vergüenza, terminó enganchada. En lugar de hablar de *El cuervo*, hablaban de *10 razones para odiarte* o *Crueles intenciones*, películas que Blanca, estas sí, disfrutó también, en especial cuando descubrió que la segunda estaba basada en *Las amistades peligrosas* y que la protagonizaba Ryan Phillippe.

Pero la conversación cultural no era el centro ni la base de aquella amistad escogida por localización geográfica y rutina compartida, sino el día a día.

Blanca descubrió que, en el mundo de las chicas normales, ellas mismas generaban en todo momento el propio contenido de la conversación. En aquella relación de amistad incipiente, comprendió que lo verdaderamente imprescindible era tener buena memoria para recordar todos los detalles mencionados con anterioridad y mantenerse al día en la narrativa del momento, ya fuera esta el odio común hacia una compañera del instituto o el avance de una nueva relación amorosa. Por ejemplo, si Silvia contaba que le gustaba un chico de sus clases de karate, era fundamental que cada vez que volviese de una clase de karate se le preguntase qué había pasado aquella tarde con aquel chico de las clases de karate. Los avances en este tipo de relaciones adolescentes eran tan lentos, pensaba Blanca, como en las novelas románticas y, de hecho, se asemejaban bastante, de modo que era esencial tener cierto talento para contar historias y engalanarlas con todo lujo de detalles que mantuviesen interesadas a las otras interlocutoras. «Le dejé una notita en su taquilla», comentaba Silvia, que después se desvivía en llantos porque no recibía nota de vuelta y debía esperar todo el fin de semana para regresar al gimnasio donde aprendía karate para después gritar: «¡Me dejó una notita de vuelta!». Y sobre esta nueva información y el análisis y sobreanálisis de aquella nota construían una tarde entera.

Salir con ellas requería, también, de mucha interpretación. Había que celebrar y alabar los conjuntos de unas y de otras, preguntar de dónde era tal o cual complemento, o cómo y por qué se habían maquillado y peinado de esta o de otra manera. Blanca no renunció a su característico estilo con predominancia del negro, pero añadió algunos detalles de color —una chaqueta vaquera ancha con numerosas tachuelas o unas botas de lluvia en amarillo mostaza, por ejemplo— que descubrió que eran especialmente celebrados por sus nuevas amigas. Blanca se dio cuenta de que también era necesario crear una intimidad física, en principio algo forzada (mucho beso, mucho abrazo, mucho ir cogiditas del brazo por la calle), pero que tenía el efecto mágico de dar como resultado una intimidad que era casi real.

Aunque a veces se sentía un tanto traidora por estar utilizando a unas nuevas chicas para olvidar a otras, como el amante abandonado que va por las noches de bar en bar en la búsqueda de clavos que saquen otros clavos, es cierto que se sentía bien junto a ellas, porque todo era más cómodo y práctico, todo era mucho más simple si seguía a pies juntillas los rituales propios de la amistad femenina, que se basaban en la observación y copia posterior de gestos y expresiones.

En cuanto al rendimiento escolar, Blanca también mejoró. Llegado diciembre, sus calificaciones resultaron ser las mejores de su vida, con una larga lista de asignaturas en las que sacó sobresaliente. Tenía sentido, claro, Blanca siempre había sido una alumna avanzada, aunque un tanto perezosa. Se dormía en los laureles, por así decirlo, y estudiaba con los codos apoyados en su escritorio el día antes del examen. Y gran parte del tiempo que decía que estaba estudiando, lo dedicaba al palique por internet, a los foros, a los chats y al grupo de Messenger. Una vez quitado todo eso, con dedicarle un ratito más a cada asignatura, sus profesores lo notaron y la premiaron.

Todo parecía ir bien, pero Blanca sabía, le advertían sus fiebres, que nada iba bien en realidad.

XI

Blanca era una persona dividida en dos. A un lado, la alumna ejemplar, la amiga cariñosa y considerada, la tímida pero diligente hija única que alababa a su madrastra cuando esta regresaba de la peluquería o le preguntaba a su padre por el día a día en su despacho. Aquella era la Blanca que la propia Blanca sentía que debía ser, la chica de las buenas notas, las lecturas silenciosas y los batidos compartidos con las amigas en el VIPS a la hora de la merienda.

Al otro lado estaba la niña cruel que mató a otra niña, la amiga traicionada, la hija repudiada. Doblemente abandonada a su suerte y para su desgracia. Esa otra Blanca diabólica, la del fuego en la garganta, la que podía ser capaz de hacerlo volar todo por los aires. La Blanca de internet, con gustos demasiado raros para el pequeño barrio de la pequeña ciudad de provincias en el que habitaba. La que tenía que esconderse en cierta medida, ser cauta con sus opiniones y no mostrar demasiado sus intereses para no alimentar aquellas habladurías que rápidamente se transformaban en estrafalarios rumores. Como aquel que circuló cuando cursaba la ESO de que Blanca realizaba rituales satánicos con pequeños roedores en su habitación o aquel otro de que se hacía cortes en los muslos en la intimidad de su cuarto de baño.

Ambas Blancas coexistían de forma más o menos pacífica gracias a los recursos que la dueña de su campo de batalla había desarrollado tras años y años de entrenamiento, autopercepción y silencios, para que estas dos partes no entrasen en un agrio conflicto en el que ella intuía qué parte podría salir vencedora, cosa que la asustaba. Antes, tenía internet y a aquellas chicas balsámicas que se sentían como aloe vera para su alma tras exponerse demasiado tiempo al sol de las calles. Sin ellas, sobre todo sin Verónica, Blanca estaba perdida, puesto que solo podía salir al mundo con una de aquellas dos partes puesta como un disfraz, mientras que el otro, aquel con el que no le apretaban las costuras, permanecía guardado en el fondo del armario. Así que, casi de un día para otro, comenzó a sacar a pasear a la otra, en contadas y controladas ocasiones, para probarse, por así decirlo, de tanto en tanto. Para no ahogarse. Para sentirse libre.

Por ejemplo, con los pequeños hurtos. Blanca comenzó a robar esto y aquello en tiendas y grandes almacenes cada vez que se escapaba sola con cualquier excusa al centro de la ciudad. Un labial rojo de la marca Dior en la sección de belleza de El Corte Inglés de Colón, el *Unknown Pleasures* de Joy Division en la FNAC, *American Psycho* de Bret Easton Ellis en la librería París-Valencia. Como una urraca, se sentaba después con su botín en el banco de cualquier parque para admirar con calma todos aquellos tesoros que había conseguido sustraer sin levantar sospechas. Era de mano rápida, tenía cierto arte para el disimulo y escondía aquellos objetos entre los pliegues de sus largas faldas negras o en sus enormes abrigos de corte militar cargados de bolsillos interiores. Le gustaba sentir toda la adrenalina de su cuerpo impulsándola a cruzar con paso firme y seguro las puertas de entrada y salida de aquellos lugares, y se creía superior a todos esos pobres consumistas que sacaban sus tarjetitas de crédito o sus billetitos todavía calientes, recién salidos del cajero del banco. Esos pequeños actos de maldad la hacían sentirse bien, sentirse viva.

Más adelante, Blanca descubrió que lo que la hacía sentirse de esa manera no era tanto la fechoría sino la sensación de peligro que inundaba todo su ser cuando cometía sus pequeños crímenes. El sentir la mirada del hombre de seguridad sobre su nuca, la urgencia al pasar un umbral sin tener claro si pitaría alguna alarma y la satisfacción al salirse una vez más con la suya. Blanca se encontró de bruces con la rebeldía adolescente, que no se transformaba en gritos y portazos en su casa o en riñas a viva voz con sus nuevas amigas, sino en ligeras transgresiones de lo social y moralmente establecido.

La cosa, claro está, fue a más. Y ella decidió no utilizar tan solo sus hábiles manitas, sino poner todo su cuerpo al servicio del peligro. Blanca se metía en los baños de las discotecas *lights* con aquellos chicos que ya lucían tatuajes y caminaban con el casco de su moto en la mano. Blanca se dejaba tocar, se dejaba hacer, justo como Verónica le dijo en una ocasión que no hiciera nunca. Matar a la madre, matar a la hermana mayor en el pequeño cubículo con olor a orina y al sudor de las hormonas adolescentes. Blanca acudía siempre con Silvia y sus otras amigas a la discoteca, daban una o varias *putivueltas* por el garito y luego, cuando ya había colocado a sus amigas en los brazos de chicos con pinta de sanotes, de buenos tíos, de capitanes de su equipo de fútbol, salía fuera a que le diese el aire y se juntaba con todo tipo de macarras mayores de edad con carné de conducir que se posaban en la puerta de aquellas discotecas para menores como buitres a la espera de una presa. Blanca era la presa. Aceptaba un trago de esa botella de Coca-Cola maridada con whisky barato, daba una calada al porro que le ofrecían hasta sentirse mareada y después entraba en los baños o se subía en la parte trasera de sus motos, agarrada con todo su cuerpo al conductor, pidiéndole más y más velocidad para sentir el viento en la cara. Y luego regresaba a casa no más tarde de las nueve, se bajaba la falda, se recolocaba las medias, se tapaba aquellos chupetones con maquillaje, se comía un chicle de menta y le preguntaba a Rosa, con los ojos enrojecidos por la marihuana, que qué tal le había ido el día.

Blanca no se sentía ni bien ni libre cuando se morreaba con aquellos chicos que, con toda probabilidad, escribían el verbo *haber* con la letra *v*, pero sí cuando llegaba poco a poco al límite que esa tarde se hubiese puesto en el horizonte y, sobre todo, cuando después lograba ocultarlo con maestría. Con lo que disfrutaba era con la sensación de tenerlo todo controlado, de ser una persona indecente y, al mismo tiempo, la persona más decente que jamás había existido: con sus notas altas, con sus preguntas amables y con los muslos llenos de moratones. Blanca necesitaba, de alguna manera, sacarse todo aquel fuego de las entrañas, como fuera, y cada vez de maneras más arriesgadas, para después volver a casa y comportarse como la chica a la que nadie se atrevería a abandonar o a engañar de nuevo.

Cuando Blanca cumplió diecisiete años, su padre y Rosa le regalaron un nuevo y brillante discman, *1984* de George Orwell y un nuevo voto de confianza. A partir de entonces, tendría permiso para volver a casa a las diez y media de la noche entre semana y a las doce los viernes y los sábados. Aquel permiso venía con condiciones: sería derogado si Blanca se retrasaba en sus llegadas, si regresaba apestando a alcohol o si su rendimiento escolar bajaba. Esto le permitió tener una nueva ventana, un nuevo espacio de libertad para seguir empujando sus propios límites: el atrayente mundo de la noche.

Blanca aprovechaba su tiempo: los viernes, cuando no iban a una discoteca *light*, bajaba a la placita, la misma donde de niña había pasado tantas tardes jugando en los columpios rojos, y se sentaba en un banquito a charlar con sus amigas. Aquello le servía como coartada. A eso de las nueve y media, apelaba al viejo toque de queda, puesto que no había informado a Silvia y al resto de las chicas de que su progenitor y su madrastra le habían ampliado su campo de juegos. Así, a su vuelta a casa tenía la excusa perfecta: «Estuve con las chicas en el parque», lo cual seguía siendo cierto. Incluso si, como era habitual en un barrio pequeño, su padre se encontraba a la madre de Silvia en el supermercado, esta le diría: «El viernes las chicas estuvieron en el parque». Ya había pensado que tendrían que darse demasiados detalles que nunca solían darse para que terminasen hablando sobre la hora exacta a la que cada una de las chicas había regresado.

A partir de las nueve y media y hasta las doce menos cuarto, Blanca se iba a vagabundear por el barrio de El Carmen.

El Carmen era el barrio más agitado y con mayores contrastes, el más interesante de Valencia para cualquier chica de la edad de Blanca. En las callejuelas que salían de la plaza del Tossal coexistían bares y garitos para todos los gustos, perfectos para el desarrollo de las personalidades más jóvenes que, en aquella época, se encontraban en plena ebullición y búsqueda de una identidad concreta. Como esa chupitería para que universitarios sin dinero pudiesen mamar a precio razonable (diez chupitos, doce euros) mientras sonaban éxitos de pop nacional. O un garito llamado Pinball donde sonaba música *indie* y se daban cita todos aquellos chicos lánguidos con pinta de poetas torturados que, sin duda alguna, estaban obsesionados con *El guardián entre el centeno* y chicas que se vestían y, peor aún, también se peinaban como la protagonista de *Amélie*. Un bar de *heavies*, un bar de punkis, incluso un bar de góticos y emos en cuya puerta siempre había un chico que llevaba sobre el hombro una rata blanca. Un bar para treintañeros, un bar para *singles*, un bar para *guiris* y hasta un bar para neonazis. Un bar para todos, fuesen como fuesen y buscaran lo que buscaran.

La mayoría de las veces, a Blanca no le permitían entrar en ninguno de estos lugares, sobre todo si había un portero en la entrada. Otras veces, conseguía cruzar el umbral de la puerta y asomarse al mundo de los mayores, pero en cuanto se acercaba a la barra para pedirse una Coca-Cola volvían a pedirle amablemente, casi con dulzura, que se marchase de allí, puesto que, al menos todavía, aquel no era su sitio porque, por mucho maquillaje que llevara y mucho tacón al que se subiera, estaba claro que no era más que una niña. A Blanca no le importaba demasiado, ya que las calles de aquel barrio eran bulliciosas y alegres, y en sus plazas la gente se sentaba cómodamente a beber, así que pasear de aquí para allá y charlar con estos y con aquellos ya le merecía la pena.

Sin embargo, tras mucha prueba y error, encontró un lugar en el que el dueño, que era también el camarero, un homosexual de más de sesenta años que regaba las noches con chupitos y batallitas de juventud, parecía ignorar con cierta indulgencia que una cría menor de edad vestida de negro echase las horas en sus sofás. Se llamaba bar Tisana y estaba cerca de la concurrida plaza del Carmen. Entre su clientela había de todo un poco: punkis descastados compartían mesa con jubilados alcohólicos, universitarios en su primer año de carrera se mezclaban con chavales que se vestían como Eminem y aprovechaban la mínima ocasión para organizar una pelea de gallos como las que aparecían en la película del rapero estadounidense, treintañeras en plena despedida de soltera, poperos tomándose la primera ronda y unos cuantos jóvenes de la edad de Blanca a quienes se les permitía la entrada siempre y cuando no estuvieran al borde del coma etílico. Y allí Blanca besaba y se dejaba besar por unos y por otros, y charlaba con unos y con otros mientras el sabor dulzón de los chupitos de absenta a los que la invitaban le quemaba la garganta pero aplacaba su fuego.

Y así fueron los últimos años de Blanca en el instituto, en los que hacía malabares con sus dos yoes y vivía dos vidas a la vez. En casa, charlaba con su padre sobre la posibilidad de estudiar Medicina o Veterinaria. Con las amigas, charlaba sobre su interés por Edu, uno de los chicos más populares de su instituto, que también sacaba muy buenas notas y con quien Blanca se acababa de emparejar en un trabajo de biología. Lo cierto es que ella solo había mostrado un interés particular en su compañero, que, aunque guapo, era aburrido hasta la exasperación, cuando sus amigas se lo señalaron, como si emparejarlos por la cercanía de sus mesas hubiese sido una especie de designio del destino.

Fuera de esos dos ambientes, Blanca seguía a lo suyo: hurtos, morreos, cannabis, paseos en moto y chupetones que cada vez resultaban más difíciles de ocultar a pesar de su arte con el maquillaje. Es curioso que, a lo largo de su temprana adolescencia, el padre de Blanca y Rosa se preocupasen excesivamente por los peligros que la niña pudiese encontrar en internet cuando lo más peligroso podía estar en cualquier parte, incluso dentro de su propia casa.

XII

Blanca no había sido capaz de cortar del todo el lazo que la unía a Carla y a Inma. Aunque su conversación había mudado de íntima a formal, les escribía de vez en cuando para saber qué era de sus vidas y ellas hacían lo mismo con Blanca, consintiéndole quizás esa necesidad, ese tiempo que les había demandado sin comunicarlo expresamente. Blanca, sin embargo, y de esto ya se habían dado cuenta las otras dos, ponía alguna excusa para cerrar su pantalla en el momento en el que la conversación se tornaba más personal de la cuenta o derivaba en alguna cuestión referente a Verónica.

De todos modos, estaba demasiado ocupada con su doble vida actual como para permitirse pasar más de un minuto pensando en su vida anterior. En clase, empujada por Silvia y sus amigas y casi por obligación, comenzó a salir con Edu. Aunque era un buen chico, educado, limpio y agradable, Blanca contaba los minutos que debía pasar junto a él y los besos que debían darse para oficializar aquel noviazgo antes de enfundarse unos pitillos muy ajustados y salir en busca de aventura nocturna. Para Blanca, que ya se había dado más besos de los que podía recordar, aquello era fácil. Para Edu, todo era nuevo. Los paseos, los besos, las tardes acurrucados en el sofá viendo una película o escuchando discos le hacían sentirse a él como dentro de una comedia romántica, y a ella, como una actriz interpretando un papel dentro de una comedia romántica. Edu estaba enamorado de ella con la sed característica de las primeras veces, en las que la mente no puede dejar de pensar excepto por un rato corto qué estará haciendo el otro y cuenta las horas, los minutos y los segundos que faltan para volver a ver a la otra persona. Blanca, por su parte, se aburría con Edu y contaba los tiempos a la inversa para poder forzar una despedida; pero, como con su primer rollo de verano, aquel chico repetidor de la biblioteca, simplemente tenía que aparentar ser la novia perfecta para convertirse en la novia perfecta porque, en el fondo, sabía que aquella relación era la mejor de las coartadas.

Sin embargo, ahora que Blanca había agregado otro elemento a su vida, esta se le complicaba un poco más, y en su habitual ejercicio de malabares tenía que ser todavía más cuidadosa para que no se le cayese una de las pelotas al suelo. Blanca tenía que pensar con más cuidado qué excusas daba a cada persona para poder escaparse a El Carmen. Como Edu y Silvia iban también a su misma clase, no podía decirle a uno que estaba con la otra, y a la otra que estaba con el uno, no fueran a poner un lunes cualquiera aquellas excusas en común. Lo que hizo fue empezar a mostrarse excesivamente preocupada por los estudios y sus futuras calificaciones. Aquí y allá dejaba caer que le agobiaba pensar en la selectividad o que le generaba mucho estrés pensar en la cantidad de trabajos extra que quería completar para subir sus notas. Decía que necesitaba estudiar más, que no la llamasen el fin de semana, que no podría quedar, que ya mejor se veían directamente el lunes.

El problema añadido al estrés por compartimentar a las dos Blancas era que, pese a ser muy joven, se le empezaron a acumular demasiadas resacas y noches sin descansar: se dormía a primera hora y faltaba a clase, no prestaba toda la atención necesaria durante las lecciones y se olvidaba de entregar este o aquel trabajo a tiempo. Vivir en permanente huida desgasta, y ella comenzaba a mostrar los primeros signos de agotamiento, que la hacían estar siempre irascible.

Blanca empezó a acusar en sus resultados académicos las idas y venidas. En los últimos meses, las calificaciones en sus exámenes no fueron tan excelentes como acostumbraban a serlo, lo que también generó un clima de mayor tensión en casa, con continuas reprimendas por parte de su progenitor, que, pensaba Blanca, solo parecía fijarse en ella cuando cometía el más mínimo error. Un mediocre seis en un examen de poca importancia parecía ser el fin del mundo y servía al padre para señalar aquella hoja y preguntarle a su hija si iba a echar todo su futuro por la borda en el último año de instituto. Y Blanca, quizás por culpa de la resaca, quizás superada por la presión de gestionar tantas vidas en una y no dar abasto, respondía con actitud beligerante y a la defensiva, recriminándole, por vez primera, que solo se diera cuenta de que tenía una hija en casa cuando esta hacía algo mal, puesto que jamás había dedicado tanto tiempo y energías a señalar cualquiera de sus excelentes resultados anteriores. Era Rosa quien tenía que izar la bandera blanca para que aquellos dos no llegasen a mayores y dijesen cosas de las que luego podrían arrepentirse. Lo hacía a su manera, como podía, pidiéndole a Blanca que se marchase a su habitación y tratase de calmarse, y ella aceptaba su salida de emergencia para escuchar, antes de cerrar la puerta, a su padre quejarse de que la niña estaba desarrollando el mismo carácter que aquella madre desaparecida.

Las disputas, los bufidos y los portazos comenzaron a hacerse más y más habituales en el hogar de los silencios. Blanca sentía dentro esa rabia que durante toda su vida había guardado para sí y que ahora estallaba por los aires a la mínima oportunidad, quizás por no poder desahogarse con una amiga en una conversación por Messenger escrita toda en mayúsculas. Se sentía sola, perdida, abandonada, traicionada, se metía y se recreaba en el papel de víctima, en el tan adolescente «¡Nadie me comprende!». Una sensación que se intensificaba de buena mañana, antes de beberse de golpe una botella entera de un litro de agua y tomarse un paracetamol. Sentía que no tenía a nadie a su alrededor con quien hablar, nadie que la entendiera, nadie que la escuchara. Y adormecía toda aquella ira que se le despertaba con paseos nocturnos, alcohol y porros. Era cuestión de tiempo que terminasen pillándola, y fue precisamente Edu quien lo hizo.

Una noche, al bajar la basura, vio pasar a su novia frente al portal de su casa, subida a unos altísimos tacones, caminando con prisa. Aquella misma tarde, Blanca le había mencionado que quería irse pronto a casa a estudiar, así que de inmediato supo que su chica le había mentido. Edu no se lo pensó dos veces y siguió a Blanca a una distancia prudencial durante más de veinte minutos, esperando encontrar una respuesta satisfactoria y tranquilizadora al hecho de que llevase puestos aquellos pitillos tan ajustados («Quizás tiene una cena familiar —se decía—, o puede que vaya a recoger a Silvia»), pero ni sus propias excusas le convencían, porque no parecía haberse vestido ni para su padre ni para su amiga. Las excusas mentales para perdonar el comportamiento de su chica se fueron desmoronando conforme los taconeos de Blanca le llevaron al barrio de El Carmen, un lugar que ni él ni sus amigos del instituto acostumbraban a pisar, puesto que todavía eran moderadamente felices con las borracheras en el parque de su barrio.

Edu no entendía nada: ahí delante tenía a aquella chica, que escuchaba junto a él canciones de Coldplay y se acurrucaba sobre su pecho como un gatito indefenso, saludando a su paso a todo el mundo como si aquel lugar le perteneciera.

Fue dentro de un bar, mientras Blanca pedía una copa y, con mucha coquetería según Edu, se ponía a charlar con el camarero, que según Blanca era homosexual, cuando la increpó. «¿Qué haces aquí? ¿Qué es todo esto? ¿Quién es este cabrón?», le preguntó estupefacto y lleno de rabia, tomándola del brazo antes de que ella pudiera darle siquiera un sorbo a su copa. Pero Blanca no era capaz de explicar ni qué hacía ahí ni qué era todo eso, así que solo pudo responder: «Es Blas, es el dueño», y se quedó tan ancha. Apenas llevaban dos meses saliendo, pero ella supo que le acababa de romper el corazón. Y la manera en la que un chico con el corazón roto solía actuar en aquella época determinada y en el lugar en el que ambos se habían criado fue ponerla de puta para arriba. Y Blanca aceptó toda esa larga retahíla de insultos horribles de la boca de aquel chico, cuyos apuntes eran los más limpios y organizados que había visto en toda su vida, porque en esos momentos estaba más preocupada y triste por el hecho de que sus dos mundos hubiesen colisionado que por los insultos horribles que le dedicaba él. Y porque cómo iba a explicar cosas que, por aquel entonces, ni siquiera ella entendía. Como Blanca no reaccionaba, Edu se fue poniendo cada vez más y más furioso, tomándola con fuerza del brazo derecho y arrastrándola con la intención de sacarla de aquel bar, hasta hacerle mucho daño. Blas, el dueño del bar, intervino, pero Blanca hizo esa cosa tan femenina de salir en defensa del machito herido, aunque en este caso no fuese más que un niño que había dado el estirón, y le pidió a Blas que no se metiera en aquel asunto. Salió del bar con su chico, pensando que aquello le calmaría, pero, nada más poner un pie en la calle, Edu le arreó un bofetón.

«Mal hecho, Edu, muy mal hecho», pensó ella mientras se acariciaba el moflete con la mano, no tanto porque aquel energúmeno le hubiese metido una hostia a la primera oportunidad, sino porque comenzaba a sentir un fuego en el pecho que nada tenía que ver con las copas que todavía no había tenido tiempo de beberse.

—Hijo de puta —le espetó llena de rabia—. Que sea la última vez que pegas a una tía.

—Perdona, Blanca, se me fue.

Pero ya era tarde; Blanca alzó su mano y le arreó un bofetón de vuelta con todas sus fuerzas, sintiendo como le ardía el pecho hasta la punta de la lengua. Edu lanzó un grito, se llevó la mano a la cara y Blanca reparó en cuantísimo le brillaban los ojos a la luz amarillenta de las farolas de la calle. Pero descubrió que no brillaban de rabia, sino de miedo.

—Pero ¿qué hostias me has hecho? —exclamó asustado, tocándose una y otra vez el moflete, como si estuviese intentando quitarse algo aceitoso de la cara—. ¡Quema, joder, me está quemando!

—Te putojodes.

—¡Quítamelo, hostias!

—¡Te putojodes! —gritó ella.

Blanca le miró una vez más para después alejarse de allí a paso rápido, asustada de sí misma. Había visto en el moflete de Edu la marca de su mano, roja y perfecta, como si se la hubiese grabado con los hierros con los que marcas al ganado.

Aquella noche se metió en la cama agitada, nerviosa y notando como la fiebre la devoraba y le impedía conciliar el sueño. 37 grados, después 38, finalmente 40. Blanca, sudando en la cama y con la mirada perdida, se preparó como pudo para recibir el resto de las embestidas que le fueran llegando. Lo último que le dijo Edu, cuando ella ya le había dado la espalda, fue: «Esto no va a acabar así, puta diabólica». Y Edu no parecía un chico que incumpliera fácilmente una promesa.

Blanca
Chicas, ¿estáis ahí?
Estoy muy nerviosa
Ha pasado algo horrible
Creo que ha sido otro milagro

Cärlä
estoy

♥ inma the dreamer ♥
ESTAMOS

El lunes, Edu apareció en el instituto con una oscura marca de forma estrellada en el moflete derecho que se asemejaba a una vieja quemadura. No fue capaz de volver a mirar a Blanca de frente, pero actuó a sus espaldas: él era quien tenía sobre el rostro la manifestación de su propia miseria y pecado, pero se encargó de que fuese ella la que hubiera de caminar por aquellos pasillos portando la A color escarlata. Fue Edu quien les contó a Silvia y a sus amigas que Blanca las dejaba tiradas para irse de fiesta y comerse los morros con desconocidos en los bares, completamente sola, información que las chicas no se tomaron nada bien («¿Quién te crees que eres?», «¿Te crees mejor que nosotras?», «¿Cómo puedes ser tan puta?»), hasta el punto de que decidieron hacerle el vacío aquella misma semana y durante el resto del curso. Fue Edu quien extendió el rumor de que había encontrado a Blanca enrollándose con aquel camarero que «tendría por lo menos noventa y cinco años», con lo que logró que todo el instituto chismorrease sobre ella y le cayera la etiqueta de fresca, de guarra, y de comepollas, que, en la nota de insultos hacia las mujeres, puntuaba muchísimo más alto que ser una simple calientapollas, porque a estas últimas al menos les quedaba la virtud de la castidad. Fue Edu el que consiguió que hasta la directora del instituto se enterase de las salidas nocturnas de Blanca, y por consiguiente, que esta llamase a su padre y a Rosa y les contase el rumor que corría por los pasillos sobre su hijita. Todo cuadraba, claro: el cansancio, la irritabilidad, las bajas notas, los malos humos. Le fue denegado de forma inmediata e irrevocable el ticket dorado que le había permitido alargar su toque de queda para acariciar con los dedos de las manos una nueva vida. Blanca se encontró, de golpe y porrazo, en la casilla de salida: sin amigas en el mundo real, encerrada en su habitación y sin cruzar más de media palabra con su padre.

Cärlä

¿a que me planto en Valencia y le parto la
puta cara yo también?

♥ **inma the dreamer** ♥
échale una maldición de las tuyas, blanca
cárgatelo

Blanca intentó llevar la situación con cierta entereza. Como el reo que cuenta sus días hasta su liberación, se compró un calendario en la papelería que colgó en una de las paredes de su habitación que nunca perdía de vista. Y en el calendario volvió a contar los días, como había hecho durante aquella larga espera hasta el mes de septiembre hacía dos años: primero, su dieciocho cumpleaños, después, la selectividad. Para lo primero quedaban dos meses, para lo segundo tres. Blanca pensaba que tanto la mayoría de edad como la superación de una prueba que le daría acceso a unos estudios superiores eran también la promesa de una nueva vida. Cayó en ese error tan común que consiste en creer que todos nuestros problemas desaparecerán por arte de magia si nos mudamos de lugar, sin darnos cuenta de que, allá adonde vayamos, al final nos llevamos nuestros problemas facturados dentro de una pesada maleta. Pensaba en Madrid o en Barcelona como solución. El hecho de haber retomado la conversación con Inma y Carla le daba cierto ánimo y consuelo, y volvió a ver aquel chat de Messenger como un refugio en el que guarecerse frente a las hostilidades del mundo que había a su alrededor. En casa, tenía que navegar entre la decepción y el enfado de su padre y de Rosa. En el instituto, entre las miradas inquisidoras y el constante vacío de sus compañeros de clase. Además, debía mejorar sus notas antes de que fuese demasiado tarde.

Fueron meses tristes y solitarios, a pesar de tener a sus amigas al otro lado de la pantalla. A Blanca, por vez primera, le faltaba algo tan humano como la piel. Lo que hubiese necesitado, más que nada, habría sido un abrazo, una mano que la sostuviera, una tarde de lamentos y risas en el banco de un parque. Blanca se agarró a todas las tablas de salvación que tenía cerca: las canciones de Joy Division, las películas de Sofia Coppola, los libros de Chuck Palahniuk. Aun así, y aunque todos estos destellos consiguieran emocionarla, transportarla y evadirla durante algunas horas, cuando el reloj marcaba las ocho de la mañana, el corazón se le aceleraba solo de pensar que tendría que pasar ocho horas rodeada de gente que la odiaba y que no le deseaba ningún bien. Además de ser una puta, una zorra y una guarra, habían vuelto los viejos rumores sobre sus supuestos ritos satánicos, más cuando Edu, una noche de borrachera, y quizás aterrado, contó llorando a su grupo de amigotes que aquella horrible marca había sido obra de Blanca.

De modo que esta miraba su calendario, tachaba con una X la fecha en la que se encontraba nada más levantarse, se duchaba, se vestía, iba al instituto, volvía, leía tumbada en la cama, cenaba en silencio, se ponía una película en el ordenador, charlaba un rato con sus amigas y soñaba con ser más feliz en un futuro próximo. Así durante un mes, que en tiempo adolescente pesa como un año. Y luego durante otro.

El día de su dieciocho cumpleaños amaneció con un gran pesar porque descubrió que no tenía a nadie cerca con quien celebrarlo. No habría fiestas, ni velas, ni preciosos vestidos, ni tartas, ni canciones, ni regalos, ni amigas. Tachó el día en el calendario, como si fuera cualquier otro, como si no le importara, y salió de su habitación con aire abatido y taciturno, la nube negra sobre su cabecita, para encontrarse a su padre y a Rosa en el salón con un pastel casero sobre la mesa.

—Sabemos que han sido unos meses duros, Blanquita, pero lo hemos hecho por tu bien —dijo Rosa acercándose a ella con una enorme sonrisa para darle un abrazo que sintió tan cálido y maternal que Blanca lo alargó todo lo que pudo.

—Feliz cumpleaños, hija —dijo su padre, quien también se acercó a ella, posando la mano sobre su cabeza como cuando todavía no levantaba cuatro palmos del suelo.

Blanca se sentó a la mesa del comedor, toda blandita, las lágrimas a punto de derramarse. «Lo siento», musitaba, con un nudo en la garganta. «No pasa nada, Blanca, también es la edad —le dijo su padre acariciándole el cabello—, no has matado a nadie». Agradeció el pastel, agradeció la tregua, agradeció las cosas que le habían sido dadas. Prometió portarse mejor, estudiar más de cara a los últimos exámenes, sacar buenas notas. Prometió no dar más portazos ni malas contestaciones. Prometió que volvería a leer en el salón. Lo que Blanca les prometía, con la mejor de las intenciones, era volver a ser la Blanca que creía que ellos merecían. Y observó una sonrisa en el rostro de su padre después de escuchar todas aquellas promesas, pero también algo en su mirada que le indicaba que no se lo llegaba a creer del todo.

En la ducha, ya con otro ánimo, confeccionó una lista mental de buenos propósitos: retomaría todas las promesas que un día hizo con Inma y Carla nada más regresar a casa, les explicaría el proceso que había vivido, hablaría, por fin, de Verónica y de cuantísimo le afectó aquella traición. Les diría lo mucho que las quería y lo mucho que las necesitaba. Lo entenderían. Harían planes. Madrid, Barcelona, Bilbao, incluso Valencia. Lo que ellas quisieran, no les negaría ningún deseo. Sacaría buenas notas, eso no sería difícil, para tener la posibilidad de escoger lo que de verdad quisiera o lo que sus amigas pudieran necesitar. Sobreviviría a lo poco que le quedaba de instituto, ignoraría las miradas, las habladurías, las respuestas secas y cortantes, los silencios. Podría hacerlo si tenía al otro lado a sus dos mejores amigas tirando de ella. Y le preguntaría a su padre, sí. Después de los exámenes y antes de marcharse, pero lo tenía que hacer. Tenían que hablar sobre su madre. Ya había cumplido dieciocho años. Lo podría gestionar. Lo podría comprender. Necesitaba saberlo. Después, se marcharía. Todavía no tenía claro si estudiaría Medicina o Veterinaria, pero ya lo decidiría. Viviría con Inma y con Carla, verían películas, irían a conciertos, cenarían juntas todas las noches, sí. Estudiaría. Disfrutaría. Viviría. Al salir de debajo del agua, Blanca tenía su futuro completamente claro, completamente agarrado. Pensó, por primera vez en mucho tiempo, que todo saldría bien.

Blanca salió de casa con buen ánimo y mejores intenciones, pero la vida, en la mayoría de los casos, tiene otros planes para nosotros. Caminó a paso ligero hasta su instituto e ignoró las miradas y las risitas que se produjeron cuando cruzó la puerta principal. Al pasar por delante de la sala de profesores, dirigiéndose a su clase, el bedel la llamó para decirle que había recibido un paquete. «¿Para mí?», dijo ella. «Sí, pero no sabemos quién lo manda». Blanca le sonrió: «Es que es mi cumpleaños». «¡Anda! Pues muchas felicidades, niña, será un regalo de un admirador», dijo el bedel mientras rebuscaba en su despacho. «Este es», y le tendió un enorme sobre color caramelo. «Es de mis mejores amigas», dijo ella ilusionada, y no pudo evitar la curiosidad de comprobar qué era lo que Inma y Carla habían querido enviarle. Palpó el sobre: ¿un libro? Posiblemente. Rasgó el sobre. Y del sobre, cayó una nota.

Querida Blanca, muchísimas felicidades.
Es hora de que lo entiendas todo.
No cometas los errores que cometí yo.
Ser diferente no es malo. Solo diferente.
Te quiere mucho,

Mamá

SEGUNDA PARTE

—

LAS REVELACIONES

4 de octubre de 1993

¡Qué vergüenza! ¡Qué bochorno! ¡Qué tragedia griega! He comprado este cuaderno en la misma papelería donde le compro a Blanca el material escolar. He sentido una punzada de culpabilidad al pasar por caja, se lo reconozco. Como si un coro de voces fuera a venirme por detrás a gritar: «¡Mala madre! ¡Loca! ¡Tarada! ¡Llévese al menos este bonito estuche de Mickey y Minnie para que la culpa sea más llevadera!».

La simple compra de un cuaderno me hace preguntarme cosas: ¿por qué yo sí y otras no, doctor? ¿Por qué? ¿Es algo genético, biológico, social, cultural, metafísico, existencial, poliédrico (ja, ja, ja), espiritual? ¿Es que las otras no lo ven, no lo oyen, no lo notan, no lo sienten en lo más hondo de su pecho al despertarse cada mañana? ¿Por qué ellas parecen ir por la vida como si las empujase el viento por la espalda mientras que a mí parece venirme un vendaval de frente?

Pero, en fin, aquí estamos, con el viento en toda la cara. «Poniendo orden a nuestros pensamientos», como acostumbra a decir usted, utilizando siempre (se lo agradezco) ese elegante plural mayestático que difumina hasta cierto punto que usted es la voz de la autoridad y que la loca soy yo. «Debemos pensar las cosas antes de decirlas», o «No nos conviene agitarnos por problemas que no son reales», o «Nos vendría bien anotar en un diario todos nuestros pensamientos». Como si después de leer usted el mío yo me fuera a leer el suyo y nos fuéramos a pintar mutuamente las uñas mientras comentamos la jugada: «Pues sí que parece deprimidito usted, doctor». ¿Se imagina?

Una pregunta que me inquieta: ¿los loqueros adónde van cuando se vuelven locos? No me diga que al campo. ¿Hay algo así como una especie de superloquero, el loquero supremo y original, el Dios de todos los loqueros? ¿Está en una capillita en lo alto de una montaña o en una concha en el fondo del mar? ¿Es Sigmund Freud? Me encantaría invitarle a una cerveza, aunque supongo que no soltaría prenda, ¿no? Por eso del secreto profesional. Ese señor conoce los secretos de todo el universo. Incluso los suyos.

Lo que nunca dice usted es: «Vamos a cobrarnos la sesión», que no es precisamente barata. Ahí ya no se difumina nada, ¿verdad? Ja, ja, ja, ja. No se lo tome a mal, tampoco es una crítica hacia usted o hacia su profesión. Así funcionan las cosas en este mundo, mediante transacciones. Tómese un vino a mi salud por aguantarme a lo largo de todas estas sesiones. Un vino caro, ya puestos. Puede incluso invitar al superloquero a otro, que tendrá lo suyo también.

Ahora me siento un poco mal por haber escrito eso. Sé que es su trabajo, así que le insisto en que no es una crítica hacia usted como ser humano (creo que es usted buena persona) ni nada por el estilo. Tan solo es un pensamiento que se me ha cruzado y que tal y como se me ha cruzado yo se lo escribo, que para eso tengo este cuaderno. Mi lugar sagrado, creo que lo llamó usted.

Y, todo sea dicho, prefiero esto de escribir a la medicación.

La última vez que me puse en manos de un profesional (de tantos) ~~de su calaña~~ me endiñó un cóctel de somníferos, ansiolíticos y antidepresivos como para abrir una farmacia. Me tenía todo el día en los mundos de Yupi. Creo que, por aquella época, a un yonqui le hubiese salido más a cuenta morderme un brazo que robarme el bolso. Me compré un pastillero y lo tenía que rellenar cada día, porque no me cabían las pastillas de toda la semana. Menuda cosa. «¿Está usted mal? Tómese esto, deje de sentir». Como en *Un mundo feliz*, ya sabe. A mí me da la sensación de que lo que dejamos es de molestar, de incordiar, de dar la murga. Las cosas como son. Se acabaron las escenitas, las salidas de tono, el lanzar toda la vajilla por la ventana (esto solo sucedió una vez, pero como sabrá parece que fue mi *greatest hit*, mi *A quién le importa*, lo que más se corea en los estadios).

Claro está que un poco sí mejoré, sobre todo de cara a la galería, porque era una zombi total. Y, como sabe cualquiera, los zombis no sufren ni estorban demasiado, ¿verdad? Van por ahí todo el día, roaaar, roaar (no sé escribir el sonido de un zombi, ya sabe de lo que hablo, lo habrá visto en las películas), arrastrando los pies y las babas, que lo ponen todo perdido, como los perros esos con el morro tan chato (creo que se llaman bulldogs). Pues más o menos así estaba yo.

De aquel periodo recuerdo levantarme con sueño, preparar el café, despertar a la niña, asearla, vestirla y hacer las tareas del hogar con el piloto automático puesto, siempre medio grogui. Arrastrando los pies y le diría que el alma misma de un lado para otro, sin enterarme demasiado de lo que sucedía a mi alrededor. Luego me dormía unas siestas de tres horas hasta que recogía a Blanca del colegio y alrededor de las nueve de la noche volvía a meterme en la cama para caer en un sueño anestésico y mayestático, aunque poco reparador, porque al día siguiente repetía las mismas acciones con la misma sensación de tener esas pesas de aerobic que se atan en los tobillos para que cojas músculo en las piernas. Cansada. Agotada. Mustia como una planta de oficina, que para qué las pondrán ahí a las pobres.

Una persona en coma seguro que tenía más vida interior que yo en aquella época. Los antidepresivos supongo que tuvieron algún efecto. Estaba menos triste, la verdad, y dejé de darles tantas vueltas a cosas que solían tenerme muy preocupada, como si de pronto mis problemas me pareciesen menos problemas. Problemitas del tamaño de una casita de muñecas.

El problema fue que engordé nueve kilos. Y menuda faena. Porque entre usted y yo: prefiero ser una mujer deprimida a ser una mujer gorda.

Dicho esto, me interrogaba usted por mis antecedentes familiares y si podía preguntar para obtener algo más de información. Me sabe mal no tener ya contacto con los que quedan para poder preguntarles sobre el tema. Mi madre murió la pobrecita hace cinco años. Que Dios la tenga en su gloria, como se suele decir. Y mi padre es que es un borrachín que no se acuerda ni de dónde ha dejado la dentadura postiza, como para preguntarle por algo que pasó en los años sesenta.

Sí que sé que mi tía Eugenia, la hermana mayor de mi madre, se suicidó a los cuarenta y cuatro años. Yo era tan solo una niña, pero me sorprendió mucho. Además, mi madre no se anduvo con cuentitos ni milongas. No me dijo nada de un cáncer o de un accidente de tráfico, me dijo: «La tía Eugenia se ha tirado por el puente». Fíjese qué moderna la buena señora, haciendo *puenting*. Me chocó, la verdad.

En vida, Eugenia me había parecido siempre una mujer muy alegre, muy chillona, muy de unirse a cualquier fiesta. Era expansiva, abrazadora, besucona, ruidosa. Nada más sentarse en la terracita de algún bar ya tenía sobre la mesa el tabaco, el mechero, la cartera para pagar la cuenta antes que nadie (era generosa), una bolsita de aseo donde llevaba el carmín, un espejito (era coqueta también), y ya estaba preparada para contarte un chisme con mucho teatro, mucho detalle, mucha exageración y mucha gracia. Era un personaje. Nunca llevó sombrero, pero es de estas personas que cuando piensas en ellas te las imaginas siempre con un tocado sobre la cabeza, ¿sabe lo que le quiero decir?

Al cabo de unos años, ya mayor, le pregunté a mi madre por todo esto (claro, en los pueblos no se habla luego nunca de estas cosas) y me dijo que Eugenia era una persona muy desdichada. Dijo la palabra *desdichada*, mi madre, que no era precisamente Góngora. Me dijo que yo solo veía a mi tía en los buenos momentos, cuando estaba con ánimos, pero que tenía semanas de no salir de la cama, en las que mi madre iba a cuidar de ella y a darle sopas como a una niña porque era incapaz de comer. De estas personas que ya te ves venir que tendrán un final un tanto abrupto. Me quedé patidifusa, porque no era para nada la imagen que yo tenía en mi cabeza de la pobre tía Eugenia, tan vivaracha ella. Me enseñó la nota de suicidio. Estaba guardada entre sus cosas: «Os quiero muchísimo a todos, pero qué cansancio». La verdad es que me hizo gracia. Siempre pensé que las notas de suicidio serían una cosa más solemne y elevada. Unas líneas que te dejan con el corazón encogido, pensando días y días, porque te revelan una gran verdad o te resuelven un enorme misterio que jamás fuiste capaz de comprender hasta entonces. Pero Eugenia se despidió como quien se va del bar porque tiene entradas para el cine. «Oye, qué aburrimiento, me marcho». Pues ale, vaya usted con Dios. Y se tiró por un puente.

Y esta es la historia que le puedo relatar de enfermedad mental en mi familia. ¿Cree que esto va en los genes? Hay mucha literatura sobre el tema, ¿no? Suele ser más con las madres. Madres locas que tienen hijas locas (o que las vuelven locas, no sabemos). O madres locas e hijos peores, como Norman Bates. Sea como sea, si se fija, el hilo conductor está claro, ¿verdad? Eso, perdóneme que le diga, es una idea muy de su loquero supremo, Freud, que estaba obsesionado con su propia madre y con la de todos. Mi madre, todo sea dicho y para adelantarme a las sospechas, siempre tuvo la cabeza muy bien amueblada.

A lo que vamos: este diario tiene la función de poner orden a mis días y, con ello, poner orden a mi mente. Me dijo usted que no lo sintiera como una obligación, sino «como un espacio propio». ¿Ha leído usted a Virginia Woolf? ~~Lo dudo mucho, pero~~ yo atisbé la referencia.

(No me deja borrar esto bien. No se lo tome tampoco a mal. Nadie a mi alrededor ha leído a Virginia Woolf, sería usted el primero).

Un espacio propio sin ningún tipo de censura, me dijo usted, para dejar volar el pensamiento sin presión ni organización, de manera libre, anotar lo que prefiera anotar, como si anoto una futura receta o el argumento de la última película que he visto. Veamos qué tal.

Hoy es lunes. Son las once de la noche. El día ha vuelto a pasar sin pena ni gloria. Desperté a Blanca, y Jorge ya se había marchado a trabajar, que últimamente pasa más horas que un tonto en el despacho, pero ese es otro tema. Blanca y yo charlamos durante el desayuno y me contó que había soñado con que le habíamos regalado un pequeño elefante, al que adoraba, pero le agobiaba pensar que el elefante se haría grande y no podría entrar ni salir por la puerta de casa. La tranquilicé. Le dije que en España era imposible tener un elefante, menos en un piso, pero que, si lo tuviéramos, me encargaría de hacer una reforma en casa para agrandar todas las puertas y que el elefante entrase y saliese cuando le diera la real gana. Me gustan las charlas de la mañana con Blanca y a veces me entra el nervio de no dejarla en el colegio para que no le quiten toda la energía y me la devuelvan drenada perdida. Me vienen ganas de llevármela a la playa o al parque y de pasar el día entero con ella sin horarios ni deberes, pero esa es otra conversación que ya tendremos usted y yo, porque es, como usted dice, «uno de los focos de conflicto» con Jorge.

Después de dejarla en el colegio, en lugar de hacer la compra y ponerme a limpiar la casa, decidí, como propuso usted, hacer algo por mí misma para variar. Así que cogí el coche y me fui a una sesión matinal en el cine Meridiano. Entré a ver una película titulada *Acosada*, protagonizada por el Baldwin con menos carisma y barbilla de todos y por Sharon Stone, que es esa mujer tan guapa de *Instinto básico*. Esto era otro thriller erótico en el que Sharon se muda a un lujoso edificio en Nueva York, comienza a follar con su vecino y se empiezan a producir asesinatos. Era terrible a más no poder, aunque he sentido algo de envidia del personaje de Sharon: Sharon Stone es una mujer a la que le pasan todo el rato muchas cosas, ¿no cree usted?

A la salida me fui a casa y dormí la siesta hasta la hora de recoger a Blanca. No me apetecía comer. Miré en la nevera y vi que tenía arreglo para preparar algo de cena, así que no me molesté en ir al supermercado. En la puerta del colegio, me senté en el banquito habitual, alejada de las otras. Ya aprendí hace unos cursos que parlotear con ese grupo de mamarrachas me deprimía. Sé que no me aprecian demasiado, pero yo a ellas tampoco. No tengo nada de lo que hablar con ellas, y créame que lo he intentado. No puedo soportar la interminable conversación de ascensor, porque tengo la sensación de que desde fuera parecemos bobitas: el tiempo, los deberes, las películas de Walt Disney, la organización para los disfraces de Navidad o de carnaval, la foto tan bonita de la duquesa del Mismísimo Coño en la portada del *¡Hola!*, la receta del Arguiñano. Hijas mías, qué simpleza, qué aburrimiento, qué tostón. Estas mujeres parecen tener el mundo interior de un bote de Nocilla. No comprendo por qué, dedicándote al cuidado del hogar y los niños, debes olvidarte de todo lo demás, ¿sabe? A veces siento que no estamos tan lejos de los años en los que no podíamos tener ni cuenta bancaria.

Total, que me senté en un banquito y me fumé un cigarro. O dos.

La tarde con Blanca fue agradable. Fuimos un rato al parque de los columpios rojos antes de volver a casa y hacer los deberes juntas. Los deberes es otra guerra que tengo yo en casa y a veces le hago justificantes a Blanca para excusarla por no hacerlos (sin que lo sepa Jorge, claro). No comprendo por qué, pasando ocho horas en la escuela, tiene que venir luego a casa con cosas por hacer, y lo he comentado en más de una reunión escolar. «Ustedes a lo que se tienen que dedicar es a enseñar a mi hija, no a adoctrinarla para que sea una borrega a la que le parezca normal hacer horas extra», les digo, y me miran fatal, claro, que aquí todo el mundo es como muy educadito, muy de respetar muchísimo a la autoridad, que más que ciudadanos parecen animalitos de feria. Intento no decir palabras como *patrón* o cosas así. Una vez dije «no me la eduquéis para lamer las botas del patrón» y ya me miraron como si fuera la Pasionaria.

En fin, que me enervo otra vez y me vienen los «problemas de conducta» de los que hablábamos. Al llegar, Jorge ya estaba en casa y nos había preparado algo de comer (tres tortillas francesas, no se vaya a pensar usted que vivo con Simone Ortega) y cenamos los tres. Sentados a la mesa me he preguntado qué me hace estar así y tener estos altibajos, que parezco una escaladora de montaña. Y a la conclusión a la que he llegado es que dentro de mí hay una especie de grieta. A veces tengo miedo de que se abra de golpe y me parta por la mitad.

Se lo he dicho a Jorge así tal cual, sentados en el sofá del salón, después de haber acostado a Blanca. «Siento una especie de grieta», le digo. Y él va y mira al techo como un mongolo: «Pero si acabamos de pintar». Los hombres qué simples son en ocasiones, doctor. «No, Jorge, una grieta en el pecho, que a veces tengo miedo de que se me abra de golpe y me parta por la mitad». Y va el tío y me mira como si acabase de aterrizar de Marte y me hubiese quitado el casco en mitad del salón, toda verde y con tentáculos, mientras él estaba tan tranquilo viendo las noticias. «Tu problema es que das muchas vueltas a las cosas», me suelta. Y yo ya no dije nada. Porque si no entiendes la metáfora de la grieta, que es bastante gráfica y elocuente por sí sola, yo ya mucho más no puedo hacer.

Porque antes sí que entendía ese tipo de metáforas y contemplaba otras formas de vida. Y pensé en si yo debería seguir yendo a terapia o debería dejar de ir a terapia y que a cambio fuera el resto de la humanidad, porque dígame usted, con semejante panorama.

5 de octubre de 1993

No tengo nada que contar porque estoy depresiva perdida. El día ha sido una copia del anterior, si exceptuamos la parte del cine. Al dejar a Blanca en el colegio me fui a pasear, luego volví a casa e intenté leer, y al no poder leer, me puse a limpiar. «Así limpiaba, así, así, así limpiaba, así, así, así limpiaba, que yo la vi». ¿Recuerda usted esa canción? Pues esa canción es un buen resumen de mi vida.

Un día leí una frase que me puso tristísima: «La forma en la que pasas tus días es la forma en la que estás viviendo tu vida». Me dio una pena tremenda. Pensé: «Bueno, ¿y yo cómo la paso?». Haciendo estas tareas tan poco gratas, tan poco agradecidas y tan de nunca acabar, sabiendo que hay un mundo por ahí más rico e interesante, y tantas cosas que me estoy perdiendo, posponiendo, dejando para un futuro incierto y nada inmediato, algo que parece que no llegará nunca y cada vez está más lejos.

6 de octubre de 1993

A veces me da miedo contagiarle toda mi tristeza a la niña a través de los abrazos, ¿sabe? Cuando tengo los días en blanco y negro, me gusta estrujarla entre mis brazos y en mi pecho y besarle la cabeza y olerle la cabecita, que todavía me huele a bebé, porque siento que el peso de su cuerpecito sobre el mío consigue tranquilizarme de alguna manera.

Y luego pienso si no estaré asfixiando a la pobre niña, si no será capaz de sentir la pena de su madre, si no se la estaré transmitiendo también a ella, como una especie de virus maligno.

8 de octubre de 1993

Me dice usted que tenga un poco de paciencia con esto del diario. Bueno, ha dicho: «Debemos tener un poco más de paciencia con esto del diario». Que no lo deje, que escriba más. Yo funciono mejor cuando usted me pone pautas y cosas que hacer. Terapia conductual se llama, ¿no? Pues dígame sobre lo que quiere que piense y yo me pongo a pensar y luego lo escribo. Soy buena pensadora, pero soy muy vaga, doctor, porque me aburro rápido de las cosas.

Hoy, por ejemplo, pensé en aquello de lo que me habló usted del orden y la rutina. «La rutina no tiene por qué ser nuestra enemiga, puede convertirse en nuestra aliada». Algo así. Lo de que a veces es mejor empezar a poner orden de fuera hacia dentro, como con este cuaderno. Como cuando estás triste pero te pintas los labios de rojo y de pronto el frutero te dice: «Pero ¡qué guapa vienes hoy!», y te arregla un poco el día, ¿no?

Y entiendo por dónde va usted, comprendo sus razonamientos y sé que lo que dice es sensato, no me malinterprete, pero también sé que debe de estar usted hasta la coronilla de tener la consulta a rebosar de amas de casa frustradas porque sus maridos borrachos se van de putas y no comprenden los motivos de su infelicidad, pero no es mi caso.

Dígame usted cómo encontrar la alegría en una rutina que todos los días vuelve a empezar, dónde está la belleza en fregar las tazas del desayuno, en hacer las camas, en ir a la compra y en los recados. Soy consciente de que otras mujeres encuentran el placer, en este pequeño reducto de poder, de decidir si por la noche se cenará carne o pescado o les sale la vena artística al poner una mesa bonita, pero es que yo nunca he sido así, y yo pensaba que la vida sería otra cosa. Ahí radican todos mis problemas, esa es la grieta, doctor.

Fíjese, prácticamente le acabo de hacer yo el trabajo, el próximo día me da usted a mí 2.000 pesetas y tan contentos.

Fuera bromas, le voy a poner un ejemplo muy tonto, para que vea que, pese a mis reproches, en el fondo soy una alumna bastante aplicada. Verá, hoy después de desayunar con la niña (me dijo que había soñado que viajábamos en un tren que nos llevaba hacia lo alto de la montaña y que, una vez arriba, nos decían que no nos recogerían hasta el día siguiente, y empiezo a pensar en el hecho de que todos los sueños de Blanca tienen que ver con lo mismo: una situación hipotética agradable que se convierte, por algún motivo, en una catástrofe) me fui a la papelería y le pedí al señor Manolo si tenía algún libro de recetas de cocina. ¿Por qué? Pues por poner en marcha ese rollo de encontrar el placer y el gozo en el día a día y comprobar si, metiéndole un montón de verduras a un animal por el culo y siguiendo durante horas una meticulosa receta que mi marido y yo nos jalaremos en menos de veinte minutos, me sentía más completa y realizada no solo como mujer sino como ser humano.

Dije: «¡Vamos allá!». El caso es que el señor Manolo tenía varios libros en la papelería. Me llevé el *1.080 recetas de cocina*: «Un clásico. Me extraña que todavía no lo tenga, es el manual de toda ama de casa». Menudo gilipollas, ¿no le parece? Ya vamos mal: dígame usted por qué tengo que sentirme juzgada por un señor que no sabrá ni abrir una lata de atún sin cortarse el pulgar por el hecho de no haber preparado nunca una *vichysuá* o como coño se escriba. El caso, que obviando aquella impertinencia y marchándome de la papelería con una sonrisa de maniquí, me fui a una cafetería a hojear mi recién adquirido manual de señora franquista y me decidí por un pollo a la naranja que, ya puestos a sodomizar animales muertos, me parecía una receta fácil de hacer y con un toque muy *oh là là que magnifique.*

La cosa es que a la salida del supermercado vi a tres

chicas con las que me cruzo de vez en cuando por el barrio y que siempre andan pidiendo algo de limosna o algún cigarrillo (que, todo sea dicho, yo siempre les doy, porque hay que ser miserable para no darle un cigarro a alguien cuando te lo pide con cortesía y educación). Estas tres chicas, como le digo, no son exactamente vagabundas, sino hippies. Son trotamundos. Llaman la atención porque las tres son guapísimas, con el pelo muy largo, aunque algo enmarañado por la falta de champú (o más bien de acondicionador), y tienen una sonrisa blanca y perfecta que indica que tampoco deben de venir de la más absoluta de las miserias, sino que lo suyo es más bien una elección vital. Total, que una de ellas se me acercó y le di un cigarrito y me respondió que muchas gracias y me dijo después que qué bonitas eran mis botas y me acarició el pelo. No en un rollo sexual ni nada de eso, sino en un rollo cómplice y de entendimiento.

Y al llegar a casa no podía dejar de pensar en ellas y en fantasear, mientras cortaba unas naranjas y unas cebollitas para violar al pollo, con la vida que debían de llevar. Una vida errante, sencilla, de un lado para otro, viviendo de las limosnas y pasando alguna que otra calamidad, claro, pero sin rendirle cuentas a nadie. A mí esa libertad me resulta envidiable y no me da ningún miedo, como a otras personas. Ese despertarte con el día por delante y nada que hacer, lo que significa que puedes hacer todo lo que se te antoje y que eres dueña de todo tu tiempo. Yo ya no tengo esa posibilidad, ¿sabe lo que le quiero decir? Es como que en la vida he ido escogiendo ciertas cosas (casarme, ser madre, dejar de trabajar) que han hecho que el caminito que tengo por delante sea cada vez más estrecho e incómodo. Un caminito en el que ya solo puedes tomar una dirección, porque volver atrás sería un lío.

En esas cosas pensaba yo mientras preparaba el pollo,

que quizás ahí está el secreto de todo, ¿verdad? Quizás las madres de la escuela de Blanca sí tienen sus pensamientos y sus mundos interiores, que desarrollan mientras ponen en marcha una receta. Quizás su interlocutor principal sea un pimiento y un tomate, y ahí pueden volcar todas esas frustraciones diarias. Pobrecitas, ¿no? El pollo quedó perfecto, por cierto. A Blanca le gustó especialmente, qué rica es. Y Jorge pareció satisfecho después de cenar. Luego, mientras fregaba los platos después de la cena, pensaba todo el tiempo: «Pero qué tontería».

9 de octubre de 1993

Hoy era festivo, pero nos daba igual porque ha caído en sábado, y a mí todavía me da más igual porque ya no distingo días laborables ni festivos salvo por la presencia o la ausencia de Blanca en casa. Fíjese, eso es lo que le sucede a la gente que está en prisión. Siempre comentan, cuando entrevistan a alguien que ha estado en la cárcel por cualquier motivo, que lo peor es que todos los días parecen iguales, que se empieza a perder el sentido de la realidad. La vida de un ama de casa no es muy distinta a eso, entiéndame. Me refiero al sucederse de los días, a la sensación de reiteración y de repetición, a que dar una vuelta por el patio, en el caso de los presos, o salir a cenar una noche, en el nuestro, es como una recompensa, como una manera de tomar una buena bocanada de aire.

10 de octubre de 1993

Jorge y yo ya no tenemos conversaciones de verdad. Bueno, me corrijo: las tenemos cuando invitamos a alguno de sus compañeros de trabajo y a sus mujeres a casa. Entonces somos los dos muy divertidos, muy modernos y leídos, pero después, al endiñarles la bolsa de basura y decirles «adiós, muy buenas», es como si me diera por sentada, como si supiera que habiendo plantado esa semillita que ahora llamamos Blanca ya estuviera todo hecho.

No puedo soportar cuando me pregunta: «¿Qué te pasa?». O cuando me dice: «Te noto rara». Mira, Jorge, es que me aburro como una ostra. Yo sé que no estamos boyantes de dinero, que hay que ahorrar, y que tampoco podemos estar para arriba y para abajo todos los días como si fuéramos los Kennedy. Pero, no sé, un cine, una cenita, un paseo cogidos de la mano que no termine inevitablemente en el Carrefour. Un algo. Un alguito. ¿Sabe a lo que me refiero?

Y, claro, lo que argumenta él es que yo ahora necesito «tranquilidad». Necesito hacer cosas que no me pongan «nerviosa». Cosas que no me «alteren». Cosas que no desaten otro «episodio». Nada ha sido igual desde aquello, todo hay que decirlo. Ahora me trata como a una muñeca de porcelana, como si en cualquier momento me fuese a romper en mil pedazos. «¿Qué te pasa? ¿Estás bien?», de verdad, si existiese un termómetro para el estado de ánimo este hombre me tomaría la temperatura cada siete minutos.

A veces, ya ve usted qué gilipollez, estoy haciendo la cena y me viene la nube negra. Empiezo a pensar en cosas que me hubiese gustado haber hecho en la vida o incluso cosas que me gustaría estar haciendo mientras empano unos filetitos y corto unos tomates para una ensalada y, de repente, me dan unas lloreras tremendas, como de niña pequeña, que se me empiezan a caer las lágrimas y se me empañan los ojos, y me siento ahí, en la cocina con la puerta cerrada, a soltarlo todo hasta que me veo capaz de volver a las tareas. Y lo peor es que no puedo contárselo a Jorge, porque temo que se me vaya a asustar.

Algunas mujeres, supongo, irán a darse un masaje o buscarán un amante cuando la vida las sobrepase de esta forma, claro. O se irán al gimnasio, que ahora vas por la calle y está todo lleno de culturistas de color naranja, ¿se ha fijado? Muchas mujeres, ¿eh? No solo hombres. Y yo pienso: «Menuda frustración tienes tú para haberte puesto naranja y no haberte dado ni cuenta, guapa».

El caso es que yo cocino, me pego mi berrinche y al cabo de un rato pongo la mesa. Y me siento y mi marido me dice que me nota rara, pero que qué ricos los filetes. Y a mí me da la risa, pero una risa de hiena que me tengo que secar otra vez las lágrimas, de estas risas que casi te meas encima, perdone usted la vulgaridad, porque, claro, es como del teatro del absurdo todo. Y Jorge me mira asustadísimo, porque él no le ve la gracia, porque la última vez que pasó algo así, «desconcertante» que dice él, terminé como terminé. «¿Qué te pasa? ¿Estás bien?». Ay, Jorge, yo qué sé qué me pasa, no me entiendo ni yo. Pero si no me río, ¿qué otra cosa puedo hacer? Si, total, ya vengo lloradita de la cocina.

13 de octubre de 1993

Me dio la llorera en el autobús. No pude evitarlo. Aunque nadie observa nunca a la persona que llora en el autobús. Si se fija, todo el mundo baja la vista al suelo. Supongo que ya tienen suficiente con lo suyo. Pero si mira con algo de atención, comprobará que hay muchísima gente que llora en el autobús. Es mucho más habitual de lo que se imagina. Los autobuses están llenos de gente triste, pero nos hemos acostumbrado a ignorar esos llantos como auténticos profesionales de la negación de las cosas feas.

Cuando estuve triste, triste, triste de verdad, ni siquiera podía llorar. Al menos, ahora sí que siento cosas. Quizás es menos malo.

14 de octubre de 1993

Hoy recordé una de mis primeras citas con Jorge. Nos fuimos a dar un paseo después de tomar un Bitter en una terracita y, al ir caminando, a los dos nos sorprendió que acabasen de abrir un McDonald's en la ciudad, porque era una cosa muy americana y moderna. Miré a Jorge, con el que todavía no nos habíamos dado ni un casto besito, y le dije: «Jorge, me temo que la ciudad se está *hamburguesando*». Nos dio una risa con eso... Fue nuestra primera broma privada, de esas que tienen tanto peso en una relación como las caricias en la nuca cuando el otro está aparcando el coche. «Este se ha *hamburguesado*», decíamos de tal político de izquierdas cuando nos enterábamos de que se había comprado un chalé o un Rolex o cuando le pillaban de veraneo comiéndose una mariscada.

Ahora los que nos hemos *hamburguesado* somos nosotros, fíjese.

15 de octubre de 1993

Hoy viernes hice algo que Jorge consideraría malo, pero que yo no lo veo tan catastrófico teniendo en cuenta eso que usted me dijo de que tenía que empezar a hacer cosas que me aportasen felicidad.

Cuando estuve triste, triste, triste de verdad, cuando no podía ni siquiera llorar, lo único que conseguía sacarme de la negrura era pasar tiempo con la niña. No sé si será algo egoísta o entrará dentro de lo natural, pero simplemente al tenerla cerca recordaba mi razón para estar en el mundo y conseguía calmar de alguna forma todos mis tormentos.

De modo que hoy, aprovechando que ya casi era fin de semana, justo antes de dejar a la niña en el cole di un volantazo y le dije que me la llevaba a la playa. Fue una decisión de última hora, nada premeditado. Y no vea usted la alegría que le dio saltarse un día todas las clases, como si la acabase de liberar de un pelotón de fusilamiento. A veces siento que estamos criando a pequeños oficinistas, ¿sabe? Que la infancia debería ser otra cosa. Más juego y menos colegio. Más aventura y menos deberes. Más fantasía y un poquito menos de realidad. Como mínimo, mientras sigan creyendo en las hadas.

Dimos un paseo por la orilla, nos mojamos los pies, hicimos un castillito en la arena como buenamente pudimos y charlamos de nuestras cosas. Blanca es una niña despierta, ¿sabe? Y no lo digo como lo dicen otras madres, que luego tienen auténticos zotes que dan vergüenza ajena: «Es que mi niña es listísima», y la niña va y dice *«holocóptero»* o *«denosaurio»*. Señora, su niña es un cuadro, debería estar en una pinacoteca.

En fin. Blanca me ha contado que en el colegio se siente a veces un poco rara, me dice que no juega tanto con los otros niños porque son muy brutos, ni con las otras niñas porque son muy aburridas, y yo me pregunto si no tendré algo de culpa por no integrarme más en ese ambiente. Los niños, al final, imitan lo que ven. Por eso me da tanto miedo estar triste, porque no quiero que mi hija se ponga triste. Es curioso cómo un ser humano tan chiquitito puede tener ya sus miedos y sus ansiedades, y me alivia pensar que se siente cómoda para hablar conmigo de esas cosas. A veces pienso que Jorge y yo vemos a Blanca de distinta manera: él la ve como una especie de extensión de sí mismo, yo la veo como una personita independiente y completa. Y ahí radica la diferencia de opinión que podemos tener en temas como, por ejemplo, su educación. ¿No cree usted que nuestra sesión de juegos y charlas en la playa habrá hecho más por su educación que lo que tuviera hoy planeado la estúpida de su profesora?

Después, regresamos para comer en casa y nos pusimos una película de dibujos animados y, cuando dieron las seis de la tarde, le dije: «Blanca, vidita mía, lo de hoy no se lo podemos contar a papá, ¿vale? Tiene que ser nuestro secreto». Y la niña me miró con una cara como de entender, ¿sabe? Como de crear un bloque. Y asintió con una madurez que me dejó muerta. ¿Es malo no contarle estas cosas a Jorge? ¿Cree usted que debería ser más sincera con él?

18 de octubre de 1993

Hoy tuvimos sesión usted y yo y me puso de deberes explorar mis sentimientos en torno a tres cuestiones aparecidas en estos diarios (me dijo que no hace falta que se lo cuente todo el mismo día, que deje reposar mis ideas en torno a las cuestiones):

1. <u>Mis problemas con la autoridad</u> (esto lo decía por lo que le conté de los deberes que le ponían a Blanca y lo de sacarla del colegio)
2. <u>Mi relación actual con mi marido</u>
3. <u>Cómo me sentí cuando sucedió aquello</u>

<u>Mis problemas con la autoridad</u>:

No sé qué quiere que le diga. No me gusta que me traten como a un borreguito, eso es todo. Entiendo que para que el mundo funcione tienen que existir una serie de normas y reglas que todos aceptemos y cumplamos, y que yo también debo cumplir, pero desconfío de las excesivas herramientas de control social por parte del Estado. Desconfío de la policía, desconfío de los médicos, desconfío de los dentistas, desconfío de los funcionarios de Correos, desconfío de los profesores de Blanca, desconfío hasta de la supervisora del Mercadona, que parece una nazi. Desconfío incluso un poco de usted, por si un buen día se levanta y dice: «A esta le vamos a dar una terapia de electrochoque», que es que podría usted hacerlo si quisiera, no nos vamos a engañar. ¿Está eso mal? ¿Desconfiar tanto? ¿Preguntarse cosas? Pues no sé.

Con los años aprendí que tener espíritu crítico es algo positivo, que hacerse preguntas, aunque una no vaya a conocer todas las respuestas, está muy bien y es parte de la naturaleza humana. Con lo cual, pues a veces salto. Salto porque creo que tampoco pasa nada por preguntar, por interrogar, por plantear otras formas de hacer las cosas. Y eso no gusta. A lo largo de toda mi vida me han dicho en varias ocasiones que tengo una actitud «defensiva» o «radical» o que siempre voy «a la contra». Pero es que prefiero eso a asentir toda sumisa a cualquier cosa que me pongan sobre la mesa, ¿no? Prefiero decir: «Vamos a ver, ¿y esto por qué?».

También hay veces que salto y me pongo muy bruta sin razón aparente, eso lo reconozco. Me entra el nervio y luego lo paso fatal. Como el otro día, que estábamos un montón de personas haciendo la fila para pagar la compra y va y se cuela una vieja con su santísimo chocho gordo. Y yo le dije: «Señora, que aquí estamos todos haciendo fila». Y me dice ella: «Para tres o cuatro cosas que llevo». La señora llevaba un carro lleno, no le digo más. «Señora, usted se pone a la fila como todo el mundo, no me venga con tonterías». Y ella erre que erre. Que qué mala educación, que cómo están los tiempos, que esta juventud ya no tiene respeto y toda esa retahíla de sandeces mientras seguía poniendo la patita para ir colándose la muy cabrona, como si fuera el Lobo Feroz. Y a mí se me llevaban los demonios. «¡Señora, circule, ya está bien!». Un silencio... La gente apartándose un poco de mí (se ve que grité). Vino el de seguridad y todo. «¡Cómo le grita así a esta pobre mujer!». Y yo es que esto lo veía como una injusticia, ¿no? ¡Pida permiso, al menos! Total, que, como vi que no iba a ganar la disputa, ya miré a la vieja y le dije: «Anda, pase, que, total, ya sale usted de casa con el permiso del sepulturero».

Pues ahora tengo que ir al otro Mercadona, que está más o menos donde Cristo perdió el mechero, porque me muero de la vergüenza. La cajera se tronchaba, eso sí. Bueno, pues quizás lo de ponerme tan bruta y cabrona podría trabajármelo, lo reconozco. Porque al final a la pobre señora aquella le quedaban dos telediarios, las cosas como son. Lo que no soy capaz de aguantar, por ejemplo, es el tema de la educación de Blanca. Porque lo que no puede ser, al menos desde mi punto de vista, es que yo esté haciendo unos esfuerzos enormes para que la niña no me salga borrega y luego en la escuela parece que estén haciendo esfuerzos en el sentido contrario. Yo quiero que mire, que pregunte, que dude, que interrogue, que sea crítica, que no se crea las milongas, que aprenda a pensar por sí misma, ¿sabe? Y esto, le reconoceré, es una tarea muy cansada. A veces, al recogerla del colegio, me muero de ganas porque me venga con sus «¿Y por qué esto?, ¿Y por qué lo otro?», y otros días, la verdad es que la dejaría en la gasolinera cuando empieza con tanta pregunta, porque los niños son incansables. Si tiene hijos sabrá de lo que hablo. Pero, claro, eso es cosa mía, no de la niña, que yo también tengo días buenos y días malos, y los niños no son esos perritos de juguete que dan saltitos y que se compran en las ferias y no los puedes apagar.

El caso, que yo estoy haciendo este esfuerzo titánico y, de repente, llega una profesora del cole y me dice algo así como: «Blanca habla mucho en clase». Y yo le digo: «Bueno, pero ¿de qué habla?». Porque no sé, igual la niña está explicándoles a los otros la teoría de cuerdas o la evolución según Darwin. «Es que molesta mucho a sus compañeros». Y yo: «Pero ¿qué les dice?». No sé, no les pega, no los insulta, no les quita el bocadillo, ¿no? Les habla como ser social que es. O sea, ya ve usted, le molesta que una niña de ocho años no se tire una hora entera callada y sentadita en su pupitre. Y, claro, ya me enervo: «¿No será que su clase es un aburrimiento? Perdone que le diga: ¿no será que hace mal su trabajo porque no sabe captar la atención de una niña pequeña y por eso se pone a hablar?». Es que, claro: «La niña habla». Bueno, es que, hasta donde yo sé, la niña no es muda.

Y aquí vienen muchos conflictos con Jorge, ¿sabe? Porque dice que no puedo andar por ahí cuestionando de esa forma a la gente, que la gente lo hace lo mejor que puede. Mira, no. La gente no lo hace lo mejor que puede y esa es una frase hecha que a mí me tiene hablando sola. Mucha gente hace lo justito para pasar el día. ¡Yo misma lo hago a veces! Y esta funcionaria en concreto a las cinco de la tarde se olvida del nombre de todos sus alumnos y a las cinco y cinco ya se está desabrochando el sujetador en el coche. Esta funcionaria está contando los días para que llegue junio para tener sus dos mesecitos de vacaciones. A ella, convertir a Blanca en un ser humano crítico o en un borreguito se la trae al pairo. No lo hace lo mejor que puede, hace lo que le han enseñado a hacer sin implicarse demasiado, que son dos cosas distintas.

De modo que sí, supongo que tengo ciertos problemas con la autoridad, pero puedo controlarlos más o menos. Solo que tampoco me callo las cosas que me parecen injustas, pero es que aquí, si me permite que le diga esto, no estaríamos hablando de un problema psicológico, ¿no? Es de lo que yo considero justo o no en esta sociedad. Que yo la sociedad la respeto, tampoco estoy por ahí tirando huevos a la policía ni me he unido a la ETA. Es verdad que no debo ir por ahí insultando a las viejas, y ese comportamiento intento no tenerlo (si ya le digo que luego me muero de la vergüenza). Pero las otras cosas, pues, doctor, es que creo que llevo razón en todo.

20 de octubre de 1993

Hoy me fui a dar un paseo después de dejar a Blanca en el colegio. Pensé: «Empieza a refrescar». Ya estamos a mediados de otoño y las hojas crujían bajo mis botas. Dentro de nada, la Navidad. Y, cuando pasen las fiestas, la Semana Santa. Y a la vuelta el verano, que dicen en las noticias que cada vez será más y más caluroso. Y luego aquí estaremos, supongo, paseando una mañana, después de dejar a Blanca en el colegio una vez más, pensando en que ya va haciendo tiempo de rebequita. Dentro de este ciclo interminable hasta que nos muramos.

21 de octubre de 1993

Ayer, como comprobará, no estaba yo muy católica. Hoy algo más animada.

Después de llevar a Blanca al cole, me fumé un cigarrito con las tres hippies por hacer algo distinto. Qué chicas tan encantadoras. Creen en energías y en cosas como de mercado medieval, pero luego tienen sus intereses y su discurso más o menos armado. Dicen que no les gusta el sistema, bueno, pues ya tenemos algo en común. A quién le va a gustar. Yo les he contado que justo estos días le daba vueltas al tema de la autoridad y me han mirado con los ojos muy abiertos y diciendo: «Exacto, eso es». No están muy bien de la cabeza, me da a mí la sensación, pero igual es porque van colocadas. Y tampoco estuve mucho rato con ellas, pero fue agradable tener una conversación que me pareció un poco nutritiva, un poco normal, aunque fuera fumando en la puerta del supermercado. Al menos, el día no fue una fotocopia del anterior.

Jorge me dijo que parecía más contenta al llegar a casa. La verdad es que lo estaba.

25 de octubre de 1993

Blanca está mala otra vez. No es una niña especialmente delicada, pero le entran unas fiebres horribles que no hay forma de bajarle y parece que la niña quema. Hoy la profesora me dijo que se había portado muy mal en clase. Tiene problemas con otra niña. El resumen es que no se entienden. La madre de la cría, Conchi, monta unos números de aúpa porque dice que Aurora (su hija) vuelve llorando a casa por culpa de Blanca, pero Blanca me cuenta que Aurora le hace putadas (ella no dice la palabra *putadas*, ya me entiende) constantemente (cosas como meterse con ella, robarle algunos colorines, reírse de su ropa o de sus zapatillas...) y Blanca, intuyo yo, debe de responderle cuando ya no puede más. En fin, riñas de críos. Yo no le doy mayor importancia y tampoco creo que Blanca y la otra niña deban llevarse bien por obligación. En la vida adulta no tienes por qué llevarte bien con todo el mundo y me gusta que Blanca ponga sus límites y decida con quién quiere y con quién no quiere relacionarse. Y si esta niña es de naturaleza gilipollas, por qué va a tener que aguantarla.

El caso es que al recoger a Blanca venía ardiendo, yo ya no sé si por el disgusto (mi hija es una niña muy sentida) o es que estaba ya mala y por eso han tenido otra trifulca.

En este tipo de situaciones me siento muy sola. Sé que los padres de Jorge están a un tiro de piedra, y sus hermanas también, pero ya sabe, no son familia familia y con ellos me siento pidiendo favores. Intenté localizar a Jorge en el despacho y no pude (me dijeron que había salido) y me la llevé corriendo al pediatra, que es encantador. Consiguió bajarle un poco la temperatura, pero me dijo que si le seguía pasando con frecuencia me fuese derechita al hospital y que allí le harían pruebas para ver cuál era el problema. Me he agarrado una llorera tremenda pensando en Blanca en la camita de un hospital, con la vía puesta. Y luego, por otro lado, he pensado una de esas cosas que una no puede decir en voz alta. Un pensamiento cruzado. Difuso. Algo que no quiero ni pensar de nuevo ni escribir. «Si Blanca no estuviera, entonces yo...». ¿Estos pensamientos son normales? ¿Los piensan otras madres? Qué horror, me siento muy culpable.

«Vaya rollo de madre me está soltando esta», pensará usted. Y con toda la razón. Pero me gustaría volver al párrafo anterior: me siento muy sola. Creo que las madres estamos, en general, muy solas. Somos conscientes de que aburrimos con este tipo de cháchara y al mismo tiempo necesitamos desahogarnos, ¿sabe? Aburrimos, sobre todo, a los hombres. Sean o no sean padres. El simple hecho de mencionar que tienes una hija ya los hace bostezar. No sé si porque te sacan del compartimento de «polvos» y te meten en el compartimento de «madres». Pero le diré algo: ¿qué hacemos si esto es lo que ocupa el 80 por ciento de nuestro tiempo? No ya solo los hijos: la casa, los horarios de unos y de otros, el saber exactamente cuántos *briks* de leche nos quedan en la despensa, ¿no? Es normal que los revolucionarios siempre fueran hombres, creo yo, porque no tenían que estar pensando en si se habían planchado la camisa para ir a hacer una revolución.

A mí me encantaría, como Jorge, volver a casa de un trabajo que, pese a todo, me apasionase. Tener una vida ahí fuera. Contar anécdotas de este o aquel. Hablar con más gente cuya conversación no girase en torno a las fiebres de nuestras respectivas hijas. Y no preocuparme porque me van a cerrar el supermercado y tengo la nevera vacía, ni estar de pronto dando un paseo y pensar en si puse o no la lavadora. Nosotras (al menos yo) también nos aburrimos de nosotras mismas.

Al llegar a casa, me sentía tan culpable por ese pensamiento que me he metido en la cama con Blanca, le he puesto una compresa fría en la frente y la he acunado entre mis brazos, como cuando era un bebé. La niña ardía y lloraba de desesperación al principio, tanto que a la pobre le venían hasta arcadas del puro nervio. Al final, entre nana y nana, parece que se ha ido calmando hasta quedarse completamente dormida.

He preparado un caldito de pollo con arroz para cuando despierte.

27 de octubre de 1993

Hoy he invitado a las tres hippies a desayunar. Un poco por lo que escribí aquí el otro día. Después del día de las fiebres se me caía la casa encima. Jorge llegó y me dijo que no era para tanto mientras le contaba la película del pediatra y demás. A veces siento que me mira un poco por encima del hombro cuando le cuento que estoy algo abrumada, como si él viera que lo mío es demasiado fácil y que simplemente me ahogo en un vaso de agua. Tiene gracia, claro, que esa superioridad venga de un hombre al que se le queman los macarrones con tomate. Pero, claro, según él, yo me ocupo de los asuntos chiquititos y menores, de las cosas de la casa. Mi mayor problema es llegar tarde a la panadería y quedarme sin una barra. Su mayor problema es que metan en la cárcel a un señor. Claro, visto así, lo mío es absurdo, ¿no?

Pues iba yo pensando en eso y, al salir de la compra, las hippies me pidieron un cigarro, como de costumbre, y les pregunté: «¿Habéis desayunado?», que me quedó un poco de anuncio de cereales preguntarles eso. Me dijeron que no, así que las invité a café y a magdalenas. Resulta que no viven en la calle, como yo pensaba, sino en una casa okupada cerca de la playa de la Malvarrosa, por la zona del puerto. Serán unas veinte personas y todas se dedican a hacer alguna cosa. Muchos de ellos trabajan, fíjese qué curioso, pero ellas, según me cuentan, como son guapas, se van por ahí a pedir unas limosnas porque les dan siempre. Me dicen que sobre todo les dan los hombres. Les pregunté si pertenecen a algún tipo de secta y me dijeron que no, que no hay líderes, que toda la organización es horizontal, «autogestionada» (que esto quiere decir que ellos se lo guisan y ellos se lo comen) y que cada uno aporta lo que puede y quiere. Ni siquiera son todos de la misma cuerda: los hay que son anarquistas, los hay que son comunistas, hay gente que cree en energías y hace jabones (como ellas) y gente simplemente un poco antisistema.

Me ha parecido una cosa admirable el hecho de vivir

por completo al margen de la sociedad, ¿no? Buscarse así la vida. A mí me preocuparía muchísimo vivir así, aunque pueda fantasear con la idea de vez en cuando. Les he preguntado si no les preocupaba el futuro y me han dicho que ellas no piensan nunca en eso, que ellas «viven en el presente».

El caso es que en casa le estuve dando vueltas a eso. Al pasado, al presente y al futuro. Porque yo pienso en mi futuro y es casi como si lo pudiera visualizar a la perfección, como una adivina. Sé que viviremos un tiempo más aquí, no demasiado, ya que Jorge ya lleva unos meses insistiendo en mudarnos a una casa más amplia y céntrica (el *hamburguesamiento*) y estoy segura de que las largas horas en el despacho le serán recompensadas económicamente tarde o temprano. Así que, con toda probabilidad, terminaremos viviendo en lo que se conoce por un sitio mejor. Supongo que decoraremos la casa con muebles de El Corte Inglés. No se puede descartar la posibilidad de que, en algún momento (no ahora, después de aquello), Jorge y yo tengamos otro bebé. Y después compraremos un coche más grande. Igual tenemos hasta un perro. Casi con toda seguridad empezaremos a ir de vacaciones o, como dicen los ricos, «de veraneo». Luego, Blanca se hará mayor, estudiará una carrera «de provecho», como dice su padre, se echará un novio, me dará nietos. Todo esto sucederá, estoy segura, porque es así como son las cosas.

Pero yo antes no visualizaba un futuro. O no lo tenía tan claro en mi cabeza. Con lo cual quiero decir que existía dentro de mí la sensación de posibilidad. Y por antes me refiero a prácticamente desde que era niña. Yo no pensé, como Jorge, «estudiaré Derecho». Yo no me permití esa opción. O no sé si es que no me la permitieron. Yo, de niña, veía a mis padres y supongo que me imaginaba que en algún momento sería parecida a ellos, que esa sería mi historia. Y supongo que Blanca nos mira a Jorge y a mí y es como imagina la suya. Pero después, cuando me fui del pueblo y llegué a Valencia, empecé a pensar que la vida te puede llevar por muchos caminos, ¿sabe? Recuerdo estar tumbada en una cama del piso que compartía con unos amigos y decir: «Igual puedo hacer esto o aquello». No sé, igual me puedo ir a Irlanda a aprender inglés, quién sabe.

Sin embargo, del mismo modo que ahora le cuento lo del futuro que tengo delante y soy capaz de verlo con absoluta claridad, le diré que no tengo la sensación de haber hecho ninguna elección propia, ¿no? No abortar, quizás. Pero es que abortar no fue algo que se pusiera sobre la mesa, no sé cómo explicarle. Al quedarme embarazada ni se nos pasó por la cabeza, ¿sabe? «Bueno, nunca es el mejor momento», dijimos. Y ya estábamos mirando carritos de bebé.

Supongo que lo que quiero decir es que jamás he sentido que tuviera un papel realmente activo en lo que sería mi vida. Y, de pronto, mi vida se convirtió en mi vida. Y, ahora, ni siquiera mi futuro es mío, sino que se trata de una sucesión de acontecimientos inevitables que se producirán como consecuencia de las decisiones que yo no tomé. Por lo que tampoco puedo estar tranquilita en el presente, como las hippies hacen. ¿Tiene sentido algo de esto para usted? Le prometo que no me he colocado con las tres hippies (aunque me ofrecieron un canuto, pero es que siempre me han sentado mal).

30 de octubre de 1993

Hoy sábado hemos ido a comer con unos compañeros de trabajo de Jorge. Nos invitaron al chalé de uno de ellos, que está por Cullera, a comernos unas paellas. El día podría haber sido agradable y creo que, si lo miro desde fuera, si se lo estuviese contando por teléfono a una vieja amiga, pues lo hubiese sido. Pero de un tiempo a esta parte vuelvo a tener esa extraña sensación de no pertenecer, de no estar realmente ahí, como si me hubieran dividido en dos; ¿eso tiene alguna explicación psicológica?

Me refiero a que llegamos allí, saludamos a todo el mundo, cogimos unas cervecitas, charlamos, Blanca se puso a jugar con otros niños y nosotros nos sentamos con los adultos, comimos unas paellas, nos reímos, nos tomamos el café y así pasó el día. Esto sería desde fuera.

Desde dentro, sin embargo, sentía que tenía que hacer unos esfuerzos titánicos por estar ahí, siendo una mujer normal y prestando atención a las conversaciones, porque me veía como en una especie de teatro, interpretando un papel. Fíjese: el orden de la mesa. Nada más llegar se formó el corrillo de los hombres y el de las mujeres. Estas mujeres, esposas de abogados (como yo, pero distintas, ellas cómodas y conformes con ese estatus, ¡qué digo cómodas, orgullosas más bien!), charlando de sus hijos. Ellos, conversando sobre casos interesantes. Nosotras, comentando actividades extraescolares. Ellos, hablando de política. ¿Ve la diferencia? Muchas veces cuando hablo del «orden establecido» le aseguro que no estoy hablando de los aparatos del Estado. A veces me refiero, sencillamente, a la manera en la que nos sentamos a una mesa a la hora de comer. Parece inocuo, pero no lo es.

Aunque luego tampoco había que ser Einstein para darse cuenta de que eran, en general, un grupo de gente muy cateta, muy simplona. Hubo un momento en el que empezaron a hablar de viajes. Pensé yo: «Ah, qué interesante», porque nosotros no hemos viajado demasiado y hay muchos sitios a los que me gustaría ir. Y decían cosas como: «Roma es una ciudad con mucha historia». ¿En serio? ¡No me digas! Déjame adivinar, ¿viste muchas ruinas o algo así? O «París es una ciudad muy bonita» y, aquí es que me dio la risa, «si vais a París, no os podéis perder la torre Eiffel y dar un paseo por los Campos Elíseos». Menudo consejo, oye, no se me hubiese ocurrido, ¿me lo podríais apuntar para que no se me olvide? ¿La torre qué? ¿Se encuentra fácil? No sé, ¿cuál es la diferencia entre viajar y no viajar si lo que vas a traerte de allí es un saquito de frases hechas? Hubo un momento en que dije, por puro aburrimiento: «Creo que Atenas también es un lugar con mucha historia». Y todos asintieron.

Luego me di cuenta de que muchas conversaciones tenían que ver con el estatus, ¿no? Por ejemplo, empezaron a hablar de coches. De coches que se habían comprado o que se iban a comprar. Una hora de reloj hablando de coches. «Es que yo ahora lo que busco es un monovolumen con un buen maletero». Claro, claro. «Yo me quiero dar el capricho del Audi». Okey, makey. Es que preferiría hablar del Holocausto, fíjese lo que le digo.

O la conversación sobre pequeños electrodomésticos. ¿Usted cree que hace millones de años, cuando evolucionamos del mono y empezamos esa peregrinación por el mundo hasta establecernos como sociedades, fue todo para terminar en este extraño momento de la civilización en el que echamos el día hablando de la minipímer? Es que hubo un momento en que las mujeres estuvieron media hora hablando de una cosa que se llama vaporeta. ¿Usted sabe lo que es? Yo por desgracia ahora sí. Una especie de aspiradora, pero que funciona con vapor y limpia muy bien y quita los ácaros (¡qué problemón los ácaros, por lo visto, estas mujeres estaban todas sin pegar ojo por culpa de los ácaros!). «A mí es que me ha cambiado la vida». Que te cambie la vida una vaporeta, imagínese.

Era gente que se presentaba al mundo a través de los objetos que consumía, ¿sabe? Me recordó a cuando era más joven y estaba esperando la mínima ocasión para mencionar, no sé, a Camus, para que todo el mundo supiera que había leído a Camus. Pues igual, pero con batidoras y sartenes antiadherentes y coches de gama alta y vacaciones en capitales europeas.

No me malinterprete, eran muy amables. Estuve bien. Corría la brisa. La paella estaba buenísima. Pero no sé. En el camino de regreso, Jorge estaba radiante. «¡Qué bien lo hemos pasado!». Y, como ya le digo, una parte de mí pensaba: «Sí, sí, ha estado muy bien». Pero la otra... La otra no dejaba de pensar: «¿Esta va a ser mi vida?». Me refiero: ¿esta es la recompensa social e intelectual a mi semana? ¿Esto, y esta gente, es lo que se supone que me hará tumbarme en la cama, exhausta, diciendo: «Por estas cosas la vida merece la pena»? ¿Hablar de vaporetas con gente que dice que París es la ciudad del amor?

31 de octubre de 1993

Hoy hemos ido con Blanca a la playa. Fue un día agradable. Me sienta bien la brisa del mar.

5 de noviembre de 1993

Hoy he acostado a Blanca temprano, tenía algo de fiebre (otra vez), así que prosigo con los deberes que me mandó.

<u>Mi relación con Jorge</u>:

Cuando Jorge y yo nos conocimos, éramos muy jóvenes. Yo acababa de llegar (como quien dice) a Valencia del pueblo, donde no había muchas oportunidades laborales y aquello era un poco lo que hacíamos todos los jóvenes por esa época: marcharnos a una ciudad próxima. Tenía dieciocho añitos recién cumplidos y ganas de buscarme la vida, y empecé a trabajar en una librería muy bonita del centro de la ciudad. Creo que aquello fue el detonante de todos mis problemas, fíjese lo que le digo.

Resulta que tuve sobre la mesa dos ofertas de trabajo: una, de taquillera en un cine, y otra, en una librería. Lo cierto es que a mí me gustaba mucho más la idea de trabajar en un cine, porque de niña siempre me habían encantado las películas, que solía ver cuando las daban por televisión (muchas con la tía Eugenia, por cierto), y más adelante, cuando abrieron un cine en el pueblo de al lado, solía ir una vez por semana y veía varias películas seguidas. El problema, para mí, fueron los horarios. Y que yo era una muchacha temerosa todavía, que se había educado escuchando historias de todas las cosas malas que te podían suceder en las grandes ciudades. Tenía mucho susto por que me pasara algo malo. Acababa de llegar a una ciudad cuyas calles a veces me daban miedo, porque estaban pobladas de personas que no conocía de nada (fíjese qué tontería, pero es que en el pueblo conocía a todo el mundo). Por esta razón, no me veía saliendo a eso de las doce de la noche de trabajar, cuando terminaba la última sesión en el cine y ya habías adecentado un poco la sala, caminando yo solita hacia mi casa. Así que elegí el trabajo en la librería.

Cuando llegué a trabajar allí, yo solo había leído las cosas que una muchacha de una familia de clase baja había podido leer en el colegio (mamá era costurera ocasional, papá llevaba el ultramarinos del pueblo, que era del tío Paco, el hermano de su padre). Pues sí, sabía quiénes eran los escritores importantes, había leído *La Celestina*,

Lazarillo de Tormes, El Buscón, Fortunata y Jacinta... más por obligación que por placer. Sabía quiénes eran los escritores del 98 y los poetas del 27, claro. Los ubicaba, más bien. Pero ahora me doy cuenta de que era una chica muy ignorante, todavía no sabía nada.

Sin embargo, ¡qué mundo, doctor! Allí, en la librería, descubrí el universo. Éramos todos muchachos jóvenes, salvo el dueño, don Emilio, que era un señor mayor. Un tipo un tanto estrafalario que vestía siempre trajes de colores chillones y llevaba pajarita, como si hubiese decidido que, por regentar una librería, él debía ser una especie de personaje sacado de cualquiera de los libros que reposaban en las estanterías. Y estábamos todo el día hablando, haciendo planes, recomendándonos cosas. Yo me sentía como una esponja en aquella época, era capaz de absorberlo todo, de vivirlo todo, de sentirlo todo. Hicimos un grupito muy majo, claro, porque muchos de nosotros veníamos de fuera y todos nos estábamos buscando la vida a la vez. Formamos una especie de familia. Íbamos al cine o a conciertos. Quedábamos para comprar y escuchar discos. Íbamos de bares. Nos emborrachábamos. Algunos se drogaban también. Luego quedábamos los domingos para comer juntos y soportarnos en las resacas. Pero también dábamos muchos paseos para no gastar dinero, nos sentábamos en parques con una litrona y un paquete de cigarrillos para todos y echábamos la tarde hasta que empezaba a refrescar. Era bonito. A veces, supongo, no nos damos cuenta de cuándo estamos viviendo uno de los mejores momentos de nuestra vida, ¿sabe? De eso una se da cuenta cuando vive más y echa una mirada a su pasado. Entonces dice: «Ah, fue esto, claro que lo fue».

Qué pena haber perdido el contacto con toda esa gente, doctor.

Tito, mi pobrecito, se murió de sobredosis y nada volvió a ser lo mismo.

Pero allí, en la librería, todavía no habían pasado las cosas malas. Y se hablaba mucho de libros, claro. La mayoría de la gente había escogido la librería porque les gustaba mucho la literatura. No como yo, que escogí la librería para que no me violaran en un portal.

Y los libros empezaron a caer en mis manos. «¿No conoces a Laforet? ¡Por el amor de Dios, qué cateta eres!», me dijo Clarita un día, que era una lesbianorra divertidísima, con una mala hostia de cagarse, pero muy buen fondo, a la que algunos clientes llamaban señor porque era muy bajita y llevaba el pelo muy corto. Leí con gusto *Nada* porque Clarita estaba obsesionada con la escritora y porque era un poco mi vida, y también a Carmen Martín Gaite un poco por lo mismo. Imagínese descubrir a Gabriel García Márquez. Y alucinar, claro. Me daba una ilusión tremenda el pensar en todo lo que me quedaba todavía por leer y, cada mañana, me despertaba con entusiasmo por qué me depararía el nuevo día, qué cosas descubriría por primera vez.

En mis dos primeros años trabajando allí, descubrí a Borges, a Camus, a Kafka, a Orwell (joder, Orwell), a Fitzgerald (que tuve una época que me dio por vestirme como una *flapper* y todo), a Salinger, a Huxley. No le hacía ascos a nada, la verdad. Cogía a Clarita y le decía: «Quiero más de esto», señalándole por ejemplo una novela de Jane Austen. Y me decía: «Pues llévate esto», y descubría a las Brontë. Tito, que ya tenía las costuras de yonqui, por ejemplo, me hizo leer *En la carretera* y a mucha gente de la generación *beat*, que es que eso te rompe la cabeza de una manera que no te puedes ni imaginar, y no puede ser mejor lectura para cuando tienes veinte añitos y ninguna preocupación real en la vida. Tito decía siempre que quería mudarse a Estados Unidos, concretamente a California, y vestía como un hippie de los años sesenta, con el pelo largo y todo. Pobrecito. Era de Massanassa y muy buena persona. Yo le quería mucho.

La madre que me parió, ¡qué recuerdos! Me pasaba el día entero con un libro entre las manos. Y era feliz. Sumamente feliz. Yo creo que nunca he sentido una plenitud tan pura en mi vida, porque era esa sensación de las primeras veces que luego, cuando eres más mayor, rara vez la vuelves a vivir. Y me sentía cuidada, querida, valorada. Sí que me llamaban cateta y me hacían todo el rato bromas por ser de pueblo, pero era todo de buen rollo. Me decían, por ejemplo, que mi padre tenía por amante una vaca llamada Ernestina, y yo me mondaba con esa soplapollez. En esa época estábamos siempre riéndonos de algo, siempre con la guasa, siempre alegres.

Reconozco que no era la mejor librera, eso sí. Y además todos lo sabían, pero les daba un poco igual. Yo no sé cómo esa librería podía ser rentable, porque entre el yonqui de Tito, Clarita Señor, que insultaba a los clientes cuando le pedían *bestsellers* o libros de franquistas, otros tantos descerebrados y yo, dígame usted. A veces entraban clientes y yo no les hacía ni caso hasta que no terminaba el párrafo que estaba leyendo. Don Emilio, el dueño de la librería, decía que no le importaba porque yo estaba en esa librería simplemente para darle glamur, sobre todo después de mi época *flapper*. Era divertidísimo también don Emilio. Maricón, en efecto. Pero allí esas cosas no nos importaban. Bueno, no es que no nos importasen, es que nos parecían bien. No sé, ¿qué problema hay? Eran todos muy buena gente.

Y así pasé mis tres primeros años en Valencia. Al principio, vivía en casa de una señora viuda que se llamaba Amparo, en una habitación con derecho a comidas, pero a los veinte o así me mudé al piso de Clarita, que era un poco el campamento base de toda esta gente. Lo que me llegué a quejar del ruido y del alboroto de aquella casa y lo mucho que lo echo de menos ahora. Por allí aparecía quien quería, ¿sabe? Cualquiera subía con unas latas de cerveza o con un pollo asado (dependía de la hora) y se apoltronaba en nuestro sofá hasta que miraba el reloj y se daba cuenta de que tenía que estar en algún otro sitio. Tito se pasaba la vida allí también al principio, le daba por hacer galletas y mermeladas, porque tenía la idea de montar un negocio con eso. Se le daba bien la cocina, tenía mano y podría haber tenido un buen porvenir. Luego, pues ya sabe usted, la droga es una cosa muy mala.

Pero lo de Jorge.

Un día, cuando yo tenía veintidós años, entra un cliente. Yo, en ese momento, estaba con la pobre Sylvia Plath, que no merece ser interrumpida. Ya había leído *La campana de cristal*, que me había parecido una cosa sobrecogedora, y en aquel instante leía, lo recuerdo muy bien, un poema precioso titulado «Soy vertical» que hoy todavía soy capaz de recitar. Total, que estoy yo ahí, siendo una persona en vertical para mi desgracia, y viene este cliente. Se pone frente a mí, yo pasando olímpicamente del sujeto. Él carraspea, yo ni caso. Él carraspea más fuerte, y yo, sin apartar la mirada del libro, saco de la cajonera unos caramelos Halls y los pongo sobre el mostrador. «Para la garganta», digo. Y el tío se empieza a reír a carcajadas: una risa sonora y magnífica, limpia y sincera. Y yo le miro por primera vez, y me empiezo a reír también con él. Y, en ese momento, veo frente a mí a un hombre guapo, risueño, con una mandíbula cuadrada y unos hombros bien anchos, cinceladito por los dioses él, con ese porte y esa templanza, y pensé (se lo juro): «Me voy a casar con este hombre». Porque supe que quería escuchar esa risa durante el resto de mi vida.

Era Jorge, como ya habrá imaginado, y empezamos a salir.

Yo me acuerdo de que le decía a Jorge que sentía que teníamos una relación muy efervescente. Íbamos al cine solo para poder comentar la película después. Leíamos libros solo para leernos párrafos en voz alta el uno al otro. Íbamos a conciertos para tener una excusa para darnos el lote mientras nos ponían una banda sonora. Él, en aquel momento, se encontraba terminando Derecho. Solo tenía hermanas y era el hijo mayor, y el único a quien sus padres le pagaron una carrera, por ser el varón. Era muy de izquierdas, muy de opinar vehementemente sobre cualquier tipo de injusticia, muy de levantar el puño en las cenas familiares. Teníamos ideas propias sobre el amor y el matrimonio (que el amor era un cuento para someter a las mujeres, que el matrimonio era un absurdo contrato social que legitimaba esa sumisión a ojos de la ley). Teníamos ideas propias sobre la crianza de los niños (que debían ser libres, críticos, que la escuela los adoctrinaba, que había que educarlos también en casa). Teníamos ideas propias sobre el dinero (antes muertos que burgueses, solíamos decir). Teníamos ideas sobre tantas cosas... y no entiendo por qué no aplicamos muchas de esas ideas a nuestra vida en común.

Yo quería, ojo. No llevé a Blanca al colegio hasta que fue algo obligatorio y cuando la niña llegó a primaria ya sabía leer y escribir. Blanca, cuando tenía cuatro años o así, era una salvaje con las rodillas siempre peladas que parecía criada por lobos. Solo que la loba era yo.

Pero la cosa vino antes de Blanca.

Hubo un momento en que Jorge me dijo que nos casáramos «para tenerlo todo más atado y que mis padres dejen de darnos tanto por culo» y yo le dije que vale, que bueno, que por la familia y por poder irnos de una vez a vivir juntos, que yo estaba un poco cansada del jaleo de la casa de Clarita, que hacía una fiesta todas las noches de la semana. Nunca me había imaginado vestida de novia, la verdad, ese no había sido nunca mi sueño. Nunca me había dado por pensar en cómo sería el día de mi boda, como sé que hacen otras mujeres. ¿Por qué? Pues no lo tengo claro. A mí eso me daba un poco igual. Por eso nuestra boda fue una cosa sencilla, en el juzgado, con mi madre y mi padre, que se llevaron un disgusto cuando les dije que no me casaba por la Iglesia, y luego con la familia de Jorge, que es más grande, y los amigos de la librería y de la carrera de Jorge, que acababa de terminar. Después nos fuimos a un bar cualquiera a tomarnos el vermut. Imagínese a mi madre al lado de Tito, que en un momento dado se fue al baño a chutarse, y de Clarita, que llegó con una sueca como de dos metros de altura y una minifalda del tamaño de una servilleta. Pues se llevaron todos fenomenal. «El chico delgadito este qué majo es», me dijo mi madre. Tito era muy educado y amable, y tenía una especie de curiosidad casi infantil que le llevaba a preguntarle muchas cosas a la gente: «¿Y su pueblo cómo es? ¿Y su hija cómo era de niña? ¿Y su marido a qué se dedica?». Tito tenía la facultad de hacer sentir bien a la gente, al menos hasta que se quedaba dormido en un rincón a causa del colocón que llevaba. Y también estaba don Emilio, claro, que nos contrató por sorpresa a una banda de mariachis para que pudiéramos hacer nuestro baile nupcial.

Yo llevé un vestido blanco y corto que me había comprado Clarita en una tienda de segunda mano la semana anterior y que me trajo a casa diciendo: «Es muy tú». Sospecho que en realidad era un salto de cama y no un vestido propiamente dicho, pero quedaba bonito. Jorge se puso una americana de pana de color marrón, vaqueros y náuticos, que parecía del PCE. Pero eso sí que éramos nosotros.

Al cabo de una semana o así, Jorge me dijo que su familia le había dado un dinerito y que por qué no lo invertíamos en la entrada de un piso. Yo tampoco me había planteado nunca comprar una casa, y creo que Jorge y yo habíamos hablado muchas veces de que tener propiedades y sentir con eso cierta seguridad en el fondo era una idea comodona y burguesa, pero, bueno, pues para adelante, ¿no? Nos compramos nuestro pisito, que está muy bien. En la zona buena de un barrio normal, que la familia de Jorge llama barrio humilde, por cierto. Al principio, reconozco que me hacía cierta gracia lo de jugar a las casitas, ¿sabe? Hacer la comprita, planchar camisitas, preparar cenitas. Me sentía como la Nancy haciendo mis cosas, pero no me importaba, porque luego por la tarde venían nuestros amigos, los de la carrera o los de la librería, y lo pasábamos pipa. Nos acostábamos a las tantas y después íbamos todos a trabajar con resaca. Y, al día siguiente, otra vez más de lo mismo. Ahí tenía la sensación de que las cosas podían salir bien, ¿sabe lo que le digo? Que no era tan terrible pasar por el aro en determinados temas, como firmar un documento o comprar una propiedad, porque luego cada uno se montaba la vida a su manera.

Ya teníamos la boda y ya teníamos la casa, pues ahora tocaba el niño. ¿Ve por dónde voy? No entiendo dónde quedaban esas ideas y proyectos, el ser yo una mujer liberada, no convertirme en mi madre (al menos tan pronto), desarrollarme como ser humano. Pues bueno, me quedé preñada y, al poco, por sugerencia de Jorge, dejé de trabajar. Me dijo que, para lo que ganaba en la librería, mejor que me quedase en casa al menos el primer año de vida de Blanca, que a él le daba mucha pena que una niña se quedase tan chiquitita con otros, y a mí no se me ocurrió decirle que entonces por qué no se quedaba en casa él, claro, porque él era quien tenía su carrera y quien ganaba más dinero. Y esas cosas no se debatían.

Le admitiré que una vez que sentí a Blanca dentro de mí me gustó mucho la experiencia. Tuve un embarazo tranquilo y normal, con algunas molestias, pero nada del otro mundo. Con lo que lo pasé un poco mal al principio fue con lo de quitarme el tabaco, por ejemplo, y, bueno, algún cigarrito me fumé, todo sea dicho. Pero en general disfruté mucho de ese proceso y cuando nació Blanca estaba como enamorada de ella, de su carita, de sus manitas, de sus rodillas tan chiquititas, no podía dejar de mirarla, qué cosa tan espectacular que esa criaturita tan perfecta hubiera salido de dentro de mí.

Pero Blanca marcó un antes y un después en todo. Fue como si su nacimiento borrase todo lo anterior, todo lo que habíamos dicho, y como si Jorge me pusiera frente a mí un contrato nuevo y me señalase dónde tenía que firmar. Ya no tenían validez las viejas reglas, ¿sabe?

Yo estaba muy orgullosa de Jorge. Había terminado Derecho y trabajaba en un pequeño despacho donde defendían sobre todo casos de trabajadores frente a grandes empresas. O igual empresas medianas, pero donde los jefes eran igual de hijos de puta. Causas laborales, vaya, y muy nobles. Era buenísimo, mi Jorge. No perdía un caso, les hacía sangrar lo más grande cuando llevaba a los empresarios a juicio. En los juzgados, por lo visto, decían: «Que no nos toque el comunista». Fíjese cómo debía de ser. Para mí, una especie de héroe de la clase obrera. Estaba enamoradísima de él.

Ya durante el embarazo, Jorge me dijo que iba a buscar un empleo donde le pagasen un salario mayor. Bueno, yo le dije que adelante, que se lo merecía, ¿no? Él decía siempre que era para tener más seguridad con la llegada de la niña. Siempre apelaba a la seguridad, siempre decía aquello de «vivir mejor». Pero ¿vivir mejor que quién, Jorge, que los Onassis? Yo sentía que estábamos bien y no tenía tantas aspiraciones de escalar en sociedad como luego me di cuenta de que él sí que tenía. Para mí, ya habíamos conseguido más que suficiente: un techo, amigos, un sueldo que nos permitía vivir dignamente (alguna vez llegábamos cortos a final de mes, pero yo siempre pensé que volvería a trabajar tan pronto como me hubiese recuperado del parto y la niña fuese un poquito más mayor) y, sobre todo, nos teníamos el uno al otro y a Blanca; ¿qué más podríamos necesitar?

La niña había cumplido un mes de vida cuando Jorge me cuenta que ha aceptado un puesto en un despacho que, bueno, cómo decirle... Menudo disgusto, doctor. La cosa fue que muchos de los despachos que representaban a esas empresas y empresarios deplorables a quienes Jorge había desangrado hasta dejarlos secos llevaban un tiempo tentándole para que se fuera con ellos. Y Jorge, sin decirme nada, sin contarme nada, sin hablarlo siquiera..., un día aceptó. A mí se me llevaron los demonios, doctor. Tuvimos una bronca colosal. Yo es que me quedé de piedra. Entiendo que ya no seamos comunistas, pero entre eso y trabajar para Lucifer yo creo que hay un trecho.

De repente, empecé a ver a Jorge con otros ojos, ¿sabe? Sentí en aquel momento (y se lo dije) que me había tendido una trampa. ¿Ve usted como va viniendo el *hamburguesamiento*? ¿Como nos fuimos metiendo en aquella jaulita de oro? ¡Y yo sin darme cuenta! Qué ingenuidad, doctor. Supongo que si entonces hubiese sabido todo lo que sé ahora habría obrado de otra forma. Aquel día le dije de todo. Jorge se fue dando un portazo, diciendo que ya estaba bien de vivir en mis mundos utópicos y que lo que tenía que hacer era empezar a madurar y «olvidar las tonterías de la juventud». Y yo me salí al balcón, pensando en todo aquello, y me fumé un cigarro (no lo he dejado desde entonces). Después, más o menos, nos arreglamos. Al final, la niña tenía un mes, ¿qué otra cosa iba a hacer? Tiramos hacia delante. Como le decía, las reglas las iba marcando Jorge y yo me iba adaptando a ellas.

Por ejemplo, en su nuevo trabajo vil, era natural alargar las jornadas. Blanca tendría un añito o así y una noche le planteé a Jorge regresar a la librería, porque me aburría y necesitaba cierta vidilla. Y él me preguntó que si yo me ponía a trabajar quién cuidaría de Blanca. Claro, yo no puedo estar más en contra de contratar servicio doméstico, así que esa era la cuestión: ¿quién cuidaría de Blanca? Pues una servidora, qué remedio. En aquel momento Jorge me dijo que así podría educarla yo en casa hasta que tuviéramos que matricularla por necesidad. Y yo, no del todo convencida, terminé admitiendo que igual era incluso buena idea. Craso error, fíjese.

No todo fue malo desde que nació Blanca, no me malinterprete. Jorge y yo nos seguíamos queriendo con locura y teníamos mucha complicidad. Yo me pasaba el día cuidando de la cría, sí, pero disfrutaba de nuestros largos paseos, me la llevaba a la librería para que saludase a los chicos, y aprovechaba sus tiempos de sueño para seguir leyendo y formándome. Pero las cosas cambiaron poco a poco, ya le digo.

Las cenas y las borracheras se fueron limitando. Jorge estaba cansado al regresar del trabajo. Me pedía que cancelase tal o cual plan, que mejor la semana que viene. Y a mí también me agotaba cuidar al bebé todo el santo día, así que tampoco ponía demasiadas pegas. Ahora me da pena haber transigido tanto, ¿sabe? Sé que desde fuera todo se ve de manera lógica y natural. Casa, hipoteca, coche, bebé. Sé que es la vida de miles de mujeres. El caso es que, conforme le doy más vueltas al tema, más me doy cuenta de que yo no sé si quería esto.

Se ha despertado Blanca.

7 de noviembre de 1993

Llevo unos días triste, doctor. Escribir todo lo que pasó con Jorge me ha puesto triste. Pensar en Tito y en Clarita me ha puesto triste. Hace mucho que no sé de Clarita y lo peor es que no recuerdo cuándo fue la última vez que la vi (¿le cancelé una cena a última hora y se enfadó? ¿Se echó una novia y dejó de llamar? Es que no me acuerdo).

Recuerdo que el día que enterramos a Tito yo estaba embarazada. Fuimos Jorge y yo. Estaban todos los chicos de la librería y también don Emilio, vestido con un traje en color rojo sangre. «El color de la vida», dijo mientras se sacaba trágicamente un pañuelo de seda del bolsillo para secarse las lágrimas. Todos lloramos mucho. Fue bonito y triste a la vez; por ver cuánta gente había querido a Tito y cuán grande era el vacío que nos dejaba pese a ser un chico tan delgadito y que ocupaba tan poco espacio en la última época. También recuerdo que yo tenía la necesidad física de sujetarme en todo momento la barriga, como si sintiera que debía agarrar a Blanca para que el mundo de los vivos no se mezclase con el mundo de los muertos. Estábamos todos desolados, como si nos estuviésemos dando cuenta de que al enterrar a Tito también estábamos diciendo adiós a una parte de nuestras vidas que nunca iba a volver. También nos sentíamos muy culpables, porque en los últimos meses todos habíamos dejado de lado al pobre Tito, con la piña que habíamos sido. Al final, él siempre aparecía pidiéndonos dinero porque estaba muy malito de lo suyo, y le fuimos poniendo excusas y dejamos de contestar a sus llamadas. Pobrecito.

Pensé, durante el funeral, que un día le hablaría a Blanca de Tito y de todas esas personas allí presentes y de lo que fue mi vida antes de que ella llegase a este mundo. Pero nunca se las he mencionado, como si esa vida no hubiese existido.

¿Existí yo? Eso me pregunto a veces.

8 de noviembre de 1993

Llueve. No puedo parar de llorar.

9 de noviembre de 1993

Blanca ha notado que estos días no me encontraba bien. Me ha dicho que no sabía que los adultos también llorábamos, y a mí esa frase tan inocente me ha partido el corazón, y me he derrumbado delante de ella, sin poder contenerme.

Entonces ha pasado algo extraño. Blanca me ha dicho: «No te preocupes, mami, te cuidaré como me cuidas tú». Y nos hemos metido en su camita, como cuando le dan las fiebres, abrazadas la una a la otra, mientras ella cantaba las nanas que habitualmente le canto yo. De pronto, he sentido que la niña estaba ardiendo. «Blanca, vida mía, tienes fiebre otra vez». Pero ella seguía abrazada a mí, agarrándome con fuerza, cantando la nana, como en trance. A punto he estado de separarme de ella, porque sus manos me quemaban en la piel. No exagero, era como agarrar un metal ardiendo. Pero ¿cómo decirle? De repente he notado dentro de mí una especie de calor también, como la sensación de llegar a casa una fría noche de diciembre, cuando la calefacción está encendida, y me he quedado dormida, sintiendo que todo podría estar bien, y Blanca ha dejado de tener fiebre.

10 de noviembre de 1993

Me tranquilizó usted con eso de que mi tristeza es normal por estar abriendo zonas de mi mente que estaban cerradas. Se lo agradecí. Me daba un poco de miedo que, si le contaba que estaba así de triste, le diera por medicarme.

Siempre he pensado, incluso mucho antes de que me pasara a mí, que en esta sociedad se penaliza el hecho de sentir demasiado. O no exactamente sentir. Sentir, por ahora, parece que se nos permite. Quizás se trata del hecho de expresar demasiado nuestros sentimientos y emociones. Siempre hay que poner buena cara. Incluso existe el refrán, ¿no?: «Al mal tiempo, buena cara». Creo que esto no pasa únicamente con la tristeza, también pasa con la alegría. Si una está como unas castañuelas por algo, tampoco puede pasarse el día de *ole, ole y ole.* Porque alguien vendrá a decirte que cómo puedes estar así mientras matan a tantos niños en Kosovo. Hay que sentir alegría o tristeza en su justa medida para que no moleste. Como si no se nos permitiera salirnos ni por arriba ni por abajo, y tuviéramos que ir caminando por una línea de tiza como esas que pinta Blanca en el suelo.

Ayer noche le saqué a Jorge el tema que me tenía triste: «¿Recuerdas a Tito? ¿Recuerdas a Clarita?», y pasamos un rato agradable hablando de aquella época. Le dije que me había dado por pensar en ellos y que me había entrado cierta añoranza del pasado. Él también sentía mucho cariño por ellos y me contó alguna anécdota de Tito que yo no recordaba, y me di cuenta de una cosa: «Fíjate, puedes conocer nuevas facetas de una persona, aunque esté muerta, si hablas de ella». Qué cosa tan bonita el pensar que nunca se marchan del todo. Me dijo que Tito le pedía siempre que cuidase de mí cuando Jorge me recogía en la librería, y que siempre añadía la coletilla: «Hoy y siempre». Se me enterneció el corazón.

Aproveché y le dije a Jorge que creía que andaba un poco alicaída porque ya no tenía amigos propios. Le dije que sus hermanas y la gente de Cullera, por ejemplo, eran su círculo y no el mío, y que echaba de menos tener mis espacios y mis amistades. Me dijo que por qué no les daba una oportunidad a las madres del colegio. O, mejor dicho, intentó decirme que por qué no les daba una oportunidad a las madres del colegio, pero ya con ver mi careto ni siquiera terminó la sugerencia. Le dije que había conocido a unas chicas en el parque (no le conté exactamente que fue en la puerta del supermercado y que eran hippies) y me animó a hacer algún plan con ellas. Me dijo: «Invítalas a cenar». Imagínese el panorama, yo creo que le daría un síncope. Pero, bueno, quizás tampoco es mala idea lo de hacer algún plan con ellas. El desayuno fue una cosa muy agradable y me hizo salirme un poco de mis rutinas, mis pensamientos intrusivos y mis runrunes.

Debo decir que me gustó mucho charlar con Jorge así. Últimamente no charlamos de esa forma. Desde que sucedió aquello. Aunque puede que pasara antes. Es como si nos hubiésemos ido separando poco a poco, asumiendo que Blanca ya nos tenía lo bastante atados y cogiditos el uno al otro como para seguir justificando el tener que cuidarnos. Qué triste eso, ¿no? Es curioso cómo la confianza y el cariño se convierten en rutina, como si viviéramos dentro de las canciones de José Luis Perales. No pensé que eso fuera a pasarnos a nosotros, aunque no creo que sea algo insalvable. Ayer, al menos, no lo sentí.

Lo que me da pena, y esto no sé si les pasará a otras

mujeres, es que mi marido ya no me resulta suficiente (me refiero a nivel intelectual, personal, social). No sé. A veces pienso en si cuando nos conocimos Jorge no estaría haciendo un poco un papelón. Creo que todos lo hacemos al principio y que eso es lo normal en el amor, ¿no? Cuando nos gusta alguien intentamos ser mejores personas. Una versión mejor de lo que en realidad somos. Y con el tiempo se nos escapa nuestro verdadero yo como se nos escapa sin querer un eructo. Clarita, que siempre andaba con unas y con otras, decía que no podías saber si estabas verdaderamente enamorada de una persona hasta que no habías olido su aliento por la mañana, le habías visto cabrearse por algo que tú considerabas una tontería y habías descubierto a quién votaba. Es un poco cierto.

Ahora no dejo de analizar mi pasado y pienso: «¿Jorge era tan radical o me pensaba yo que Jorge era radical porque yo era radical?», o «¿Jorge leía tanto o cuando empezamos le dio por leer más porque yo le daba la turra con los libros?». Igual yo simplemente me sentaba frente a él con una cerveza y le decía que el matrimonio es una cárcel para las mujeres y él asentía y yo creía que me estaba respondiendo y que pensaba igual, como si me estuviese reflejando en un espejo. Porque eso es lo que hace un hombre cuando quiere meterse en tu cama, ¿no? Hacer juegos de mímica. Darte la razón en todo.

No me malinterprete, no creo que Jorge sea un cenutrio, pero no sé si yo le idealicé demasiado, convirtiendo sus silencios y sus asentimientos en profundas afirmaciones que me hicieron pensar que estábamos muy bien alineados en nuestras ideas y proyectos. Y quizás Jorge desde el principio era un poco más tradicional, ¿no? Sus padres, sus hermanas, su carrera, su vida...

Y si hago un poco de autocrítica también digo: «Bueno, ¿qué esperaba yo?». Me refiero a que, en el mundo de las ideas, todo parecía hasta cierto punto alcanzable. Realizable. ¿No? Pero tampoco le dije: «No, Jorge, no nos vamos a casar», o «No, Jorge, no vamos a tener hijos hasta que yo esté completa como mujer y como ser humano», o «No, mira, nos vamos al campo y vivimos de nuestro huerto». Supongo que llegados a cierto punto resulta todo muy difícil. Llegados a cierto punto dejamos que la vida suceda sin más.

12 de noviembre de 1993

Las hippies me han invitado a una sesión de cine en la casa okupada. Tienen un proyector y ponen una película, y cada persona que va paga la voluntad. También puedes cenar y tomar unas cervezas. Es la semana que viene. No me atrevo a decirle a Jorge que me voy a una casa okupada, así que a ver qué excusa le pongo, porque la verdad es que me apetece ir.

Todo surgió porque hoy nos fuimos a desayunar otra vez. Les conté que estaba en terapia y les hablé de mi pasado como librera y les conté muchas cosas más. Por ejemplo, les hablé de las pastillas. Las tres fueron muy efusivas, me dijeron que nuestra sociedad se empeña constantemente en «medicalizar» a mujeres sanas que se salen de la norma, que es una forma de volvernos funcionales en nuestro papel de madres y esposas. Nunca lo habría dicho así, pero es justo de lo que le hablo en las sesiones, ¿no cree usted?

Fue como encontrar por fin a unas interlocutoras que entendían lo que les estaba contando, ¿sabe? Que no ponían cara de terror al escuchar la palabra *antidepresivo*, *psiquiatra* o *institución*, que eso pasa mucho. Yo sé que si cuento por lo que he pasado, especialmente si hablo de aquello, la gente me mete en la cajita de las locas y no me vuelve a tratar igual. La gente piensa que te puedes recuperar de una pierna rota y hasta se alegran si un día te ven haciendo *footing*, pero no piensan que te vayas a recuperar de una cabeza rota. Por eso nunca hablo del tema.

Incluso Jorge me sugirió que nos inventásemos una excusa para su familia. La única que está al corriente es su hermana Felisa, que es con la que mejor me llevo, creo que porque es lesbiana perdida y ella sabe que yo nunca he tenido un problema con ese tema. A los demás, sobre todo a sus padres, jamás les contamos nada. Cuando estuve fuera, creo que les dijo que estaba en un balneario o algo así. ¡Un balneario! Menuda excusa, ¿eh? Como cuando un personaje victoriano tenía una enfermedad de los nervios. Pues igual. «¿Qué tal el balneario al que fuiste?», me preguntan. Y yo: «Bien, bien, unos chorros de agua estupendos». Claro, ¿qué les respondes?

A mí eso me da rabia, si le digo la verdad. ¿Por qué no poner las cosas sobre la mesa? ¿Por qué no hablar, aunque sea de tarde en tarde, de los temas feos e incómodos? ¿Por qué hay que meterlo todo debajo de la alfombra? Veo constantemente a mujeres que no pueden más. Mujeres hartas. Mujeres rotas y hundidas. Mujeres a las que la vida las sobrepasa. Mujeres que también llevan el viento de cara y se les nota en las ojeras. Pero antes se morirían que ir a un médico por el tema de la cabeza. Y, de hecho, muchas se mueren. Cada vez que una vecina se confunde con los productos de limpieza y sufre una intoxicación, cada vez que se dejan la espita del gas abierta, cada vez que se estampan en la carretera después de dejar a los niños en el colegio. Están todas fatal. Todas. A mí no me engañan.

Una de las hippies, Mariona se llama, estuvo ingresada en una institución. La ingresaron sus padres porque tenía anorexia. Dice que le metían tubos por la garganta para llenarle el estómago de comida, ¿a usted eso le parece normal? ¿Tratar a una mujer adulta como si fuera un pato francés? Me ha contado que ella sufría anorexia por culpa de su madre, que llevaba toda la vida diciéndole que estaba muy gorda y la ponía a dieta desde que ella tenía uso de razón. Dice que su madre le compraba la ropa de una talla menos, para que le apretase y no comiese más de la cuenta. Pobrecita mía. ¿Usted se cree? ¿Y se supone que Mariona es la loca de la historia? ¡Normal que se haga hippie! Ahora se comía la magdalena que daba gusto. Se pidió una más, de hecho.

La otra, Lucía, una chica finísima y guapísima, estuvo en una terapia de conversión porque sus padres, del Opus, la pillaron dándose el lote con una amiga. Huyó de allí en cuanto pudo, claro, imagínese. Me ha contado auténticas barbaridades, maltrato físico, una violencia extrema. Dice que uno de los médicos le tocaba la vagina para «comprobar si se excitaba con los hombres». ¿Cómo sobrevive un ser humano a una cosa así? Me decía la pobre: «Y es que ni siquiera soy lesbiana». Me contaba que es que con una amiga practicaban para luego besar bien a los chicos. Dice que desde que es libre no ha sentido atracción por mujeres, pero que, viendo lo que vio, no quería formar parte de ese sistema y se largó.

La otra hippie se llama Nuria, es un poco más mayor, aunque solo lo aparenta si la miras de cerca. Se casó muy joven y su marido le daba palizas. Un buen día, se marchó. Bien por ella.

Nos ha dado la hora de comer, charla que te charla, así a lo tonto. Y entonces es cuando me han invitado a lo del cine. Dicen que es importante que haga mis cosas, que no tiene nada de malo tener mis propias amistades y que no es necesario que una mujer le cuente todo lo que hace a su marido. Dicen que eso es como de propiedad y que Jorge seguro que tampoco me cuenta todo lo que hace con su vida, que no pasa nada. He pensado que tienen razón. Además, Jorge aprueba que me eche amigas, ¿no?

Esta noche cenamos Blanca y yo a solas, Jorge me llamó diciendo que tenía trabajo. Decidí montar un pícnic en el salón, en lugar de cenar en la mesa. Puse el mantel en el suelo, unos quesitos, unos rulos de jamón york, un tomatito. Blanca se lo pasó pipa: «¿Puedo comer con las manos?», y yo «¡Pues claro que puedes!». Luego me decía: «¿Por qué no podemos comer en el suelo todos los días?». Pues eso digo yo.

13 de noviembre de 1993

Hoy sábado hemos dado un paseo por el centro con la niña y mis pasos me han llevado a la vieja librería. Sigue abierta, pero don Emilio ya no está ahí. La traspasó, según me contaron, y se marchó a vivir a la playa. Me alegro por él, la verdad, aunque me dio pena no poder darle un abrazo. Les pedí la dirección y me dieron una en Torremolinos. Puede que le escriba un día de estos. Aproveché para llevarme algunos libros y le compré un par a Blanca, y al salir le dije a Jorge que quizás podríamos hacer un viaje al sur y pasarnos a verle. Me gustaría retomar de alguna forma el contacto con él. Me dijo que tal vez en verano podríamos pasar unos días en Málaga y aprovechar.

Todo estaba siendo muy agradable, pero la cosa se torció poco después. Fuimos a un parque y Blanca se fue a los columpios a jugar mientras Jorge y yo tomábamos una cervecita en una terraza cercana. Estaba yo tan tranquila mirando mis dos libros nuevos (uno era la novelita *Ancho mar de los Sargazos* y el otro una novedad titulada *Transporting* o algo así, que me recordó a lo que le gustaba a Tito) cuando de repente Jorge empieza a llamar a Blanca a gritos diciéndole que se va a caer. «¿Es que no estás mirando?», me dice. Pues no, estaba yo mirando las solapas de los libros, hijo mío, que parece que tengo que estar mirando a Blanca en todo momento desde que salió de mi vagina.

Blanca estaba en lo alto del tobogán, así echada hacia delante, que es verdad que no era la posición más tranquilizadora de todas, pero tampoco era una sentencia de muerte. Además, yo tengo la teoría de que con la cabeza tan grande que tienen los niños hacen siempre contrapeso y no se caen tan fácil como creemos. «¡Blanca! ¡Baja de ahí inmediatamente!», y, claro, Blanca, al oír a su padre así, se echa a llorar y dice que le da miedo bajar, porque le entra un agobio tremendo pensando que se iba a morir si hacía el mínimo movimiento. Y yo le digo a Jorge: «Pero ¿por qué has hecho eso? ¿No ves que ella estaba tan tranquila y tú le has metido el miedo en el cuerpo?». Y Jorge erre que erre, se va para allá, coge a Blanca, la baja y la niña con un disgusto...

«¿Es que no ves el peligro?», va y me dice A MÍ. Y yo le digo: «Pero ¡qué peligro ni qué peligro!». Yo le digo: «¡Los niños tienen que jugar y caerse! ¡Los niños tienen que mancharse! ¡Los niños tienen que hacerse heridas! ¡Los niños tienen que comer arena!». Es que, dígame usted, ya tendrá tiempo Blanca de ir toda limpita y dar las gracias y pedir perdón, pero, coño, si quiere dar la voltereta en el tobogán, qué problema habrá. «¡Podría haberse roto el cuello! ¡Podría haberse quedado tetrapléjica!», me suelta. Y yo: «Sí, como Supermán, no te jode».

Mire, yo lo que pienso, y se lo dije a Jorge, es que no se puede estar todo el día cortándoles el rollo a los niños. Que ya bastante tienen con el colegio y con los deberes como para que no puedan desfogarse en el parque haciendo el salvaje. Que no pasa nada si Blanca se cae, que no creo que se fuese a quedar paralítica. Y que, si se cae, ya se levantará y que, si se hace daño, ya aprenderá. Que al final eso es la vida misma. Que yo no quiero educar a una criatura para que viva con terror, que todo le dé miedo, que no se atreva a hacer nada. «No voy a discutir contigo —me dice—, no eres una persona seria, no se puede discutir contigo». Y, ale, recogimos y para casa. Y toda la tarde de morros, claro. ¿Usted se cree? Que no soy una persona seria. Es que qué manera de desarticular toda mi argumentación con una sola frase. Yo le estoy dando mis razones y él me viene a decir que soy una payasa de circo. Chimpún. Fin de la conversación. Él estaba de morros, pero yo más.

Decidí que no iba a amargarme el día entero, así que después de comer me tumbé en la cama a leer. Oía a Jorge ir de un lado a otro, refunfuñando como suele hacer en momentos así. Y yo pensaba: «Ya tienes dos tareas, enfadarte y desenfadarte». Si le soy completamente sincera, muchas veces prefiero los días en los que Jorge está trabajando. Nos ahorramos estas cosas.

Fíjese que por la noche viene Blanca, que debía de notar toda esa tensión, y dice: «Papi, papi, no te preocupes, que hoy cenamos en el suelo». Y Jorge me mira y me dice: «¿Qué es eso de cenar en el suelo?». Y yo me pongo en plan ganadora de un Oscar y digo: «Pues no sé, Jorge, cosas de niños». Y Blanca: «No, mamá, como el otro día, que cenamos en el suelo». Según lo escribo ahora me da la risa, pero en ese momento fue para estrangularla. Y me dice Jorge: «¿Pusiste a la niña a cenar en el suelo como a los perros?». Y yo: «¡Venga, Blanca, a la duchaaaa!». Fíjese la suerte que, cuando estaba bañando a la niña, la noté caliente otra vez. Así que le dije a Jorge que la niña andaba de nuevo con las fiebres y que por eso decía esas tonterías. Y parece que se lo tragó. Yo me metí en la cama con ella para cantarle una nana, y así, de paso, me ahorré la cara de acelga de mi marido en lo que quedó de noche.

Que luego yo tampoco veía tanto problema en lo del pícnic, que Jorge debía de pensar que le lancé unos macarrones por el pasillo e hice que se los comiera a gatas. Pero, como Jorge estaba de «no», preferí no darle explicaciones, porque seguro que lo del pícnic le parecía de repente una barbaridad, y me decía algo así como que no podíamos cambiarle la rutina a la niña, que eso no le sienta bien o alguna tontería por el estilo, con tal de no darme la razón ni transigir lo más mínimo. A veces le aborrezco.

14 de noviembre de 1993

Hoy íbamos a comer una paella con la familia de Jorge. Estábamos todavía mosqueados, aunque ya había un poquito menos de tensión entre nosotros, porque nunca se nos dio demasiado bien lo de la guerra de desgaste. Es como que nos terminamos agotando de estar de morros y, al final, uno de los dos hace una broma, un chiste o destensa la situación de alguna forma. Por lo general, siempre soy yo.

Total, que estábamos acicalándonos, vistiéndonos de domingo, y yo pensando en qué tontería decirle a Jorge para sacarle una sonrisa, y unos minutos antes de salir de casa va y me suelta: «Haz el favor de comportarte hoy». ¡HAZ EL FAVOR DE COMPORTARTE HOY! ¿Usted se cree? Como si tuviese yo cinco años y necesitase un código de conducta. Como si lo de ayer no hubiese sido una bronca entre dos, una falta de entendimiento por tener maneras distintas de ver la vida, ¿sabe? Me dio una rabia que no le puedo ni explicar. Así que le miré fijamente y le dije: «¿O qué? ¿Me vas a encerrar en otro manicomio?». Y se le cayó la cara al suelo, claro.

El caso es que estaba preparándole la mochilita a Blanca y me entraron ganas de quedarme en casa, así que le dije: «Mira, Jorge, mejor me quedo en casa, le dices a tu familia que me duele la cabeza» y «Ale, ale, que vais muy guapos», y cerré la puerta de un portazo. Porque no me apetecía lo más mínimo el paripé de poner buena cara con su familia, las cosas como son, y actuar todo el santísimo día como si Jorge y yo tuviéramos un matrimonio ideal, de cuentito de hadas.

Ya sola en casa, puse a Héroes del Silencio a toda castaña mientras me iba calentando yo sola. ¡Comportarme! ¿Sabe por qué me dio tanta rabia? Porque no se me ocurre la situación a la inversa, ¿sabe? No se me pasaría por la cabeza decirle a Jorge: «Vamos hoy con las hippies, haz el favor de ser más chispeante, no seas tú mismo, por el amor de Dios, que aburres hasta a los curas». Me parecería una falta de respeto decirle a mi marido cómo tiene que actuar, como si una parte de él me molestase profundamente. ¿Qué se pensaba que podía hacer? ¿Lanzar el arroz con las manos? ¿Cagarme en la mesa? ¿Qué es eso de comportarme? Y, por encima de todo, si atiendo a sus exigencias sobre mi propio comportamiento, ¿hasta dónde llegarán?

Es aquello que le contaba de la cajita de las locas. Jorge me ha metido en la cajita de las locas y no hay forma de que me saque de allí. Haga lo que haga, lo hago porque estoy mal de la cabeza. A veces creo que me tiene miedo. Otras, lo siento más como que busca someterme. Como si me estuviese corrigiendo constantemente. Para él, me imagino que ya no hay manera de saber qué comportamiento es normal y cuál es anormal, así que me marca el camino con la vara para que no me salga de él. Y esto sucede en todo momento. Es agotador: si hablo muy alto, si me río muy alto («Baja la voz —me dice tocándome así la manita—, baja la voz»), si me paso con el vino («¿No has bebido ya demasiado?». Que ya ve usted, le estoy hablando de una comida familiar, que todo el mundo termina piripi), si estoy muy callada, si me quedo mirando a un punto fijo demasiado rato (que ahí empieza «¿Qué te pasa? ¿Estás bien? ¿En qué piensas? ¿Estás bien?». ¡Señor! ¡Que igual estoy aquí pensando en Mel Gibson o en si tengo arreglo para una tortilla de patatas! ¿Me dejas tranquila?), si me pongo vehemente con alguna opinión sobre un tema (me dice: «Te estás alterando mucho», ah, vale, Jorge, y el marido de tu hermana, que es un energúmeno al que se le pone la cara roja y la vena al cuello cuando habla de fútbol, es una persona de lo más centrada y racional). No sé, no me puedo comportar de ninguna forma porque me está observando con lupa.

Y me siento muy frustrada, porque creo que son comportamientos que he tenido siempre, muchísimo antes de estar dentro de la cajita de las locas. Le diré más, no solo son comportamientos que he tenido siempre, sino que a Jorge le encantaban. Me decía: «Me gusta cómo eres», o «Me gusta cómo piensas». Igual salíamos de una comida familiar donde a mí me había faltado sacar la hoz y el martillo del bolso y subirme a una silla a recitar *El manifiesto comunista*, y le decía después: «Ay, Jorge, me he puesto muy bruta con eso de llamar a tu cuñado fascista», y él contestaba: «¡Qué va! ¡Si me encanta cómo eres!». ¿Ahora ya no le encanta o qué? Pues no, ahora me tengo que comportar.

Yo me figuro que hay actitudes que gustan cuando eres novia, pero no cuando eres esposa y madre, ¿no? Es como llevar minifalda. Yo sigo llevando minifalda (me gustan mis piernas) y botas altas, pero soy consciente de que las madres del colegio, por ejemplo, ya visten como señoras.

Jorge nunca me ha dicho nada de mi manera de vestir (que se atreva, que yo leo la *Vogue* y él no), pero seguro que lo piensa. Estoy segurísima de que lo piensa. Igual Jorge sería más feliz con una cateta aburrida que le tuviera la cenita en la mesa y no en el suelo, y que no le alborotara la existencia. Pues se podría haber casado con una muñeca Pepona si quería eso, digo yo.

Son más de las nueve y Jorge y Blanca no han vuelto todavía. Esas comidas se suelen alargar. Y es como que no los echo de menos hoy. Pobrecitos. Pero me ha entrado tal cabreo que no me apetece verle la cara. He escuchado música (me encanta Bunbury, la verdad, seguro que él no me diría nada por reírme en alto), he leído un rato, he comido unos quesos en la encimera de la cocina y he pensado: «Esto sí que es vida».

16 de noviembre de 1993

Se mantiene la ley del silencio. Jorge no se ha disculpado por pedirme que me comportara, así que yo me he dedicado a ignorarle. Más que nada porque estoy un poco harta de interpretar en todo momento a la mujercita de Stepford en la relación, no sé si me explico: la chacha, la cocinera, la amante, la que lleva apuntadas las citas de toda la familia, la enfermera de la niña y también, por lo visto, la psicóloga. Parece que es mi tarea arreglar siempre las cosas, como lo que le contaba ayer de hacer bromas para destensar el ambiente. Pero es que, en esta ocasión, estaba muy enfadada, ¿sabe? Y no me apetecía hacer ese trabajo extra. No en esta ocasión.

Blanca tenía un poco de fiebre, así que me metí con ella en el cuarto y le di helado y le conté historias. «Te voy a contar la historia de un hombre llamado Tito que se pinchó con una rueca, como las princesas, y se infectó de algo muy malo y aprovechó el tiempo que le quedaba entre los vivos para leer todos los libros del mundo», o «Te voy a contar la historia de Clarita, que era una chica que se convertía en señor a su antojo». Blanca se mondaba de risa y yo también he pasado un buen rato, así, solitas las dos. Y poco a poco le ha ido bajando la temperatura y yo me he ido calmando también, como si Jorge no estuviera en el salón con sus refunfuñes. Me ha dado por pensar si a la niña no le subirá la fiebre cuando entra en un estado de nervios: cuando tiene problemas con Aurora, cuando nos oye discutir y luego estamos dos días sin mirarnos a los ojos, o cuando me ve a mí triste. Un ambiente tan tenso no debe de ser bueno para una criatura y Blanca siempre ha sido muy sensible.

Por la tarde, Jorge ha dicho que se iba a dar un paseo y yo he recogido un poco la casa. Ha vuelto a eso de las nueve, la niña ya acostada. He aprovechado y le he dicho: «Mañana me voy yo a dar una vuelta, que he quedado con unas amigas para ir al cine». Me ha dicho: «Muy bien». Pues eso digo yo, muy bien.

19 de noviembre de 1993

Doctor, me siento viva. ¿Cómo explicarle? ¿Recuerda cuando le hablé de aquella época efervescente en la que leía y leía y leía y charlaba con unos y con otros y me sentía como una esponja absorbiendo el jugo de todas las primeras veces? Pues anoche volví a tener esa sensación. Estaba equivocada, por lo visto. Sí que se pueden vivir primeras veces. Todo el tiempo. Pero hay que dejar que te encuentren.

A eso de las seis y media, cuando Jorge llegó de trabajar, yo ya estaba lista para salir. Jorge parecía más tranquilo, venía un poco como un perrito que sabe que se ha cagado en la alfombra. «¿Adónde vas?». Y yo le dije: «Pues me voy con estas chicas del parque, que tienen una especie de cineclub y vamos allí a comentar la película». Y él, más suave que un osito de peluche: «Qué interesante, te vendrá bien». Y yo: «Bueno, venga, un beso, que te quiero, aunque seas un tostón». Y él se rio y me dio un beso, que la verdad es que menos mal porque ya tenía la espalda agarrotada de tanto silencio y tanto evitamiento por casa, que parecíamos dos mimos del parque. Y yo para allá que me fui. Pero esta no es la historia. La historia es la de la casa.

Me costó encontrar el sitio al principio. Es una antigua fábrica de hielo por la playa de la Malvarrosa que han convertido en centro cultural con viviendas. Dejé el coche aparcado cerca pensando que igual al volver ya no estaba, pero me daba un poco lo mismo, si le soy sincera. En la puerta había un chico así muy punki, con una cresta y todo, que me preguntó la contraseña. Y yo: «Pues no tengo ninguna contraseña, yo venía con mis tres amigas». Y él: «Pues es que sin contraseña no puedes pasar, porque podrías ser de la secreta». Y yo me empiezo a mondar y le digo: «¿Tengo yo pinta de ser de la secreta? Si no llego al metro sesenta sin tacones». Y a él le hacía gracia la cosa, pero no me dejaba entrar: «Es que igual por eso eres buena secreta». Menos mal que apareció por ahí Mariona y le dice: «¡Edgar, Edgar, que es amiga!». Y ya digo yo: «Oye, ¿y la contraseña cuál es, para saberlo a la próxima?». Y me dice Edgar: «Va cambiando, pero hoy era *Mein Kampf*». Me meo. Claro, un poli no va a soltar eso de buenas a primeras (necesita una copa antes, por lo menos).

Dentro, aquello era como un garito. Me contó Mariona que en la parte de arriba estaban las habitaciones con las camas, pero abajo es una especie de espacio total, muy diáfano, con una cocinita y un gran salón con muchos sofás cada uno de su padre y de su madre, pero estaba todo bastante limpio, porque limpian por turnos para mantener todo eso bien adecentado. También tienen turnos de cocina, fíjese. Fuera, había un pequeño patio con unos baños portátiles y unas duchas. Estaba todo muy aseado, tipo camping playa, bastante profesional. Le pregunté a Mariona que cómo se duchaban en invierno y me dijo: «Pues con frío, corazón». Me quedé sorprendida, igual por mi propio prejuicio, porque nunca había imaginado que una casa okupada estuviera tan bien organizada. Tenían fuera hasta un huertito apañadísimo con calabacines, pepinos, tomates, lechugas... Luego, pues estaban los típicos perros muy flacos y rastafaris que siempre hay en este tipo de casas, pero hasta los perritos eran muy aseados y educaditos, que daba gusto verlos.

Estaban también Lucía y Nuria y empezaron a presentarme a mucha gente. Eran todos hippies, punkis, rastafaris, alguno por ahí que iba vestido como Boy George. Pero me sorprendió su amabilidad, todos eran amabilísimos: «¿Quieres una cerveza? ¿Quieres unos frutos secos? ¿Tienes hambre? ¿Tienes sed?». Había un bote en la cocina y te decían que fueses metiendo la voluntad que tú considerases, yo metí un billete de mil pesetas y ya me olvidé.

Charlé mucho rato con un chico que se llamaba Lucas (guapísimo, por cierto) y que había estudiado Filosofía. Estuvimos hablando sobre los existencialistas, sobre Sartre y Simone, sobre si nuestra sociedad no estaría entrando en una irremediable crisis de fe y si el hombre, ya sin Dios pero también sin sustituto de ese Dios, no estaría un tanto perdido, buscando a Dios por todas partes sin llegar a encontrarse con él. Pensamos en qué cosas sustituían ahora a Dios. Lucas dijo: «El consumismo», y no le faltaba razón. Hemos sustituido a Dios por las cositas del todo a cien. Nuria creo que fue quien dijo: «Más bien el capitalismo». Yo dije: «Los gimnasios y el culto al cuerpo». Y todos dijeron: «Uy, sí, los gimnasios y el culto al cuerpo, es verdad». Salió una conversación interesante sobre si las dietas y los gimnasios no tendrían que ver con un temor profundo a la muerte del ser humano, que como ya no cree en el más allá hace todo lo posible por alargar su estancia en el más acá. Yo les pregunté si se habían dado cuenta del auge y explosión de las personas de color naranja, que como sabe usted es un tema que me tiene hablando sola. Lucas dijo: «Esta chica me gusta». Y las hippies dijeron: «¿A que es fantástica?». Y yo me sentí muy bien, la verdad, de poder tener voz y una conversación de adultos para variar.

Luego hablé con otras personas también muy interesantes. Un señor de unos setenta años que había hecho la Ruta 66 por Estados Unidos, una mujer que me echó las cartas del tarot y me dijo que me esperaba una aventura, un chico joven, muy mariquita, que decía que ahora dentro de un rato si queríamos nos hacía un show imitando a Madonna, porque es *drag queen*, aunque al final no lo hizo. Pero, sobre todo, estuve con las chicas, que parecían muy contentas porque me hubiese acercado y muy pendientes en todo momento de que estuviera cómoda y bien.

A eso de las nueve pusieron la película en el proyector y todos nos colocamos por ahí en los sofás para verla. Resulta que era *La naranja mecánica*, que yo, pues no sé muy bien por qué, la verdad es que no había visto, solo había leído el libro. Me pareció una cosa de alucinar con esos colores, esa música, ese lenguaje, el personaje de Alex tan bien interpretado, esa ultraviolencia, lo del método Ludovico. De estas veces que dices que la película es mejor que el libro, ¿sabe? O por lo menos está a la altura.

Y me gustó el tema que trataba, pero sobre todo el debate que se generó después. Esta gente no se conforma con ver una película y luego irse a la cama, sino que se ponen a hablar sobre ella. Al terminar se hizo una especie de coloquio donde todo el mundo escuchaba a todo el mundo. Yo creo que muchos de los allí presentes nos sentíamos interpelados de alguna manera. Comentaron que la naturaleza humana, como se demuestra al final de la película, es vil, y, por tanto, no existen terapias ni reinserción posibles, pero que esto sirve también para correctivos sociales que se aplican a personas que no son viles. Lo que venían a decir es que no se podía cambiar la naturaleza humana mediante la medicalización y la violencia. Esto lo dijo Lucía, que había estado en esa terapia de lesbianas y afirmó que no creía que ninguna persona homosexual fuese a dejar de serlo porque la metieran allí, que solo los iban a traumatizar, hacerlos infelices y crearles problemas futuros a la hora de expresar libremente su sexualidad. Otros dijeron puntos muy interesantes también, como que al final los drugos de Alex se convertían en policías, demostrando que la violencia sí que es aceptada en nuestra sociedad cuando viene amparada por el sistema. Entonces yo me animé y dije: «¿Conocéis el capítulo 21?», y todos me miraron y se hizo una especie de silencio en el que yo me sentí un tanto nerviosa por tener a toda esa gente tan atenta, pero también poderosa, no lo voy a negar. «¿Qué capítulo 21?». Y yo ya me lancé: «Pues que la película está basada en una novela de Burgess que se divide en tres partes de siete capítulos cada una, pero, en la edición de Estados Unidos, la última parte solo tiene seis capítulos, porque decidieron omitir el último. Y esa es la versión que leyó Kubrick y la que termina como la película que acabamos de ver. Se supone que en la película gana el instinto violento, que Alex ve casi como un arte superior, y pese a todos los intentos por parte de las instituciones él vuelve a ser el macarra de siempre. Pero el capítulo 21 cuenta que, después de todo eso, Alex se encuentra con un viejo drugo, que está casado y parece feliz, y aunque los otros siguen pegando a vagabundos, Alex se da cuenta de que eso ya le aburre, y que ya es hora de madurar». Más o menos lo conté así, resumiendo mucho la cosa. «Vamos, que Burgess era optimista y creía en la idea de evolución positiva, de la elección moral del bien al final de todo». Y a partir de ahí el debate fue todavía más interesante y nos llevó a preguntarnos: «¿Y si un enfermo mental, más que un encierro, lo que necesita son unas condiciones más apropiadas para vivir?». En plan: «¿Qué pasaría si, por ejemplo, educasen a la sociedad para entender que hay gente con depresión o con esquizofrenia, en lugar de adormecer a la gente con depresión y esquizofrenia y hacer como si no existieran?». ¡Madre mía! Años y años hablando de la sección de niños de El Corte Inglés, de hipotecas, de coches, del pato Donald y del mejor arroz bomba para la paella, cuando existen estas personas en el mundo. Me recordó a la librería, como ya se imaginará.

Después hablamos de más cosas, ¿sabe? Se fueron formando grupitos. La gente quería charlar conmigo —«¿Y tú de dónde sales? ¿De dónde has venido?»— porque les había llamado la atención que hubiese leído a Burgess. Yo les dije la verdad: «Conocí a estas tres en la puerta del supermercado, estoy casada y tengo una niña». Se lo dije un poco a la defensiva, para prepararme antes de que me llamasen burguesa o algo así. Pero, al contrario, contestaban: «¡Pues qué suerte la nuestra! ¡A ver si vienes más!», y yo tuve una sensación de sentirme como en casa.

Fue una noche muy bonita, doctor. Aquello era justamente lo que necesitaba: alejarme un poco de mis propios problemas, destensar la cuerda de alguna manera, deshacer todos esos nudos. Pensé que ahí todos me conocían por mi nombre, y no como «la madre de Blanca» o «la mujer de Jorge». Parece una tontería, pero creo que ese es el primer paso para borrar por completo una identidad.

Serían en torno a las dos de la madrugada cuando fui recogiendo (la película es muy larga). Al salir, fíjese qué detallistas, me acompañaron Edgar y Lucas al coche para que no me atracaran con una jeringuilla con sida. Y yo volví a casa conduciendo como en trance, más feliz que una perdiz, reviviendo las conversaciones que había tenido y escuchando *Maldito duende*, porque la parte esa en la que Bunbury canta que las estrellas le sirven de guía, en medio de esa noche tan negra ya, iluminada por puntitos en el cielo, parecía que hablaba sobre mí.

21 de noviembre de 1993

Llevo varios días contenta y eso me hace tener más energía para dedicarme a las cosas de la casa, como si me hubiesen cambiado las pilas viejas por unas Duracell.

Y Blanca lo nota y le encanta y jugamos mucho y hacemos bailes por casa y cantamos y cocinamos juntas y le cuento historias bonitas sobre mi pasado antes de irnos a dormir.

22 de noviembre de 1993

Hoy lunes volví a desayunar con las hippies. Parece que causé muy buena impresión en la casa, según me cuentan, y me han invitado a más planes. Llevaban algo de suelto y me dijeron que querían pagarme ellas el café. Qué ricas. Me pidieron si podía prestarles el libro de *La naranja mecánica*, que querían leer el famoso capítulo 21, y les dije que sí. Subí a casa y les bajé también *1984*, *Fahrenheit 451* y *Un mundo feliz*, que yo creo que les pueden gustar porque son todos del mismo rollo y esta gente es muy antisistema. Les dije que era mi donación para la Malvarrosa.

Estuvimos hablando de esto y de lo otro y me preguntaron por mi vida, por Jorge y por Blanca, y yo les conté un poco la verdad. Que últimamente había estado triste y había vuelto a terapia por si me ponía otra vez fatal. Y me preguntaron: «¿A qué te refieres con *fatal*?». Y les dije: «Pues es que se me piró mucho la pinza y terminé encerrada». Y lo conté con toda naturalidad y ellas asintieron como de «Ah, vale, vale» y sin poner caras raras y haciendo preguntas muy educadas sobre el tema, permitiéndome contar solo lo que yo quería contar, que no fue mucho, porque me sigue alterando todo aquello.

Aun así, ha sido liberador, ¿sabe usted? Poder contarlo. Poder contarme, más bien. Explicar, aunque fuera por encima, aquello que pasó y cómo me hizo sentir. Y esa ha sido una sensación que me ha acompañado el resto del día, una sensación de ligereza.

25 de noviembre de 1993

Yo sé que las comparaciones son odiosas, pero no puedo evitarlas.

Esta tarde han venido a casa María Jesús, una de las hermanas de Jorge, y su marido Ramón. Ramón es, sin lugar a duda, una de las personas más tontas que he conocido y, al mismo tiempo, de las menos conscientes de su propia estupidez. La gente más ignorante siempre suele ser aquella a la que más le gusta escucharse, ¿verdad? ¡Qué tostón! Todo lo sabe: sobre fútbol, sobre política (interior y exterior, no se lo pierda), sobre cine (aunque sea para decir que ya no se hacen películas como las de antes... y se refiere a *westerns*), sobre literatura (ese señor, que la última vez que cogió un libro supongo que fue para calzar una mesa coja), sobre (atención que no me lo invento) delfines. Yo le llamo Ramón Tolosé.

Les he servido el café mientras Blanca hacía los deberes, y nos hemos sentado los cuatro adultos en el salón. No podía evitar pensar en lo diferente que era aquella conversación de las que tuve en la casa okupada. Y la diferencia principal era que en la casa okupada todo el mundo tenía un interés genuino en escuchar también a los demás, ¿sabe? Había un tema común, que todo el mundo desarrollaba a su manera, a través de sus propios conocimientos y sus intereses, respetando el turno de palabra. Así, aquello terminó pareciendo un frondoso árbol conversacional en el que todos cuidaban su rama y nos nutríamos los unos a los otros; ¿tiene sentido esto?

Empiezo a pensar que algunos entornos anulan. Anulan la curiosidad, el intelecto, la conversación. Anulan, sobre todo, a las mujeres, ¿no? Que parece que estamos ahí para servir el café y hacer bonito. Pensaba en la pobre María Jesús, que con mucho esfuerzo y currando como una campeona se sacó la carrera de Magisterio que sus padres no le pudieron pagar (porque prefirieron pagarle Derecho a Jorge, ya sabe) y da clases de infantil (digo yo que algo de mundo interior tendrá), al lado de ese cabestro que mueve las moneditas en el bolsillo cuando habla y da su opinión sobre todas las cosas posibles. María Jesús es una mujercita anulada por ese ceporro que tiene por marido, me estaba dando mucha pena. Yo intentaba preguntarle cosas: «Oye, ¿y qué tal por el colegio?», pero él no tardaba en meter la zarpa y llevar la conversación a su terreno. «Pues cómo va a estar, en la gloria, siendo funcionaria, aquí los curritos como yo nos tenemos que buscar la vida, ¡ya me gustaría tener dos meses de vacaciones!». O le decía a ella: «Qué jersey tan bonito llevas», y él, erre que erre: «Esta, que se pasa el día en El Corte Inglés, mira que os gusta a las mujeres ir de compras, yo no me lo explico». Señor, cállese un rato, por el amor de Dios. Sin darme cuenta, cada vez que iba para la cocina (porque esa es otra, este señor es un pide-pide, que si no tendrás unas pastitas, que si no tendrás una agüita con gas) me ponía a tararear: «Qué fácil es abrir tanto la boca para opinarrrrrr», y Jorge me miraba con algo de reproche.

Ya a última hora de la tarde, cuando tenía yo la cabeza como un bombo y estaba a punto de decirle a Jorge «vamos a ir haciendo la cena, que estas personas querrán irse a su casa», el tío empieza a decir que él ha leído mucho, muchísimo, a lo largo de toda su vida, pero que llegó un momento en que se dio cuenta de que leer era una pérdida de tiempo. Decía que leer te mantenía ocupado en historietas de fantasía y en tonterías, que él solo leía periódicos para estar al día del mundo real. Fíjese qué palurdo es. Ya salté: «¿Qué libros te has leído tú? Así por curiosidad». Y me dice: «Pues muchos, *El Quijote* o *El médico,* por ejemplo». Y a mí me ha dado un ataque de risa... Vaya maridaje: *El Quijote* y *El médico.* Pero ¿qué clase de criterio es ese? «No, mire, es que a mí me gusta por un lado el caviar y, por otro, comer mi propia caca directamente de la taza del váter». Yo riéndome que me tenía que sujetar la barriga en el sofá, se me caían las lágrimas y, claro, no podía explicar bien por qué. Y María Jesús también riéndose, porque yo creo que debe de saber que su marido es gilipollas perdido. Luego, se ve que me he alargado más de la cuenta, porque Ramón se ha ofendido. Es el clásico hombrecito que necesita reafirmación en todo momento y al que la risa femenina le molesta, en especial si se ríen de él. Me ha mirado con auténtico odio y me dice: «¿Qué pasa, niña, no te has tomado la medicación hoy?». Ahí se me ha cortado la risa de golpe. He mirado a Jorge y Jorge mira al suelo. Porque en teoría, y por petición de él, su familia (salvo Felisa) no sabe nada. Y yo he pensado: «¿De verdad le has ido a contar mis miserias a este ser absurdo con la sensibilidad de una chancla?». Total, que me he visto desde fuera en ese salón, sirviendo el cafetito, aguantando las soplapolleces de este individuo toda la santa tarde, cuando podría estar tan tranquilita con Blanca o leyendo en el sofá, y he pensado: «¿Y para qué? ¿Por qué?». Al minuto, como el tío ha visto que se ha pasado de frenada, me dice: «Perdona, perdona, era una broma, no te pongas tan seria». Y ya le digo: «No, si no pasa nada, ahora no estoy tomando medicación, si tanto interés tienes. En estos momentos soy yo misma, podría coger un cuchillo jamonero y clavártelo en el estómago». Y veo que María Jesús dice «Ay, por Dios» y se santigua. Que Jorge no sabe dónde meterse. Y que el cobarde de Ramón se acojona. «Nos vamos a ir yendo». Y yo: «Pues sí, mejor».

Al cerrar la puerta, Jorge va y se enfada conmigo: «¡Cómo dices esa barbaridad!». Y tal y pascual, ofendidísimo. Y yo: «A mí no me vengas ahora con esas, ¿le has contado todo a tu familia? ¿No decías que no querías contárselo? ¿Por qué no se lo puedo contar yo? ¿Y encima te pones del lado de ese puerco fascista?». O sea, que la historia según la veo yo es la siguiente: Ramón se pasa cuatro horas de reloj tratándome como una chacha, hablando sin parar y llamándome loca en mi propia casa, y la culpable de que la tarde se tuerza soy yo, por responderle al final cuando me falta al respeto.

En esta ocasión, no pienso bajarme de mi posición, porque veo que tengo toda la razón del mundo. Esto ha sido una traición en toda regla, ¿no cree usted? Y Jorge me decía: «No le he contado nada, habrá sido Felisa». Sí, bueno. Felisa, que tampoco le aguanta, va a ir a contarle los secretos familiares a ese gañán.

Fíjese que yo estoy llegando a un punto de perdón conmigo misma. De entender bien las cosas que me han pasado, de cómo soy, de por qué me pasan. Y que me hagan sentir de menos o que intenten hacerme pasar vergüenza por algo que no es mi culpa me da mucha rabia.

Le he dicho a Jorge que se encargase él de la niña, que yo ya me había drenado para lo que quedaba de día, y me he metido en la habitación a mirar las musarañas.

Jorge ha dormido en el sofá.

26 de noviembre de 1993

De verdad, qué gusto tener amigas. Les he contado el episodio de ayer a las hippies e inmediatamente me han dado la razón. Me han dicho que no tengo por qué soportar esas actitudes y comentarios, menos en mi casa, mucho menos delante de mi hija. Si no fuera por estos ratitos creo que volvería a enloquecer. Aunque ellas tienen otra teoría: la de la clarividencia de la locura. Dicen que yo no estaba loca, sino que veía las cosas con mayor claridad, ¿y cómo va a ser una persona feliz si ve que lo que tiene a su alrededor es desolador? Una vida chiquitita, una reiteración de tareas alienantes, una soledad constante, ninguna perspectiva de cambio o mejora, y prácticamente ningún apoyo alrededor. Gente que te pregunta si estás bien no para saber la respuesta, sino para que dejes de estar mal de una vez y dejes de incordiar con tus suspiros y tus lamentos en el sofá.

Ellas dicen que algunas mujeres son felices con esas vidas, y que es del todo respetable, pero a otras nos rompen por la mitad. ¿Se acuerda de lo que le contaba de la grieta? Pues eso mismo. Dicen que lo más triste de todo es que nos han enseñado que ese es nuestro único camino en la vida y la única meta que podemos alcanzar. Que sí, que hemos avanzado en derechos, que nos hemos emancipado, pero al final el camino masculino es ancho como el mundo, y el femenino a veces se ve reducido a un único rol.

A mí me aprietan las costuras. Me queda estrecho el traje de ama de casa, de mujer que espera a una hora determinada para ponerse a cocinar de modo que la cena esté caliente cuando aparezca el marido, esta especie de servidumbre de pensar constantemente en los demás y muy poco en una misma. Me gustaría conocer el secreto de las otras, saber cómo lo hacen. Me gustaría creer en Dios y que Dios me marcase el camino que hay que seguir. Me gustaría despertarme por las mañanas llena de energía para hacerme con la cantidad de horas que el día tiene por delante. Me gustaría que no se me hiciera bola pensar que mi día será parecido al anterior, y muy similar al siguiente.

He leído a mujeres en mi misma disyuntiva. Mujeres permanentemente infelices. Mujeres que se sienten fuera de lugar y buscan otras cosas. Todas terminan muertas, ¿sabe? La literatura está llena de suicidas. Madame Bovary, Ana Karenina. A veces las suicidas son las que tienen la pluma en sus manos. Virginia Woolf. Sylvia Plath. Anne Sexton. Alejandra Pizarnik. No vieron otra. No miraron al exterior.

Me pregunto por las soluciones a mi problema: ¿qué podría cambiar? Y muchas de estas soluciones me parecen parches, ¿sabe? Que Jorge hiciese la cena algunos días a la semana, ya ve usted. Tener «más tiempo para mí», como dice usted, es una cosa muy difusa al final. Como si me estuvieran dando un permiso limitado de disfrute y esparcimiento, siempre y cuando la casa no coja demasiado polvo.

Otros cambios sí que parecerían más profundos: quizás volver a trabajar, salir y entrar más. ¿Se me permitiría? El problema es que muchas veces se me permiten ciertas licencias, pero al final se me exige tener también la casa impoluta, a la niña bien vestida, la cena a una hora determinada en la mesa. El cambio debería ser radical. Y me da miedo poner sobre la mesa ideas radicales, por lo que pueda suceder.

Me han dicho las hippies que vuelva pronto por la casa, me han pasado una lista de actividades que van a hacer en las próximas semanas. Van a tener una expo, un mercadillo de artesanía navideño, un conciertito de un grupo punk y otra sesión de cine. Creo que iré a alguno de los planes, porque últimamente no puedo más.

28 de noviembre de 1993

Tiene usted razón en que este tema no me gusta tratarlo. Y es verdad, reconozco que es así. Siempre respondo con evasivas, pero es que me resulta muy duro y yo todavía no he conseguido organizar bien toda la sucesión de acontecimientos en mi cabeza. Vamos a intentarlo.

<u>Cómo me sentí cuando sucedió aquello:</u>

Yo creo que todo comenzó, realmente, hace cinco o seis años, poco antes de que muriera mi madre. Blanca tenía tres y pico. Jorge y yo no estábamos en el mejor de los momentos (por su nuevo trabajo, por la separación inevitable, física y mental, cuando nace un bebé, porque yo le había pedido volver a trabajar pero no había sido posible, etcétera) y yo ya había perdido el contacto con la gente de la librería, que solía hacerme los días más llevaderos. La verdad es que me sentía bastante sola en aquel periodo. O, más que sola, un tanto perdida, ¿sabe? El hecho de llegar a cierta edad, tener en apariencia las cosas en su sitio, tal y como deberían ser, y pensar para mis adentros: «¿Y ahora qué?».

Y todas las mañanas solía llamar a mi madre y charlábamos un rato largo. Mi madre era una mujer muy graciosa, muy alegre, muy de levantarte el ánimo. Siempre estaba de aquí para allá: arreglando su jardín, haciendo mermeladas, cosiendo tal o cual cosa, viendo la novelita de la tarde, tomándose el café con las vecinas o bajando a nadar al río si el tiempo era bueno. Me contaba sus rutinitas. Me contaba el chisme de esta o de aquella. Me hablaba de las flores que plantaba en el jardín, y me distraía. Era un gran apoyo, las cosas como son. Ella sabía que la casa se me caía encima por aquel entonces, y me ayudaba desde la distancia. Me daba consejos de limpieza o de organización (yo, por ejemplo, no entendía por qué todas mis toallas quedaban rasposas, y ella me explicó cómo conseguir que quedasen mullidas), me decía cómo hacer esto o aquello (sigo utilizando algunos de sus trucos de cocina, como echarle una patata al guiso si te has pasado con la sal), me decía incluso que los niños eran muy monos, pero que a veces quieres estrangularlos con tus propias manos, y que tener dentro todo ese amor y, al mismo tiempo, desesperarte es una ambivalencia completamente normal. Ella no decía «ambivalencia», pero usted y yo nos entendemos. Y aquellas conversaciones con mi madre me resultaban muy nutritivas, porque nunca había hablado con ella de esa manera y era como estar redescubriendo a una mujer que siempre había estado ahí, pelando las judías o remendando los calcetines, siendo conocida como «la madre de» y «la esposa de».

Mi madre murió de repente. Habíamos charlado esa misma mañana. Me contó que iba a bajar a la carnicería y que iba a preparar un guiso de carne con patatas. Y en algún momento, entre la ida y la vuelta, se desplomó y nunca volvió a levantarse. Fue un disgusto tremendo. Todas las muertes son tristes, pero las inesperadas son peores. Al menos eso creo yo. No puedes prepararte, no puedes despedirte, no puedes decir adiós. Creo que lo último que le dije a mi madre era que yo no hacía ese guiso porque a Blanca la carne se le hacía bola. Fíjese qué despedida tan tonta, lo pienso mucho. «Sí, a esa edad la ternera se les hace mucha bola», creo que me respondió ella. Me consuela pensar que ella sabía que yo la quería mucho.

Después del funeral y de toda la logística de la muerte, aquello me hundió. El vacío era demoledor. Me despertaba cada mañana y no tenía muy claro por dónde tirar ni qué hacer, ¿sabe? Me di cuenta de lo mucho que me había apoyado en ella en los últimos años y, ahora, era como si no tuviera ya el faro que me guiase a puerto, estaba perdida en el mar, como un náufrago.

Es cierto que la familia de Jorge se volcó mucho, y Jorge también. Entendían mi tristeza, me acompañaron en ese duelo. Pero creo que lo que nunca entendieron es cuán honda había sido para mí aquella pérdida, en el sentido más literal, porque era como si me hubieran arrancado de cuajo la raíz que me agarraba a la tierra. Cómo decirle. Yo no tenía una familia grande como la de Jorge. Aquello era quedarse sin punto de referencia, ¿sabe? Veía el mundo a mi alrededor, y la vida que brotaba, y me daba cuenta de que solo tenía seres dependientes de mí y ninguno del que yo pudiese depender, aunque fuese para preguntarle algo tan práctico como la receta del potaje de Cuaresma. Me había convertido en la adulta a la que todo el mundo mira en la habitación, y no había cumplido ni los treinta años. Empecé a pensar: ¿esto es la vida? ¿Así son las cosas? ¿Cómo se hace? ¿Cómo lo hacen los demás? Supongo que me desnorté. Un médico me dijo que aquel duelo se me «enquistó», pero, no sé cómo explicarle, para mí fue como si ese duelo me despertase de alguna forma y me hiciese ser más consciente de mí misma, de mi entorno, de la vida y la muerte, y de mi propia realidad. Me sucedió una cosa curiosa: empecé a acumular todas las emociones. Me sentía vulnerable y al mismo tiempo fuerte. Me sentía débil y poderosa. Me sentía perdida y al mismo tiempo sentía que tenía las riendas de mi vida. Y todo a la vez, como me dijo mi madre que en ocasiones sucedía, qué cosa.

Dicen que lo peor del duelo es el primer año, porque es cuando recuerdas con mayor claridad a los que no están y cuando todavía les guardas un sitio en la mesa. Pasa tu cumpleaños y su cumpleaños y te acuerdas perfectamente del año anterior, y el Día de la Madre no tienes a nadie a quien llamar, y la Navidad es menos navideña, y llegan las vacaciones y vuelves al pueblo y te das cuenta de que el polvo se acumula en los rincones de la casa porque tu padre no tiene tiempo de pasar la mopa entre chato y chato de vino, y de que las flores del jardín se han secado porque ya nadie las cuida. Y echas tanto de menos que sientes que te vas a morir. Pero no te mueres y sigues viviendo.

Blanca me salvó. Ya le dije que yo me empeñé en no escolarizarla hasta que no fuese obligatorio porque no quería que cayese tan chiquitita en las garras del sistema. ¿Fue un error? No sé. Dicen que los niños que no van a la guardería se vuelven un poco raros y, ahora, pienso en los problemas que tuvo para integrarse en la escuela y quizás es un poco cierto. Supongo que el tiempo nos sacará de dudas. Yo creo que lo hice bien, la verdad. Aquellos años en que la tenía en casa, me despertaba y la llevaba al parque o a la playa, íbamos juntas al supermercado, cocinábamos, escuchábamos música y me inventaba cuentos para ella. También me compré manuales para encargarme de su educación: Blanca aprendió a leer y a escribir en casa, aprendió a sumar, a restar y a multiplicar, aprendió algo de historia y de biología. Estábamos todo el día juntas, haciendo cosas y enseñándonos la una y la otra, porque a veces me daba cuenta de que yo también estaba aprendiendo un montón de cosas por el simple hecho de pasar tiempo de calidad con ella. Ver la vida a través de los ojos de una niña es redescubrirla, casi resucitarla. Aquellos fueron años muy dulces, la verdad. Descubrí emociones nuevas como, por ejemplo, que una puede estar triste y alegre al mismo tiempo. ¿Cómo se llamará eso?

Con Jorge estaba bien. Los años dulces con Blanca también fueron años dulces con Jorge. Creo que, en aquel momento, me convertí en la versión preferida de mi marido. De cualquier marido, para serle sincera. Construí un buen nido, por así decirlo. Fuimos felices.

Y entonces Blanca cumplió los cinco y en septiembre ya tocaba apuntarla a primaria. Y eso hicimos. Y ahí me volvió todo de golpe, como si me atropellase un autobús o se me cayera una maceta en la cabeza. Las mañanas se hacían eternas. Las tardes, todavía más. Notaba de nuevo el peso de la ausencia (ahora no solo de mi madre, también de mi propia hija). Sentía una especie de ansiedad mientras esperaba a que llegasen las cinco de la tarde para poder regresar al colegio y traérmela de vuelta a casa para pasar más tiempo junto a ella. Pensaba mucho sobre si esta era la vida de todas, si nos dedicábamos en cuerpo y alma a cuidar hasta que los pájaros volaban del nido y entre cuidado y cuidado, entre cena y baño, nos olvidábamos de quienes éramos. Yo en ese momento no sabía quién era, si le soy sincera.

Todavía puedo recordar el instante preciso en el que mi cabeza hizo algo raro. Una especie de cortocircuito.

Un cable que no establece la conexión adecuada. Blanca me dijo que me había olvidado de servirle los cereales a la hora del desayuno. Le había puesto el bol vacío y me había asomado a la ventana a fumar el cigarro de la mañana. Pero lo peor es que, cuando me señaló el bol y me pidió los cereales, yo no recordaba ni cuándo la había despertado ni cuándo la había aseado para la escuela. Es más, por un momento casi me había olvidado de que había tenido una hija y, cuando la vi sentadita en el comedor, no la reconocí del todo. Me asusté mucho, pero no lo comenté con nadie. Le dije algo así como: «Ay, perdona, hija», y le preparé el desayuno, sin comprender muy bien qué había pasado y suponiendo que había sufrido una especie de lapsus que, sin duda, tendría algún tipo de explicación.

Pero a partir de ahí todo se empezó a enrarecer a mi alrededor, como en esos sueños en los que abres la puerta de tu casa y de pronto estás en Versalles o algo así. Me olvidaba de recoger a la niña a la salida del colegio, me tenían que llamar a casa. ¿Qué hacía durante ese tiempo? No lo sé, no lo recuerdo. Creo que me tumbaba en la cama y las horas pasaban sin darme cuenta. Y eso ocurrió durante varios días. No entendía qué sucedía a mi alrededor, por qué no era capaz de cumplir con las tareas más básicas. Simplemente intentar atarme los zapatos era escalar el Everest, era como si me hubiese olvidado de cómo ser una persona. Me olvidaba de tender la lavadora porque me olvidaba de haberla puesto, me dejaba un guiso al fuego hasta que se me quemaba, le dejaba marcadas las camisas a Jorge con la plancha. Y Jorge me lo decía. Pero recuerdo que me lo decía enfadado, ¿sabe? «¡Joder!, ¿qué le ha pasado a esta camisa?». Y yo: «Ay, no me he dado ni cuenta». O servía la cena y había echado azúcar en lugar de sal: «¿Dónde tienes la cabeza?». Ahí Jorge no se portó bien. Yo sé que él estaba estresado en el trabajo y que tampoco sabía qué pasaba en los recovecos de mi mente, pero si se hubiese tomado la molestia de observar un poco más, quizás habría notado que algo no andaba del todo bien.

Aunque igual era difícil. Había otros días que me despertaba como si nada, con muchísima energía, y entonces hacía todas las cosas que no había hecho en los días anteriores. Y me iba al mercado y charlaba con todo el mundo, y luego venía Jorge y le decía que había estado leyendo sin parar, que había visto tal película, que había estado escuchando un disco que me había encantado. Y Jorge me miraba aún más raro y parecía cabrearse más. Era como si pensase: «¿Por qué no puedes ser normal?».

Le empezaron a llegar chismes. Entre esos dos estados (o llena de energía o catatónica perdida) hacía cosas sin sentido. Un día, por lo visto, bajé a hacer la compra en pijama y pantuflas (no tengo el menor recuerdo de esto, me lo contaron). Otro día debí de decir cosas raras y sin sentido en la panadería (no sé qué cosas, pero asusté mucho a Fina, la panadera, tanto que se lo contó todo a Jorge). Otro, en la cola del supermercado, me di cuenta de que no llevaba la cartera y les pedí que me fiasen la compra, y como no me la fiaban, intenté marcharme con las bolsas (no me dejaron y llamaron a Jorge, que tuvo que ir a pagar). Yo le explico todas estas cosas, pero en realidad no las recuerdo. Alguien se las contó a Jorge y Jorge me las contó a mí, y me pidió explicaciones y yo no sabía qué responderle. Así que simplemente le dije: «Jorge, creo que me está pasando algo raro». Fuimos al hospital, me hicieron pruebas, no observaron nada preocupante a primera vista. Mi cerebro estaba bien. No tenía un tumor del tamaño de una pelota de *ping pong* que pudiera explicar mi comportamiento en los últimos meses. Dijeron que igual tenía estrés o ansiedad, que eso podía causar pérdidas de memoria. Yo jamás había escuchado semejantes cosas, para mí tener estrés era ponerte un poco nerviosa. La ansiedad, pues no tenía del todo claro qué era. Me preguntaron por mi vida y mis rutinas. Salió el tema de mi madre, la escolarización de Blanca, y aquel fue el médico que dijo que debía de tener el duelo enquistado. Me dieron algo de medicación, un antidepresivo flojito que me tenía que tomar antes de acostarme y una pastilla para la ansiedad por la mañana, y la cosa pareció mejorar temporalmente. Yo de todo esto me acuerdo como en una especie de bruma, ¿sabe? No soy capaz de recordar tiempos o fechas exactas, no puedo recordar con exactitud qué hacía durante esos días.

Sí que recuerdo que empecé a hacer algunas cosas que sentía que necesitaba hacer. No sé. Eran impulsos. Cosas que me pedía el cuerpo. Me iba en coche a la playa después de dejar a Blanca y me quedaba mirando fijamente el vaivén de las olas hasta que era la hora de recogerla. O echaba a andar y terminaba en la otra punta de la ciudad, y tenía que volver en taxi a casa y le pedía al taxista si podía bajar la ventanilla e intentaba reconocer los edificios, que en ese momento me resultaban tan extraños y ajenos. Empecé a comer con las manos también. No sé por qué. Solo cuando estaba a solas en casa. No le encontraba el sentido a utilizar los cubiertos para luego tener que fregarlos. Me ponía vestidos vaporosos porque sentía que toda la ropa me producía picores. Me daba baños muy largos porque sentía que necesitaba estar dentro del agua.

Un domingo fuimos a comer a casa de los padres de Jorge. Yo me sentía otra vez extraña, como en otro lugar. No me enteraba de las conversaciones que se sucedían alrededor, el cacareo incesante de cualquier comida familiar, no respondía bien a las preguntas, creo que dije que me dolía un poco la cabeza, pero no me dolía la cabeza, simplemente no me hallaba. No me levanté en ningún momento, no ayudé a servir los platos ni a recoger la mesa, como solía hacer. Me quedé sentada y muda, como esperando a que pasara el tiempo lo más rápido posible, pensando que nadie se daba cuenta. Pero por lo visto todo el mundo se dio cuenta, claro está.

Al regresar, Jorge me pegó la bronca. Él había interpretado que yo estaba siendo maleducada con su familia y me dijo que si no quería acompañarle a una comida familiar no tenía por qué ir, pero que si iba hiciera el favor de ser amable con ellos como ellos lo eran conmigo, que qué era eso de poner el plato en alto, por encima de la cabeza, para esperar a que lo recogiera su madre (yo esto no lo recordaba, pero también le digo que si alguien se pone el plato de sombrero igual es que muy bien no está). Yo no había tenido la sensación de no haber sido amable, simplemente era como si en realidad no estuviera allí. Habían pasado unas semanas desde que había empezado a tomar la medicación y Jorge debía de pensar que aquel problema ya estaba solucionado y que ahora solo estaba comportándome como una cría. Fue entonces cuando tuve aquel episodio.

Jorge hablaba y hablaba y repetía aquello de la mala educación y yo le miraba fijamente sin entender. O entendiendo al fin. Y algo se abrió dentro de mí, de pronto me vino todo aquello que había ido tapando con paseos y con baños y con tardes frente al mar y días tumbada en la cama mirando el techo de la habitación. Pensé en esa grieta de la que le hablé, que en aquel momento puede que no tuviera nombre, pero sí forma: pensé en mi madre, pensé en mi hija, pensé en mis días de librera y pensé en la vida que Jorge me había prometido... Pensé en todas las cosas que un día me hicieron feliz y me di cuenta de todos los huecos por los que se habían escapado. Y quise explicarle todo eso a Jorge, pero él con su familia siempre fue muy suyo, y no callaba con aquello. Y entonces, muy serenamente, abrí el armario de la cocina, cogí un plato y lo tiré al suelo. Y ahí Jorge se calló. Y yo dije algo así como: «¿Qué quieres que haga, Jorge? Si no sé ni dónde estoy». Y luego estampé otro plato. Y otro más. Y terminé lanzando por el suelo y por el pasillo toda la vajilla y tiré cuatro vasos por la ventana. Y esto sí que lo recuerdo. Recuerdo que lo hacía y me sentía viva y plena y que no podía parar. Con cada sonido de un cristal rompiéndose yo sentía que me liberaba de algo. Recuerdo que tenía tanta rabia acumulada que romper cosas me satisfacía y me reía como las locas, con los pies descalzos y llenos de sangre. Y entonces Jorge me sujetó y me dijo que qué coño me pasaba y que me tranquilizase y que iba a despertar a la niña y yo me solté arañándole y peleando con fuerza y creo que cogí uno de los platos del suelo y le intenté clavar un trozo de cristal y me hice sangre en la mano y me fui de casa y cuando Jorge me encontró, después de dar vueltas y vueltas con el coche, eran casi las cinco de la mañana y yo iba por la carretera de El Saler camino a ningún lugar. Y después de eso me llevaron al hospital.

Si pienso en esto poniéndome en el lugar de Jorge, puedo llegar a entender la decisión que tomó. ¿Cuántos meses estuve actuando de forma extraña? Quizás fueron diez o más, y aquello fue la gota que colmó el vaso. En el hospital dijeron que había tenido un brote psicótico y que era mejor que permaneciera unos días en observación, así que me pusieron en una habitación en la zona de psiquiatría y yo no hacía otra cosa que mirar por la ventana, echando de menos a Blanca, pero sintiéndome tranquila por no tener que preocuparme de mi propia cabeza por un tiempo. Un diagnóstico es un arma de doble filo, doctor, pero yo aquellos días no lo sabía, y solamente lo sentía como algo tranquilizador. Aquel diagnóstico me daba una explicación. Todo lo que me había pasado durante aquel tiempo se podía escribir con jerigonza médica sobre un trozo de papel.

Yo lo acepté (como si pudiera haber hecho otra cosa) y pensé que me mandarían a casa con algo de medicación. Pero Jorge, con ese diagnóstico bajo el brazo, buscó una clínica privada y me tuvieron allí ocho semanas. Jorge firmó todas las autorizaciones necesarias para ingresarme. Jorge diría en adelante que fue por el episodio de los cristales, que fue muy traumático para él, y tuvo miedo por la niña. Esto último me dolió en el alma, porque, de los dos, yo había sido la persona que había cuidado de Blanca mientras él trabajaba sin parar, y nunca le consideré un padre negligente por tener que recordarle, por ejemplo, que saliera antes del trabajo porque era el cumpleaños de la niña, pero él sí dudó de mí y de mis capacidades como madre después de aquella noche. También dijo más adelante que había buscado muchas referencias y le habían hablado muy bien de aquella clínica. Jorge añadió que lo hizo por mí, que pensó que el mundo se me caía encima y que quizás esas ocho semanas para mí eran justo lo que yo necesitaba en aquel momento. Pero, cómo decirle, a mí nadie me preguntó. No tuve voz ni tampoco voto en mi propio tratamiento. Y no soy capaz de perdonarle del todo aquello, ¿sabe? Yo jamás le habría encerrado en un lugar así, doctor, aunque hubiese lanzado por la ventana la cubertería de plata.

Hace usted hincapié en que hable más de mis sentimientos, porque dice que me centro en los hechos más que en las emociones. Le contaré cómo me sentí: perdida, vulnerable, humillada, dolida, triste, sola, infantilizada, débil, desprotegida, asustada. ¿No podría haberse evitado de alguna forma? ¿No podría Jorge, o cualquier persona de mi entorno, haber estado atento a todos esos síntomas antes de castigarme con las consecuencias? Pensaba también mucho en Blanca, claro está. Porque yo era quien pasaba la mayor parte del día con ella, y sufría imaginando cuánto me echaría de menos, qué le habría contado Jorge, qué pensaría la criatura y si aquello le estaría provocando fiebres, sin tener a nadie que le hiciese la sopa de pollo con arroz como a ella le gustaba.

Y luego aquel lugar. Aquella clínica privada. Le diré una cosa: los locos no entienden de clases sociales. Aquel lugar me daba miedo, doctor. Era como el Hotel California. Allí dentro había gente que hablaba sola, gente que chillaba, gente que se autolesionaba, gente que estaba todo el día mirando un punto fijo y musitando cosas incomprensibles, gente que se te acercaba confundiéndote con alguien de su pasado y podía agredirte en cualquier momento. Las normas sociales de convivencia, aquellas que en el mundo exterior había intentado saltarme a mi manera, allí no tenían validez, y lo cierto es que las echaba mucho de menos. Por las noches, la gente aullaba pidiendo ayuda. Por el día, estabas siempre en tensión. A veces, en el comedor, a alguien le daba un brote y lanzaba su bandeja por los aires. O se ponía violento y entraban los enfermeros con las jeringas preparadas para dormirle. Tenía mucho miedo. No entiendo cómo me metieron allí. Tenía tanto miedo que dejé de hablar, así que a las dos semanas dijeron que estaba catatónica.

Los médicos me hicieron muchas preguntas a las que yo no podía responder. Me daban pastillas por la mañana y por la noche. Los terapeutas eran amables y educados, pero partían de una verdad que era la de que yo estaba loca, que era una paciente psicótica y ahora, catatónica, y yo supuse que no había nada que pudiera decir o explicar que borrase aquello de mi historial médico para que cambiasen su percepción sobre mí, ¿sabe? Porque, una vez dentro de la cajita de las locas, cualquier frase o comportamiento entrará en la categoría de rareza. Así que no dije nada.

De esto me di cuenta por propia observación, al reparar en cómo juzgaba yo a mis compañeros de aquella clínica. No importaba que estuvieran diciendo algo coherente, bastaba un tic en el ojo derecho para que yo misma pensara que esa persona que tenía frente a mí estaba mal de la azotea. Y, por mucho que tratase de verlo de la manera más racional posible, de pensar que, del mismo modo que yo había acabado allí, también lo habían hecho ellos, era incapaz de mirar a esas personas y no dudar de su cordura.

Es una línea muy fina, ¿sabe? Aquella que separa lo normal de lo anormal, lo sano de lo insano, lo usual de lo insólito. Piense en el cuerpo humano. Basta la mutación de una célula para que una persona enferme y acabe muriendo. Creo que lo mismo nos pasa en la cabeza. Es solo un clic. Y la vida cambia de repente.

A las cuatro semanas en aquella clínica, como seguía instalada en mi mutismo, decidieron probar con terapia electroconvulsiva para ver si así reaccionaba. Sabrá lo que es eso. Es la manera con la que ahora llaman al electrochoque.

Es cierto que ya no se trata de algo tan horrible como solía ser, eso me lo explicaron desde el principio. Ahora te duermen con anestesia, las sesiones duran en torno a cinco minutos y, en teoría, tú no te enteras de nada. Pero yo no quería, doctor, me aterraba aquella idea, como se podrá imaginar. Había visto *Alguien voló sobre el nido del cuco* y había leído *Los renglones torcidos de Dios.* Grité y grité y grité para que no me hicieran eso y ahí sí que traté de hablar y de explicarme, pero las palabras me salían a borbotones y ningún médico pareció interesado en lo que tenía que decir. Ningún ser humano debería verse en la tesitura de que un señor con bata blanca le diga que le va a dar descargas eléctricas en el cerebro para ver si así vuelve a ser normal.

Jorge dio el consentimiento legal para ello. Según él, le explicaron que era un procedimiento seguro y mucho más efectivo que endiñar el cóctel clásico de pastillas (que me recetaron igualmente al salir). Me dieron seis sesiones. Todavía recuerdo la primera de ellas. O, más bien, recuerdo el miedo que sentí tumbada en aquella camilla, a pesar de las palabras tranquilizadoras del celador que me bajó al quirófano, y que trató de animarme diciéndome que él había dudado mucho de aquel tratamiento, pero que después de bajar y subir a muchos pacientes se había convencido de que algo hacía. Recuerdo el olor aséptico del quirófano, los susurros de las enfermeras, al anestesista diciendo que contase hacia atrás, al médico entrando por la puerta a última hora, y aquella luz que apuntaba a mis ojos antes de olvidarme de dónde estaba. Y después despertar en una habitación, y no recordar nada de los tres últimos días en la clínica.

Lo cierto es que aquellas corrientes hicieron algo. Supongo que fui despertando del letargo. Salí de aquel mutismo. Empecé a despertarme sin la sensación de tener un ladrillo sobre el pecho, recuperé algo de apetito, comencé a hablar. Con los terapeutas, hablé de mi madre y de mi hija, de los platos rotos, de mi sensación de pérdida del sentido de la realidad, y poco a poco los episodios que viví empezaron a tener su propia cronología, que es la manera en la que los humanos nos contamos nuestra propia historia, aunque sea la historia de nuestra locura.

Pero me sentí humillada, doctor, y me sentía doblemente humillada por tener que reconocer que recibir una serie de descargas eléctricas había funcionado.

Jorge me visitaba con frecuencia. Me pidió perdón un

millón de veces. Y yo le dije que le perdonaba, algo que creo que en aquel momento era cierto. Debía de ser cosa de las corrientes o, quizás, mi cabeza necesitaba perdonarle, porque era la única forma de volver a casa. Parece que me entendió, que nos entendimos. Le pregunté por Blanca, y me contó que me echaba mucho de menos. Cuando quise saber qué le había dicho para justificar mi ausencia, me contestó que le había contado que me había ido de vacaciones. Creo que ahí es cuando empezamos a decir aquello del balneario. No fue una mentira planificada, sino una manera de poder hablar del tema más adelante, en casa, y en presencia de la niña. Un día, en una de aquellas visitas, le dije que quería irme ya de allí, que tenía ganas de estar en casa con él y con Blanca. Jorge habló con los médicos, que supongo que le informaron de mi mejoría, y me permitieron regresar tras mi última sesión de electrochoque.

En aquel momento no lo pensé demasiado, puesto que tan solo quería volver a casa. Después, estuve un tiempo en el que intenté no pensar demasiado en ello. Decidí enmendarme, ponerme bien, hacer lo que se me pedía, porque yo también quería estar mejor. Pero hace cosa de un año, le empecé a dar muchas vueltas, ¿sabe? Dos meses de mi vida, doctor, como una presa. Privada de mi libertad, de mi autonomía, de mi identidad. ¿Cómo se olvida eso? ¿Se puede olvidar? ¿Se pasa página alguna vez?

29 de noviembre de 1993

Lo que no le he contado es que muchas noches me despierto agitada porque sigo oyendo aquellos gritos en sueños, como esos soldados que volvían de la guerra y se despertaban con el sonido de disparos a lo lejos.

30 de noviembre de 1993

En la sesión de hoy me ha preguntado que por qué no me marché. Por qué no pedí el divorcio, vaya. Lo pensé, por supuesto. Una y mil veces. Pero, al volver, lo que yo necesitaba era, sobre todo, cierta tranquilidad. Y Blanca me tranquilizaba. Con su sola presencia, me tranquilizaba.

Viéndolo ahora con cierta perspectiva, supongo que Blanca fue la razón para quedarme. Si ella no hubiese existido, me habría marchado sin dudarlo. Pensé, especialmente al principio, cuando le daba vueltas a la idea de hacer una maleta y salir de allí por patas, en las posibilidades que tendría de conseguir una custodia siendo él un abogado respetable y yo un ama de casa loca que lanza vasos por la ventana.

De modo que, pensando en Blanca, fue cuando decidí perdonar a Jorge por lo que me había hecho. Él y yo convinimos en que yo había sufrido una crisis, y que esa crisis era como un accidente de coche, que no había sido culpa mía. Yo también me centré en mi propia recuperación: tomaba religiosamente mis pastillas, me ponía rutinas que me resultasen alcanzables, me volcaba por las tardes con Blanca, lo mantenía todo en su sitio y en orden, aunque hiciera las cosas con mucha lentitud. En aquella época era cuando vivía aplatanada de pastillas y empecé a ponerme como un tonel, y cuando se lo comenté a Jorge al cabo de unos meses tras mi regreso fue el primero que me dijo que las dejase si yo lo creía conveniente. Y las dejé.

En parte, no me arrepiento de ese viaje. Creo que fue sanador y que me permitió conocerme mejor.

Si lo pienso con frialdad, es posible que yo hubiese pedido ayuda en algún momento, ¿sabe? Si hubiese identificado correctamente lo que me estaba pasando, si me hubiese dado cuenta de la cronología que luego entendí. O quizás no. Es posible que esto sea como sucede en los libros en los que aparecen viajes en el tiempo, donde el protagonista se da cuenta de que, por mucho que tenga la posibilidad de volver atrás una y otra vez, al final los resultados son siempre los mismos. Así que es probable que, fuese como fuese e hiciera lo que hiciera, en un momento de mi vida yo hubiese terminado en aquel lugar. Pero hay una diferencia entre hacerlo por propia voluntad y hacerlo por obligación.

Una cosa que echo de menos de la época de antes de ponerme a lanzar vasos por la ventana es vivir sin un miedo al acecho. Antes no tenía miedo de nada. Ahora tengo miedo de que todo vuelva a pasar otra vez. Ya he descubierto que eso que llamamos locura no es algo tan lejano, sino que se encuentra a la vuelta de la esquina, por así decirlo. También me he dado cuenta de que me da más miedo lo que otros puedan hacer conmigo que la locura en sí.

Este mes de agosto le dije a Jorge que volvía a encontrarme un poco mal. Y por eso le buscamos a usted, como ya sabe. Creo que yo solita puedo regular a la perfección mis emociones y controlar lo que a otras les parece incontrolable. No volvería a permitir que nadie lo hiciera por mí, ¿sabe?

1 de diciembre de 1993

Anoche me animé a ir al concierto que daban en la casa okupa. Qué divertido, doctor, la verdad es que fue algo liberador, mejor que romper platos, si me permite la broma. Toda esa gente saltando, dando botes, mezclando sus cuerpos y bailando sin pensar en nada. La gente me saludó como si fuese una más. Incluso Edgar, en la puerta (a quien saludé diciendo: *«¿Heil Hitler?»*, y me dijo: «Contraseña correcta») pareció contento de verme. Todos se habían puesto muy felices con los libros que les había regalado. Mariona, Lucía y Nuria me dijeron que tenía que mudarme con ellas y ser la encargada de la biblioteca de la casa. Imagínese. Fue una noche muy bonita que se me pasó volando, y la verdad es que lo necesitaba.

En casa, hay cierta tensión desde lo del bocachancla de Ramón, y Blanca vuelve a tener sus fiebres, que ya estoy convencida de que son fruto del mal rollo, porque dígame usted. También es lo que opinan las hippies, que me han hablado de enfermedades «psicosomáticas» o algo así. Ellas creen que muchas enfermedades vienen de problemas sin resolver que se nos enquistan de alguna manera. Por ejemplo, Mariona dice que, siempre que se calla algo que quiere decir, luego está estreñida una semana. Sé que es un ejemplo un poco vulgar, pero ya me entiende. También me han hablado de una mujer que, como no quería ver que su marido le ponía los cuernos, se volvió ciega temporalmente. Les conté lo de aquella noche que la niña se puso muy muy muy caliente y consiguió calmar mis penas y mis nervios, y me miraron con los ojos muy abiertos y me empezaron a contar historias similares. De mujeres, sobre todo, que de la nada hacen alguna cosa extraordinaria que no se puede explicar. Me pusieron como ejemplo la historia esa de una mujer muy flaca que fue capaz de levantar un autobús que había atropellado a su hijo, que dicen que tiene algo que ver con la adrenalina del cuerpo. O de una chica que pudo librarse de tres violadores que la acorralaron en un portal dándoles de hostias, y que la policía no podía creerse que nadie la hubiese ayudado, porque aquellos maromos medían el doble que la chavala.

Y así pasamos la noche, escuchando a un grupo de

punk y hablando de leyendas urbanas. Y me costó regresar a casa, porque estaba muy a gusto con mis amigas, disfrutando de la conversación y de la música y sin pensar en nada más. Se lo comenté a Mariona después de darle el último trago a la cerveza y me dijo: «Eso ¿sabes por qué es? Porque estás viviendo el presente». Mira que les gusta esa frase. Se la deberían tatuar.

4 de diciembre de 1993

Está ya la Navidad en todas partes. Qué hartura. Nosotros solemos poner el árbol ahora, en el puente de diciembre, pero al final va a tocar ponerlo en pleno agosto. En el supermercado ya venden turrones y empiezan a sonar villancicos por los altavoces. Las cajeras ya llevan un gorrito de Papá Noel. Y los niños ya empiezan a volverse locos con la lista de regalos.

Tengo sentimientos encontrados con estas fechas. La Navidad me gusta porque siempre le hacemos a Blanca muchas fiestas y nos curramos mucho toda la historia de los Reyes Magos y es muy agradable estar en esas comilonas que no terminan nunca y donde todo el mundo parece hacer una especie de pacto social para mantener temporalmente la paz, pero también me pone triste porque pienso en los que ya no están.

El lunes montan un mercadillo en la casa okupada y le he dicho a Jorge que iré con la niña. Es un mercadillo de Navidad donde venderán adornos y cosas para regalar. Le he dicho que vi el anuncio en el supermercado y le ha parecido bien. Tengo ganas de presentarles a Blanca a las hippies, la verdad.

6 de diciembre de 1993

Resulta que tengo una hippie por hija y no lo sabía. Blanca se lo ha pasado bomba en la casa okupada. Hemos comprado algunos adornos para el árbol (preciosos, hechos a mano), nos hemos pintado la cara con mariposas de colores, hemos escuchado a un cuentacuentos y hemos bailado juntas porque en la parte del patio habían montado una especie de charanga. Me dedicaron la de *Entre dos tierras,* qué majetes. He presentado a Blanca a Mariona, Lucía y Nuria, a las que por lo visto les encantan los niños. Y a Blanca ellas le han caído también muy bien porque le hablaban en plan adulto y no como a una mongolita. No soporto cuando los adultos hablan a los niños como si fueran tontos de remate, la verdad.

Ha sido una tarde muy bonita, y me sabe fatal, pero no he echado ni pizca de menos a Jorge. No ya por nuestras últimas discusiones, sino porque había momentos en los que me preguntaba qué diría si estuviera ahí. Y quizás le estoy juzgando demasiado, pero creo que nada bueno. No le gustarían mis hippies, ni los perritos rastafaris, ni el estruendo del concierto de punk, ni le pillaría la gracia a Edgar. No sé. Seguro que habría estado muy incómodo y, al final, me hubiese puesto incómoda a mí con algún comentario tonto sobre cualquier cosa.

No sé, doctor, quizás el problema es que nos hemos hecho mayores. Y ahora somos muy diferentes.

8 de diciembre de 1993

Ya hemos puesto el árbol y el belén de mi madre. Ha quedado muy bonito.

10 de diciembre de 1993

Ayer, como me sugirió usted, me senté a hablar con Jorge. Puse en práctica eso que me dice siempre usted de hablar desde el yo, desde los propios sentimientos, sin acusar al otro ni echarle cosas en cara. Y la verdad es que fue muy bien. Le hablé de algunas cosas que hemos estado tratando en las sesiones, le dije que me daba cuenta de que mi perdón después de aquello no fue del todo sincero, o que en aquel momento puede que lo fuera, pero que siento una especie de rabia hacia él si me paro a pensarlo. Le dije también que consideraba que no estaba valorando del todo el trabajo que he hecho todos estos meses en terapia. Le dije que me sentía observada con lupa y que tenía derecho, como todo hijo de vecino, a sufrir mis cambios de humor y de ánimo sin que eso supusiera un conflicto. Le dije que me había sentado muy mal lo de Ramón porque lo había percibido como una traición. Y le dije que vivía con miedo a que interpretase mis acciones como actos propios de una loca y volviera a encerrarme.

Jorge escuchó todo lo que tenía que decirle y me habló también de sí mismo. Me dijo que él sentía miedo porque en muchas ocasiones no sabía por dónde le iba a salir. Que tenía razón en eso de que me observaba con lupa, pero que era porque no quería que se le pasase otra vez algo que pudiera causarme un episodio. Me dijo que fue él quien le contó aquello a Ramón, en un momento de flaqueza, y que fue un error, que lo sentía. Me prometió que jamás volvería a encerrarme.

Ha sido reconfortante tener esta conversación. Me he sentido escuchada, y con lo que me ha dicho le he entendido un poco mejor a él. Si en el fondo nos queremos mucho, claro está.

13 de diciembre de 1993

Las hippies montan este viernes una fiesta de Navidad. No me la pierdo. Ya he avisado a Jorge.

15 de diciembre de 1993

Al final, le voy a tener que dar la razón en muchas cosas. En lo de este diario, por ejemplo; ayer me dio por releer lo que había escrito al principio, y aunque puedo recordar perfectamente el estado emocional en el que me encontraba al escribirlo, es cierto que ya no me preocupan las mismas cosas, ¿sabe?

Creo que tanto aquí como en las sesiones he conseguido hablar abiertamente de cosas que tenía guardadas en lo más hondo, y al expresar esas cosas, al hurgar en ellas, les he puesto nombre y las he llegado a comprender.

Ya no se me hace tan cuesta arriba pensar en un cambio en mi vida; en enero comenzaré a buscar trabajo, por ejemplo, y no creo que a Jorge le parezca una mala idea, teniendo en cuenta lo que estuvimos hablando el otro día. También es cierto que en algún momento le tendré que hablar de la casa okupa, pero quizás es más fácil si le llevo un día allí y lo ve con sus propios ojos. Al final, no es gente tan distinta a los de la librería y puede que llegue a encontrarles el punto.

No sé, quizás sea el espíritu navideño, pero tengo cierta sensación de esperanza ante el futuro, algo que llevaba mucho tiempo sin sentir.

19 de diciembre de 1993

Doctor, qué desastre. Qué bien, pero qué desastre. Me acabo de despertar después de la fiesta de Navidad con los okupas (que fue el viernes). Llegué el sábado a mediodía a casa y he dormido hasta hoy (¡domingo!). Jorge está otra vez cabreado como una mona (algo de razón tiene) y a la niña le han vuelto las fiebres (cómo no). Hoy no me veo con ánimo para escribir (resaca). Todo el día de bronca (me he visto obligada a explicarle lo de las hippies con la única neurona que tenía en funcionamiento y no se lo ha tomado bien). Me voy a acostar ya. Mañana será otro día.

20 de diciembre de 1993

Como ya escribí hace unos días, resulta que el viernes montaron una fiestecilla de Navidad en la casa okupada. Ingenua de mí, pensé que sería similar al mercadillo al que fui con Blanca o al conciertito de la otra vez, que terminó en torno a las doce de la noche, pero aquello era otra cosa. Llegué a eso de las nueve de la noche con una botella de vino, saludé a Edgar, que volvía a ejercer de portero, pero ya no me pidió contraseña ni nada, y entré.

Al principio, la cosa tenía un aire más festivo que otras veces, pero nada de echarse las manos a la cabeza. Me senté en uno de los sofás con Mariona, me tomé un vinito, charlamos alegremente un rato. Después, se empezó a unir más gente. Que si Lucas, el filósofo guaperas, que yo creo que me tira un poco los trastos. Que si Nuria con un perroflauta que es ahora su ligue. Que si Lucía, que si este, que si aquel. Poco a poco, la casa se fue llenando de gente, subieron la música, todos empezaron a fumar porros. Yo me tomé otras tantas copas más de vino y, como ya no acostumbro a beber, lo cierto es que en menos de lo que canta un gallo estaba ya borracha como una cuba. Pero qué gusto, qué bien me sentía, qué en mi salsa.

Toda esa gente hablando de cosas tan nutritivas como política, cine, música o arte en general, moviendo mucho las manos, haciendo aspavientos, pisándonos entre nosotros, dándonos la razón todo el rato. Qué liberador es gritar de alegría, reírse a carcajadas, armar todo ese alboroto. Imagine a esa gente, con un pasado tan duro y deprimente: deberían estar rotos, pensando desde qué puente lanzarse. Y, sin embargo, como un milagro ahí siguen, enteros y sin perder la alegría. Toda esa gente con tantísimas opiniones, todas tan brutas, todas tan tontas, todas tan necesarias para el mundo en el que nos ha tocado vivir. Toda esa gente con tantos planes y proyectos y esas ganas de cambiar el mundo tal y como lo conocemos. Toda esa gente sin miedo en el cuerpo y con esperanza en un futuro mejor, en un futuro posible. Toda esa gente con tantas ganas de vivir y tan pocas ganas de rendirse..., «como fabulosos cohetes amarillos», que diría mi Tito.

Recuerdo que en aquel momento me dio por mirar la hora y vi que eran ya las dos de la madrugada e hice el amago de irme, pero me cogieron todos del brazo: «¡No te vayas, quédate un rato más, anda, vive el presente!». Y yo reconozco que me dejé engatusar fácilmente, porque me lo estaba pasando muy bien y no me hacían falta sardinas para beber agua, las cosas como son. Nos pusimos a bailar, a saltar, a cantar, a reírnos. En un momento dado, pararon la música. Yo pensé que ya iban a cerrar la casa, pero dijeron que nos íbamos todos de fiesta. Y yo me dejé llevar, no miré la hora, me subí a un coche, bajé la ventanilla, subimos la música y pisamos el acelerador.

A la que me doy cuenta estábamos haciendo cola en la discoteca Spook, en Pinedo, y allá que nos metimos. Y yo feliz, bailando, sintiendo la música, en ese sitio que me pilla tan cerca, pero en el que nunca había estado, charlando con unos y con otros, moviéndonos de un lado para otro, y de pronto, alguien me coge del brazo, me giro y era Clara. Mi Clarita.

«Pero, ¡tía!», y venga besos y venga abrazos y venga «tía, cómo estás y qué es de ti, y qué tal Jorge y qué tal Blanca y qué tal tu vida entera». Me presentó a su novia, una chica majísima, y me dijo que ahora trabajaba en otra librería y que le llevase el currículum. Yo es que no puedo expresar con palabras la alegría que llevaba en el cuerpo. Clara y yo en medio de la pista, chillando para oírnos bien, bailando como cabras locas, felices de habernos encontrado ahí mismo y poniéndonos al día de nuestras vidas y recordando los viejos tiempos «y te acuerdas de don Emilio y de sus pajaritas», o «y te acuerdas de cuando Tito casi nos quema la casa haciendo unas magdalenas». Qué risa. Y Clara coge de repente y se saca de la cartera una bolsa con pastillas y me ofrece una y yo al principio le digo que no pero luego le digo que sí porque, no sé cómo explicarle, quería vivir todas las experiencias a mi alcance esa misma noche. Le pregunto qué es y si me iba a volver drogadicta y me dice que qué cateta sigo siendo y nos reímos y resulta que era éxtasis y al poco tiempo tengo un globo que no he tenido en mi vida, pero una cosa agradabilísima, como suave, como de baño en el mar cuando el agua está a buena temperatura o de acostarse en una cama con sábanas buenas y muchos almohadones de oca, ¿sabe usted? Estaba en el cielo, y el cielo se llama Spook. Y le presento a las hippies y ella me presenta a su grupo y ya estábamos todos con todos y todos con ninguno al mismo tiempo y yo con los ojos que me daban vueltas en las cuencas, porque imagínese.

De pronto estoy en medio de la pista con Clarita y su

novia y las hippies y empieza a sonar una canción preciosa, pero preciosa, doctor, que se me mete por todas las entrañas de lo bonita que es y me hace ver lucecitas al mismo tiempo que suena la melodía. Comienzo a sentirla como dentro de mí, ¿sabe? Como si aquella voz me hablara y aquellas notas me bañaran. Pregunto: «¿Qué es esto? ¿Qué suena? ¿Qué es?», y me dice Clarita que es un tema que se llama *Nowhere Girl* y le digo «¿Y qué significa eso?», y me dice que chica de ningún lugar o chica de ninguna parte o algo así y yo cojo a mis chicas y les digo que somos todas chicas de ningún lugar, mujeres de ninguna parte, que somos chicas libres y que no pertenecemos a nada ni a nadie, aunque solo sea por esa noche. Y Clarita me coge por los mofletes, me planta un beso en los morros y me dice: «Qué colocón llevas, ¡cuánto te he echado de menos!».

Doctor, ¿usted alguna vez ha vivido una de estas experiencias que sabe que son como una comunión, como una misa, como creer en Dios de repente? ¿Sabe lo que es estar con otra gente? Pero estar de verdad, no como cuando compartes un viaje en autobús o sala de espera del médico. Ni siquiera como cuando estás de cena con gente que te cae bien. Le hablo de estar con otra gente, dentro de esa gente, como en la cabeza de esa otra gente. Que de pronto está todo el mundo en sintonía. Que está todo el mundo bien. Que si una se cae la otra la va a levantar, física y espiritualmente. Pues eso es lo que sentí. Así es como me sentí con las chicas.

Y luego de repente salimos del Spook y es ya del todo de día y yo digo: «Pero ¿esto cómo es posible? ¡Si para mí eran las dos de la madrugada!», y todos riéndose. Y yo, de verdad, me sentía como si me hubiese tragado un agujero temporal y me hubiese expulsado a la luz del sol. Y ya me despedí de Clarita y de su novia y nos apuntamos los teléfonos para llamarnos esta semana y las chicas me buscaron al conductor responsable, que era Edgar, y nos montamos unos cuantos en el coche (otros que se iban a la casa okupada, pero a mí me iban a dejar en la mía) y yo iba con la cabeza fuera del coche, asomada por la ventanilla como un perrito, mirando los arrozales de la Albufera, que estaban preciosos, y dije «qué bonito es ser una chica de ningún lugar». Y Edgar me preguntó: «Pero ¿qué dices?». Y yo le contesté: «No te preocupes, Edgar, tú también puedes ser una chica de ningún lugar».

Al llegar a casa estaba Jorge esperando, fumando como una chimenea. Blanca por ahí jugando. Y yo me doy cuenta de pronto de mi pestuzo a alcohol y a sudor y a fiesta, y Jorge que me dice que estaba llamando ya a los hospitales y que dónde había estado. Y yo, con mi santísimo coño, le digo: «Pues en el Spook», y él «pero cómo que en el Spook», y yo le digo «es que pensé que eran las dos de la madrugada».

Y ya Blanca nota que se avecina tormenta y se va a su cuarto. Y parece ser que la bronca fue monumental, aunque, si le digo la verdad, recuerdo poco porque, aunque se me bajó el pedo, la castaña que llevaba era difícil de gestionar, claro, pero sé que le expliqué lo de las hippies y la casa okupada y que había visto a Clarita y en un momento dado Jorge me dijo que mejor me acostase y que mañana hablábamos.

Ya al día siguiente, con mi resaca, le intenté explicar mejor la situación y él, que seguía cabreado, me llamó irresponsable y me dijo que cómo podía desaparecer así después de todo lo que había pasado, que si no entendía el estado de nervios al que le había sometido y tal y pascual. Yo asumí mi parte de culpa, claro. Le dije que lo sentía, que se me había pasado la hora, pero que tenía razón, que al menos podría haber llamado. Pero él estaba enfadadísimo, que qué clase de persona se va con unas hippies que piden limosna, que qué es eso de la casa okupa, que entonces debía de llevar meses mintiéndole, que si no estaría otra vez perdiendo la chaveta. Y yo en ese momento sí que me cabreé, le dije que no me viniera con esas, que había cometido un error (y algunas omisiones, se lo reconozco), pero que eso no le daba derecho a dudar de mi juicio de esa forma ni a poner en duda mi cordura. Le dije que, de hecho, me encontraba mejor que nunca en los últimos meses. Que, ya fuera la terapia o el hippismo, algo estaba funcionando. Y él erre que erre, que si menudo engaño, que menuda traición, que luego iba dando yo lecciones morales con lo de Ramón... Mire, me puso la cabeza como un bombo. Ya llegó un punto que es que no me apetecía ni discutir porque me encontraba muy cansada, así que volví a meterme en la cama pensando en la noche anterior, y me dormí con una sonrisa.

22 de diciembre de 1993

No puede estar pasando esto otra vez. No me lo creo. Jorge me ha hablado de una posible tutela legal. ¡Una tutela legal sobre mí! Me he quedado muda, doctor, muerta de miedo, no he sabido ni qué decir. Me parece una reacción completamente desproporcionada por su parte, ¿no cree? Me ha hablado de pastillas y de tratamientos. Me ha dicho que va a hablar con usted. Por favor, no le cuente nada de todo esto. Protéjame.

25 de diciembre de 1993

Feliz Navidad, traidor, hijo de la grandísima puta.

¿Cómo ha podido? Confiaba en usted.

26 de diciembre de 1993

Tengo miedo de lo que vaya a pasar ahora.

27 de diciembre de 1993

¿Le ha estado contando a Jorge todo desde el principio? ¿O ha sido solo esto último? ¿No existe el secreto profesional para usted? Le voy a denunciar. Conozco a abogados. Conozco a OTROS abogados. Ha vulnerado mis derechos fundamentales y me encargaré de que lo termine pagando.

No tengo ningún problema con las drogas. Creí que quedaba muy claro que era la primera vez que tomaba algo y fue solo una pastilla. ¡Media España se droga! No estoy desnortada. No estoy al borde de otro brote. No estoy perdiendo el contacto con la realidad. Esto no es un episodio. ESTA ES MI VIDA. Si una mujer cualquiera, sin mis antecedentes, hubiese hecho exactamente lo mismo que yo hice la otra noche, ¿la juzgaría de la misma forma? ¿Le impondría el mismo castigo? ¿Qué es esta privación absoluta de libertad? ¿Por qué se empeñan en tratarme todos como a una niña?

No pienso tomarme esa medicación. No pienso tomarme esa medicación. No pienso tomarme esa medicación. ¿Queda claro? ¿Se lo escribo en mayúsculas? ¡¡¡¡¡NO PIENSO TOMARME ESA MEDICACIÓN!!!!!

30 de diciembre de 1993

Sois unos psicópatas.

4 de enero de 1994

La pastilla rosa es el antidepresivo (por las noches, con agua).

La blanca alargada es el somnífero (por las noches, con agua).

La blanca redondita es el ansiolítico (por las mañanas, debajo de la lengua).

Ellas me salvarán.

5 de enero de 1994

Entonces ¿va a ser siempre así?

6 de enero de 1994

Quería que Blanca tuviera un día de Reyes inolvidable. Por la noche, bebí los vasos de leche, mordisqueé las galletas, me apoyé en los cojines para que pensara que Sus Majestades habían descansado, le dejé unas chocolatinas dentro de sus zapatos. Coloqué los regalos (una bicicleta, una Barbie médico, un juego de colorines) bajo el árbol. Se despertó temprano. Aulló de alegría. «¡Han venido! ¡Han venido!». La quiero tanto que me duele al respirar.

Fuimos a la playa, estrenó la bicicleta. Volvimos a casa, preparé una paella. Jugamos hasta tarde con la muñeca y luego nos pusimos a pintar.

Espero que lo recuerde toda la vida.

10 de enero de 1994

Me pregunta usted cómo me siento ahora.

Me siento mejor. Sigo con la medicación. Estoy más tranquila.

Ellas me salvarán.

12 de enero de 1994

Es el enero más frío que recuerdo en años.

Poco más que decir.

14 de enero de 1994

Ya no siento que el diario sea mío (aunque lo leyese usted), por eso escribo menos.

No tiene mucho sentido para mí.

Mejor dejarlo aquí.

18 de enero de 1994

Me siento como una boba regresando a este cuaderno a escondidas, en mi propia casa, como si estuviera cometiendo algún tipo de crimen. Ya no confío en nadie, pero los sindicalistas de la casa okupa tienen razón: pruebas, pruebas y más pruebas. Este diario es una prueba. Y llevo demasiado tiempo con esto como para dejarlo ahora, aunque nadie más que yo vaya a leer estas páginas (al menos por el momento).

En parte, me ayuda a entenderlo todo mejor. Negro sobre blanco y por escrito.

Jorge me controla la medicación por la mañana y por la noche. Dice que por mi bien. He perdido todas las fuerzas para discutir. A estas alturas ya sé que no sirve de nada.

Ni yo le entiendo a él ni él me entenderá jamás a mí. Jorge entra conmigo en el baño, me hace tomarme la medicación con agua y luego me mete el dedo por cada uno de los huecos de la boca, para comprobar que lo he tragado. Le detesto hasta límites que jamás podría sospechar.

Hay que organizar demasiadas cosas y apenas tengo tiempo a solas.

Jorge alargó sus vacaciones para estar más pendiente, regresó al despacho hace cuatro días, aunque cumple el horario a rajatabla y le tengo de vuelta a las cinco en punto de la tarde. Ha debido de contárselo todo a la familia, porque sus hermanas también se pasan por aquí, a cualquier hora del día y sin avisar. Y todas me miran con un gesto raro. Ponen de excusa como que estaban por el barrio, que tomemos el cafetito, o que si ando muy liada me ayudan un poco con la casa o me acompañan al supermercado. Claramente, lo hacen para controlarme y para que no me junte con las chicas.

Llamé a Clara, mi Clarita, porque sabía que ella me salvaría. Sabía que encontrarnos aquella noche había sido una especie de señal del universo. Clarita fue a la casa okupa y lo contó todo. Y ellos me llamaron ese mismo día. Nos estamos organizando. Les dije que quería escapar y llevarme a Blanca, aunque me han convencido de que no haga eso, para que no me acusen de secuestro. Yo les dije: «¿Cómo que secuestro? Si es mi propia hija». Pero por lo visto sería un secuestro en toda regla, y más con mis antecedentes, y más siendo Jorge abogado.

Eso me tuvo tres días paralizada. Porque desde que pensé en la huida di por hecho que la cría vendría conmigo, sí o sí. Y después ya pelearíamos por la custodia. Yo la he cuidado todos estos años mejor que él, y una niña donde tiene que estar es con la persona que la ha cuidado. Pensé entonces en quedarme. Pensé en volver a esperar, permanecer quietecita, tomar la medicación y no armar ruido para estar con ella. Pero ¿hasta cuándo? ¿Y si esto termina siendo mi vida? ¿Y si cada cierto tiempo vuelven a obligarme a medicarme después de lo que ellos consideran un brote o me internan porque las pastillas dejan de tener el efecto que esperaban? ¿No sería todavía más difícil pelear por Blanca después de dos, tres o seis internamientos?

No puedo quedarme. No me puedo marchar. Siempre voy a tener este problema. Me arrepiento de no haberme divorciado de Jorge hace años. Pienso en qué será de Blanca si me voy. Pero también pienso en qué será de Blanca si me quedo. Si me voy, tendrá una madre a la que volver. Algún día. Si me quedo, lo más probable es que termine con una madre muerta. Una suicida.

Lo cierto es que llevo con la idea de escapar más tiempo del que me gusta reconocer. No sé exactamente desde cuándo. Creo que empecé a darle vueltas justo antes de volver a la última terapia. No siempre he pensado en la idea de escapar como una marcha real, a veces he pensado en la necesidad de escapar como hacen las poetas. De modo que es esto o la muerte.

Necesito recuperarme. Necesito hacer acopio de todas mis fuerzas. Necesito sentirme libre y dueña de mis propios actos. Necesito ver las cosas con la claridad de la distancia. Necesito escapar del control exhaustivo, de las pastillas, de los horarios, de todos los límites impuestos por los demás o por mí misma. No puedo más y tengo miedo. Miedo de que se me declare incapaz, miedo a vivir toda la vida infantilizada y sometida, miedo a vivir empastillada de por vida o a que me sometan a otro tratamiento horrible o me manden al Hotel California otra vez.

Clarita me dijo por teléfono: «Yo preferiría tener una madre viva a tener una madre muerta, corazón». Y salí de aquella parálisis.

Mariona conoce a gente en el sur. Creo que en Almería. En un pueblo perdido en Almería, me dijo. Me dice que estaré bien, que cuidarán de mí, que me recuperaré.

Ya están aquí las hermanas de Jorge, la madre que las parió.

20 de enero de 1994

Cuatro camisetas de algodón.

Dos pantalones vaqueros.

Dos jerséis de cuello vuelto.

La minifalda.

Unas deportivas (o zapato cómodo).

Las botas (?).

Diez bragas.

Dos sujetadores.

Cinco pares de calcetines.

Un pijama.

El casete de los Héroes.

El cuaderno.

Una sudadera de Blanca (la de Daisy, está en el cesto de la ropa sucia).

Y ya está.

22 de enero de 1994

Me siento culpable y no sé si finalmente seré capaz de hacerlo. Miro a Blanca y me echo a llorar. Ojalá poder contarle, poder explicarle, que me pudiera entender. Ojalá poder dejarle el cuaderno para que lo leyera, sin que lo encontrase Jorge, sin que lo destruyera. Ojalá supiera que para mí es una cuestión de vida o muerte. Ojalá se lo pueda explicar, en nuestra propia casita, como cuando le contaba los cuentos de Tito o de Clarita, pero ahora con nosotras siendo las protagonistas. Ojalá eso sea muy pronto. En cuestión de días o, como mucho, semanas.

Y si no...

Si no, no quiero ni pensarlo.

Si no, ojalá crezca como una chica sana. Eso es lo más importante: que esté sana. Ojalá se le bajen esas fiebres, o aprenda qué hacer con ellas. Ojalá no le toque vivir demasiados infortunios más que los que ya le han caído encima, pero si tiene que pasar, que sirvan para convertirla en una muchacha fuerte y valiente. Ojalá no viva con miedo en el cuerpo y se atreva a hacer cosas. Ojalá no pierda nunca su curiosidad para que la lleve a lugares extraordinarios. Ojalá no se obligue a cambiar por nadie. Especialmente, por ningún hombre. Ojalá escuche su voz interior cuando esta le diga que es momento de abandonar una habitación. Ojalá no deje nunca nada por decir. Ojalá encuentre a personas en el camino a quienes nunca, jamás, tenga que dar demasiadas explicaciones. Ojalá ría como la loca de su madre. Ojalá nadie nunca la mande callar sin llevarse de vuelta un bofetón. Ojalá se guíe por su cabeza, pero más por su corazón. Ojalá sobreviva. Ojalá me perdone.

24 de enero de 1994

Nos vamos la noche del 1. ~~He ido guardando los somníferos para echárselos en la cena a Jorge~~. (((((¡¡¡¡¡¡ARRANCAR ESTA PÁGINA!!!!!!))))).

1 de febrero de 1994

Es mi última noche y la siento como si fuera la primera. Desde la Malvarrosa lo tienen todo organizado. Es la una y cuarto y Jorge duerme como un tronco. A eso de las dos de la madrugada, pasará a recogerme Edgar y me llevará a la estación. Me han comprado unos billetes de autobús. Dicen que no tengo que pagárselos de vuelta. Dicen que allí me esperará una mujer llamada Luna. Dicen que no tengo que preocuparme por nada.

No soy capaz de entrar en la habitación de Blanca esta noche. Puede que si entro no tenga la fuerza necesaria para marcharme. Dicen que no piense ahora en eso. Dicen que ya nos organizaremos para que nos volvamos a ver.

Anoche dormí con ella en su camita, pegadas, sintiendo el aliento de su respiración en el cuello. Me puso la manita sobre el pecho antes de caer en su sueño profundo. Dijo que le gustaba oír el pum, pum, pum de mi corazón, pero que esa noche iba muy muy rápido. Estaba ardiendo otra vez, ¿notaría algo? Nos quedamos dormidas al poco.

Esta mañana, al despertar, tenía la marca de su manita grabada en mi pecho, como un tatuaje. Lo juro por Dios.

TERCERA PARTE

—

CHICA DE NINGÚN LUGAR

I

Blanca leyó el diario de su madre una, dos y hasta siete veces con un ansia animal que le secó la garganta, guarecida en la tranquila y discreta penumbra de los aseos de la primera planta de su instituto, mientras el resto de los alumnos daban las lecciones programadas como si aquel fuese un día como cualquier otro.

La primera vez, leyó de manera voraz y atropellada, sin ser capaz de identificar del todo los hechos, los tiempos, los personajes y los lugares que aparecían ante sus ojos, tan próximos y reconocibles como la pared alicatada en blanco sobre la que apoyaba la espalda, pero tan lejanos y distintos una vez que eran descritos con el color de aquella tinta negra y urgente. Blanca se quedó apenas con la demoledora fuerza de esos sentimientos volcados a toda prisa por su madre durante las amargas noches del otoño de 1993. Y lo que sintió fue rabia.

La segunda vez, prestó más atención al contenido de aquella historia y a la manera en la que evolucionaba día a día, mes a mes. Blanca descubrió a la persona escondida tras el personaje y la encontró divertida a la par que inteligente, elocuente y ácida, pero también asustada, dolida y resentida, y, hacia las últimas páginas, más que cualquier otra cosa, sobre todo leyó a una mujer al borde de la desesperación. Se permitió asimilar esa voz lejana, hasta escuchar aquel grito de auxilio que parecía tener eco en las paredes del oscuro cuarto de baño, permitiendo que lo que aquellas desbordantes líneas del pasado le trataban de decir la calase hasta los huesos.

La tercera vez, se fijó con la mirada de un buscador de pepitas de oro en los más pequeños detalles en búsqueda de sus propios recuerdos enterrados —el sabor de la sopa de pollo con arroz, el sonido de los pasos de su madre enfundada en sus botas altas, los primeros acordes de la canción *Entre dos tierras*, que jamás había vuelto a escucharse en su casa y que ahora retumbaban en su cabeza—, hasta que su madre se materializó frente a ella como la mujer que la había cuidado durante sus primeros nueve años de vida, como si estuviera presente en el pequeño aseo en el que Blanca se había ocultado. Casi como si la hija no estuviera leyendo, sino escuchando de su propia boca todo lo que su madre quería contarle. Ahí estaban, frente a ella, aquellas delicadas manos que con tanta ternura la vistieron y desvistieron cada mañana y cada noche, aquellos largos dedos que le hicieron cosquillas bajo las sábanas, que le extendieron con delicadeza la crema solar para que no se quemase en verano y le trenzaron con brío y maña su cabello ceniciento en tantas ocasiones, preparándola para la escuela. Ahí estaba su densa y suave melena castaña que brillaba con fuerza con cada rayo de sol. Ahí estaba ese pecho sobre el que se había quedado dormida tantas madrugadas de fiebres y llantos. Y también ese olor tan particular que se alojaba en su cuello, donde Blanca escondía la carita al colgarse de ella cuando salía despavorida del colegio, y que olía a fruto antes de que rompa otra primavera. Ahí estaba, incluso, esa risa colosal, histérica y salvaje que anunciaba su poderosa presencia en cualquier lugar, con o sin invitación, y que advertía a Blanca, como el canto de una sirena, de que su madre estaba en tal o cual sitio, ya fuera en el pasillo de al lado del supermercado o en el banco más apartado del parque hojeando cualquier revista, permitiendo a la niña encontrar siempre el camino de regreso a casa.

La historia de su madre era también su propia historia, y ella descubrió que había encontrado eso que tanto había buscado y anhelado cuando las preguntas le impedían conciliar el sueño por las noches. Por fin tenía ante ella las piezas que faltaban en un viejo puzle que Blanca había guardado durante años en la balda más alta del armario, dejando que acumulase polvo, como si su madre se las hubiese mandado en una vieja caja de galletas de metal para que todo encajase. Y las frases ahí vertidas se arremolinaban en su cabeza, transformándose en verdades y en pistas que conseguían que no solo comprendiese a su madre, sino que se comprendiese a sí misma. Su fuego, por ejemplo, no se originó de la nada el día que maldijo a Aurora, sino que había estado ahí desde siempre, a través de aquellas fiebres que podían transformarse en algo malo, pero también en algo bueno. «Ser diferente no es malo. Solo diferente», dijo Blanca en voz alta.

Y, con cada nueva lectura, sus emociones fluctuaban en un ondular constante que, como las olas y las marejadas, atravesaban su cuerpo sin que ella pudiese aferrarse a nada sólido todavía, como si chapotease en un mar nuevo y refrescante pero removido en el que en ocasiones debía sacar la cabeza para tomar aire antes de una nueva zambullida. Y, lectura tras lectura, se topó con la ternura, el dolor, la alegría, la ira, el odio y también con el amor que había anhelado durante nueve años. Tras la séptima y última, Blanca se sintió flotar en la suave calma del alivio. Su madre no había tenido otra opción. Blanca, antes de ponerse siquiera en pie, ya había decidido que la había perdonado.

Dentro de aquel cuaderno —naranja, de cuadrícula y espiral simple, tan vulgar en su forma y tan profundo en su contenido— no había nada más. Un vacío se instaló en su pecho: ni un número de teléfono, ni una indicación, nada. Un mensaje en una botella lanzado al mar. Tampoco daba demasiada información aquel sobre, en cuyo remite solo aparecía la dirección de un pueblo llamado Rodalquilar, que, según comprobó Blanca tras una rápida búsqueda en la red, se encontraba en el cabo de Gata, Almería. Ella desconocía qué más había sucedido en aquellos nueve años que la separaban de su madre, si había vuelto alguna vez a buscarla, tal y como había prometido, o si, por el contrario, se quedó para siempre en ese rincón del sur de España que, a falta de referencias, en la cabeza de Blanca era poco más que cielo, mar y polvo, como en los *spaghetti westerns* de la hora de la siesta con los que solía quedarse dormida. Fue el todopoderoso Google quien le indicó que desde el punto exacto donde se encontraba ella hasta el punto exacto en el que debía de estar su madre en ese preciso instante había 406,2 kilómetros. Una distancia inmensa para una persona que lo más lejos que había viajado era a la ciudad de Madrid, pero que Blanca sentía próxima. Por primera vez, tenía un punto de referencia en un mapa.

Cuando se levantó del suelo de aquellos aseos tenía el cuerpo entumecido, pero la cabeza despejada. Se lavó la cara, respiró hondo, guardó el cuaderno en su mochila y salió de aquellos baños y de aquel instituto por la misma puerta por la que había entrado hacía unas horas, aunque con la certeza de que nunca regresaría.

Blanca se planteó qué hacer con toda esa información conforme sus pasos la guiaban hacia ninguna parte. ¿Debía encararlo u omitirlo? Tenía la sensación de que, tras la lectura del diario, había llegado a un punto de no retorno en su vida, y la seguridad de que ya nada volvería a ser lo mismo. Pero, aunque tuviera claro el qué, no sabía desarrollar el cómo. Su lado más emocional, aquel timoneado por su rabia adolescente, tiraba hacia la perspectiva de montar un inmenso pollo acusatorio que hiciese tambalear los cimientos del edificio donde vivía con su padre y con Rosa para exigir respuestas y explicaciones. Su lado más racional, aquel que había dominado a Blanca durante la mayor parte de su vida salvo en las ocasiones en las que había matado a una niña, había robado un disco o había marcado de por vida el rostro de un exnovio, le pedía a gritos que mantuviera la calma para no causar un desastre.

Blanca pasó de largo el portal de su casa, porque todavía no se sentía con la seguridad suficiente como para meter la llave en la cerradura, y continuó caminando sin rumbo esperando recibir una señal que le sirviera de guía. Pensó en llamar a Inma y a Carla, pero si aquella situación la sobrepasaba a ella, que siempre había sido la más madura del grupo, no quería ni imaginar lo que sus amigas le dirían al respecto. Los miedos de Blanca no eran infundados: temía la respuesta que su padre le pudiera dar, tildando a su madre de loca o enferma, y temía todavía más que aquella respuesta prendiera el fuego y que ella terminase haciéndole daño a él o a Rosa. De modo que continuó paseando, enfrascada en sus propios pensamientos, hasta sentarse en uno de los bancos de la plaza de los columpios rojos, que aquel día le pareció más pequeña que el día anterior, como si en cuestión de veinticuatro horas el mundo hubiera menguado o Blanca hubiese pegado un enorme estirón. Miró el cielo en busca de una posible respuesta divina. Quizás una nube se le aparecería allá arriba, con una forma tan particular que ella no dudase de su significado, pero aquel día el cielo estaba completamente despejado.

El runrún de Blanca no solo tenía que ver con qué hacer en el futuro inmediato, sino también un poco más adelante. Blanca era incapaz de descifrar las intenciones de su madre a la hora de mandarle aquel diario. Quizás, pensaba, reconcomida por las dudas, ese mensaje embotellado era tan solo su versión de los hechos («Ya es hora de que lo entiendas todo»), y no una invitación en firme para que fuese en su búsqueda. Imaginó las distintas vidas que podría haber vivido su madre en los últimos nueve años. La imaginaba sufriendo, dándose de bruces una y otra vez contra el mismo muro, impotente y, finalmente, armándose de paciencia y esperando el momento en el que Blanca pudiera tomar sus propias decisiones. Pero también la podía imaginar liberada de cargas, leyendo una novela frente al mar, sin tener que rendirle cuentas a nadie, como soñaba hacer cuando escribió aquel diario. Quizás regresó a por ella, como prometió, o quizás no. Quizás hizo borrón y cuenta nueva al entender que, aceptando a Blanca, debía aceptar todo lo demás: el constante escrutinio sobre su cordura, las visitas al psiquiatra, el control de su comportamiento, la medicación, los internamientos. Quizás su madre había encontrado en Rodalquilar esa paz y tranquilidad que necesitaba. Quizás con el tiempo había conocido a alguien y había conseguido rehacer su vida. O, mejor dicho, construir una vida totalmente nueva. Quizás tenía un hermano o hermana que hablaba con acento andaluz. O, poniéndose en lo peor, quizás su madre tenía una enfermedad terminal, pensaba también Blanca, y, antes de decir adiós a este mundo, había utilizado este diario como forma de despedida. Ella no lo podía saber, y aquello la llenaba de ansiedades y miedos que la devolvían de golpe a su infancia, a las tardes en que su padre le decía que su madre estaba en Singapur.

En ese delicado estado emocional se encontraba Blanca cuando una niña de poco más de seis años, vestida con un chándal con el emblema de su colegio y coronada por una tiesa coleta en el centro de la cabeza, se puso frente a ella y, con mucha parsimonia, comenzó a lanzarle burbujas de jabón al rostro, sacando a Blanca de su mundo interior y devolviéndola al mundo real.

—¡Verónica! ¡Verónica! —gritó su madre desde una terraza cercana—. ¡No le tires jabón a la cara a la gente, que te lo he dicho mil veces!

Y la niña no tardó en desaparecer entre el alboroto del resto de los niños en los columpios del parque.

Quizás esa era su señal, pensó. Verónica. Pero Verónica..., ¿qué? Verónica, ¿dónde? Verónica, ¿para qué? Blanca sacó el teléfono móvil de su mochila, donde se acumulaban llamadas perdidas y mensajes de felicitación de cumpleaños de sus abuelos, sus tías y sus primos y también de Carla y de Inma, aunque de nadie de su instituto. Entre sus contactos, buscó aquel número maldito que todavía guardaba, bloqueado desde el fatídico 11 de septiembre de 2001 y que, ahora se fijaba, comenzaba paradójicamente por 666.

En los momentos del pasado en los que Blanca había necesitado de una voz amiga, siempre había recurrido a Verónica. Verónica escuchaba, guiaba, apoyaba. Y eso era un hecho tan cierto como que el cielo que tenía sobre su cabeza era completamente azul. Pero Verónica era un señor y eso también era un hecho cierto como el color del cielo. Blanca hubiese deseado poder olvidar este último dato para pedirle a su vieja amiga del pelo rosa que le dijera qué hacer en su situación, cómo continuar, qué camino tomar. Se quedó mirando la pantalla de su teléfono móvil y frunció el ceño. Una parte de ella pensaba que quizás Verónica también podía darle las claves sobre cómo afrontar ese crítico momento de su vida pese a todo lo ocurrido, ya que, a fin de cuentas, fue la primera persona del mundo a quien le contó no solo lo del abandono, sino también lo de Aurora. Otra le decía que Verónica también podría asesinarla y lanzarla a una cuneta. Sin saber por qué, más bien como si un hilo invisible manejase la acción por ella, desbloqueó el número y llamó por teléfono.

—¿Blanca? —respondió aquella extraña voz al segundo tono. Ella se quedó en silencio y cerró los ojos. No sabía por dónde empezar ni qué contarle a aquel señor al que escuchaba respirar con dificultad al otro lado de la línea—. ¿Blanca? ¿Estás bien?

Blanca colgó y volvió a guardar el teléfono en su mochila. De pronto, lo tuvo todo claro: su vida no podía seguir siendo como había sido hasta entonces. Su madre había roto aquel silencio que se instaló durante años en aquella casa, y ahora era cosa de Blanca permitir que esa voz no cayera en las frías garras del olvido. Sintió que enfrentarse a las preguntas que rondaban su cabeza era la única manera de ser devuelta al presente, el único momento que podía ser plenamente suyo. «Ojalá no deje nunca nada por decir».

Se levantó de aquel banco de madera y desanduvo sus pasos con determinación. Eran ya las ocho y media de la tarde cuando metió la llave en la cerradura y cruzó el umbral de la puerta de casa, que contempló de manera distinta, como si todo allí hubiese cambiado desde que había salido esa misma mañana. Su padre andaba de un lado para otro poniendo la mesa y Rosa, en la cocina, terminaba de preparar la cena. La casa entera olía a carne y a canela.

Cuando vieron a Blanca aparecer en el salón, todavía con las llaves en la mano y la mochila sobre los hombros, el padre y Rosa la recibieron con alegría, ya que, a fin de cuentas, seguía siendo su cumpleaños, y comenzaron a contarle los planes de celebración que pretendían llevar a cabo durante el fin de semana. El viernes, una cena con los tíos y los primos. El sábado, la llevarían al cine y a un buen restaurante. El domingo, tocaba paella en casa de los abuelos. Blanca pensó nuevamente en su madre, como si la voz de aquel diario se hubiese metido en su cabeza, y, como ella, tuvo la fatal sensación de que su vida la dirigían quienes estaban a su alrededor. A Blanca nadie le había preguntado qué le apetecía por su cumpleaños, sino que se habían encargado de hacer los planes por ella. Y este detalle tan nimio, al que antes no hubiese prestado demasiada atención, le recordó a su madre obligada a asistir a todas las comidas familiares, se encontrase mejor o peor de lo suyo, o a pasar los sábados con los amigos de su padre, pero siendo castigada cuando empezó a construir una vida propia.

Blanca tenía ahora la sensación, igual que la había tenido cuando apareció con unas bajas calificaciones en casa, de que con su padre todo estaba bien siempre y cuando se siguiesen las silenciosas normas familiares. Conforme su padre y Rosa hablaban, ella supo que su madre no exageraba en aquellos diarios: en su jaula de oro, todo parecía perfecto siempre y cuando una cumpliera con el contrato pactado. Y, entre todo ese parloteo de bienvenida, ni su padre ni Rosa percibieron el cambio radical que se había producido en la joven que acababa de alcanzar la mayoría de edad, puesto que se mostraba tan silenciosa como solía ser habitual en ella.

—De postre he preparado un bizcocho, aunque no las tengo yo todas conmigo —dijo Rosa desabrochándose el delantal y colocándolo en el respaldo de la silla para sentarse a la mesa. Blanca tenía un nudo en el estómago y el olor a canela le producía asco.

—Seguro que está bueno, mujer —respondió el padre

con una sonrisa—. Lleva todo el día preparándolo —le dijo a su hija, y, guiñándole el ojo, añadió—: Más vale que te guste.

Blanca miró a su alrededor como si fuera la primera vez que veía con claridad los objetos de aquella casa: el sofá de la sección de hogar de El Corte Inglés, la gigantesca televisión de plasma último modelo, el potente equipo de sonido en el que rara vez se escuchaba un disco si no lo ponía Blanca cuando tenía la casa para ella, los muebles de madera de nogal, como le gustaba remarcar a Rosa cada vez que recibía visitas. Todas esas cosas a su alrededor, como promesas de una vida perfecta. Desde que su madre se había marchado, su padre había construido la vida que siempre había querido para los tres. Y su padre probablemente pensó que, rodeando a su hija de confort, conseguiría criar a una niña feliz.

Blanca también observó a Rosa, la buena de Rosa, y se preguntó si su padre habría sentido alguna vez por ella ese amor que su madre describió como efervescente o si, por el contrario, lo que su padre buscó después de la marcha de su madre había sido, precisamente, un amor de compañía, tranquilo y seguro, de esos que no servirían como inspiración a ningún escritor romántico, pero tampoco aparecerían jamás en las páginas de sucesos de un diario regional. Blanca sintió lástima por Rosa y sus circunstancias, como hacía unas horas la había sentido por su madre y las suyas, y notó que la carne que con tanto mimo le había preparado para celebrar su dieciocho cumpleaños se le hacía bola al masticar.

—Papá... —dijo removiendo con desgana el puré de patatas vecino al solomillo de su plato. Se armó de valor y levantó la mirada—. ¿Qué pasó con mamá?

Afuera, en la calle, un conductor furioso pegó tres bocinazos a un coche de otro vecino que, con toda probabilidad, habría aparcado en doble fila y le impedía el paso. Unos adolescentes estallaron en ruidosas carcajadas. Una motocicleta pasó a toda velocidad. Una madre le espetó a su hijo la clásica amenaza de «no me hagas tener que bajar yo a buscarte». Y un perro ladró una, dos y hasta tres veces. Blanca, Jorge y Rosa pudieron escuchar todos aquellos sonidos provenientes del exterior porque dentro de su casa jamás se había producido un silencio tan inmenso, tan cargante y pesado, tan lleno de todas las cosas que nunca se habían dicho.

Jorge dejó su cuchillo y su tenedor sobre el plato, y estiró la mano hacia el paquete de tabaco y el mechero que se encontraban encima de una cómoda cercana. Rosa bebió agua a pequeños sorbos. Y Blanca se quedó ahí plantada, mirando primero a uno y luego a la otra, esperando obtener alguna respuesta.

—¿Con mamá? —preguntó Jorge en un inútil intento de ganarle unos segundos al momento que se precipitaba ante él y encendiéndose aquel cigarro que sus pulmones parecían necesitar con urgencia.

—Ya me has oído —respondió Blanca sin apartarle la mirada.

—Igual mejor os dejo solos... —dijo Rosa haciendo un amago de levantarse de la silla, pero finalmente volviéndose a sentar ante la mirada suplicante de su pareja.

—Mamá... —Jorge le dio una larga calada al cigarro y miró a un punto fijo de la mesa, intentando escoger las palabras más apropiadas para encarar de una vez por todas aquello de lo que nunca se había hablado pero que siempre había estado presente, como polvo en suspensión. Rosa se apresuró a acercarle el cenicero que se encontraba sobre el alféizar de la ventana con el movimiento ágil, silencioso y anticipatorio de las parejas que ya llevan mucho tiempo juntas—. ¿Quieres hablar de esto ahora? —Blanca asintió y se apoyó sobre el respaldo de la silla—. Tu madre... tu madre era una mujer complicada, eso es lo primero que deberías saber. —Ahí estaba el preámbulo que ella tanto temía, la chispa que prende la explicación de la locura. Blanca empezó a sentir que se le calentaba la punta de los dedos de los pies.

—¿Por qué se fue? —preguntó Blanca, a la espera de que su padre se exculpase de alguna manera.

«Háblame», quería suplicarle. «Cuéntamelo todo», decía su mirada. «Háblame de los cristales y háblame del electrochoque». «Háblame de su tristeza y de las pastillas». «Háblame de tu miedo, papá, dime cuál fue tu excusa». Blanca necesitaba oír de boca de su padre esa otra parte de la historia, una que diese por válida aquella afirmación de que siempre existen dos versiones de todo. Blanca estaba dispuesta a escuchar y entender, a dar una oportunidad, a tender un puente. Blanca necesitaba saber que su padre no era un monstruo.

—Porque... porque en aquel momento ella... —Su padre titubeó—. En aquel momento ella no estaba muy bien de la cabeza y supongo que... no se le ocurrió otra manera de hacer las cosas.

Blanca comenzó a sentir calor, mucho calor, en su vientre, y sintió también como le subía poco a poco hasta el pecho.

—¿Volvió alguna vez? —Advirtió una mirada entre su padre y Rosa, como si ambos se estuviesen interrogando silenciosamente sobre qué versión de los hechos ofrecerle—. Decidme la verdad —apremió.

—Sí —respondió él bajando la mirada.

—¿Y por qué yo no sé nada de esto? —preguntó Blanca intentando mantener la calma y no alzar el tono de voz—. ¿Por qué yo no volví a verla nunca?

De nuevo, aquel silencio. Blanca tragó saliva, ya empezaba a sentir el calor subiéndole por la garganta. Mal presagio. El perro volvió a ladrar. Ahora fue ella quien echó mano de su vaso de agua y se la bebió de una sentada.

—Porque... —intervino Rosa— porque eras solo una niña y tu madre estaba...

Blanca apoyó el vaso de nuevo en la mesa y miró a Rosa de manera desafiante, esperando que no saliera de su boca aquella horrible palabra que había marcado para siempre a su madre: *loca, tarada, enferma, mal de la cabeza.*

—Tu madre era una mujer muy inestable, Blanca —concluyó su padre cortando a Rosa, antes de darle la penúltima calada a un cigarro que ya casi le quemaba los dedos—. Yo no podía... no podía permitir, de ninguna de las maneras, que te marchases con ella, así que hice... o hicimos... todo lo que estaba en nuestras manos para que no sucediera.

Blanca bajó la mirada hacia ese plato que ya sabía que no se iba a comer. En la versión de su madre había muchas acusaciones —hacia Jorge, hacia su psiquiatra, hacia las madres del colegio, que siempre la hicieron sentirse fuera de lugar, hacia toda forma más o menos evidente de autoridad—, pero también había una gran dosis de autocrítica y empatía, remordimiento, culpa y buenas intenciones. Sobre todo, buenas intenciones. Aunque estas últimas se vieran truncadas por la propia fatalidad de los acontecimientos sucedidos en diciembre. En la versión que ahora le contaban tanto su padre como Rosa solo existía un principio: su madre estaba loca. Y, ante ese principio, no quedaba más que un final: hacer todo lo posible para apartar a aquella mujercita inestable del lado de Blanca.

Blanca respiró hondo y tragó saliva. Quemaba. Recordó la silueta de su padre, años atrás, recortada en el marco de la puerta de su propia habitación. Jorge sentado en una silla en el largo pasillo de aquella casa, encadenando cigarrillos, con la vista fija en la puerta. Aquella había sido la imagen con la que Blanca se había quedado dormida los primeros meses tras la partida de su madre: la de un hombre a la espera. Ella había pensado durante años en su padre como en un trágico personaje de una novela romántica. Un hombre abandonado por una mujer que un buen día se marchó sin dar explicaciones ni motivos, pero a quien él esperaba noche tras noche pese a todo, por si ella decidía regresar. Esta era la historia que Blanca se había creído y la que se había contado a sí misma antes de ser atrapada por el mundo de los sueños: la de su padre como héroe. Ahora, al volver a mirar a su padre se iluminó ante ella una historia paralela y cruel: pensó que Jorge no estaba esperando la vuelta de su amada, sino que Jorge pretendía, cada noche, impedir que su madre cruzase aquel umbral de vuelta.

A Blanca, de pronto, se le nubló la vista y pasó a verlo todo de color rojo. Se asustó. Sentía aquel fuego a punto de salírsele a raudales de la boca si permanecía ahí, y temía el daño que podía causarle a su padre o a Rosa si no se marchaba.

—Me siento un poco mareada —dijo Blanca llevándose las manos a las sienes.

«Ojalá escuche su voz interior cuando esta le diga que es momento de abandonar una habitación». Blanca se levantó precipitadamente de la silla, apartándose con ímpetu de aquella mesa, dando un pequeño traspié, y sin atreverse a mirarlos a los ojos musitó un «Disculpadme» que casi le quemó los labios.

Corrió para encerrarse en su cuarto e intentó calmar sus nervios, apoyando la espalda en la puerta para crear una barrera entre su padre y ella, entre Rosa y ella, entre el mundo y ella. El corazón le bombeaba con fuerza, le costaba respirar, y sentía como si en el esternón se le hubiese quedado atragantado un hueso de pollo. Sabía que aquella bola era el fuego intentando salir.

Fuera, podía oír como su padre y Rosa hablaban entre acelerados susurros que se iban tornando más y más apremiantes. Blanca necesitaba salir de aquella casa. Ahora, hoy, y para siempre. Y esa idea de abandonar como una noche de febrero lo hiciera su madre permitió que se sintiese conectada a ella, y ese simple pensamiento provocó que el aire volviera a entrar, poco a poco, en sus pulmones, que los músculos de su espalda comenzasen a relajarse y que pudiera tragar saliva sin que esta le ardiese en el esófago.

Blanca se tumbó en su pequeña cama y se quedó mirando al techo. Ni siquiera tenía ganas de llorar, porque su mente comenzó a hilvanar un plan que parecía una profecía autocumplida. Cogió el teléfono móvil, que descansaba en su mesita de noche, y supo que de entre todas las personas del mundo había una que respondería de inmediato. No se equivocó. Y, esta vez, tardó solo un tono en contestar.

—¿Blanca?

—Verónica —susurró Blanca—. Mira, no te lo puedo explicar bien ahora, pero... —Hizo una pausa para decidir si añadir más o menos información—. Necesito irme de aquí... —Casi pudo oír pensar a Verónica al otro lado de la línea. Le imaginó barajando los pros y los contras de aquella petición, dudando si aceptar aquella llamada de auxilio y planteándose, incluso, si colgar y bloquear aquel número para siempre—. Supongo que como eres un viejo tendrás coche y...

—Tardo cuatro horas desde aquí —la cortó la voz con firmeza—. Mándame la dirección exacta por mensaje. Llegaré a la una y media o las dos.

—Vale.

—Un toque y bajas.

Blanca colgó el teléfono, lo sujetó, como una estampita, sobre su pecho y pensó en esa frase de su madre: «Ojalá encuentre a personas en el camino a quienes nunca, jamás, tenga que dar demasiadas explicaciones».

II

Blanca, que se había mantenido en estado de alerta hasta que su teléfono móvil emitió una vibración a las dos y cinco minutos de la madrugada, se quedó profundamente dormida en el asiento del copiloto del Seat Toledo rojo que conducía Verónica hasta despertar en algún punto del camino que no fue capaz de identificar, porque no sabía leer las estrellas.

Durante aquellas horas previas a su partida, el cerebro de Blanca le jugó la mala pasada de ponerse en el peor escenario posible —desde que su padre despertase, de pura casualidad, para encontrarla en el pasillo con la bolsa de deporte sobre el hombro, hasta terminar cayendo torpemente por las escaleras, con un tobillo dolorido y las vecinas asomándose una por una para ver qué había sido esa escandalera en el descansillo— y pensó que no lo conseguiría. De modo que, al despertar algo aturdida en aquel coche, la invadió una extraña sensación de victoria. Su padre y Rosa estuvieron discutiendo en el salón un buen rato y hasta en tres ocasiones llamaron a la puerta de su dormitorio para intentar mantener una conversación con ella, pero Blanca se negó al sentir que, con cada toque de nudillos sobre la madera, el calor regresaba a su pecho. Recogió sus cosas en silencio y con prisa, metiendo de cualquier manera algunas mudas y un puñado de camisetas negras y pantalones oscuros en una bolsa de deporte, junto con el diario que un día perteneció a su madre. Su padre y Rosa no se fueron a su dormitorio hasta la una y media y, aun así, Blanca siguió oyendo retazos de aquella conversación que a esas alturas ya le parecía infinita, hasta que, por fin, se callaron del todo. Ella, con la excusa de utilizar el cuarto de baño, cruzó el pasillo y, al ver que ya no había ninguna luz encendida en el dormitorio principal, aprovechó para coger su cepillo de dientes, un desodorante y su neceser de maquillaje antes de volver a su habitación.

Después de la discreta llamada perdida que le hizo Verónica, Blanca abandonó su dormitorio con asombroso sigilo, sin siquiera lanzar una mirada final a todo lo que allí dejaba. Recorrió a tientas aquel pasillo que conocía de memoria, cerró la puerta principal y bajó las escaleras de su edificio de puntillas y, por fortuna, sin dar ningún traspié. Cuando aquel coche rojo aparcado al inicio de la calle le hizo una señal luminosa con los faros, Blanca sintió que se iba a desmayar, puesto que sus piernas temblaban. Una vez dentro del vehículo había agotado todas sus energías.

—¿Dónde estamos?

—Por Cuenca.

Era noche cerrada e iban prácticamente solos por aquella carretera. A un lado, nada. Al otro, más nada todavía. Blanca, recién salida de aquel sueño, observó a Verónica y sintió un vacío en la boca del estómago. Por primera vez, fue consciente de que, sin que nadie de su entorno supiera dónde ni con quién estaba en aquellos momentos, se encontraba a solas en un coche con un perfecto desconocido que, además, fingía ser una adolescente en internet. Pensó en escribir a Inma y a Carla, pero la asustó sacar el teléfono móvil delante de Verónica. Blanca sintió miedo y pensó que quizás se había equivocado con la ejecución de aquel plan. Su cerebro, entrenado en la crónica negra que tanto proliferaba en internet, de nuevo imaginaba escenarios terroríficos que iban desde la violación hasta el descuartizamiento. Se secó las manos en sus pantalones y tragó saliva.

—Tranquila —dijo de pronto Verónica como si hubiese sido capaz de adivinar los pensamientos que se amontonaban en la cabeza de Blanca—. No voy... No te haré daño. —El hombre tragó saliva, y ella se fijó en que hablaba con un ligero tartamudeo—. Nunca... fue mi intención... haceros daño —agregó, con la mirada fija en la carretera—. Yo solo... buscaba a alguien con quien hablar.

Blanca se recolocó en el asiento y miró sin disimulo al piloto por primera vez. No era exactamente como lo recordaba. Quizás era un poco más joven que el hombre de su memoria, a quien, a base de llamarle vejestorio con sus amigas, supuso que había sumado años en su descripción mental. ¿Treinta y muchos? ¿Cuarenta y pocos años? Sin duda, parecía algo más joven que su padre, aunque quizás fuese una impresión dada por su forma de vestir, poco adulta para alguien de su quinta: una camiseta negra, un pantalón vaquero estrecho y unas desgastadas deportivas blancas. No debía de ser un hombre alto, aunque sentado en el asiento tampoco podía asegurarlo. De complexión más bien delgada, diríase que un tanto enclenque, salvo por una incipiente barriga. Sus movimientos eran calmados y seguros, su perfil, atento, y su mirada, despierta.

Un hombre normal, pensó Blanca, que no llamaría la atención en ninguna parte ni haría que nadie volviese la cabeza a su paso, salvo por un ligero detalle del que ni ella ni las chicas se habían percatado cuando decidió presentarse por sorpresa aquel día del mes de septiembre: el hombre tenía una enorme cicatriz, rosada y gruesa, en el lado de la cabeza que ella veía desde su asiento, una gran cremallera de carne que iba prácticamente desde la frente hasta perderse de vista en su nuca.

—Un accidente de coche —intervino él. De nuevo, como si adivinase lo que ella estaba pensando. Blanca desvió la mirada, con cierta vergüenza, hacia la carretera—. No te preocupes, todo... todo el mundo se la queda mirando —agregó con un titubeo en la voz, encogiéndose de hombros como quien hace tiempo que ya ha aceptado su destino.

—Lo siento —dijo Blanca—. ¿Cómo te llamas en realidad?

—No... no te lo puedo decir —respondió él.

—¿Por qué? —preguntó ella, sintiendo como los músculos sobre sus hombros se volvían a agarrotar a causa de la tensión.

—Porque te vas a reír.

—¿Por qué me voy a reír? —replicó ella extrañada.

—Porque todo... todo el mundo se ríe. —El hombre la miró de reojo y suspiró. Blanca se dio cuenta de que hablaba con una lentitud que resultaba exagerada, como si le costase pronunciar determinadas palabras en voz alta, aunque lo que dijera tuviera sentido, algo que, obviamente, pasaba desapercibido a través de los mensajes del ordenador. Volvió a mirarle la cabeza y se preguntó si aquello no sería otra cicatriz del accidente—. Mis padres eran muy devotos, mucho, y me pusieron el nombre... según el santoral —explicó como quien ya ha contado la misma historia millones de veces—. Nací el 30 de abril.

—¿Y...? —dijo ella, sin entender, aunque sintiendo como su cuerpo se iba relajando con cada nueva pizca de información.

—Que me... me llamo Eutropio.

—¿Cómo?

—Eutropio.

—¿Tu nombre real es Eutropio?

—Sí. —Blanca desvió la mirada hacia su ventanilla y sonrió—. Ya te dije, todo el mundo se ríe —añadió sonriendo también—. Si hubiese nacido un día... un día después, me hubiesen puesto José, y un día antes, Pedro. —Se encogió de hombros—. Mala... mala suerte, supongo. —Y ella no pudo evitar volver a mirar esa cicatriz. Muy mala suerte.

—¿Dirías que tus padres te odiaban? —preguntó Blanca, a bocajarro, con ese descaro cómplice que había sido la tónica habitual cuando se comunicaban a través del ordenador.

—Prefiero pensar que... que temían la ira de Dios —respondió el hombre, y Blanca soltó una carcajada.

—¿Prefieres que te siga llamando Verónica?

El hombre frunció el ceño, como si estuviera valorando si aceptar o no el segundo bautismo que le ofrecía aquella criatura de dieciocho años sentada en el asiento del copiloto de su coche. El nombre que se había puesto para entrar en un chat cualquiera de internet donde predominaba el género femenino para hablar de grupos de música y que le había protegido de las explicaciones como las que ahora se veía obligado a dar.

—Puedes llamarme... como quieras —concedió.

Blanca se sintió, de pronto, relajada al lado de Verónica. Quizás era su voz ronca, su respiración tranquila y metódica, su mirada serena fijada en aquella carretera o la manera cuidadosa con la que agarraba el volante, pero tuvo la sensación de que aquel hombre había dicho la verdad y no le haría ningún daño, aunque todavía no fuese capaz de explicar el porqué. Quizás era la historia que se advertía a través de su cicatriz y su tartamudeo, o puede que fuese su sola presencia en el mundo, puesto que no había nada en la corporalidad de Verónica que gritase amenaza ni peligro. Blanca, cosa extraña, no sentía que estuviera sentada al lado de un adulto de cuarenta años, sino junto a una especie de igual, pusiera lo que pusiera en su carné de identidad. «Eutropio», pensó. Y volvió a venirle la risa. «Cómo no va a terminar una persona escondiéndose tras un alias en internet si le han puesto un nombre como para no salir nunca de casa». Se repantingó en aquel asiento, estiró las piernas y siguió con la mirada las marcas viales de la carretera, iluminadas por los faros del coche, y ambos parecieron sentirse cómodos en aquel silencio solo interrumpido por el sonido del motor del coche. Blanca pensó en lo que sería su vida a partir de aquel momento y se dio cuenta de que era incapaz de imaginarla. Nunca en su corta existencia había hecho algo cuya acotación no viniera marcada en el guion que toda persona acostumbra a seguir en la infancia, la adolescencia y, la mayoría de los seres humanos, también durante toda su edad adulta. Blanca nunca había dado un volantazo. Y aquel vacío que tenía ante ella se le antojó excitante y lleno de posibilidades, y descubrió la sensación de libertad que le otorgaba poder escoger lo que más le apeteciera: podía decidir si estudiar o no estudiar, puede que trabajar, podía aprender alemán, italiano o chino, podía leer mucho, podía tener un perro si quería o aprender a tocar un instrumento o fundar un grupo de punk con sus amigas, podía vivir en Madrid o en cualquier otra parte. Podía encontrar a su madre. El mundo se abría ante ella igual que la carretera que tenían delante, como pasa pocas veces en esta vida —en ocasiones, tras una dolorosa ruptura que, sin embargo, nos hace descubrir quiénes somos realmente o tras la muerte de un ser querido que nos mantenía atados a una existencia que no deseábamos—, y mucho menos por decisión propia. Ella sintió que, por fin, podía dejar de ocultar esa parte de sí misma que su padre y Rosa no le permitían sacar de casa.

En esa serie de pensamientos encadenados estaba sumergida cuando Verónica dio un ligero volantazo que la sacó de su ensimismamiento.

—Perdón, Blanca, tengo que... que parar un segundo —dijo súbitamente. Verónica se desvió para detener el coche en el arcén. Blanca miró hacia atrás, pero no había ningún vehículo en los alrededores.

—¿Estás bien? —preguntó con preocupación.

—Sí, solo será un... un momento. —Con manos ágiles, aunque temblorosas, Verónica se desabrochó el cinturón de seguridad, hurgó en el bolsillo de sus pantalones vaqueros y sacó una pastilla de color blanco—. ¿Me acercas el agua? —Blanca miró a sus pies y le alcanzó una botella. Verónica se tomó la pastilla y dio un trago para que le pasara a través de la garganta. Después cerró los ojos y, con el rictus marcado por el dolor, echó la cabeza hacia atrás.

—¿Seguro que estás bien? —Blanca miró a Verónica cada vez más alarmada.

Se fijó de nuevo en aquella brutal cremallera que Verónica tenía por cicatriz; le palpitaba con intensidad sobre la sien y hasta donde a Blanca le alcanzaba la vista. El tono rosado había mutado y ahora era de un color más ardiente y oscuro, del de la sangre, que bombeaba con fuerza bajo la pálida piel de Verónica como si se tratase de un violento gusano buscando una salida. Horrorizada, tuvo que apartar la mirada.

—Enseguida... se pasa —dijo él en voz baja, excusándose.

—Tranquilo —respondió ella, todavía contrariada por lo que acababa de presenciar—. No tenemos prisa.

Esperaron en silencio unos minutos. Verónica mantuvo sus ojos cerrados con un gesto de profundo suplicio marcándole el rostro, tratando de calmar su respiración y emitiendo de tanto en tanto un brusco quejido que parecía salirle de las mismísimas entrañas. Blanca, incómoda, miró al frente, ya que de pronto sintió pudor al estar invadiendo de ese modo la intimidad de Verónica, a quien de repente percibió como una persona sufriente y, por tanto, vulnerable.

—¿Quieres poner... música? —preguntó Verónica al cabo de lo que a Blanca le pareció una eternidad y todavía sin ser capaz de abrir los ojos—. En la guantera hay cedés.

Ella asintió, aunque él no tuviera forma alguna de saberlo, contenta de contar con una tarea que realizar para no seguir, impotente, de brazos cruzados junto a Verónica. Abrió la guantera y sacó el álbum para cedés. Ahí estaban todos aquellos grupos que la habían acompañado y consolado durante la adolescencia. Grupos que Verónica le había recomendado escuchar cuando Blanca le confesaba, no sin cierta vergüenza, que a veces se sentía muy sola. Ahí estaba el «Three Imaginary Boys» y el «Wish», de The Cure o el «Violator» de Depeche Mode. El «Tinderbox» de Siouxsie and the Banshees y el primero de New Order. Blanca sonrió. Recordó cuando era tan solo una niña y confundió a Marilyn Manson con Charles Manson y entró en un universo irreal que terminó volviéndose más real que su propia vida lejos del ordenador. Pensó ahora en lo generoso que había sido Verónica desde la distancia, transmitiéndole todos aquellos conocimientos que fueron la puerta de entrada a un mundo para ella desconocido. Cuántas veces se había acostado escuchando todas aquellas canciones que conseguían acallar las intimidantes voces de su cabeza y proporcionarle la compañía y el consuelo de quien descubre que, en otra parte del mundo y en otro momento histórico, alguien se había sentido también así. Exactamente así. Verónica se había hecho cargo de la educación cultural y, por consiguiente, también emocional de una menor de edad que no dejaba de hacer preguntas, sin pedirle nada a cambio más que una conversación amable al final de la jornada. Y, aunque la pregunta sobre por qué un hombre mayor tendría interés en hablar con un grupo de menores de edad seguía sobrevolando el pensamiento de Blanca, en aquellos instantes sintió que, como antes hizo Verónica, ahora era ella quien debía acompañarle para que, en el trance de su dolor, él también se sintiera un poco menos solo.

—¿Joy Division? —preguntó Blanca, y Verónica asintió con una ligera sonrisa y los ojos todavía cerrados.

Blanca metió el «Unknown Pleasures» en la ranura y pronto empezó a sonar la batería de Stephen Morris con la que arranca la canción *Disorder*, antes de dar paso al bajo y la guitarra de Hook y de Summer. Verónica empezó a seguir los compases de la música con sus manos, golpeándolas contra sus muslos. Ambos se sabían aquella canción de memoria y veneraban la figura de Ian Curtis, a quien consideraban un poeta, por encima de todas las cosas. Blanca recordaba que, cuando Verónica le contó que el cantante se había suicidado a la edad de veintitrés años, se pasó la noche entera llorando, empapando su almohada.

Cuando entró la voz de Curtis, Verónica, con un susurro, comenzó a tararear las primeras frases de la canción, en las que el de Stretford dice aquello de que lleva muchísimo tiempo esperando a un guía que le tome de la mano. Blanca se sintió extrañamente conmovida por la voz de Verónica entonando aquella frase. Sí, alguien muy muy lejos de allí y hacía ya mucho tiempo había escrito una letra que parecía resumir lo que Blanca y Verónica habían estado buscando hasta encontrarlo en internet.

Ella sonrió y desvió de nuevo la mirada a su ventanilla,

a través de la cual tan solo podía advertir la inmensidad de la noche, que, gracias al ritmo de la canción, ahora parecía menos oscura, y cantó junto a él aquella letra que, a golpe de años escuchándola en su habitación, ya formaba parte de su propia banda sonora y que, esa madrugada, se había convertido, para ellos, en un himno. Verónica abrió los ojos antes de llegar al estribillo y arrancó de nuevo el coche para poner rumbo a Madrid.

Blanca se dio cuenta de que, al cantar, Verónica no tartamudeaba.

Cuando llegaron a Madrid era un nuevo día. El teléfono de Blanca no tardó en empezar a emitir compulsivas vibraciones cuando el reloj del coche marcó las siete en punto de la mañana. Eran su padre y Rosa, que, al no ser atendidos por voz, le enviaron una serie de mensajes alarmados por su ausencia en los que le rogaban que les dijese, al menos, si se encontraba sana y salva. Justo después de que Verónica hubiese aparcado el coche en el madrileño barrio de Vallecas, no muy lejos del Retiro, Blanca respondió con un SMS: «Me he ido a pensar unos días. Estoy con una amiga. Soy mayor de edad. Estoy bien». Después apagó el teléfono móvil y cargó su bolsa de equipaje caminando detrás de Verónica, quien la guio hasta su hogar. Blanca se fijó en que Verónica caminaba con una marcada cojera.

III

Los primeros días en casa de Verónica fueron de adaptación, aunque resulta llamativa la velocidad a la que cualquier ser humano es capaz de acostumbrarse a los cambios que han sido anhelados durante largo tiempo. Blanca, que llevaba toda la vida acostándose en la misma cama de noventa de aquel cuartito interior por cuya ventana veía el blanco patio de luces de su edificio y una pequeña porción de cielo, se encontró de pronto durmiendo a pierna suelta en la cama de matrimonio de los padres de Verónica, con un tosco crucifijo sobre el cabecero. «Como la niña de *El exorcista*», musitó Blanca cuando lo vio por primera vez, exhausta tras el viaje, antes de echarse a dormir lo que quedaba de día.

Mientras que antes se despertaba dispuesta a cumplir con unos rituales nunca cuestionados y marcados por los ritmos propios de la infancia y la juventud —lavarse la cara, desayunar, cepillarse los dientes, vestirse, peinarse, ir al instituto, atender a la lección, volver a casa, hacer los deberes, conectarse a internet—, ahora se levantaba con la energía de la que gozan quienes no le tienen que rendir cuentas a nadie para preparar un desayuno para dos consistente en un café con leche y un buen surtido de galletas con mantequilla.

Verónica vivía en un piso de poco más de sesenta metros cuadrados, distribuidos en un salón comedor, cocina, baño y dos habitaciones, que parecía haberse quedado congelado desde la partida de los padres al mundo de los muertos. Él seguía durmiendo en la habitación que habitó de niño y de adolescente, decorada con recuerdos de un pasado sin dolor ni analgésicos, como una cápsula del tiempo que te transportaba a un par de décadas atrás: pósteres de los grupos de música que seguía escuchando con fervor, un diploma de un concurso de música ganado en los ochenta, alguna medalla de un campeonato de natación, y libros, revistas y discos apilados en frágiles torres por todas partes. Verónica le asignó a Blanca el dormitorio principal, austero y funcional, que el hombre jamás había utilizado desde que sus progenitores fallecieran en el mismo accidente de coche en el que él quedó cojo, cuando tenía tan solo dieciocho años, según le contó el mismo día de su llegada, con el mismo tono práctico y carente de emoción con el que le dijo «y este es el cuarto de baño, en ese armario encontrarás toallas limpias».

Verónica le puso las cosas fáciles, como si toda la vida hubiese estado esperando recibir, por fin, una visita. Incluso cuando trataron el peliagudo tema del dinero, algo de lo que Blanca no había tenido que preocuparse antes. Ella le confesó que había escapado con tan solo cincuenta euros en el bolsillo, lo poco que guardaba en su hucha, y Verónica le dijo que no se preocupase por ese asunto y que de momento se las apañarían con lo que él tenía.

Blanca tardó poco en deshacer su ligerísimo equipaje y guardarlo todo en una cómoda situada al lado de la cama, y menos en sentirse como en casa. Por el momento, y aunque el cuaderno de color naranja reposaba a la espera de ser abierto una y mil veces más sobre la mesita de noche, se dio cuenta de que en su vida no necesitaba nada más.

El salón, con un pequeño balconcito a la calle, era soleado y alegre, a pesar de los pesados muebles de madera de pino y el aparatoso sofá con unas espantosas fundas de flores. Ahí pasaban la mayor parte del tiempo conectados a internet, viendo alguna película, leyendo y comentando los diarios de la madre de Blanca una y otra vez, o escuchando algún cedé, rodeados de potos, cintas, helechos, calateas y un ave del paraíso que Verónica cuidaba con mimo y tesón, como si las plantas fueran sus propias hijas, esquejadas de su cuerpo. Blanca observaba a Verónica mientras este, a su vez, observaba las plantas con atención y les daba de beber con aquel flis-flis que casi siempre llevaba a cuestas mientras estaba en casa.

—Me gusta cuidar de las plantas —dijo Verónica la primera mañana, cuando Blanca le pilló sacando un esqueje de uno de los potos y poniéndolo dentro de un vasito que después colocó en la cocina.

—Me parece muy bien —respondió ella—. Las tienes muy bonitas.

—Gracias.

No hay mejor manera de saber cómo es una persona que conviviendo unos pocos días con ella. No solo conoces sus gustos y manías —Verónica tomaba el café sin leche ni azúcar; prefería sentarse en el silloncito cercano al balcón que sobre el sofá de las flores; en lugar de utilizar marcapáginas, doblaba los libros formando un triangulito en la parte superior para recordar dónde había dejado la lectura y siempre necesitaba tener un disco puesto como música de fondo—, sino que, si eres lo bastante observador, como siempre lo había sido Blanca, todo objeto a tu alrededor —desde los angelitos de escayola que adornaban aquellas paredes hasta el contenido del botiquín del cuarto de baño— termina dándote pistas biográficas veraces de la persona con la que convives.

De nada servirá que alguien con la casa llena de polvo te asegure que es muy organizado, o que aquel que solo tiene dos viejas sartenes y un triste cazo en los armarios te diga que es todo un cocinillas. Las personas mienten, los objetos no. Y las cosas de Verónica daban tanta información sobre su vida como la horrorosa cicatriz que le partía la cabeza en dos.

Durante los primeros días, cuando Verónica se marchaba a trabajar a la tienda de fotografía de tres calles más abajo, frente a la comisaría, donde pasaba el día tirando fotos para el carné de identidad, Blanca aprovechaba para indagar más por los rincones de la casa en busca de aquellas valiosas píldoras informativas. En el cuarto de baño, además de todo tipo de analgésicos, encontró pastillas para dormir. En su cuarto, bajo la cama, una serie de revistas eróticas, dirigidas tanto a un público masculino heterosexual como a uno homosexual, que ya amarilleaban; la joven las volvió a esconder escrupulosamente en el lugar exacto donde las había encontrado y se lavó las manos después.

Pero lo que más le gustaba a Blanca era todo aquello que Verónica tenía a simple vista, creyendo que no llamaba la atención. En el salón, todavía se exponían las viejas fotografías familiares en aparatosos marcos de plata: ahí estaban sus padres el día de su boda o Verónica de niño, construyendo un castillo de arena en una playa. También había una vieja instantánea de Verónica vestido de marinero el día de su primera comunión, o los tres, padre, madre e hijo, sonrientes en la entrada del zoológico de Madrid. De entre todos esos recuerdos, el favorito de Blanca era una fotografía de Verónica de adolescente, con gesto mohíno y un tanto rebelde, vestido con una camiseta negra, un collar de pinchos y los ojos marcados con *eyeliner*. A Blanca le hacía gracia imaginar qué habrían pensado esos padres profundamente católicos al descubrir que su hijo se había vuelto un siniestro. En aquella imagen, Verónica no debía de tener más de dieciséis años y ella se sorprendió pensando en lo guapo que era. Con toda probabilidad, el rompecorazones de Vallecas. Blanca también disfrutaba perdiendo el tiempo con los viejos discos de Verónica, las revistas de Verónica o las películas de Verónica, que eran, a fin de cuentas, los únicos objetos de aquella casa que daban fe de que el mundo no había acabado en torno a 1983. Pero las cosas con las que Blanca obtenía más información sobre la personalidad de Verónica no eran aquellas que explicaban sus intereses, sino los objetos más cotidianos, como la serie de vasitos llenos de esquejes que tenía en la cocina, el número de productos de limpieza y aseo que acumulaba en la pequeña despensa, como si se encontrasen a las puertas de una guerra nuclear, o la hucha de cerdito del salón, donde Verónica metía siempre las monedas de dos euros como costumbre ahorrativa.

Qué curioso conocer a alguien de esa manera, pensaba al deambular por la casa, a través de lo que posee y no de lo que cuenta, y, sin embargo, cuán reveladoras terminan siendo las cosas que nos rodean, aunque pensemos que no dicen nada.

Aunque Verónica continuaba siendo, en muchos aspectos, un misterio para Blanca, una de las razones por las que no tardó demasiado en sentirse cómoda en aquella casa fue por la escucha atenta que le ofrecía su nuevo compañero de piso. Noche tras noche, cuando este regresaba de trabajar y se sentaban a cenar a la mesa del salón, Blanca sentía como todas las palabras que siempre había guardado para sí se le salían a borbotones de la boca.

Blanca le habló a Verónica, largo y tendido, del abandono de su madre, de su padre, de su infancia aislada y solitaria, del chico de la biblioteca y de la marca que le dejó a Edu en la mejilla, del rechazo de sus compañeras de instituto y del instituto entero, de la sensación constante de no encajar en el lugar en el que estaba y del alivio cuando recibió aquel cuaderno al sentir, por vez primera, que alguien de su entorno la hubiese podido entender, aunque no estuviera presente. Blanca le habló de sus sueños y deseos. De cómo creía, después de que su madre mencionase aquel episodio de las fiebres sanadoras y la marca que dejó en su pecho el día de su partida, que quizás había algo que pudiera hacer con todo ese fuego que tenía dentro. «Algo grande», decía, y para que quedase claro añadía: «Algo bueno, quiero decir». Blanca también le expuso sus miedos y sus dudas con respecto a su madre, puesto que no entendía que le hubiese enviado aquella misiva sin darle más información o instrucción que la que constaba en el remite y en la nota.

Verónica escuchaba y asentía, Verónica calmaba como un bálsamo los pensamientos intrusivos y los temores de Blanca cuando esta le decía que no sabía qué iba a hacer con su vida, y Verónica le respondía que ni siquiera los adultos lo tenían claro, pero que todo el mundo fingía. Ella le admitía durante aquellas largas noches que tenía miedo de no ser suficiente, de que su madre, pese a haberle enviado el diario, volviese a escoger una vida sin ella. Verónica se encargaba de tranquilizar a Blanca, hilvanando los pensamientos de aquella chiquilla a través de preguntas abiertas que le permitían, por sí sola, ir dando con las respuestas oportunas. «Sí, es verdad, ¿por qué habría mandado su diario si no quisiera que la encontrase?», o «Podría no haber escrito la dirección en el remite del sobre si no quisiera que la encontrase, ¿no?». Verónica también lanzaba propuestas y proyectos que no terminaban de cerrarse del todo. «Podríamos viajar al sur», decía, «cuando... cuando estés preparada», añadía al percibir el nerviosismo de su joven amiga. Era agradable para ambos poder charlar abiertamente de todas las cosas, ya que ninguno de ellos, por distintas circunstancias, habían contado nunca con tan buen interlocutor.

Una noche cualquiera, poco después de cenar, mientras repasaban la estantería de los DVD para escoger qué película verían, Blanca encontró una fotografía en la que Verónica aparecía de adolescente con otros tres chicos de su misma edad que intuyó que eran su antigua cuadrilla. El cuarteto estaba sentado en un banco cualquiera en un parque destartalado, rodeados de litronas y colillas apagadas, dos de ellos sobre el asiento y otros dos sobre el respaldo, como si fueran los miembros de un grupo de chicos creado expresamente para vender pósteres a chicas adolescentes. Blanca sonrió al descubrir aquella fotografía. Verónica y sus tres amigos parecían radiantes y felices, tan llenos de vida, tan ajenos a cualquier tipo de problema.

—¿Son tus amigos? —preguntó Blanca mostrándole la foto a Verónica.

—Sí... —respondió él con su característico titubeo, observando la imagen con el ceño algo fruncido, como si aquella fotografía le provocase sentimientos encontrados—. Lo eran..., más bien.

—¿Ya no tenéis relación? —preguntó Blanca con interés, y, ante el silencio sepulcral de Verónica, añadió—: Perdona, no me lo tienes que contar si no quieres.

—No..., no pasa nada. —Verónica se encogió de hombros y tomó la fotografía entre sus manos, sonrió ligeramente y comenzó a presentarle a sus protagonistas—: José —dijo señalando al chico que aparecía a su lado en la imagen, sentado en el respaldo del banco: rubio, fuerte, sin duda un chico de revista—. Era el más ligón, pero muy...

muy buen tipo, con el tiempo se hizo... se hizo guarda forestal y ahora vive... vive en el País Vasco, me avisa cuando baja a Madrid, pero viene poco porque tiene... tiene dos niños pequeños, Joan y Raúl —explicó, y pasó a señalar al segundo integrante del grupo, un chico moreno, escuchimizado y de aire nervioso—. Mario es... es teleco, siempre fue muy listo y desde... desde crío le encantaban los ordenadores y esas... esas cosas, vive en un chalé muy... muy bonito en Alcorcón y también se casó, tiene una hija de siete años llamada... llamada Clara, alguna vez he ido a verlos, y Lucas —dijo señalando al tercero de ellos, que estaba retratado haciendo los cuernos con las dos manos—, que es repartidor, vive con... con su chica por el barrio, pero nos... nos vemos poco. —Verónica pasó el dedo índice por la cara de aquellos chavales, que debían de tener más o menos la edad que Blanca tenía en estos momentos, hasta terminar posándolo sobre su propio rostro—. Después del accidente... mi rehabilitación fue cosa... cosa de años —dijo Verónica intentando quitarle hierro al asunto, como siempre hacía, revelando ese tipo de información como si tal cosa—. Y todos ellos crecieron e hicieron... hicieron sus vidas, pero... pero yo no.

Blanca volvió a tomar aquella imagen de las manos de Verónica y la estudió con atención: aquellos cuatro chicos, aquella cuadrilla, inmortalizada en un momento en el que pensaban que su amistad duraría para siempre, antes de que la vida golpease a Verónica con una tragedia y el grupo entero se desintegrase. El chico que aparecía en la fotografía lo tenía todo por delante, mientras que el hombre que estaba a su lado se había quedado a las puertas de la promesa que nunca se llega a cumplir: ni estudios superiores, ni novia, ni boda, ni casa, ni hijos. Nada para Verónica. Blanca pensó en los gustos de aquella persona a la que en su cabeza ya llamaba amigo, y se dio cuenta de que eran los mismos que los de aquel adolescente sonriente en el banco de un parque que no debía de quedar muy lejos de allí: Verónica escuchaba la música que sonaba entonces, prefería las películas que estaban de moda entonces y releía los libros que cualquier joven ávido de intereses y de cultura leería por aquel entonces. Verónica no había adquirido la independencia y responsabilidades propias de los adultos, sino que había pasado los años posteriores al accidente encerrado en su habitación, escuchando en bucle a Joy Division. No es que Verónica hubiese entrado en internet en busca de menores a las que engatusar a cambio de fotografías íntimas o de información que le guiase hasta sus cuentas bancarias, pensaba Blanca, sino que había entrado, protegido mediante el anonimato, en busca de un grupo de personas afines en gustos e intereses que no le preguntasen, con cierto paternalismo, si ya había conocido a alguien o cómo iba su recuperación, aun sabiendo que Verónica nunca se recuperaría por completo. Y, sobre todo, había encontrado a seres capaces de participar de ese entusiasmo casi obsesivo por todas las cosas, tan propio de cierta edad, y tan inapropiado en todas las edades posteriores. Verónica quería seguir conversando durante horas acerca de películas y de grupos de música a los que admiraba, no estar en una barbacoa de una ciudad dormitorio hablando sobre hipotecas y actividades extraescolares. Verónica necesitaba expresarse, compartir, conocer, descubrir, sentir y nutrirse, y no podía hacerlo en el mundo real, en el que la gente se quedaba mirando con gesto horrorizado aquella cicatriz o se impacientaba cuando la emoción por esta u otra cosa le provocaba un ligero tartamudeo. Verónica había optado por eliminar toda esa parte de su identidad que provocaba que le tratasen con excesiva condescendencia o le mirasen con pena.

«Yo solo buscaba a alguien con quien hablar», le había

confesado aquella madrugada en el coche. ¿Cómo no se había dado cuenta antes, pensaba ahora Blanca, de algo tan evidente? Verónica, exactamente igual que Inma, que Carla y que ella misma, tan solo entró en internet buscando algo que no podía encontrar en ningún otro lado: un refugio, una salvación, una nueva cuadrilla.

La nueva cuadrilla, todo sea dicho, estuvo al tanto de la huida de Blanca desde el mismo momento en el que esta volvió a encender su teléfono móvil en casa de Verónica, después de haber recuperado las horas de sueño tras aquel viaje a Madrid. Blanca hizo una llamada a tres con Inma y Carla el mismo día que guardó sus bragas en la cómoda y enderezó el crucifijo sobre el cabecero. La llamada comenzó después de cenar y se alargó hasta la madrugada. Había muchísimo que contar: el diario, la discusión con su padre y Rosa, el fuego, el miedo a hacer daño, la llamada a Verónica y la marcha hacia Madrid. De todos estos elementos narrativos, que para sus amigas eran incuestionables —como que aquella revelación la llevase, inevitablemente, hacia la huida—, el espinoso tema de Verónica era el que más les preocupaba y el que les generaba mayor conflicto, ya que no terminaban de fiarse de las intenciones de aquella persona a la que todavía se referían como «ese señor».

—Pero ¿ese señor está ahora en casa? —preguntó Inma durante aquella primera conversación, preocupada quizás por que Verónica estuviese al otro lado, junto a Blanca, escuchando todo lo que hablaban y ejerciendo una presión silenciosa sobre lo que esta debía hacer o decir—. ¿Nos está escuchando?

—Ahora está durmiendo ya —respondió Blanca con tranquilidad. Sabía, o más bien intuía, que lo de Verónica no se podía explicar con palabras, que para que Inma y Carla se convencieran de que no representaba una amenaza deberían comprobarlo de primera mano y en persona. Aun así, en las últimas veinticuatro horas, Blanca había aprendido que la sinceridad era la única vía posible—. Trabaja haciendo fotos para el DNI.

—¿Y no te da miedo estar a solas con él? —interrogó, ahora, Carla, a quien también se le notaba la preocupación en la voz—. ¿No te da miedo que te haga algo malo?

—Creo que todas le juzgamos demasiado aquel día —dijo Blanca con calma, mirando aquella fotografía de Verónica de adolescente, vestido de siniestro.

—¡Porque es un señor haciéndose pasar por una adolescente, Blanca! —replicó Inma, sin dar crédito ante el excesivo sosiego del que hacía gala Blanca al otro lado de la línea—. ¡Porque tiene noventa años!

—A ver, chicas —suspiró Blanca, armándose de paciencia—, pensad que Verónica se plantó debajo de mi casa en el momento en el que le pedí ayuda sin hacerme preguntas, que Verónica tuvo un accidente horrible y vive con muchos dolores y aun así hizo un viaje larguísimo de ida y vuelta, y que Verónica me ha dejado la habitación de sus padres para dormir...

—Pero ¿se puede saber por qué sigues llamando Verónica a ese señor? —preguntó Inma, cortando a Blanca con un tono cada vez más alarmado, como si temiera que a su amiga le hubieran lavado el cerebro—. ¿Cómo coño se llama?

—Se llama Eutropio —reveló Blanca.

—¿Qué? —dijo Inma, tras una pausa producida por el desconcierto—. ¿Cómo has dicho?

—¿Como lo de los ovarios? —preguntó Carla.

—No, no es Falopio, es Eutropio —aclaró Blanca—. Se llama Eutropio. Es un santo.

—Pero ¡cómo puedes decir que es un santo, si nos mintió a todas durante años! —exclamó, indignada, Inma.

—No —respondió Blanca—. Digo que Eutropio es el nombre de un santo.

Con todo y pese a aquella serie de dudas razonables por parte de sus amigas, conforme Blanca pasaba más días en casa de Verónica e iba recabando información sobre él y transmitiéndosela a las chicas, estas, poco a poco, empezaron a confiar, como siempre hacían, en el criterio de Blanca y, con ello, fueron también confiando poco a poco en la misteriosa figura de Verónica.

—Dices entonces que es... ¿retrasado mental o algo así? —preguntó Inma, ya con un tono menos beligerante, en otra de las conversaciones que daban comienzo pongamos a mediodía y finalizaban cuando se ponía el sol. Aquella en concreto tuvo lugar el día después de que Blanca y Verónica hubiesen estado rebuscando entre los DVD de este último, cuando encontraron aquel recuerdo del pasado. Blanca les había contado esta escena con todo lujo de detalles, tumbada sobre el sofá de flores, mirando el techo.

—Qué bruta eres, tía —respondió Blanca armándose de paciencia—. No es retrasado, tan solo se quedó ahí.

—¿Ahí dónde? —preguntó Carla—. ¿En Vallecas?

—No —aclaró Blanca—. En los ochenta.

—¿Como los drogadictos? —preguntó Inma.

—¿Estás diciendo que es como nosotras? —dijo Carla, quien siempre terminaba siendo la que ponía paz y hacía que, de alguna manera, las otras dos fueran capaces de llegar a un consenso.

—Algo así —afirmó Blanca, que no lo había pensado exactamente en esos términos, pero que como explicación parecía funcionar bien para que sus amigas llegasen a comprender a Verónica teniendo, por el momento, tan solo la imagen del día del restaurante.

—No puede ser como nosotras, chicas, es demasiado diferente... —intervino Inma.

—Pero ser diferente no es malo —declaró Blanca—. Tan solo es diferente.

No tardaron mucho en volver a incluir a Verónica en el círculo y en agregarlo de nuevo, pese a algunas dudas y tiranteces iniciales, en sus conversaciones. Inma y Carla tampoco tardaron mucho en decidir que Madrid era el lugar en el que debían estar. En parte, aquella decisión precipitada tenía que ver con las ansias de libertad de toda joven de dieciocho años que solo busca vivir una gran aventura. Pero, sobre todo, su decisión tenía que ver con el sentido de la amistad de aquellas chicas que no creían en las casualidades y con la férrea lealtad que se profesaban mutuamente. Y el destino les había puesto delante un enigma en forma de diario y una dirección. Tanto Inma como Carla sintieron que estar juntas era el inevitable camino que la vida les había marcado desde que entraron en aquella sala de chat a finales de los años noventa, como si esa decisión fuera la única viable, como si no existiera una alternativa. Porque eso es lo que las amigas hacen cuando otra tiene un problema: acuden a la llamada.

IV

En aquellas semanas de espera y con todo ese tiempo para sí misma, Blanca, inspirada por el cuaderno naranja de su madre, se abrió su propio blog, en el que pretendía volcar, como hiciera su progenitora, toda esa marea de emociones que tenía dentro. Era, como había leído en el diario, una forma de organizar sus pensamientos, de dentro hacia fuera. Blanca no tenía mayores ambiciones que las de manifestar todo aquello que sentía y tener así más claro el plan de acción que llevaría a cabo.

Lo llamó *Espíritu y sentimiento* (espirituysentimiento.blog.com), sin ningún tipo de ironía ni vergüenza, en honor al grito que Ian Curtis lanza en *Disorder*, y también porque le sonaba a título que Jane Austen le hubiese dado a alguna de sus novelas. Las entradas que escribía eran escuetas, crípticas y poéticas, no por la búsqueda de un estilo concreto ni por imitación de alguno de sus ídolos literarios, sino porque escribía lo primero que se le pasaba por la cabeza, sin ningún tipo de filtro y sin pensar que alguien pudiera estar interesado en leer todo lo que allí contaba.

Como en aquel momento de su vida Blanca se pasaba el día leyendo, escuchando música o viendo películas, también compartía un pastiche de fotogramas que le inspiraban, letras de algunas canciones que le llegaban al alma o frases tomadas de este libro o de aquella película.

Lo que surgió de toda esta serie de intenciones y de decisiones fue un blog que cualquier persona calificaría como interesante, una especie de composición un tanto extraña y a la vez atrayente, en la que una desconocida con cierto criterio y sentido de la estética, pero un tanto chalada, colgaba mensajes que resultaban inspiradores, líricos y bellos, aunque inquietantes. Por ejemplo, he aquí una típica entrada de las que Blanca publicaba por aquellas fechas, escrita justo debajo de una fotografía de la bella actriz Mylène Demongeot en un momento de la película *Las brujas de Salem*, de 1957, para hacernos a la idea:

> Siento fuego en mis entrañas
> con el que marco a la gente que odio,
> a la gente que amo,
> a la gente que me sobrepasa,
> pero el fuego también me da ganas de vivir
> y de matar y de morir;
> lo llevo dentro, es parte de quien soy
> ahora, lo sé;
> gracias, mamá.

Durante aquel mes previo a la llegada de Inma y de Carla, Blanca solía escribir una entrada diaria y, además de sus tres suscriptores principales y de sobra conocidos, empezó a acumular una serie de suscriptores anónimos, que al principio no pasaban de diez, luego fueron veinte y más adelante serían cuarenta o cincuenta, y que le dejaban comentarios entusiastas y la animaban a seguir posteando. Y Blanca, al calor de su pequeña comunidad, comenzó a escribir y escribir dos entradas al día.

V

Inma lo tuvo más fácil. Al terminar la selectividad con, todo sea dicho, muy buenas notas, les dijo a sus padres que como regalo quería ir a casa de su hermano en Madrid y así acercarse a echar un vistazo a las universidades. Sus padres, inocentes ellos, accedieron y Blanca recogió a su amiga en la estación de Méndez Álvaro una calurosa mañana a mediados de junio para pasar la jornada juntas. A los dos días, informó a su hermano de que había encontrado un trabajo, y al tercero, un piso. La explicación que les dio a sus padres era que había decidido pasar el verano entero en la ciudad, porque quería comprobar si le gustaba y se sentía cómoda allí, en previsión de empezar sus estudios universitarios —en su caso, Filología Inglesa— el mes de septiembre. Blanca e Inma tuvieron que hacer una mañana un paripé para el hermano, que acudió a ver el pisito de Vallecas, donde Inma le mostró la austera habitación de matrimonio con el crucifijo sobre el cabecero de la cama, que afirmó que era la suya, y el dormitorio de su supuesta compañera de piso. Blanca se mostró toda sonriente y coqueta para no despertar demasiadas sospechas. Funcionó. El hermano ni siquiera advirtió las fotografías de Verónica y sus padres en el salón porque estaba demasiado ocupado enviando mensajes a una chica con la que tenía intención de quedar esa misma tarde. «Bueno, no os droguéis y todo eso», fueron sus únicas palabras antes de despedirse. Cuando se marchó del pisito, Inma y Blanca apoyaron la oreja en la puerta principal y escucharon la tranquilizadora llamada a los padres desde el descansillo: «Vive con otra gótica, nada raro, la casa está muy limpia».

Lo de Carla era un asunto más peliagudo, más que nada por una cuestión legal: era la única que no cumpliría la mayoría de edad hasta octubre, por lo que todos temían que sus padres, haciendo uso de su potestad, impidieran su marcha de alguna manera o, una vez huida, utilizasen las herramientas a su alcance para encontrar la casa y, dando con su dueño, les desmontasen aquel coqueto chiringuito lleno de plantas de interior. Los padres de Carla, todo sea dicho, no estaban últimamente muy preocupados por ella porque, tal y como había predicho hacía unos cuantos veranos, no habían llegado juntos a Navidad. Carla era ahora la hija única de unos padres divorciados que estaban más pendientes de disfrutar de los placeres de aquella segunda juventud recién adquirida que de lo que hiciera su hija, por lo que ella tenía claro que celebraría su dieciocho cumpleaños en Madrid. Como Blanca hiciera tan solo unos meses atrás, que ya quedaban tan lejanos que parecían formar parte de otra vida muy distinta a esta, Carla tan solo debía tener la paciencia suficiente y la disciplina necesaria para ir tachando los días restantes en el calendario.

En cuanto a Blanca, su padre y Rosa no habían dejado de llamar, claro está, y ella, más por quitárselos de encima que por querer escuchar sus voces, les terminó cogiendo el teléfono para decirles que estaba bien y que ya volvería cuando estuviera preparada. De tanto en tanto recibía un mensaje que ella respondía con desgana para informarlos de que no se había muerto. Y se dio cuenta de que aquella relación no distaba mucho de la que tenían cuando vivían bajo el mismo techo, una relación construida sobre pilares de silencio, donde cada uno se acostaba más o menos tranquilo si sabía que el otro había cenado bien y que no tenía frío.

Inma se instaló en el mismo cuarto que Blanca, donde compartían cama y armario. El armario lo tuvieron que vaciar una mañana, con el permiso de Verónica, ya que todavía guardaba la ropa de los padres muertos. Al contrario que Blanca, cuya marcha fue caótica y urgente, la de Inma había sido premeditada, de modo que traía consigo una enorme maleta y un par de bolsas con toda su ropa, algunos de sus libros, su neceser de productos de belleza y hasta cuatro pares de zapatos. Blanca e Inma adquirieron una intimidad fraternal en la que compartían la ropa y cuchicheaban hasta terminar desternilladas de risa a altas horas de la madrugada.

Con la llegada de Inma la casa adquirió una luz diferente. Verónica, por sus problemas a la hora de expresarse, era más vivaz a través de la pantalla que en persona, y Blanca, por naturaleza, siempre había sido una criatura silenciosa. Inma, por el contrario, era puro nervio, hablaba a viva voz y por los codos y organizaba esto y lo otro con extrema diligencia, así que Verónica y Blanca se vieron pronto arrastrados por las rutinas y ritmos que imponía la tercera en discordia. Si durante el primer periodo Verónica y Blanca habían estado en fase de adaptación, con Inma pasaron a la de asentamiento: fue ella quien propuso organizar una compra semanal, idear un menú o repartir unos turnos de limpieza entre ella y Blanca, ya que Verónica, de cuyo modesto sueldo vivían por el momento los tres, estaba exento de todo cuidado del hogar (a excepción de sus plantas) mientras ellas vivieran allí. Inma también recolocó las estanterías, guardó aquellas viejas fotografías que Blanca tantas veces había admirado y colocó en su lugar los libros que traía consigo y algunos que tomó prestados de la habitación de Verónica.

Inma también tomó la iniciativa para abrir ese melón al que Blanca y Verónica solo habían dado suaves golpecitos con los nudillos. «Bueno, ¿y cuándo vamos a ver a tu madre?», preguntó una noche, a bocajarro, dejando a Blanca paralizada, con el tenedor en el aire. Inma había organizado todo el plan dentro de su cabeza. Y ese plan consistía en ahorrar dinero durante el verano, ir al sur, encontrar a la madre de Blanca y entenderlo todo. «Como en las pelis, ¿sabes?».

Para Inma era un plan sin fisuras y claro como el agua, y desde el mismo momento en que organizó aquella ruta mental todos comenzaron a tenerla dentro de sus cabezas. Incluso Carla, a quien iban poniendo al día a través del ordenador: «Pero no os vayáis sin mí», era lo único que les exigía. Aquello era, como expuso Inma, «lo que había que hacer». ¿Y después? «Después ya veremos», agregaba con despreocupación.

Al principio, las cosas como son, Inma todavía se mostraba recelosa ante la figura de Verónica, pese al voto de confianza ciega de Blanca. Esta última descubrió que, tal y como había hecho ella, cuando Verónica se iba a trabajar, Inma hurgaba también entre sus cosas en busca de explicaciones tranquilizadoras en las primeras mañanas después de instalarse. Durante la primera semana a Inma le costaba mirar a Verónica a los ojos, así como hablar directamente con él, y solía hacerlo a través de Blanca, que actuaba como un canal de difusión de información: «La cena estará lista dentro de veinte minutos», le decía en exclusiva a Blanca, y esta iba a la habitación de Verónica, donde este se encontraba leyendo un libro, para informarle del horario de la cena y del menú. O: «Esta noche podríamos ver *Carrie*», decía Inma mientras cenaban, a sabiendas de que era Verónica quien controlaba escrupulosamente su colección de DVD, así que Blanca se dirigía a Verónica y le preguntaba: «¿Tienes *Carrie*?». Verónica también adoptó, quizás de manera inconsciente, la misma dinámica en los días posteriores a la llegada de Inma: «Hay toallas limpias en el baño —le decía a Blanca, quien conocía de sobra esta información—, por si alguien las necesita». Aquello, pensaba Blanca, era como una especie de baile, en el que tanto Verónica como Inma iban con mucho cuidado para no pisarle los pies al otro sin querer.

Poco a poco, todo sea dicho, Inma fue cediendo, al darse cuenta de que, en efecto, Verónica era tal y como se mostraba. Más todavía cuando descubrió que Verónica era una fuente inagotable de información, una biblioteca andante acerca de cualquier tema que se pusiera sobre la mesa a la hora de cenar, ya fuera esto el pospunk, la movida madrileña, Pablo Picasso, Jeffrey Dahmer, la historia de la creación de internet, las películas de Buñuel, *Pulp Fiction*, Madonna, el gueto de Varsovia o el curioso dato de que la fregona era un invento español o que en Inglaterra no existían las persianas y no acostumbraban a usar cortinas.

—¿De verdad? —decía Inma—. ¿Es porque siempre está lloviendo?

—No, es porque... porque son protestantes —respondía Verónica.

—¿Y eso qué tiene que ver? —preguntaba Inma, con su habitual curiosidad por todo lo que tuviera que ver con el Reino Unido.

—Cuando surge la Reforma protestante en el siglo XVI esta... esta nace, entre otras cosas, a la contra de los abusos... de los abusos de la Iglesia católica y de la ostentación de la que hacían gala —comenzaba a relatar entonces Verónica, masticando lentamente sus palabras y, sin embargo, captando toda la atención de su público, que seguía su discurso con interés—. Una manera de... de demostrar esto, como hicieron Lutero y Calvino, fue promover un estilo de vida más... más austero, más sobrio, alejado de la... pompa y la opulencia vaticana —agregó—. Parece un asunto menor, pero eliminar las cortinas, si te fijas, está... relacionado con esta... esta nueva forma de ver el mundo: es un símbolo de transparencia, de demostrar que en el interior de las casas no sucede nada... nada pecaminoso, de que no hay nada que ocultar.

Inma nunca pudo volver a mirar a Verónica con la misma admiración con la que había mirado la fotografía de la chica del pelo rosa pero, de algún modo, comprobó que la chica del pelo rosa seguía presente en aquella habitación.

Aquellos fueron días que todos recordarían como hermosos, en los que las chicas amanecían cuando el cuerpo se lo pedía y, después de desayunar con la tranquilidad de los jubilados, se iban al centro a pasear y a comprar algún libro, algún disco o alguna revista en tiendas de segunda mano y a tomar cafés en alguna terraza. Más tarde hacían la compra, regresaban a casa, esperaban a Verónica y se ponían con la cena para después quedarse charlando hasta altas horas de la madrugada, como hicieran antaño, pero sin la frialdad lechosa y aséptica de las pantallas. Eran personas a las que parecía no preocuparles demasiado el mañana y que, en el interior de aquel piso de Vallecas, habían logrado construir su particular forma de vida familiar.

Sin hablarlo entre ellas, tanto Blanca como Inma se empezaron a ocupar también de los episodios de Verónica. Cuando este comenzaba a mostrar los primeros signos de dolor, casi siempre pasada ya la medianoche y después de llevar varias horas charlando alrededor de la mesa, Blanca e Inma llevaban a cabo una silenciosa coreografía de curación que consistía en apagar todas las luces de la casa, encender algunas velas, bajar el volumen de la música, llevar a Verónica de la manita hasta el sofá de flores, ir a por los analgésicos al cuarto de baño y a por un vasito de agua a la cocina, y ponerle compresas frías sobre la frente para después esperar, pacientemente y en silencio, a que el episodio entrase en fase de remisión.

Estos episodios eran más frecuentes de lo que Blanca había imaginado cuando vivió el primero de ellos dentro del coche. Sucedían en torno a dos o tres veces por semana, dependiendo de si trasnochaban más o menos, lo que hacía a las chicas sentirse culpables por haber alborotado la tranquila vida de Verónica tras su llegada. A Inma no le gustaba reconocerlo en voz alta, pero los episodios de Verónica fueron la causa de que terminase rindiéndose y confiando ciegamente en aquel amigo. No pudo evitarlo al verle ahí, tirado, dolorido, indefenso y por completo a merced del cuidado inexperto de dos chicas de dieciocho años.

Una de aquellas noches, cuando ya llevaban unas tres semanas conviviendo, Verónica puso aquel rictus de cuando se avecina la catástrofe mientras debatían sobre quién era el asesino más prolífico de la historia. Blanca e Inma, al notar la tensión en el rostro de su amigo, se pusieron rápidamente en pie para comenzar con el ritual. Blanca apagó las luces, Inma encendió las velas. Blanca llevó a Verónica de la manita al sofá e Inma fue a por los analgésicos y el vaso de agua. Al regresar al salón, Inma, espabilada y pragmática como era, con el analgésico todavía entre sus dedos, miró a Blanca, que regresaba del cuarto de baño con un paño frío recién escurrido en sus manos, y tuvo una idea.

—Oye, ¿no podrías hacer algo? —le soltó a bocajarro.

—¿Algo con qué? —preguntó Blanca, que al principio no entendió aquella pregunta, colocando cuidadosamente la compresa sobre la frente de su amigo, como si estuvieran en un lujoso salón de belleza.

—Con esto —dijo Inma señalando a Verónica, convaleciente en el sofá— y con lo tuyo.

Blanca miró primero a Verónica y luego volvió a mirar a Inma. No sabía, ¿podía hacer algo con aquello y con lo suyo? Desde la aparición del diario de su madre y pese a las largas noches de conversaciones infinitas, ninguno de los tres había puesto sobre la mesa el tema de los milagros. O, más bien, ninguno de los tres había establecido en qué momento y situación Blanca debería intentar hacer algo con ese poder que su madre parecía confirmarle que tenía. Incluso ella misma parecía haberse olvidado del tema, que solo tocaba tangencialmente al decir aquello de que buscaba hacer «algo grande» y «algo bueno». No era una conversación que hubiesen evitado a propósito, sino que parecía haber pasado a formar parte de un segundo plano, más relacionado con la identidad de cada uno de ellos. Como que Verónica era cojo y eso era así, que Inma era charlatana y eso era así, y que Blanca marcaba a la gente como a vacas en un matadero cuando se ponía nerviosa y eso también era así.

Blanca pensaba que su fuego era algo que le surgía en momentos inesperados, como cuando a los niños les daban las intratables rabietas infantiles, y no algo sobre lo que pudiera llegar a tener algún tipo de control. ¿Podía?, se preguntaba ahora. ¿Podía forzarlo? ¿Podía generarlo de la nada y a su antojo? ¿Podía domesticarlo de alguna forma? Y, sobre todo, ¿qué pasaría si, de hecho, la cosa funcionaba así? La cuestión más apremiante en esos momentos para Blanca era que desconocía si eso que llamaban milagro podía nacer de algo que no fuese la rabia, la ira o la preocupación. La cuestión era si podía alcanzarlo de nuevo y de manera plenamente consciente a través de un sentimiento como la compasión. Blanca observó con la cabeza ladeada a su amigo. Pensó que por qué no intentarlo.

—Verónica, ¿te parece bien? —dijo arrodillándose a su vera en el sofá.

—¿El qué? —preguntó Verónica, que, como tenía los ojos tapados por un paño frío, no se había enterado de las intenciones de sus amigas.

—Dice Inma que intente a ver si puedo hacer algo contigo.

—¿Algo de... qué? —quiso saber Verónica levantándose el trapo de los ojos para mirar a Blanca, hasta que, de pronto, entendió—. Ah, con eso...

—Me da miedo achicharrarte el cerebro o algo así —dijo Blanca desviando la mirada de Verónica hacia Inma, buscando la aprobación del grupo. Si sucedía lo peor, no quería cargar con toda la culpa—. Nunca lo he intentado.

—No... no puedes achicharrármelo más —respondió Verónica.

—Ya... —Blanca sonrió.

—Intenta... intenta no dejarme cojo de la otra pierna —indicó Verónica, con la intención de tranquilizar a su amiga—. Eso bastará.

—Realmente, si te dejase cojo de las dos piernas te las igualaría, ¿no? —dijo Inma animando a sus amigos.

Blanca se colocó a horcajadas sobre el brazo del sofá, donde Verónica apoyaba la cabeza, y se la sostuvo entre sus muslos como si se tratase de una pelota. No tenía la menor idea de qué hacer. Pasó el dedo índice por aquella cicatriz roja y palpitante por primera vez, sintiendo su aspereza húmeda contra la suavidad de la punta de su dedo. Igual que había sucedido en el coche, la cicatriz parecía ensancharse cuando sobrevenían los episodios, mudando a un color más oscuro, a punto de estallar. Respiró hondo. Se concentró. «Que pare el dolor —pensó—, que pare el dolor».

—¿Notas algo? —preguntó Blanca.

—Nada —respondió Verónica—. Lo... lo de siempre.

—No sé qué hacer —dijo Blanca mirando a Inma y encogiéndose de hombros.

—Concéntrate —la animó Inma—. Piensa... piensa en la vida de Verónica, por ejemplo, piensa en la vida de Verónica antes de conocernos.

Blanca arrugó el ceño y volvió a mirar a Verónica, que le devolvió la mirada para transmitirle la dosis necesaria de confianza. Se concentró en aquellos ojos oscuros, observadores e inteligentes, de una profundidad como la de un agujero negro en el universo, que nadie, salvo ellas, habían mirado nunca con esa intensidad. Blanca pensó en el momento en el que a Verónica le cambió la vida. Unos faros en mitad de la noche, un coche que da vueltas en la carretera y un fundido a negro. Y después despertar en un hospital sin entender nada, para recibir la noticia de que había entrado a formar parte de un club al que ningún joven quiere pertenecer, el de los huérfanos.

Pensó en Verónica postrado en una cama, llorando todavía la muerte de sus padres, entre gritos de dolor, y recibiendo las visitas de amigos, que, por culpa de su incapacidad de gestionar una situación tan crítica, se fueron espaciando más y más en el tiempo. Pensó en el traslado a ese pisito tan lleno de recuerdos. Pensó en todos esos discos sonando una y otra vez. Pensó en su soledad a ritmo de música punk. Pensó en la impotencia que tuvo que sentir Verónica, sin nada más que hacer que mirar el techo de su habitación. Pensó en toda la rabia que Verónica tuvo que sentir dentro al comprobar como el paso de las horas, los días y los meses iban creando una brecha todavía mayor entre lo que pudo ser y lo que ahora era. Pensó también en cómo debió de ser la primera vez que Verónica volvió a pisar la calle, en si sintió que el mundo había cambiado o si, por el contrario, se alegró de recibir la brisa en el rostro por primera vez en meses, puede que en años. Verónica no hablaba demasiado de aquel periodo, pero algo se intuía cuando aparecían largos espacios en blanco en sus historias que marcaban entre corchetes momentos que se perdió y que nunca regresarían.

Blanca acarició de nuevo aquella cicatriz, que parecía que iba a reventar. Pobre Verónica. Una vida de encierro y sin ver la luz. Tomó la cabeza de su amigo entre sus manos. «Solo por hoy, solo por hoy, solo por hoy», se dijo. Blanca pensó en Verónica siendo repudiado por sus semejantes por su aspecto, y condenado a una vida en soledad por culpa de todos aquellos que no son capaces de ver más allá de la superficie. «Solo por hoy, solo por hoy, solo por hoy», repitió. Pensó en Verónica siendo incapaz de olvidar todo el dolor del pasado, porque este se empecinaba en aparecérsele cada tres o cuatro noches. Verónica, Verónica, Verónica. «Solo por hoy que vuelva a dormir como si nada hubiese pasado», se dijo por última vez. Blanca sintió que una chispa le prendía la yema de los dedos.

—Tía... —musitó Inma dando un paso atrás mientras Blanca agarraba con fuerza la cabeza de Verónica y este cerraba los ojos con fuerza y comenzaba a convulsionar sobre el sofá—. Tía, me estoy asustando —dijo llevándose una mano al pecho, observando con horror como Verónica movía las piernas mediante espasmos y abría la boca tratando de coger aire, boqueando como un pez fuera del agua—. Blanca, para, por favor te lo pido.

—Está todo bien —respondió ella, sin inmutarse.

Porque Blanca sintió el fuego una vez más, pero esta vez no estaba alojado solo en la garganta. Estaba en sus dedos, en sus manos, en sus piernas y en sus pies. Estaba en su pecho, en su estómago, en su útero y dentro de sus pulmones. Estaba hasta en la punta de sus cabellos y hasta en el lagrimal de sus ojos, a punto de reventar. Y, conforme sus lágrimas caían sobre la frente de Verónica, este iba calmando sus movimientos de cola de lagartija y su respiración se iba volviendo pausada y tranquila y Blanca sentía como la cabeza de su amigo se relajaba entre sus manos. «Solo por hoy, solo por hoy, solo por hoy», y sintió como el fuego se apaciguaba. Y vio como aquella cicatriz que ahora acariciaba con la punta del dedo índice pasó del rojo sangre al rosa pálido hasta quedar mimetizada con el blanco apagado y madrileño de la piel de Verónica. Prácticamente invisible.

—¿Cómo estás? —le preguntó Blanca. Verónica permaneció en silencio, con los ojos abiertos mirando al techo de la habitación.

—Se ha muerto, tía —dijo Inma, la mano todavía sobre su pecho, a punto de echarse a llorar.

—Sssshhhh —replicó Blanca—. Verónica, ¿cómo estás? —repitió. Él desvió la mirada del techo, la miró directamente a los ojos y sonrió.

—Estoy... —Verónica, muy despacio, se tocó primero aquella cicatriz y luego palpó sus propias extremidades como si no las reconociera, parpadeó varias veces, sin dar crédito, y se incorporó con cuidado hasta quedar sentado en el sofá. Se miró las manos como si necesitase comprobar que de verdad estaba ahí—. Estoy bien. —Inma y Blanca se miraron. Verónica sonrió—. Estoy bien.

—Joder, qué susto —dijo Inma, a la que ya se le caían las lágrimas—. La próxima vez tengo que grabar esto.

Aquella noche, Blanca publicó una nueva nota en *Espíritu y sentimiento*:

y así como la luz se convierte en oscuridad
la oscuridad también se convierte en luz.

Blanca únicamente lamentó una cosa de todo lo que sucedió esa noche. Aquel «solo por hoy». De aquella noche en adelante se arrepentiría de no haber pensado en un «para siempre». Porque los episodios de Verónica regresaron, claro está, aunque comenzaron a suceder con menos frecuencia. En torno a una vez cada quince días al principio. Más adelante cada veinte, y después, cada mes y medio. En una ocasión, el dolor tardó tres meses en regresar. Verónica no dejó de cojear, ni tampoco le desapareció del todo la cicatriz de la cabeza, pero, en los días posteriores al nuevo ritual de sanación, su tartamudeo y su dificultad para pronunciar ciertas palabras se esfumaron por completo, lo cual demostraba que, aunque algunas de nuestras heridas nos marquen de por vida, hay otras que pueden ser reversibles. Este también era el caso de Blanca, quien durante toda su infancia vivió marcada por la certeza de que en su interior albergaba algo malvado y, de pronto, descubrió que el poder que tenía podía destinarse a distintos usos, no todos ellos destructivos.

Aquella noche, algo más cambió en la casa. Blanca se percató de que sus amigos comenzaban a tratarla de distinta manera. Con más cuidado, con más delicadeza, como quien protege un jarrón de porcelana caro. Sus amigos, además de sus amigos, se transformaron de la noche a la mañana en una especie de séquito como el que tienen las estrellas de rock, e intentaban, en la medida de lo posible, ponerle la vida más fácil. Y, como sucede con el que se hace rico de la noche a la mañana, Blanca se acostumbró rápido a viajar siempre en clase preferente.

VI

A principios de agosto, las chicas acudieron a la tienda de fotografía donde Verónica trabajaba para hacerse unas fotos de carné para el currículum. Blanca e Inma habían decidido que ya era hora de contribuir económicamente en la manutención de aquella casa, y, además, pretendían ahorrar suficiente dinero como para poder organizarse económicamente cuando Carla cumpliera dieciocho años y bajar todas al sur, en busca de la madre perdida. Y, en ese sentido, las dos chicas sentían que una buena fotografía era importante, ya que el resto de su *curriculum vitae*, por mucha imaginación que le pusieran, no ocuparía ni un triste párrafo. Blanca e Inma se habían imaginado trabajando en alguna tienda de discos, de tatuajes o de ropa *vintage* del barrio de Malasaña, lugar en el que les gustaba echar las horas, por lo que, según habían intuido en sus paseos por el barrio, necesitarían suplir toda su inexperiencia con una gran dosis de actitud.

Verónica ponía el mismo cuidado en su trabajo que el que les ponía a sus plantas. Era meticuloso, organizado y, sobre todo, tenía muy buen ojo para sacar lo mejor de las personas, igual que para los helechos y los potos tenía muy buena mano. Disparó una, dos, tres veces a sus amigas con algunas indicaciones precisas («Baja la barbilla» o «Despéinate el flequillo»). Inma y Blanca siguieron aquellas indicaciones y se descubrieron, fotos en mano, como las chicas que querían ser: seguras de sí mismas, desafiantes, rebeldes.

A las dos les gustó tanto la imagen que les devolvían aquellas fotografías, las cuales les daban aspecto de delincuentes juveniles, que le pidieron a Verónica que les hiciera alguna más. Y Verónica, que no tenía nada mejor que hacer, aceptó realizarles una pequeña sesión fotográfica por diversión «como las de las chicas de los blogs de internet», según le pidieron.

Aquel día iban pintonas, todo sea dicho, maquilladas como puertas y ataviadas con sus mejores galas: Inma llevaba una camisa blanca con cuello isabelino, una minifalda de cuadros escoceses y unos zapatos de charol negro con algo de tacón. Blanca había tomado prestado del amplio vestuario de su amiga un vestido negro calado hasta los pies, pero que a ella le llegaba justo por debajo de la rodilla, unas deportivas negras y una sombrilla también negra que había comprado en una tienda de segunda mano con la que terminaba de construir su look vampírico.

Sobre lo insoportable de aquel atuendo en un caluroso agosto madrileño existe una explicación. En aquella época, las chicas adolescentes eran seres en un perpetuo sufrimiento escogido en favor de la belleza o de lo que creían que era la belleza. Había adolescentes que dejaban de comer para verse delgadas frente al espejo. Adolescentes que, no contentas con eso, vomitaban en la penumbra de sus baños para verse todavía más delgadas frente al espejo. Adolescentes que se quemaban hasta el cuero cabelludo para tener el pelo liso y adolescentes que se quemaban hasta el cuero cabelludo para tener el pelo rizado. Adolescentes que lo primero que se ponían encima después de una ducha eran incómodos tangas solo para poder lucir las costuras por fuera de sus estrechísimos pantalones vaqueros o sujetadores *push up* que les cortaban la respiración y hasta el riego al cerebro, pero les subían las tetas hasta la garganta. Adolescentes que llegaban todas las noches a casa con terribles rozaduras y juanetes a causa de un calzado demasiado incómodo, pero que les estilizaba las piernas. Adolescentes que llevaban lentillas de color sin tener ningún problema en la vista y adolescentes con vestidos tan cortos que tenían que pasarse la noche entera sentadas en un banco para que no se les vieran las bragas. Aquellas chicas habían oído durante toda su vida que para poder presumir había que sufrir, por lo que habían asimilado que la belleza requería esfuerzo, sacrificio y dolor. Inma y Blanca, pese a todo, también habían mamado aquellas fatales enseñanzas, aunque las hubiesen teñido de color negro. Por eso jamás salían de casa vestidas de otra manera que no fuera con aquellos conjuntos sobrecargados y oscuros, que siempre maridaban mejor con la caída de las hojas o las primeras lluvias de octubre que con el brillante sol de agosto. Inma, Blanca, y también Carla, de entre todos los sufrimientos habían escogido pasar calor, mucho calor, por un compromiso estético de lucir siempre bonitas.

De modo que de esa guisa se pusieron frente al foco y objetivo de una Verónica que también disfrutó de hacer algo distinto a decir «apártate el pelo de la cara» y apretar un botón. Verónica tiró una serie de fotografías a aquellas dos chicas que se contorsionaban frente a la cámara a imagen y semejanza de las modelos que protagonizaban las campañas publicitarias en la primera década del siglo XXI y el resultado, contra todo pronóstico y más por la sensibilidad de Verónica que por la experiencia de las chicas frente a la cámara, fue bueno. Qué bueno: fue excelente. Blanca e Inma parecían las fundadoras de una banda de *new wave* a punto de lanzar su primer sencillo al mercado.

Ya la colocación de aquellas dos chicas frente a la cámara decía mucho sobre las nuevas relaciones de ese grupo establecidas desde la noche del gran milagro. Siguiendo la analogía de la banda musical, Blanca, sin duda, hubiese sido la vocalista. Era ella quien aparecía en primer plano y a la que el foco seguía con más intensidad, un paso por delante de Inma, que se conformaba con tener la segunda mirada de quienquiera que fuese a observar aquella fotografía. Si aparecían juntas, Blanca siempre destacaba de manera principal, protagonizando la escena. Inma no se sintió de menos cuando Verónica les enseñó las fotografías, en las que la pelirroja parecía la actriz de reparto de la sesión fotográfica. Blanca quizás fuese la estrella fugaz, pero ella era feliz siendo la bonita estela que sigue su rastro.

Blanca, que como toda chica de su tiempo también caía en la necesidad constante de la aprobación externa, no dudó en subir aquella sesión fotográfica a *Espíritu y sentimiento* esa misma noche en un post que tituló «La vida es eso que pasa mientras nos estás mirando». Para sorpresa de ambas, al día siguiente, al llegar a casa —después de patearse toda la Gran Vía arriba y abajo dejando sus currículums en tiendas, bares y restaurantes con poco entusiasmo, y en las tiendas guais de Malasaña con algo más de alegría y esperanza—, sus suscriptores se habían doblado en número y, poco después, se habían triplicado. *Espíritu y sentimiento* tenía, en ese momento, trescientos, y el post con aquellas imágenes insertadas acumulaba comentarios positivos y entusiastas.

A los cuatro días, Inma y Blanca recibieron una oferta de trabajo de una franquicia especializada en sándwiches en la que su labor consistiría en introducir las diferentes opciones de relleno dentro del emparedado y después cortar el emparedado en forma de triángulo. Aquel no era el empleo que habían soñado y ni tan siquiera se molestaron en responder a los mensajes de texto de la encargada de la franquicia, convenciéndose la una a la otra de que pronto recibirían una oferta en un trabajo que tuviera algo más de glamur. Pero, al sexto día de espera y sin ninguna otra oferta sobre la mesa, no tuvieron más remedio que responder a su futura encargada con un buen arsenal de excusas y el rabo entre las piernas y aceptar, agradecidas, la confianza que había puesto en ellas. A la semana de empezar a trabajar ya estaban profundamente deprimidas.

Ni Blanca ni Inma, que hasta la fecha solo se habían dedicado a los estudios y a fantasear con un brillante y prometedor futuro, habían imaginado que trabajar sería una tarea tan repetitiva, cansada, aburrida y poco agradecida. Ellas, hijas de una España en pleno progreso económico y todavía ajena a sus crisis venideras, habían crecido con la promesa de estar destinadas a hacer algo más grande, o al menos más elevado, que lo que hacían en el sótano de aquel comercio situado en una esquina de la Gran Vía durante ocho horas al día, cinco días a la semana. Eran víctimas, en parte, del clasismo heredado de sus padres, que les metieron en la cabeza que sin estudios nadie llegaba a ningún sitio. En una época en la que los padres señalaban con desdén al barrendero del barrio, que, pobre hombre, qué mal les había hecho, o a la cajera del supermercado, tan maja ella, para decir aquello de «¿Ves? Eso les pasa por no estudiar», sin ningún tipo de decoro ni respeto hacia esas personas que estaban ganándose honradamente el pan que ponían sobre la mesa, y a quienes sus padres solo veían como arquetipos a los que sus hijas no debían parecerse en la vida.

Aunque las chicas sabían y se repetían de manera constante, casi como un mantra, que aquello era algo temporal y que, al menos, compartían turno, no podían evitar sentir una profunda desesperanza cada vez que les sonaba el despertador por las mañanas anunciando la llegada de un nuevo día en la fábrica de sándwiches.

Blanca e Inma se despertaban como almas en pena antes de que hubiese amanecido, tomaban un rápido café en silencio para no despertar todavía a Verónica, se acicalaban y se vestían con ropa cómoda e informal, y salían pitando de aquella casa en la que antes pasaban sus días con tanto placer. De ahí, al metro. Y del metro derechitas al sótano de aquella cafetería para meter durante ocho horas una asquerosa pasta de atún con algo que epistemológicamente no podía llamarse mayonesa en unos panecitos blancos y blandos, con una ridícula red sobre sus cabezas y con su supervisora sobre sus hombros. «Demasiado relleno», «Muy poco relleno», «El relleno se pone en el centro y se extiende hacia los laterales, para que al cortarlo por la mitad parezca que hay más, ¿cuántas veces os lo tengo que explicar?», «Ese triángulo no es simétrico», «No pongas tanto jamón», «Pon un poco más de jamón, hija mía, que no estamos en la posguerra», «Tienes que ser más rápida», «No vayas tan rápido, que te salen unos sándwiches que son una birria», «Arriba necesitan más botellas de agua», «Más salami», «Hazme el favor de subir esas Coca-Colas», «Más queso con pera», «Deprisa», «¡Vamos!», «No quedan sándwiches de Nocilla», «¡Espabila, niña! ¿Eres idiota?». Blanca e Inma también tenían que cargar cajas arriba y abajo, colocar las nuevas tandas de sándwiches en los mostradores, pasar de tanto en tanto la fregona o limpiar los asquerosos baños de los clientes, donde la primera semana ya se encontraron el regalo. Las dos amigas se querían morir y tan solo llevaban diez días cotizados.

—Voy a vomitar —dijo Blanca, en la puerta de aquellos aseos y con la fregona en la mano, intentando contener, sin éxito, las arcadas—. Ahí dentro hay un zurullo enorme, Inma.

Inma se acercó entonces a la puerta del baño y, antes de cruzar el umbral, el olor la echó para atrás.

—Dios, qué asco —dijo tapándose la nariz, aunque tronchándose de risa—. ¿Crees que lo de ahí dentro es queso con pera o salami?

—Vete a la mierda —respondió Blanca, incapaz de no reírse también por lo asqueroso y a la vez absurdo de la situación—. Esta noche me voy a suicidar. —Miró a Inma y se le cruzó una idea. Sabía que quizás estaba excediéndose en las atenciones que esta le dedicaba, pero, aun así, el asco que sentía pudo con ella. De modo que le tendió la fregona y le dijo—: Hazlo tú, yo no puedo.

Cuando terminaban su turno salían al golpe de la solana madrileña, ya en torno a las tres de la tarde, donde no quedaba ni un alma en pie, para emprender el regreso al hogar casi a rastras, exhaustas y de mal humor, y echarse a dormir largas siestas en compañía sobre la cama de los padres de Verónica, con un ventilador apuntando a sus cuerpos. Despertaban a media tarde, molestas por haber perdido el día entero o bien trabajando o bien durmiendo, y se pasaban lo que les quedaba de jornada quejándose largo y tendido de su trabajo, de la supervisora, a quien llamaban Adolfita por motivos evidentes, de la repugnancia que les producía el relleno de los sándwiches, del calor y del olor del sótano, de un «cerdo acneico y cromosómico» que tenían por compañero que siempre intentaba arrimar la cebolleta como quien no quería la cosa cuando pasaba cerca de ellas, del horario criminal, de lo fea que era la gente a primera hora de la mañana en el metro o de lo mucho que le dolían a una los pies y a la otra la espalda. Pero de lo que más se quejaban, fundamentalmente, era del tiempo perdido. A las chicas les costaba asimilar su repentina pérdida de libertad por acomodarse a un horario y no eran capaces de gestionar el día a día: ¿cómo sacar fuerzas después de una jornada rellenando sándwiches para hacer todo aquello de lo que antes habían disfrutado? ¿Cómo tener energía para pasear, ir a este o a aquel sitio, o para escuchar un disco entero o leer un libro sin que se les cerrasen los ojos, ya tumbadas por la noche en la cama? ¿Cómo seguir charlando de cosas verdaderamente interesantes si no disponían de tiempo material para nutrirse de cosas verdaderamente interesantes? ¿Cómo relajarse si ahora vivían pendientes de la hora que marcaba el reloj, ya fuese para levantarse a tiempo o para no acostarse demasiado tarde? Le preguntaban a Verónica, ¿cómo lo haces tú?

—Te acostumbras —respondía él lacónico—. Por desgracia, te acostumbras.

A Verónica, como observador externo pero cercano del proceso de radicalización de aquellas dos jóvenes, le daba la risa ante aquel espectáculo que ahora tenía en casa, y encontraba incluso tierna la dramática situación en la que vivían inmersas sus dos compañeras de piso, sobre todo cuando las chicas lanzaban en voz alta largos lamentos contra el funcionamiento del mundo moderno, distintos en sus formas, pero tan parecidos en el fondo a los que un señor alemán ya señaló en 1867.

—Pero ¿la gente cómo lo hace? —se repetía en su lamento Inma desde el cuarto de baño, mientras se estudiaba los nuevos cortes de las manos, producidos por su poca destreza con el cuchillo—. ¿Por qué no está todo el mundo quemando contenedores o viviendo en casas okupas?

—¡Es indigno! —decía Blanca a la hora de la cena, dando un golpe encima de la mesa para enfatizar el enorme disgusto del día—. ¿Cómo puede un ser humano aguantar estas condiciones? ¡Hay cucarachas en el sótano!

—¡Es que ni siquiera puedo leer! —decía Inma en un ataque de autocompasión, dejando caer lánguidamente entre sus manos el libro que estaba leyendo—. ¡Ni siquiera tengo fuerzas para leer!

—Yo hace días que no me puedo concentrar en nada —le respondía Blanca, siempre dispuesta a retroalimentar las constantes quejas de su amiga—. Supongo que por esto los adultos terminan siendo un puto coñazo.

La situación cambió ligeramente a finales de mes, cuando ambas recibieron la primera nómina en sus vírgenes cuentas bancarias. Estaban contentas por disponer en el bolsillo de dinero propio y ganado con el sudor de su frente, y se lanzaron a las calles de Malasaña a por todas esas cosas a las que les habían echado el ojo desde que llegaron a la capital pero que, por pudor y escasez, no habían podido echarles el guante. A las tres y cuarto de la tarde, tras una larga mañana rellenando sándwiches, fueron a probarse trapitos en tiendas de ropa, a escuchar los primeros temas de un cedé en alguna tienda de discos, a pasar las hojas de algún libro en una librería o simplemente a mirar bonitos escaparates con la seguridad de quien puede entrar y pedirle al dependiente su número y talla. Aquella tarde llegaron a casa cargadas de brillantes bolsas. Inma había comprado una nueva paleta de sombras de maquillaje en tonos que iban desde el verde de la campiña inglesa hasta el rojo cobrizo, una camisa blanca con chorreras en Pepe Jeans, una falda de tablas gris en una tienda de segunda mano y el libro *El secreto* de Donna Tartt, que moldearía su personalidad entera durante la siguiente década. Blanca e Inma también le llevaron a Verónica hermosos presentes en agradecimiento por todo lo que había hecho por ellas sin pedirles nada a cambio: un póster de la película *Quadrophenia*, el último número de la *Rolling Stone* y el disco «Pet Sounds» de los Beach Boys, que faltaba en su colección. Verónica agradeció aquellas inesperadas cosas con los ojos vidriosos, puesto que no recordaba cuándo fue la última vez que alguien que no fuera el empleado de su banco le había hecho un regalo. Blanca tan solo llevaba una gran bolsa, que agarró contra su pecho durante todo el trayecto de vuelta, no se la fueran a robar. Dentro estaba uno de los objetos que más había ansiado desde que empezó a construirse una identidad basándose en sus gustos culturales: un par de botas Dr. Martens clásicas.

—Son tan bonitas... —dijo Blanca al abrir de nuevo la caja con aquel tesoro en el pequeño salón de Vallecas, sentada en el suelo.

Acarició las botas con la punta de los dedos conforme admiraba y apreciaba todos sus detalles: el suave y brillante cuero, el icónico pespunte en color amarillo que rodeaba la planta, la imponente suela de goma que primero había servido a los trabajadores de las fábricas para aislarse del suelo frío y resbaladizo propio del invierno y, más adelante, heredadas por sus hijos, se convirtieron en emblema de su rabia hacia un mundo injusto y hostil. Tendría que empezar a ponérselas en casa, pensó, para comenzar a ablandar su famosa rigidez, tal y como le había recomendado el dependiente de la tienda donde las había comprado. Pensó en The Who, en The Clash y en los Sex Pistols, y se visualizó con las hermosas botas puestas y una chupa de cuero negro, sí, o quizás una chaqueta militar que podría comprar un domingo en el Rastro, una camiseta negra que haría suya añadiéndole imperdibles en las mangas y en el cuello, y unos pantalones pitillo muy ajustados. Se imaginó así, paseando por el mundo o, mejor dicho, pisoteándolo a su paso, sin nada ni nadie que la pudiera frenar. Aquellas botas que habían servido para patear cabezas y pisar escenarios le permitirían convertirse en la Blanca que siempre había querido ser, y no podía esperar a fotografiarse con ellas puestas. No solo eran las botas, claro, era todo lo que aquellas botas representaban para ella, y lo que Blanca creía que podían llegar a representar si se las calzaba. Porque no solo imaginaba las botas en sus pies, sino una forma de caminar más segura, más poderosa, más libre y auténtica.

—Y tan caras... —añadió al encontrar en su exhaustivo análisis del interior de la caja el ticket de compra.

Una sombra atravesó su blanco rostro. Pensó, de pronto, en que había gastado un tercio del mísero sueldo que tanto le había costado ganar en aquel par de botas. ¿Cuántos sándwiches serían si hacía una división? Quizás trescientos o cuatrocientos. Puede que muchos más. Y sintió la culpa propia de la gente que no tiene mucho dinero, esos que suelen arrepentirse de inmediato cuando gastan en algo caprichoso e innecesario. Una culpa que nunca desaparece, por muy bien que le vayan a uno las cosas, ya que siempre sentirá una punzadita en la boca del estómago al pasar la tarjeta de crédito para comprar una extravagancia, como si eso no le estuviera permitido. Blanca frunció el ceño y sacó sus botas de la caja. Vistas ahora, sin la favorecedora luz del escaparate de la tienda, parecían un poco menos imponentes que cuando había pagado por ellas. ¿Y si la gente no apreciaba que aquellas eran unas Dr. Martens auténticas?, pensó. ¿Y si la gente no se daba cuenta de lo mucho que le habían costado? A Blanca se le marcó una arruga en la frente: tenía sus preciadas botas, ¿por qué no era más feliz que esa mañana, cuando le sonó el despertador? Tenía sus preciadas botas, sí, pero se dio cuenta de que para pisotear de aquella forma la ciudad necesitaba el conjunto entero: la chaqueta, los pantalones pitillo, la camiseta que tendría que diseñar para que no se pareciese a ninguna otra. Aquello no terminaba nunca. Las botas, por sí solas, no eran suficientes. ¿Y cuánto le costaría todo eso? ¿Cuántos sándwiches de queso con pera, de queso con nueces, de atún con maíz o de pasta de salami tendría que rellenar? ¿Cuántas cajas con pesadas botellitas de agua tendría que subir a la tienda desde el sótano? ¿Cuántas cucarachas tendría que matar y cuántos zurullos tendría que desatascar? ¿Cuántas horas tendría que soportar la voz de Adolfita metiéndole prisa a su espalda? ¿No había sido acaso más feliz hacía poco menos de un mes, cuando no podía permitirse un par de Dr. Martens y se pasaba el día entero leyendo en el sofá de las flores?

Verónica, desde su silloncito, observaba a Blanca con la certeza de que estaba teniendo una revelación de las que aparecen relatadas con exageración y detalle en los libros de historia, como la manzana que cae del árbol. La joven alzó la vista, con su par de botas en las manos, y cruzó la mirada con la de su amigo.

—Esta es la trampa —afirmó Blanca.

Verónica se encogió de hombros.

—Siempre lo ha sido —sentenció.

VII

A primeros de septiembre Verónica tuvo otro de sus episodios. Fue, como siempre, poco después de cenar y, en cuanto percibieron los primeros síntomas del dolor extendiéndose por todo su cuerpo —su rictus, de pronto severo, los ojos entornados, el palpitar de la cicatriz, que se tornó de un dramático rojo oscuro, las articulaciones rígidas—, las chicas se pusieron en pie para organizar el consabido ritual. Era la segunda vez que lo hacían desde la noche en la que Blanca rezó aquello de «solo por hoy, solo por hoy», y la única diferencia en esta ocasión fue que Inma lo grabó todo en vídeo con una pequeña cámara digital propiedad de Verónica.

Años más tarde, cada uno de los integrantes de ese pequeño grupo se arrepentiría en mayor o menor medida de haber grabado aquel vídeo. Y, mucho más, de haberlo colgado en el blog *Espíritu y sentimiento* con la más completa ignorancia, después de una conseguida edición por parte de Verónica, que, en tiempos en los que nadie en internet se preocupaba por la propiedad intelectual, añadió un sonido industrial y agregó una serie de escenas que grabó después en un alarde de genio artístico entrenado a base de videoclips de la MTV que dio como resultado un vídeo inquietante, experimental y sobrecogedor.

Pero en aquel momento, ni mientras Inma grabó ni

tras la posterior edición, vieron problema alguno a lo que estaban haciendo ni mucho menos pensaron en las posibles consecuencias de lanzarlo en ese ancho océano conocido como internet.

Tengamos en cuenta unos breves apuntes históricos: faltaba todavía más de un año para que tres hombres en San Francisco, ansiosos por poder volver a ver el momento en el que Justin Timberlake descubrió el pecho de Janet Jackson durante el intermedio de la Super Bowl en 2004, decidieran crear una plataforma en la que alojar vídeos llamada YouTube. La palabra *viral* solo se oía en las salas de espera del médico de cabecera cuando daba comienzo la época de la gripe. Y la gente que alcanzaba la fama era porque de verdad la buscaba, ya fuera formando parte de un grupo musical, actuando en una película, siendo hijo de una persona famosa con pocas ganas de trabajar o presentándose al casting de *Gran Hermano* y vendiendo después su vida privada en los programas y revistas del corazón. Estábamos cerca ya de la predicción que Andy Warhol lanzó en 1968, cuando afirmó que en el futuro todo el mundo llegaría a ser famoso durante al menos quince minutos, pero todavía no habíamos llegado allí. Para ser famoso durante quince minutos aún dependías de muchas personas: de un reportero con pocos escrúpulos y mucha ambición, por ejemplo, o de un director de un programa de gran audiencia dispuesto a rentabilizar una buena tragedia familiar. Si se hablaba de «redes sociales» era en términos sociológicos. Facebook únicamente existía en la calenturienta mente de un tal Mark Zuckerberg, que tan solo pretendía que toda su universidad pudiera votar a la tía que estuviera más buena del campus. Fotolog no despegaría hasta unos pocos años más tarde. Tumblr, Twitter o Instagram eran plataformas inimaginables en tiempos de los blogs. *Influencia* era una palabra propia del pasilleo político. Y, lo más importante, el concepto de *audiencia* se aplicaba solo a los medios tradicionales: radio, televisión, periódicos. La idea de tener *seguidores,* en los albores del internet que hoy conocemos tan bien, era más propia de las bandas de rock o de la Iglesia católica.

Ni Blanca, ni Inma, ni mucho menos Verónica buscaban nada remotamente parecido a la fama o al reconocimiento. Grabar y, sobre todo, colgar aquel vídeo fue una decisión tan poco trascendental como elegir qué película verían el viernes por la noche y tan ingenua, visto con ojos del ahora, como el que paga cientos de euros a un supuesto príncipe nigeriano a cambio de hacerse después con una parte de su jugosa herencia. Cuando Inma tomó aquella cámara digital y grabó a Blanca y a Verónica en el sofá de las flores, rodeados de plantas de interior, velas y esculturas de angelitos, lo hizo por dos razones fundamentales: en primer lugar, porque esa era la única forma de que Carla pudiera ver exactamente qué sucedía durante aquellos episodios que le habían descrito con pelos y señales por teléfono, pero que no había tenido ocasión de ver por sí misma. «Te lo juro, es que vas a flipar cuando lo veas», le decía Inma por teléfono. Y en segundo lugar porque, desde que Blanca sentía el fuego en la punta de los dedos hasta que Verónica dejaba de convulsionar sobre el sofá, este último no recordaba nada de lo que ahí sucedía. Su mente, según describía él después a las chicas, se teñía primero de color rojo y después de color blanco, y entonces su cuerpo despertaba y su dolor había desaparecido. Y Verónica quería ver por sí mismo qué pasaba entre las paredes de su salón para que, cada vez que abría los ojos otra vez, él se sintiera un hombre nuevo.

Después del episodio, Blanca, Inma y Verónica se sentaron en el sofá de las flores y vieron aquel vídeo con una mezcla de interés y fascinación. Blanca y Verónica sentían que aquellas personas eran ellas, pero al mismo tiempo no lo eran, como cuando alguien escucha su propia voz en una grabación y, a pesar de tener la certeza de que se trata de sus propias palabras, no es capaz de reconocerse. Verónica fue a quien más curiosidad le despertó aquella grabación, que duraba poco más que una canción de los primeros discos de los Beatles, y esa noche se quedó solo, en el sofá, con las luces apagadas, viendo el vídeo una y otra vez.

Al día siguiente, Verónica sintió la llamada de las musas y comenzó a caminar por casa cámara en mano, grabando una serie de vídeos cortos y detallistas de varios objetos cotidianos de su alrededor. Blanca e Inma le observaban recorriendo los rincones de su hogar hasta dar con algo que le llamaba la atención y montar después un pequeño set de rodaje para filmar una vela consumiéndose o uno de los angelitos de escayola. Verónica no se conformó con la inspiración que encontraba entre los muros de su propia casa, sino que también salió a la calle, donde grababa con especial interés los columpios del parque más cercano o a un grupo de palomas que se peleaban por un mendrugo. Por las noches, Verónica se sentaba frente al ordenador y editaba con cuidado todas aquellas imágenes grabadas durante el día, montándolas cuidadosamente sobre la escena principal.

A la semana y media, convocó a Blanca y a Inma en el salón y les enseñó el resultado sin darse demasiado bombo. Contó que verse convulsionando sobre el sofá había despertado algo en él que creía dormido y había querido dar testimonio de su propia experiencia. Blanca e Inma se sentaron en el sofá de flores, y Verónica le dio al *play* al vídeo en su propio ordenador.

El montaje que había realizado comenzaba con un fondo negro sobre el que aparecía un rótulo en el que se podía leer PRIMERO FUE ROJO Y LUEGO FUE BLANCA. Aquello daba paso a la primera escena: el plano abierto que había grabado Inma, donde se observaba a Verónica tumbado y a Blanca sentada sobre el brazo del sofá, con la cabeza de Verónica sobre sus muslos, vestida con una camiseta negra, unos diminutos pantalones cortos vaqueros y las Dr. Martens que últimamente llevaba siempre por casa para que cedieran y se ablandaran. De ahí pasaba a un primer plano de un angelito de escayola, al que Verónica le había dibujado unas lágrimas con rotulador negro. De ahí, un primer plano de la fotografía de Verónica tomando la comunión. De ahí, al rostro de Blanca, todavía somnoliento, iluminado por los primeros rayos de sol de la mañana. Luego, un primer plano de Verónica frente al espejo del cuarto de baño, mostrando su horrible cicatriz con un zoom cada vez más asfixiante. Otro angelito, este sin lágrimas. Y de ahí, un grupo de palomas en el parque echando a volar ante la llegada sorpresiva de un niño. El angustioso tema de música industrial que había escogido iba *in crescendo* conforme la imagen daba paso a un primer plano de las manos de Blanca posándose sobre la frente de Verónica e, inmediatamente después, el primerísimo plano de una vela ardiendo y consumiéndose. Después, podíamos ver a Blanca musitando palabras ininteligibles, con los ojos cerrados y aspecto de santa. Las lágrimas de Blanca. Los dedos de Blanca, de los que parecía que salían chispas. Otro corte y veíamos la fotografía de Verónica de adolescente. Un corte más y teníamos a Verónica convulsionando, retorciéndose como una criatura poseída por el mismísimo Satanás, hasta relajarse por completo y, un corte después, Verónica aparecía sentado en el sofá, sonriendo a la cámara. Fin.

—Joder —dijo Inma, con la mano derecha apoyada sobre el pecho, cuando terminaron de ver aquel vídeo—. Qué guapada, Verónica.

—Es increíble —dijo por su parte Blanca con los ojos muy abiertos—. Es absolutamente increíble.

—Gracias —respondió él, lacónico como de costumbre a no ser que creyese que tenía algo que aportar a la conversación, aunque sin evitar sentirse halagado por la respuesta fervorosa de sus amigas.

—Es que es como warholiano —añadió Inma—, y un poco lynchiano también. —Blanca puso los ojos en blanco, como últimamente acostumbraba a hacer de tanto en tanto, ante el comentario de su amiga—. ¿Qué pasa?

Aquella semana, inspirado por el efecto que produjo sobre sí ver el vídeo original hasta aprendérselo de memoria, Verónica había encontrado algo parecido a la vocación y se sentía, hasta cierto punto, realizado por primera vez en su vida. Caminar y redescubrir los rincones por los que llevaba transitando años y años tras el objetivo de su cámara le habían ayudado también a mirar las cosas de otra manera. Para él, fue como si el mundo le concediera una nueva perspectiva. Verónica ya no era un señor cojo paseando con las manos dentro de los bolsillos, sino alguien con un propósito. Él, que por las trágicas circunstancias de su vida siempre se había mantenido en un discreto segundo plano, jamás hubiese imaginado que su naturaleza observadora y distante pudiera servirle para algo que no fuera ver, oír y callar. Ahora notaba que sí: Verónica también podía contar historias. Ahí estaba la primera de todas ellas. En forma de vídeo. Y quizás, de entre todas las historias posibles, la de Blanca era la más valiosa, la más digna de ser contada y compartida. El aplauso de sus amigas le arrancó una sonrisa, y a punto estuvo de arrancarle también una lágrima si no hubiese tenido la agilidad de ponerse a echarles flis-flis a las plantas para que aquello no sucediera. Quizás, todo lo que había necesitado a lo largo de su vida era que alguien creyese un poco en él.

—¿Me dejarías subirlo al blog? —intervino Blanca, a quien el vídeo le había causado una conmoción particular, como si al verse reflejada en pantalla, y a través de la mirada de Verónica, hubiese sido más consciente de que, al contrario de lo que siempre había creído, aquello que hacía y que sentía que la definía no tenía nada de malo—. Es la cosa más guay que he visto en mi vida.

—Claro, sin problemas —dijo Verónica, de espaldas a ellas, henchido de orgullo.

En menos de una semana desde la publicación del vídeo, en *Espíritu y sentimiento* pasaron de tener trescientos suscriptores a tener más de siete mil. Ninguno de los tres daba crédito ni entendía del todo la razón detrás de tanto alboroto y tanto comentario. Cada vez que refrescaban la página en la que se alojaba el blog, el número de visitas había alcanzado una nueva cifra. Las estadísticas internas del blog le decían a Blanca que aquella entrada había sido vista por 45.000 personas, y que las entradas anteriores, todo aquello que Blanca llevaba publicando y compartiendo desde que se mudó a casa de Verónica, también tenían un repunte de interés y visualizaciones. Entre la primera sesión de fotos en el estudio en el que trabajaba Verónica y el vídeo, las chicas se habían animado a colgar más fotografías personales, realizadas siempre por Verónica, que también habían recibido una buena respuesta, pero nada comparable al vídeo. Blanca podía darse cuenta del crecimiento de la audiencia también por la cantidad de comentarios que se iban acumulando en cada uno de sus posts. Si al principio solía recibir dos o tres, si después de colgar la sesión de fotos con Inma fueron diez, ahora hablábamos de cientos de comentarios en cada una de sus entradas, pero especialmente en aquella que alojaba el vídeo editado por Verónica.

—Es que está guapísimo, Verónica, ya te lo dijimos —exclamó Inma, quien también celebraba con alegría extrema todos aquellos comentarios y el interés que despertaba el vídeo, del que también se sentía parte, ya que, aunque no apareciera en él, había grabado la escena principal—. ¿Dicen algo de mí? —preguntó con curiosidad.

—Calla un momento —la cortó Blanca, que leía en diagonal los comentarios que se acumulaban bajo el vídeo de Verónica—. Yo no sé si esta gente nos ha empezado a seguir solo porque el vídeo sea guay... —añadió, con cierta preocupación.

—¿Y por qué lo hacen? —preguntó Inma ignorando el corte de su amiga.

¿Qué llevaba a una chica de diecinueve años del madrileño barrio de Tetuán, a un señor jubilado de Soria en cuya biografía se declaraba «de derechas y amante de los animales» o a un ama de casa de cuarenta y cinco años de La Granja de San Ildefonso que compartía recetas de postres caseros en su blog, a tener *Espíritu y sentimiento* en su barra de direcciones y dejar comentarios en sus entradas? Esa era la pregunta a la que Blanca quería dar respuesta.

Pronto descubrió que, para saber el porqué que demandaba Inma, primero sería necesario comprender quién estaba detrás de esa masa uniforme de comentarios, *nicknames* y avatares, y a eso se dedicó Blanca durante tres días y tres noches en los que, cada vez que actualizaba la página, aparecía un nuevo comentario, una nueva interacción, una nueva pista. «¿Quiénes sois?», se preguntaba, perdiéndose en el mar de mensajes. «¿Qué buscáis aquí?», musitaba, como en trance, bebiendo una Coca-Cola *light* a las cuatro de la madrugada, con el rostro iluminado por el brillo de la pantalla del ordenador.

Blanca leía de manera obsesiva cada uno de esos comentarios tomando notas e intentaba crear una especie de perfil de la tipología de persona que se encontraba detrás, como había visto que hacía el FBI con los asesinos en serie en los documentales sobre crímenes reales que se descargaban ilegalmente de internet. Anotaba puntitos de color rojo si los comentarios eran escritos por mujeres y puntitos de color azul si eran escritos por hombres, anotaba puntitos amarillos si aquellos mensajes parecían haber sido escritos por jóvenes de hasta veintiún años o puntitos verdes si habían sido escritos por adultos; también anotaba en colores distintos si los mensajes parecían escritos en España o en Sudamérica con la intención de elaborar un mapa que arrojase luz sobre el asunto. Y no tardó en encontrar algunos denominadores comunes.

Estaban, por un lado, aquellos que parecían entender el blog como parte de un proyecto artístico, con el vídeo de Verónica como punta de lanza de todo: «Me muero, ¿es el *teaser* de un LP?», «¿De quién es la música?», «No sé qué es, pero necesito más», «¿Quién ha dirigido esto?», «¡Qué *arty*! ADORO», «¿Es una peli?», «Blanca, ¿puedes decir de dónde es tu ropa?», «¿Cuándo subiréis el corto entero?», «¿Podéis decir de dónde es la ropa?», «El maquillaje de la pelirroja, por favor». Ese tipo de seguidores pensaban que *Espíritu y sentimiento* podía ser un rincón promocional de un nuevo grupo de música, de una película a punto de estrenarse o de una marca de moda. O, sencillamente, el blog en el que dos artistas volcaban la parte más experimental de su trabajo.

Por otro lado, estaban aquellos mensajes que Blanca hubiese catalogado de inquietantes de no haberse criado en internet: «Hola somos de la Santísima Trinidad de Toledo queremos hablar contigo», «Por favor, mi hijo se está muriendo», «MI MADRE ESTÁ MUY ENFERMA, ¿LA PODRÍAS AYUDAR?», «Quiero que me ayudes a matar a mi marido»,

«GRACIAS BLANCA CRIATURA LUMINOSA SÍGUENOS GUIANDO EN EL CAMINO», «He leído todo lo q has publicado me ayuda a seguir adelante», «Niña mágica no dejes de escribir», «Más Sentimentalistas por aquí?», «Somos SENTIMENTALISTAS», «Blanca, por favor, no cambies nunca», «Tengo información sobre blanca, más info en mi blog», «¿Cómo podemos contribuir a la causa?», «Aceptáis donativos???», «Por favor venid a Murcia os pago todos los gastos». Este tipo de seguidores pensaban que *Espíritu y sentimiento* era una revolución espiritual: el nacimiento de una nueva Iglesia virtual donde todo el mundo era bienvenido.

Tras varios días enfrascada en aquella lectura, Blanca llegó a hacerse una idea del perfil de sus seguidores y los dividió en tres grupos diferenciados que, sin embargo, en algunas ocasiones llegaban a solaparse. Por un lado, estaban las chicas. Chicas de internet como ellas habían sido. Como seguían siendo, en realidad. Chicas que intuía jóvenes y posiblemente solitarias. Chicas curiosas y apasionadas, expertas buscadoras de tesoros digitales. Chicas que utilizaban el ordenador como ventana al mundo al que querían pertenecer y que en Blanca encontraban inspiración y prescripción. Chicas que seguían *Espíritu y sentimiento* por cuestiones estéticas e intelectuales. Por los looks, por el maquillaje, por las películas de las que Blanca hablaba y las escenas que compartía, por las frases que escribía, por las canciones que colgaba, por toda la narrativa que, sin darse cuenta, había ido creando sobre sí misma, volcándola en ese pedacito de internet que ahora había implosionado y se había convertido en algo de dimensiones que ni siquiera ella entendía.

Después estaban los seguidores espirituales: los Sentimentalistas. Hombres y mujeres que habían descubierto *Espíritu y sentimiento* a través del vídeo, y yendo hacia atrás en el blog, se habían convencido de que Blanca era una especie de mesías, una salvadora, una curandera, una representante de un dios en la Tierra. Estas eran personas desesperadas en muchos casos, esperanzadas en otras. Eran personas que no buscaban inspiración, sino respuestas. Eran personas perdidas que buscaban consuelo. Personas angustiadas. Personas sufrientes. Personas que no debían de estar muy bien de la cabeza. Personas que habían encontrado a Blanca cuando más la habían necesitado.

—Qué mal rollo —dijo Inma después de escuchar el detallado análisis elaborado por su amiga tras varias noches en vela—. Lo curioso es que, si lo piensas, los dos grupos se parecen en el fondo, ¿no? Todo son personas que buscan una especie de guía, ya sea material o espiritual.

Blanca se quedó pensando unos instantes en la frase de su amiga y concedió que seguramente tenía razón.

—Sí, supongo que sí.

—¿Y cuál es el tercer grupo? —preguntó Verónica, con el ceño fruncido.

—¿Qué? —dijo Blanca, que a causa de la falta de sueño no se encontraba en sus plenas facultades.

—Dices que por un lado están las chicas y por otro los fanáticos, pero has dicho que son tres grupos —agregó Verónica—. Y el tercero ¿cuál es?

—Ah... —dijo Blanca—. Pues hombres mayores que se hacen pajas.

Sí, existía un tercer grupo. Aquel que había eliminado de su mente con la misma velocidad con la que pinchaba sobre el icono de la papelera y borraba también sus comentarios («Bufff te follaba», «Sois bolleras???», «Menos ropa a la próxima», «El tío ese os la va a meter de canto en cuanto deje de revolverse xDDDDD», «Ufff blanca me pones un montón», «Fotos de pies?», «Enseña las tetas», «Zorra responde», «Pajote con tu foto», «Estoy a mil», «Llamame te pago lo q sea», «La pelirrojita me pone burro», «Mas fotossssss estoy a punto»). Viejos conocidos de internet con los que toda chica se había topado alguna vez en su vida. Hombres escondidos tras sus avatares que dejaban comentarios obscenos a adolescentes. Hombres que no se atreverían a decir ese tipo de comentarios cara a cara, pero se permitían hacerlo en esa anónima ventana al mundo que utilizaban única y exclusivamente para ver y consumir tetas, culos y vaginas. Hombres que entraban en chats, en foros comunitarios, en las salas de mensajería de juegos online o en Habbo Hotel con la única finalidad de terminar convenciendo a una chica o a un chico joven, en la mayoría de las ocasiones menor de edad, de agregarse uno al otro en Messenger y, una vez allí, mostrarle con escaso gusto su cimbrel flácido y del color de las ciruelas a través de la webcam, que devolvía una escena tan triste como, por fortuna, pixelada. Hombres que se conectaban casi siempre desde una habitación mal iluminada y seguramente mal ventilada, con la fotografía de su boda, de la comunión de sus hijos o de su madre muerta decorando alguna pared recargada de gotelé al fondo, y un rollo de papel higiénico en primer plano. Era el único grupo al que Blanca no le había dedicado ni cinco segundos de su tiempo, el que menos la había sorprendido, el más obvio de todos: como habitante de ese lugar desde 1998, ya era perra vieja como para ofenderse y preocuparse de su existencia.

—¿Sabéis que hay un montón de gente que nos quiere dar dinero? —dijo de pronto Blanca, tan solo con la intención de cambiar de tema y borrar aquellos comentarios nauseabundos de su mente.

—¿Dinero? —preguntó Inma sin entender—. ¿Dinero por qué? ¿Por fotos de nuestros pies?

—No —respondió Blanca frunciendo el ceño, algo incómoda—. Dicen que para la causa. O para que haga con ellos lo mismo que hago con Verónica.

De todos los mensajes que Blanca había leído a lo largo de esos días, aquellos en los que le demandaban usar su fuego eran los que más impresión y tristeza le habían causado. Solían ser personas con enfermedades graves, o con familiares con enfermedades graves, que comentaban en aquel vídeo como quien lanza una bengala en el mar después de un naufragio tras comprobar que ya no queda ni una gota de agua en la cantimplora. Blanca había dedicado más tiempo del necesario a pinchar sobre aquellos *nicknames* para entrar en sus perfiles y conocer sus tragedias personales. Era desolador. Niños con parálisis cerebral, con leucemia o con esclerosis múltiple, madres con cáncer en estadio 4, con párkinson, con alzhéimer, o personas que, como Verónica, habían sufrido un accidente que les había cambiado la vida y utilizaban internet como un último recurso para ser salvados. Blanca se hizo un máster en enfermedades raras y en desgracias comunes, pensando detenidamente en cada uno de los casos si sería capaz de ayudarlos de alguna manera. Después, ante la avalancha de calamidades, tenía que apagar el ordenador e ir corriendo al baño a vomitar.

—¿Y tú quieres? —preguntó Verónica con la mirada fija en el rostro de Blanca, a quien en esos momentos no veía como la futura mujer en la que se convertiría, sino como la niña que fue—. Sabes que si hicieras eso sería muy difícil dar marcha atrás.

—¿De cuánto dinero estamos hablando? —preguntó Inma, quien en esos momentos, sentada frente a la mesa del comedor, se observaba sus delicadas manos llenas de cortes y fantaseaba con la posibilidad de no regresar a aquel sótano repleto de cucarachas y humedades.

—No tengo ni idea, dependerá de la persona —respondió Blanca, arrepintiéndose de haber tocado el siempre delicado asunto del dinero y sintiendo como la tensión comenzaba a agarrotarle los hombros y a subirle por el cuello.

—Pero ¿tú quieres? —incidió Verónica, con sensatez. Y Blanca miró directamente aquellos ojos negros que siempre parecían guiarla hacia las respuestas que ella alojaba en su interior—. ¿Qué piensas?

—Por un lado, creo que me gustaría poder ayudar a la gente y poder hacer algo grande por los demás —comenzó a decir Blanca, de manera pausada, conforme iba poniendo orden a sus pensamientos. No era la primera vez que se le ocurría aquella idea, especialmente después de comprobar en su propia piel la notable mejoría de Verónica. De tanto en tanto se planteaba ampliar su lista de pacientes, por así decirlo, pensando que si podía ayudar a una persona podría ayudar a dos, y luego, quizás, a cinco. Después desechaba aquella idea con la misma rapidez con la que se le había cruzado, sintiendo que lo que estaba por venir era algo tan inconcreto y gigantesco que no tenía claro ni por dónde empezar, como también dudaba de su propio poder. ¿Y si fuera de aquellas cuatro paredes no se sentía lo suficientemente cómoda como para que su poder diera resultado? ¿Y si delante de personas desconocidas aquello no funcionaba como debía funcionar? ¿Y si hacía el ridículo? Para Blanca, como para cualquier persona en distintas situaciones complejas y valientes, toda la serie de «¿Y si...?» que se agolpaban en su cabeza le resultaban paralizantes—. Pero también me da miedo... —Blanca se masajeó el cuello con ambas manos—. Hay uno que me ha pedido que resucite a su madre muerta.

—Bueno, pues no empieces por ahí —dijo Inma intentando dar ánimos a su amiga y desviarla del rechazo absoluto a la posibilidad de sacar algún tipo de beneficio económico a su poder—. Imagino que la resurrección será lo más complicado, ¿no?

—No puedo resucitar a la gente, Inma —dijo Blanca mirando a su amiga con frialdad—. No seas boba.

—Tampoco lo has intentado —respondió Inma, suavizando el tono para dirigirse a su amiga como ya acostumbraba a hacer desde la noche en que sanó por primera vez a Verónica—. Solo digo que...

—Por Dios... —Blanca suspiró, y alzó ambas manos al cielo como pidiendo tregua—. No me siento cómoda, ¿vale?

—Pues no lo hagas —zanjó Verónica, y se levantó de su sillón—. No tienes por qué hacer nada que no quieras hacer —añadió, casi como un mantra, la misma frase que había repetido en tantas ocasiones en lo relativo a chicos y relaciones cuando, para Blanca, Verónica era todavía la muchacha del pelo rosa—. Se hace tarde, buenas noches.

—Buenas noches —dijeron las dos al unísono.

Blanca e Inma observaron a Verónica, que caminó renqueante hasta su habitación para después cerrar la puerta tras él. Escucharon al otro lado aquellos sonidos que ya constituían el ruido blanco de aquel hogar: Verónica, al otro lado de la puerta, quitándose con cierta dificultad los zapatos, el cinturón, los pantalones, la camiseta, y cerrando después la puerta del armario. Verónica tumbándose sobre aquella cama cuyo somier chirriaba, soltando un quejido sordo cuando su pierna mala tocaba el colchón, antes de apagar la luz. Había cosas que Blanca no podía arreglar, como aquella cojera permanente, y era consciente de ello. No se veía capaz de asumir el papel que Inma esperaba de ella, porque en el fondo de su corazón sabía que no podía ayudar a los más desesperados, que eran quienes le pedían esa ayuda a gritos.

El silencio se instaló entre ellas después de que Verónica cerrase la puerta de su habitación. Blanca sabía que el carácter peleón de Inma haría que no se rindiese tan fácilmente. De hecho, casi podía oír el runrún de sus pensamientos. Inma, sentada a la mesa del comedor, con la vista fija, de nuevo, en sus propias manos, y el ceño fruncido, pensaba a su vez en cómo volver a sacar el tema con Blanca sin que esta se pusiera hecha una furia, puesto que ella encontraba ciertos argumentos a favor y no quería desaprovechar la ocasión para exponerlos. Desde el sofá, Blanca miró al techo con exasperación y supuso que eso que existía entre ellas era lo más parecido del mundo a lo que se sentía al tener una hermana, un ser al que amar y odiar al mismo tiempo, sin que la intensidad de uno de los dos sentimientos pudiera anular el otro, sino tan solo hacerlo más fuerte.

—A ver, habla —dijo finalmente Blanca, incapaz ya de soportar la silenciosa tensión que había entre ambas.

—Solo digo... —Inma suspiró—. A ver, no te enfades. —Miró de nuevo a su amiga y, bajando la voz hasta el susurro, añadió—: Pero mira a Verónica, con ese cuerpo escombro que tú solita has conseguido arreglar...

—¿Y qué quieres decir con eso? —preguntó Blanca, en un murmullo acelerado y cortante—. ¿Que está bien coger el dinero a una madre de un bebé con raquitismo?

—Déjame terminar, anda —dijo Inma manteniendo un tono bajo. Blanca se cruzó de brazos y se quedó mirando en silencio a su amiga—. Blanca, igual valemos para algo más que para rellenar sándwiches de mierda y hacer fotos de carné a gente fea, ¿no te das cuenta? —Inma tragó saliva y ladeó la cabeza: una idea se había instalado en su mente. Como en todo lo demás, Blanca sabía que Inma no pararía hasta, al menos, haber puesto sobre la mesa todos los argumentos que tuviera a su alcance. De modo que la dejó hablar—. Lo que digo es que no se trata de aceptar dinero a cambio de curar el cáncer, piénsalo. Están los Sentimentalistas, ¿no? Y luego están las chicas, como tú has dicho.

Blanca asintió lentamente.

—Y los pedófilos —añadió.

—Ya, pero esos nos dan igual —dijo Inma—. Mira, podríamos hacer camisetas o bisutería o pósteres para las chicas, ¿sabes? Podríamos hacer *merchandising* de *Espíritu y sentimiento*. Y con ese dinero financiar la causa. —Blanca arrugó la mirada y observó a esa pequeña y astuta emprendedora que tenía delante con una pizca de admiración, ya que a ella jamás se le hubiese ocurrido algo así—. Podríamos financiar la causa... o lo que queramos hacer con todo eso —dijo señalando a Blanca al decir «todo eso», y añadió, acelerándose cada vez más, como si solo tuviera un minuto de tiempo para convencer a su amiga—: Blanca, en algún momento tendremos que decidir qué vamos a hacer, no podemos quedarnos para siempre en casa de Verónica. —Inma hizo otra pausa en la que dudó por un instante si mentar o no lo innombrable, aquella gran ausencia en la vida de Blanca que, sin embargo, siempre estaba presente en forma de cuaderno de color naranja—. Y acuérdate de lo que dijo tu madre: «Ojalá no viva con miedo en el cuerpo y se atreva a hacer cosas». —Inma la miró y señaló el ordenador—. Esto es hacer cosas.

Blanca era consciente de que su amiga tenía razón, como también sabía desde que era una niña que el hecho de no hablar de las cosas no significaba que esas cosas fueran a desaparecer. Desde que se marchase de su casa, el viaje al sur se había convertido en un plan del que todo el grupo quería formar parte. Era, suponía Blanca, una forma más que tenían de quererla: acompañándola en esa búsqueda de la verdad y a la hora de reencontrarse con su pasado. Estaba escrito que debía ser así, por decirlo de alguna manera, y por eso todos habían decidido esperar a Carla, y por eso Inma y Blanca se habían puesto a trabajar para tener un colchón y por eso instalarse en casa de Verónica se asumió como una solución temporal alargada en el tiempo.

Una vez allí, en el sur, decidirían si regresar o quedarse. «Y después ya veremos». Inma, Carla, Verónica y, sobre todo, Blanca se habían hecho a la idea de que ese era un viaje que les cambiaría la vida. Pero viajar al sur sin saber qué sucedería después y alimentar cuatro bocas y alojar cuatro cuerpos provocaba que todos empezasen a preguntarse, ya fuera de manera velada o a viva voz, un cada vez más repetitivo «Y después ¿qué?». Porque el problema de crearse un arco narrativo con principio y final es precisamente ese: que la vida no termina de forma abrupta después de un tercer acto. ¿Qué harían después? ¿Qué pasaría con ellas? ¿Y con Verónica? ¿Volverían a sus casas y a sus trabajos? ¿Las chicas intentarían retomar los estudios? ¿Vivirían todos juntos? ¿Qué harían, como se preguntaban de niñas, cuando fueran mayores?

Aquellas preguntas estaban en el ambiente, que a veces se cargaba hasta resultar asfixiante. Blanca veía la ansiedad asomarse en los ojos de Verónica cuando hablaban del futuro, porque eso significaba vivir sin Blanca, y eso quería decir volver a vivir con dolor. Pero aquel futuro, que a principios de junio quedaba muy lejano, a finales de septiembre y ante la proximidad del dieciocho cumpleaños de Carla se presentaba a la vuelta de la esquina.

Blanca pensó que quizás eso que se escondía detrás de todos los comentarios desesperados en su blog podía ser la fórmula mágica de subsistencia que habían estado buscando. Una manera de estar juntos.

Y después estaba la propia Blanca, que seguía sin tener claro qué hacer con eso que había dentro de ella, mientras que, al mismo tiempo, había descubierto con asombro que disfrutaba de las atenciones recibidas por su comunidad de seguidores y del cariño que le ofrecían sin esperar nada, o casi nada, a cambio, aunque viniera dado por completos desconocidos. Era el efecto natural de haber sido una niña de la que todo el mundo se había olvidado. Si era sincera consigo misma, Blanca podría eliminar el blog al día siguiente, dedicarse a rellenar sándwiches, hacer un viaje de ida y vuelta al cabo de Gata pidiendo un permiso en su empresa y olvidarse de todo. Pero tampoco quería eso. En su interior, lo sabía. «Algo bueno, algo grande». Sus ambiciones eran mayores y su necesidad de afecto era infinita. Blanca no había conocido jamás a alguien como ella y no sabía si ahí fuera existirían más niñas hechas de rabia y fuego. ¿Debería guardarse aquello solo para sí? ¿No debería compartirlo con el mundo? Y si al mundo le gustaba aquello, ¿qué tenía de malo regocijarse? Se mordió el labio inferior, preguntándose si aquella sed de afectos la convertía en una mala persona.

Inma se levantó de la silla, se aproximó al sofá de las flores, donde estaba sentada Blanca, y, apoyándose sobre las rodillas de su amiga, le tomó las manos y la miró a los ojos.

—Podríamos hacer lo que quisiéramos. —Inma apretó las manos de Blanca, quien todavía mostraba cierto recelo—. Lo que tú quisieras. —Alzó de nuevo la cabeza y miró de frente a su amiga—. Hazte a la idea, Blanca, tu vida no puede ser normal. —Esta observó el rostro de su amiga Inma y vio en sus ojos algo que ella no era capaz de encontrar por ninguna parte: seguridad, certeza—. Tu madre ya lo decía en los diarios, ¿no? Hay algo en ti, siempre lo ha habido —dijo Inma, que seguía notando a su amiga dubitativa—. Y todos lo hemos visto. —Tomó a Blanca por el mentón y la miró a los ojos—. Que nos hayamos acostumbrado a lo que haces no significa que no sea algo extraordinario.

Blanca observó a su amiga, cuya mirada le devolvía una confianza ciega, y, a pesar de sospechar que había sacado esa última frase de un cómic de superhéroes, pensó que tenía razón. Que lo suyo era extraordinario.

VIII

A las chicas les sucedió lo mismo que le había sucedido hacía unas semanas a Verónica cuando empezó a observar el mundo desde detrás del objetivo de una cámara. Ahora tenían un propósito en la vida.

Blanca e Inma se despertaban con la energía de quien ha ganado la lotería o de aquel al que le quedan tres meses para jubilarse, porque en ese momento sabían que lo que hacían de ocho a tres era, de verdad, algo temporal, un mero trámite hasta que las cosas que tenían en la mente comenzasen a tomar forma. En aquel sótano, mientras rellenaban sándwiches de jamón y queso, ideaban proyectos y hojas de ruta y así sus jornadas se hacían más llevaderas a pesar del calor, las impertinencias de su supervisora y las cucarachas que correteaban entre las cajas de plástico donde se almacenaban los refrescos.

—Verónica tiene que hacernos más fotos —dijo Inma, de pronto, continuando con lo que ya era una conversación infinita, mientras untaba eso que habían bautizado como *mochanesa* en un panecillo integral y añadía unas lonchas de jamón y queso—. A las chicas les gustan las fotos.

—Creo que primero Carla debería terminar los diseños de las camisetas, y así podríamos llevarlas puestas en la próxima sesión de Verónica y anunciar a los seguidores que las pueden comprar —respondió Blanca, después de pensar en la propuesta de su amiga, mientras rellenaba un sándwich de atún, maíz y *mochanesa*.

—Es buena idea —dijo Inma asintiendo, cortando el sándwich en un triángulo y dejándolo sobre su pila de sándwiches de jamón y queso, para luego coger de manera mecánica otra tanda de panecillos y volver a empezar.

—Y creo que en la siguiente sesión debería aparecer yo sola —comentó Blanca—. Los Sentimentalistas prefieren las mías —añadió intentando no prestar demasiada atención a la cara de desilusión de Inma, que sostuvo durante tres largos segundos, un tiempo más largo del permitido, un panecillo entre las manos antes de untar, meter y cortar—. ¿Cómo llevas los colgantes?

—Bien —respondió Inma, ya recompuesta después de aceptar la sugerencia de Blanca—. Por la tarde iré a una tienda de minerales para comprar todo el material —añadió—. Esta misma noche me pongo.

—Menos hablar y más trabajar —dijo a sus espaldas la supervisora—. Voy a fumar, cuando vuelva necesito que tengáis la serie de veinte completa. —Y cuando Blanca e Inma oyeron el sonido del portón de aquel sótano cerrarse tras sus espaldas, las chicas cruzaron una mirada cómplice.

—¿Receta especial? —preguntó Blanca.

—Receta especial —respondió Inma. Y entonces escupieron dentro de cada uno de los sándwiches que sostenían en sus manos.

A las tres en punto salían disparadas hacia el hogar y, en lugar de dormir largas siestas como hicieron cuando estaban al borde de la depresión, se ocupaban de revisar los diseños que les enviaba Carla, de buscar tiendas que vendiesen camisetas negras al por mayor, de «¿Y si hiciéramos también tazas?», de actualizar el blog, de pensar en lugares para una nueva sesión de fotos, de hacer gargantillas o de decidir qué precio ponerle a cada cosa. Verónica llegaba a casa en torno a las ocho y media con ideas y propuestas, como imprimir en la tienda algunas de las mejores fotografías de Inma y Blanca para sacarlas también a la venta, o proyectos para nuevos vídeos experimentales que podrían grabar los próximos días, quizás frente a la estatua dedicada al demonio del parque del Retiro que a Verónica siempre le había gustado tanto.

El pequeño piso de Vallecas se había convertido en una fábrica de producción. Los cuatro, también Carla desde Alicante, trabajaban hasta que se les caían los párpados y ya no podían con su alma, pero estaban alegres, felices y motivados y, poco a poco, empezaron a tener entre sus manos el resultado de todo ese esfuerzo: un modelo de camiseta en color negro con las palabras *Espíritu y sentimiento* en blanco sobre una imagen extraída del fotograma del vídeo en el que Blanca aparecía sujetando la cabeza de Verónica en el sofá de flores. Unas gargantillas ajustadas, realizadas con cintas de cuero, con un ónix brillante en el centro, que eran el orgullo de Inma. Y una serie de fotografías de la primera sesión, impresas a escondidas en la tienda donde trabajaba Verónica, dentro de un marco negro de plástico barato que habían comprado en un todo a un euro.

Bien es cierto que, al principio, Verónica se mostró reticente ante la idea de vender y venderse, pero para entender por qué aceptó esa decisión hay que comprender las dinámicas de poder que se habían establecido en el pisito de Vallecas: antes de sanar a Verónica, Blanca ya se había convertido en el pegamento de esa curiosa cuadrilla. Fue ella quien llamó a Verónica en primer lugar, quien consiguió que este volviese a ser aceptado en el grupo, y fue ella la que consiguió que todo el grupo se reuniera en Madrid con el firme propósito de encontrar a su madre. Pero ahora, después de sanar a Verónica, Blanca era vista por los demás como un ser mágico. Un ser mágico digno de adoración que siempre tenía la última palabra sobre todo, aunque fueran decisiones poco trascendentales como escoger qué cenarían esa noche o qué película verían después. Este proceso había sido paulatino, como sucede con las ranas cuando las metes en agua tibia antes de subir el fuego, por lo que no parecían haberse percatado, o quizás sí y lo habían aceptado de buen grado, de que si Blanca decía «Tengo sed» cualquiera de los otros dos se levantaba rápidamente para traerle de la cocina una Coca-Cola *light*, o que si decía «Tengo hambre» corrían a preparar la cena.

¿Se dio cuenta ella de este cambio? Sí, aunque también hubiese sucedido poco a poco. En cualquier caso, confiaba en el criterio de Inma y de Verónica, que siempre podían expresarse y decir lo que de verdad pensaban sobre esto o aquello. Digamos que Blanca escuchaba, pero era ella quien decidía. Notaba, por ejemplo, como se hacía un silencio cuando era ella quien tomaba la palabra, como acataban sus consejos a la hora de decidir los diseños, como Inma arrugaba el ceño cuando Blanca le dijo que a partir de ahora, si aparecían juntas en futuras fotografías, debería recogerse el pelo porque solo ella podía llevar el pelo suelto con la intención de mantener una estética concreta, pero terminó aceptando y durante los siguientes días probó distintos peinados frente al espejo del cuarto de baño. También advertía como ambos se preocupaban excesivamente por si estaba cansada o por la calidad de su sueño o por si se había quedado con hambre después de cenar. Como niña que nunca había recibido un exceso de atenciones por parte de los demás, Blanca disfrutaba de ese estatus sin hacerse demasiadas preguntas, como gozaba del amor y el cariño de sus seguidores.

Para Verónica era natural creer en Blanca: un hombre que había vivido con dependencia a los analgésicos y a los somníferos desde los dieciocho años había conseguido, pasados los cuarenta, dormir sin dolor. En él primaba, ante todo, un instinto de protección hacia Blanca, principalmente porque la necesitaba a su lado y no quería que aquel tesoro que la vida había dejado en el salón de su casa sufriese el más mínimo contratiempo. La adoración de Verónica lindaba con lo paternal, casi con lo animal. Verónica habría sido capaz, como solían decir las madres, de sacarse la comida de la boca si Blanca hubiese tenido hambre.

Inma, que a los quince años había renegado de los supuestos poderes de Blanca como el que deja de creer en el Ratoncito Pérez o en los Reyes Magos, había vivido una poderosa experiencia de conversión en aquel salón y adoraba a Blanca con esa pasión de quien ha negado tres veces al Señor antes de presenciar el milagro. Quizás por eso ahora sentía que tenía que hacer mucho más por su amiga, como recogerse el cabello en dos bonitas trenzas que le caían sobre los hombros y soportar algunas de sus impertinencias, porque creía que le debía algo más por todos esos años caminando entre tinieblas antes de ver la luz.

Carla, la más inocente de todos ellos, nunca había dudado de Blanca y, desde la perspectiva que da la distancia y la sensación de estar perdiéndose las cosas importantes, había renovado por todo lo alto su voto de fe por culpa, en parte, del poder de la propia imaginación. Carla, por el efecto del teléfono escacharrado de quien ha escuchado una y mil veces el mismo chisme pero no lo ha visto con sus propios ojos más que a través de un vídeo de baja calidad, recreó en su mente la escena de la sanación adornada y ampliada con grandes efectos especiales: rayos en lugar de chispas saliendo de las manos de Blanca, levitaciones en lugar de convulsiones, y angelitos de escayola que, en efecto, derramaban lágrimas de verdad. Lo de Carla, más que admiración, era puro fanatismo.

Algo similar les sucedía a los miles de seguidores que acumulaba *Espíritu y sentimiento* y que, al no haber estado presentes en aquella escena y no llegar a comprenderla del todo, rellenaban los huecos que su cerebro no podía entender ni explicar con lo que su propia experiencia individual tuviera a mano, resurrecciones incluidas. Aunque el vídeo fuese el mismo, nadie parecía verlo de igual manera, y esto estaba relacionado con sus creencias previas, como si eran o no personas religiosas, e incluso con su nivel cultural.

Blanca la Milagrosa, como algunos se empezaron a referir a ella, llenaba un vacío existente en sus vidas. Y los llamados Sentimentalistas no se conformaban con seguir a diario el blog de Blanca y lo que ella decidiera colgar (un poema que escribió en el trabajo sobre sentirse apresada en su vida como el relleno de un sándwich entre dos panecillos, una canción de la Velvet Underground, una nueva foto suya en la que aparecía con el colgante de ónix al cuello), sino que comenzaron a crear su propio contenido en torno a la figura de Blanca en forma de textos apócrifos sobre su vida y milagros, extensas cronologías que trataban de explicar su historia, *collages* con las fotografías que había compartido, dibujos o análisis críticos y literarios sobre sus textos y lo que de verdad, intuían, quería expresar.

—Es como tener un club de fans —dijo Inma después de que Blanca le leyese, tronchándose de risa, una historia aparecida en el blog de un hombre llamado Torcuato54 que describía el momento en el que la protagonista descubría su poder tras curar a un niño en silla de ruedas—. Igual deberías escribir tú la historia, para que no surjan teorías raras —propuso—. O si quieres puedo ir escribiéndola yo, no me importa.

Y de este modo fueron creando, también en el blog, una serie de artículos firmados por Inma en los que relataba la historia de Blanca. Los textos canónicos, por así decirlo. A menudo, estos articulitos no eran más que contenido que permitía a los seguidores conocer mejor a Blanca, al estilo de esos que aparecen en las revistas para adolescentes, con formato pregunta y respuesta, en los que Inma le realizaba inocentes cuestionarios sobre gustos y aficiones («¿Qué película podrías ver un millón de veces?», «¿Qué libro te llevarías a una isla desierta?», «¿Qué canción te pones cuando estás de buen humor?», o «Josh Hartnett, Ashton Kutcher y Ben Affleck: ¿a qué famoso besarías, con cuál te casarías y a quién matarías?»), mientras que otros, de mayor profundidad, describían la vida de Blanca hasta sus dieciocho años, aunque omitiendo algunos detalles importantes por petición de la propia protagonista. Por ejemplo, en lugar de escribir: «Y entonces Blanca le pegó un bofetón a esa niña repugnante y le echó una maldición que acabó con su vida», Inma escribía: «Y entonces, a la tierna edad de nueve años, Blanca descubrió dentro de sí una profunda compasión por una niña enfermita y la ayudó a transportarse desde el mundo de los vivos hacia el mundo de los muertos, ya que lo suyo tenía difícil solución. Aquello marcó un antes y un después en su vida, y su compasión mutó de una sola niña a toda la humanidad».

Poder escribir en sus propias palabras la historia de Blanca, fuese esta más o menos objetiva, más o menos pegada a la realidad, hacía que Inma se considerara una especie de apóstol. Con la devoción que sentía por su amiga, similar a la que sienten las hermanas pequeñas por sus hermanas mayores, ya había aceptado hacía tiempo que en esa historia no era la protagonista, pero sí podía ser la cronista de los hechos. Así, cuando algunas mañanas se sujetaba su largo y frondoso cabello de virgen prerrafaelita en un par de deslucidas trenzas y notaba una angustia en el pecho que no era capaz de descifrar del todo de dónde le venía, se consolaba pensando que a través de sus narraciones estaba consiguiendo que la historia de Blanca se transformase en leyenda, ya que los Sentimentalistas leían todas las entradas que ella misma escribía como quien lee los Evangelios.

Para Blanca aquello se estaba transformando en algo que no era capaz de expresar en voz alta, ni siquiera al hablar con Verónica, pero que percibía dentro de sí cuando descubría, excitada, un nuevo comentario, un dibujo a carboncillo o un *collage* que le dedicaba alguno de sus seguidores. Sentía que esa gran masa de gente anónima le estaba trayendo de golpe todo el amor que en la infancia le habían negado y se descubría, como ella misma decía, «atendiendo a sus plegarias» en forma de un nuevo texto, una nueva fotografía, una nueva canción. Blanca editaba, junto con Inma, aquellos detalles de su biografía que hacían que se la viera con admiración y censuraba, por miedo a que dejasen de adorarla, aquellos pasajes que podrían destruir la cuidada imagen de Blanca la Milagrosa que ya se había creado su comunidad. Era, de nuevo, como cuando de niña oía a sus familiares decir que era una niña muy buena, pero multiplicado por cientos de voces que le repetían que no solo era buena, sino que era una santa.

A primerísimos de octubre tenían suficiente *merchandis-*

ing como para empezar a colgarlo en el blog. Blanca escribió un post en el que publicó una fotografía de las camisetas y también de las gargantillas, junto con un número de cuenta, perteneciente a Verónica, donde habían decidido poner el fondo común, y un email al que instaban a enviar un recibo del pago realizado y una dirección de envío. Esa misma noche recibieron 52 emails, lo que era equivalente a 52 transferencias bancarias en la cuenta de Verónica. Al día siguiente, el número había ascendido a 87, y los comentarios en *Espíritu y sentimiento* estaban llenos de sugerencias: «Querría comprar una imagen de Blanca sola, es posible???», «¿No podéis hacer foto de Blanca en formato postal?», «¿Sacaréis velas con la cara de Blanca?», «Haréis llaveros?», «M gustaría tener una foto de carné de blanca para llevarla siempre en la cartera». Las chicas se pasaban los días yendo y viniendo a la oficina más cercana de Correos para enviar paquetes. Inma se pasaba las noches enteras haciendo más y más gargantillas. Verónica le sacó a Blanca una fotografía de carné que empezaron a vender por cinco euros más gastos de envío.

Y, en un momento dado, cuando volvieron a mirar aquella cuenta corriente, repararon en que los ingresos generados superaban con creces el salario mínimo interprofesional de tres personas. Las chicas, locas de alegría, renunciaron a sus trabajos en la franquicia de sándwiches y Verónica se despidió de la tienda de fotografía en la que llevaba más de diez años trabajando, no sin cierta pena por parte de su empleador, que en todo aquel tiempo no le había subido nunca su exiguo salario.

Lo más determinante de todo este proceso y de la obsesión generalizada por la figura de Blanca la Milagrosa entre sus seguidores lo descubrió una mañana Verónica cuando se percató de que las transferencias llegaban a su cuenta bancaria con cierta periodicidad, y muchas de ellas no exigían nada a cambio, sino que tenían por concepto, únicamente, la palabra *donación*.

—Esto no es un club de fans —dijo Verónica, con el ceño fruncido y los brazos en jarras, en mitad del salón, preocupado por la expansión que estaba viviendo la figura de Blanca en los confines de internet y también por una futura inspección de Hacienda. Las chicas, sentadas en el sofá de las flores, parecían poco o nada inquietas ante aquella revelación en lo referente a su compartida economía, y más bien lo celebraron con alegría, como si en lugar de haber escuchado la palabra *donación*, hubiesen oído *dinero gratis*. Verónica las miró con seriedad—. Hablo en serio: esto es un culto religioso, Blanca. —Verónica observó con atención a las dos chicas, que parecían ajenas a la magnitud de lo que estaba sucediendo, y, por primera vez, se dio cuenta de que, pese a todo, era efectivamente el adulto de aquella habitación. Verónica se llevó el dedo índice a la cicatriz, que comenzó a palpitarle al mismo ritmo que su corazón—. ¿Sabéis lo que quiero decir? —dijo en tono de alarma—. Hemos montado una secta.

Para Blanca, aquello no era una sorpresa, sino una confirmación de todo el trabajo que le había dedicado al blog desde que puso el pie en aquella casa. Ella era quien más tiempo pasaba leyendo todos aquellos comentarios, interactuando con su audiencia, y sabía que la mayoría de sus seguidores esperaban de ella mucho más que una fotografía artística sobre una pared de ladrillo. Aunque Blanca nunca pudo imaginar que la devoción de sus seguidores alcanzaría tales extremos, es cierto que la había alimentado, día tras día, post tras post. Ahora recogía la cosecha de todo lo que había sembrado y, para su sorpresa, por primera vez en su vida se sentía preparada para llevar a cabo esa tarea que, según sus seguidores, le había sido encomendada por un ser superior, fuera quien fuera.

—Ahora podremos hacer algo grande —dijo en voz alta ante la mirada suspicaz de Verónica—. Te prometo que será bueno.

Pero Verónica dudó por primera vez de su amiga.

IX

El 20 de octubre, Carla despertó eufórica en su habitación en Alicante. Hacía meses que había comprado un billete de autobús solo de ida, y hacía días que la maleta reposaba abierta sobre su cómoda, sin despertar sospechas, puesto que su madre sabía que su hija pasaría el cumpleaños en casa de su padre junto a «esa pelandrusca», sobrenombre con el que había bautizado a la nueva pareja de su exmarido. Carla desayunó mientras su madre, que sufría una de sus habituales resacas, descansaba todavía con las persianas bajadas en su habitación; ni tan siquiera se molestó en entrar para despedirse de ella.

De un tiempo a esa parte, Carla habitaba en aquella casa como un fantasma, y con la misma actitud de quien camina sobrevolando el suelo también se desvaneció aquella soleada mañana en la que, en lugar de dirigirse a la universidad, donde desde mediados de septiembre cursaba (o, al menos, así constaba en la matrícula) Traducción e Interpretación, puso rumbo a la estación de autobuses. Se subió a un autobús a las 10.15 de la mañana sin mirar atrás y a las 15.30 llegó a la estación sur de autobuses de Madrid, donde la esperaban tres siluetas oscuras, un hombre y dos chicas, una de ellas guarecida bajo una sombrilla de mano.

Blanca, Inma y Carla volvieron a chillar y a brincar de

alegría al verse, como había sucedido tiempo atrás. Pero ahora ya se conocían y lo que hicieron fue observarse con la sana curiosidad de quien lleva largo tiempo sin verse para inspeccionar y mencionar todos los notables cambios que se habían producido en sus rostros y cuerpos; no en vano, en muy poco tiempo habían dejado de ser unas crías y se habían convertido en pequeñas mujercitas. «¡Estás más alta!», «¡Estás más rubia!», «¡Estás más guapa!».

Todas, sin lugar a duda, habían crecido y madurado. Y todo era como antes y, al mismo tiempo, había cambiado. En el andén de aquella estación de autobuses, a Carla le llamó especialmente la atención la transformación que había vivido Blanca, que era la que parecía más alejada de todas ellas de las chiquillas que un día fueron. La última vez que coincidieron, Blanca todavía caminaba algo encorvada, cabizbaja, con la vista siempre puesta en sus propios zapatos, como quien busca guarecerse del mundo entero, y hablaba con ese tono de voz apagado de quien no suele contar con un interlocutor que le anime a expresarse. Ahora, Blanca caminaba erguida bajo su sombrilla, sonreía de lado y con seguridad, y expresaba de manera vehemente, casi cortante, lo que se le estuviera pasando en aquel momento por la cabeza. Carla se percató de que, cuando Blanca anunció que empezaba a tener calor, Inma y Verónica se pusieron rápidamente en marcha para regresar a casa cuanto antes. Carla notó un pellizco en la boca del estómago. Una intuición, quizás, como quien percibe a través de los sentidos un peligro inminente que todavía no está a la vista. Sin embargo, desechó aquella molesta sensación cuando el grupo anunció, con inmensa alegría, que habían preparado pizzas caseras para festejar su llegada.

Carla no tuvo tiempo, como sí lo habían tenido sus amigas, para acostumbrarse a los ritmos y rutinas de su nueva vida, porque desde que llegó comprobó que el plan del viaje al sur se avecinaba como algo inmediato, y aquella casa que durante unos cuantos meses había sido una guarida a la llegada de Carla parecía más bien un campamento, con maletas abiertas, camisetas apiladas, montoncitos de bragas y calcetines doblados sobre la cómoda y neceseres dispuestos en el cuarto de baño. Un lugar de paso donde las chicas y Verónica se preparaban para partir de forma inminente.

—Blanca ha decidido que quiere probarse —anunció Inma, sonriente, a una no tan convencida Carla, que se sintió traicionada porque nadie la hubiese informado del cambio de ruta—. Ha sido cosa suya —añadió al percibir la incomodidad en su amiga, y para intentar tranquilizarla añadió—: Nos lo dijo hace dos días.

Blanca cada vez pasaba más tiempo, como hiciera durante su adolescencia, pegada a la pantalla de su ordenador atendiendo todas aquellas plegarias. Había sido hacía dos noches cuando propuso a Verónica y a Inma alargar el viaje hacia el sur y realizar algunas paradas con la intención de conocer y tratar de ayudar a algunos de sus seguidores, según les explicó. Blanca les habló del convento de la Santísima Trinidad de Toledo, de una comunidad de hippies afincados en Linares, de un grupo de mujeres que habían trabajado en fábricas de pescado en Cádiz y creían que Blanca podía sanarles todos aquellos dolores provocados tras años y años de frío, de una joven almeriense que estaba perdiendo la vista o de un señor murciano que tenía mal el corazón. Blanca hablaba como quien ha encontrado una misión en esta vida y se refería a los Sentimentalistas con una seriedad pasmosa.

Como sucedía cada vez con mayor frecuencia, ni Verónica ni Inma fueron capaces de decirle que no. Inma, por devoción: Blanca necesitaba ver y ser vista en carne y hueso por algunos miembros de aquella comunidad, sí. De paso, podrían grabar otros vídeos para alojarlos en el blog, por supuesto. Y Verónica, porque había notado como, conforme se avecinaba el cumpleaños de Carla y su llegada al piso de Vallecas, Blanca se había encerrado cada vez más en sí misma: se mostraba más callada, más ausente y participaba menos en las conversaciones que el grupo solía alargar hasta la madrugada. Verónica sabía que Blanca estaba más preocupada por esas inseguridades que tiempo atrás, nada más establecerse en aquella casa, le había confesado, y por eso fue indulgente con su amiga y con sus planes inmediatos de futuro. Como ya le prometió hacía no tanto tiempo, irían a Rodalquilar cuando ella estuviera preparada.

—¿Unas monjas, dices? —preguntó Carla tomando un trozo de pizza, cuando la informaron del plan. Se sentía un tanto extraña en aquel salón que tantas veces le había sido descrito por teléfono, pero que imaginaba de otra manera.

—Sí, unas monjas —confirmó Blanca, en un tono más seco del que Carla recordaba—. Una de ellas, sor Conchita, que no tiene ni treinta años, sufre un problema pulmonar y me pidieron si podía ir a echarle un vistazo.

—¿Y qué dicen los médicos? —preguntó Carla—. ¿Saben qué tiene?

—Que poco hay que hacer —dijo Blanca poniendo los ojos en blanco—. Veremos si es verdad —añadió, con una seguridad en sí misma que Carla tampoco recordaba de los viejos tiempos.

Del mismo modo explicaba Blanca el resto de las paradas en el camino. Hablaba de gente que necesitaba ayuda, de gente que tenía fe, de gente que se había puesto en contacto con ella porque creían en la causa, que era lo mismo que confesar que creían en ella. El grupo no podía evitar darse cuenta de que el viaje a Rodalquilar parecía ir postergándose conforme Blanca añadía un nuevo grupo al que ayudar, pero, salvo ella, ninguno de los demás parecía tener ninguna prisa por llegar a aquel destino.

Tres días transcurrieron hasta que lo tuvieron todo organizado para su marcha, y cada habitante de la casa parecía prepararse para ello a su manera, ensimismado en sus propios pensamientos. Inma estaba excitada. De naturaleza curiosa y aventurera, veía aquel viaje como algo que terminaría formando parte de una novela de aventuras o, mejor todavía, de una *road movie.* Canturreaba por casa mientras recogía sus enseres y siempre amanecía de buen humor, incapaz de contener su expectación ante lo que fuera que la vida le iba a deparar. Ella, que se había criado en una casa convencional, en el seno de una familia más bien tradicional de Jaén, se sentía extrañamente contenta saliéndose del camino establecido, de lo que todo el mundo hubiese esperado de ella, y tomando las riendas de su vida. Verónica, por su parte, estaba más centrado en todas las cuestiones logísticas previas a cualquier viaje, pero más importantes si cabe cuando no se tiene clara una fecha de vuelta: revisar que el coche funcionase correctamente, establecer un límite de equipaje de una mochila por persona —anticipándose así a las aerolíneas de bajo coste— para viajar ligeros, sacar una morterada de dinero en efectivo o asegurarse de que no quedase ningún alimento perecedero en la nevera. Verónica caminaba por casa con una libretita de la que iba tachando tareas, hasta que no le quedó ninguna en la lista. Carla era la más insegura: ni siquiera había tenido tiempo de adaptarse y ya se tenían que marchar. Se sentía como la invitada a una comida familiar en la que tan solo era la novia de un primo segundo y, en las noches previas a la partida, se despertaba inquieta en el sofá de las flores preguntándose si no había cometido un error y si su dedicación a lo que todos denominaban ya, sin ironía, la causa no sería más efectiva, al menos en su caso, desde la barrera que en plena plaza. Era el problema de cuando las altas expectativas se dan de bruces con la realidad y Carla, que tanto había imaginado y sentido en su cama de Alicante, notaba una ligera decepción ante lo que encontró en aquella casa. Ni rayos ni levitaciones, sino tres personas en un pequeño y caluroso apartamento hablando constantemente de salvar a toda la humanidad.

¿Y Blanca? Blanca vivía carcomida por su propia ansiedad. Estaba tensa —lo notaba en los hombros agarrotados desde el amanecer hasta que caía la noche—, estaba irascible —lo notaba en las respuestas que daba a sus tres amigos, sintiéndose invadida después por la culpabilidad— y estaba preocupada por el porvenir. Había notado que, durante ese tiempo en casa de Verónica, no había sufrido las terribles fiebres que casi habían formado parte de su rutina cuando todavía vivía con sus padres, y después con su padre y con Rosa, pero desde la llegada de Carla, como advertencia de que tocaba moverse, a Blanca le había salido una calentura en los labios. Un pensamiento le atravesaba la mente de manera obsesiva: «¿Qué pasaría en Rodalquilar?». Tras la marcha de su madre, y la aceptación de que esta jamás regresaría, uno de los mayores temores de Blanca siempre había sido llegar a su casa y que esta se encontrase vacía. Ahora imaginaba ese pueblo que jamás había visitado como un lugar fantasma, en el que la mujer que le mandó aquella misiva podría estar o no esperando como una bella estatua de sal.

La noche previa a la partida, Verónica se sentó a la mesa del salón con un mapa abierto donde comenzó a trazar la ruta que seguirían en los próximos días, anotando con un bolígrafo Bic en color azul los kilómetros que tenían por delante, las paradas en el camino y posibles moteles en los que alojarse sacados de una vieja guía de carretera mientras Inma y Carla iban y venían con el trajín de los últimos preparativos y Blanca, en silenciosa compañía, escribía una nota en *Espíritu y sentimiento* para advertir a sus seguidores que en los siguientes días estaría más ausente, «pero la espera merecerá la pena». Eso era lo que en el fondo Blanca deseaba.

A la mañana siguiente, desayunaron todos en silencio y, después de fregar las tazas y platos, y cortar el agua y la luz, cerraron la puerta de aquella casa, sabiendo que también estaban cerrando la puerta a su segunda vida. Todos estaban nerviosos por saber qué les depararía la tercera.

X

El convento de las monjas de la Santísima Trinidad de Toledo surgió ante ellos cuando desapareció la polvareda que levantaron a su paso por el sinuoso camino de tierra que los condujo a su destino. Se trataba de una ruinosa casona de piedra de gran tamaño y de una sola altura que, vista desde la distancia, en lo alto de un pequeño montículo, tenía un aspecto imponente en mitad de aquella nada teñida de terracota. Conforme el coche avanzaba por el incómodo paseo, Verónica y las chicas vislumbraron al grupo de cinco hermanas que esperaban firmes delante de una pesada puerta de madera, impasibles ante el penetrante sol del mediodía. Eran las únicas habitantes, según descubrieron después, de aquel humilde convento que parecía, valga la paradoja, algo dejado de la mano de Dios. Decir Toledo era una pequeña licencia literaria escogida por aquellas monjitas, que habían tomado prestado el nombre y herencia de aquella ciudad patrimonial cercana pese a encontrarse en un punto indeterminado de Castilla-La Mancha que a Verónica le había costado sudores encontrar en el mapa.

Al contrario de lo que habían imaginado, las cinco siluetas que les daban la bienvenida no eran unas ancianitas, sino que, conforme se acercaban más y más, se trataba de un grupo de mujeres jóvenes donde la más mayor de todas no debía de tener ni sesenta años. Sus hábitos eran de un blanco inmaculado que repelía aquel sol cargante, y sus cofias, de un negro que les enmarcaba la cara como si fueran figuras de un cuadro del Renacimiento posando para los recién llegados. Sobre ellas, en el portón que daba entrada al convento, se situaba un letrero en el que se leía: LA LUZ ES PARA COMPARTIRLA. Blanca tomó aquel mensaje como una señal.

—Son dominicas —dijo Verónica al ver su atuendo, con el coche ya aparcado frente a la casona, sin que ninguno de ellos se atreviera a salir todavía.

Inma fue la primera en tomar la iniciativa y al salir del coche hizo una extraña genuflexión ante las monjas, a quienes se refirió como «sus amables santidades», culpando más tarde al nerviosismo de aquella tontería. Después lo hicieron Carla y Verónica, quienes saludaron a las hermanas con educación, pero sin tanta pompa como la pelirroja, y, por último, lo hizo Blanca, que se tomó unos largos segundos para observar a aquellas cinco mujeres desde detrás del cristal del copiloto, preguntándose qué pensarían de ella una vez que la tuvieran delante. Si la imaginarían más alta o bajita, o si su presencia tendría el componente necesario de espiritualidad que las monjas estarían esperando. Aquella mañana, se habían vestido con ropa cómoda y oscura para realizar el viaje sin molestias, y a sabiendas de adónde se dirigían. Las chicas habían sido discretas en el maquillaje y habían dedicado un buen rato a alcanzar un aspecto que pasara por natural, dentro de todo el artificio. Blanca sabía que aquella era la primera vez que iba a presentarse ante otros seres humanos como ese *alter ego* bautizado como la Milagrosa en internet, y ahora, dentro del vehículo, dudaba sobre si su confortable atuendo resultaría lo suficientemente divino, en el sentido más religioso de la palabra.

Sus dudas se disiparon nada más poner el pie derecho en el camino de tierra, cuando las monjas bajaron poco a poco sus barbillas hasta pegarlas al cuello, en una clara señal de respeto hacia esa criatura que, según habían visto en un vídeo, era capaz de obrar lo imposible. Sor Conchita, de aspecto jovial, mirada despierta y unas pecas que le cubrían la nariz y los mofletes como una máscara, fue la primera en aproximarse al grupo para darles la bienvenida.

—Gracias por acudir a nuestra llamada —dijo tomándole las manos a Blanca y besándoselas después—. Hemos preparado vuestros dormitorios.

Las chicas y Verónica observaron una por una a aquellas mujeres de mirada expectante y actitud serena que, sin embargo, dejaban entrever su agitación, a base de pequeñas torpezas, cuando tocaba saludar a Blanca. Se presentaron como Conchita, Inés, Claudia, Leonor y Jessica. Esta última parecía tan solo un poco más mayor que las recién llegadas y era, de todas, sin duda la más sonriente. Morena, de ojos claros y largas pestañas de muñeca, Inma observó que, bajo la manga derecha de su hábito, escondía el inicio de un tatuaje.

Dentro, el convento estaba en tranquila penumbra. Los cuatro invitados entraron sosteniendo sus bolsas de equipaje, como quien pide permiso, mientras se les acostumbraba la vista. «Por aquí, pasad», dijo una de las monjas indicándoles la ruta que debían seguir, con la seguridad de quien ha caminado por aquella construcción en plena noche y sin ninguna luz encendida. El silencio dominaba el ambiente, y las chicas y Verónica pronto se acostumbraron al sonido de sus propios pasos y los de las monjas que las guiaban por distintas estancias que, al cabo de dos días, ya les resultarían familiares, pero que ahora observaban con curiosidad y extrañeza. Abandonado el recibidor, lo que más les llamó la atención fue una enorme sala que las monjas utilizaban como biblioteca y sala de lectura, cuyas paredes estaban forradas de libros, no todos ellos religiosos. Aquel interior oscuro volvió a iluminarse al pasar por una bella galería porticada con salida a un bonito claustro ajardinado en el que las monjas habían plantado un huerto y que habían coronado con un peral y un manzano. Verónica no pudo evitar hacer un alto en el camino, asombrado ante lo que tenía delante, para admirar el trabajo de aquellas mujeres, como las chicas lo habían hecho unos minutos antes en aquella sala de lectura que parecía extraída de una novela de misterio.

—El jardín es el tesoro de este convento —dijo sor Inés, la más mayor de todas las monjas, situándose al lado de Verónica.

—Lo tienen muy bonito —convino él asintiendo y desgranando lo que la tierra le mostraba. Pudo identificar tomates, calabacines, pimientos, pepinos y berenjenas, y se maravilló al pensar en el tiempo y los cuidados que aquellas cinco mujeres debían de dedicar a ese coqueto rectángulo del que brotaba tanta vida y alimento—. Tiene que suponerles mucho esfuerzo.

—No es esfuerzo cuidar de aquello que queremos —añadió aquella mujer.

Y Verónica asintió de nuevo.

Fue sor Jessica quien guio al grupo a las habitaciones mientras las monjas se disgregaban para preparar la comida de bienvenida, que, según les anunciaron, estaría lista al cabo de poco más de una hora en el comedor principal, pasada la biblioteca. Por primera vez después de mucho tiempo, especialmente en el caso de Blanca e Inma, volvían a alojarse en cuartos individuales, donde cada uno de ellos disponía de su propia cama, que, a pesar de ser pequeña, recibieron con entusiasmo. Las habitaciones eran, como mencionó Inma al oído de Blanca, «muy de monja». Cuartos impolutos, sí, pero sencillos y humildes: una pequeña cama con mantas blancas, una mesita de noche decorada con una lamparita de lectura, un armario, un escritorio, una silla y, por supuesto, un crucifijo sobre el cabecero.

Sor Jessica les indicó que, al fondo de aquel mismo pasillo, encontrarían unos cuartos de baño y las invitó a deshacer los equipajes, descansar e incluso refrescarse hasta la hora de comer. «Sor Inés cocina que lo flipas», anunció, ante la mirada extrañada de los nuevos inquilinos del convento por aquella expresión tan de fuera.

—¡Tenía tantas ganas de que vinierais! —exclamó con excitación—. Llevo siguiendo *Espíritu y sentimiento* desde antes de que subierais el vídeo. Soy fan desde el principio —agregó, poniéndose ese pin que se ponen los auténticos seguidores de los grupos de música cuando afirman que conocían a una banda antes de que se hiciera comercial, para después dejarlas a lo suyo y desaparecer, dando saltitos de emoción, por el largo pasillo.

Blanca entró en su cuarto, puso su bolsa de equipaje sobre la cama, se asomó por la ventana con vistas al claustro y se permitió respirar hondo y gozar de aquellos minutos de esa soledad que en los últimos meses no había tenido y que, como hija única, en el fondo echaba de menos. Era extraño, pensaba, estar en la habitación de un convento de un grupo de monjas de las que hacía tan solo unos meses no había oído hablar, pero, al mismo tiempo, se sentía embriagada por una sensación de paz, quizás favorecida por el silencio imperante en aquel edificio de piedra y la imperturbabilidad solícita de aquellas cinco mujeres que vivían con poco más que con su mutua compañía. Tal vez, se decía, se había preocupado demasiado de manera anticipada y, al final, en la vida tan solo había que esperar y permitir que las cosas sucedieran. Ahora que se daba cuenta, Blanca había vivido siempre inquieta por algo, paralizada en una casa de silencios incómodos que le hacían llenarse la cabeza con sus propias voces, no siempre amables, y se prometió a sí misma, como decían aquellas hippies en los diarios de su madre, intentar vivir un poco más en el tiempo presente, sin atormentarse tanto por el pasado ni agobiarse demasiado por el futuro. La comida estaría lista al cabo de una hora, pensó, ¿qué más necesitaba? Por ahora, poco más. Cuando alguien deja de preocuparse tanto, se dijo, descubre lo simples que pueden ser las cosas.

Un golpe de nudillos en la puerta la sacó de sus pensamientos, y antes de que pudiera dar permiso, la cabeza de Inma asomó tras girar el pomo.

—¿Has visto que sor Jessy tiene un tatuaje? —dijo susurrando, y acto seguido entró como un vendaval en su habitación y se sentó en la cama—. ¿Crees que debajo del hábito llevará una minifalda? —Y, antes de que Blanca pudiera responder, alguien tocó de nuevo a la puerta. Era Carla.

—¿Una monja puede decir «que lo flipas»? —soltó cuando entró y apoyó la espalda en la puerta—. En plan, ¿está permitido por Dios?

Y las tres se echaron a reír. Había cierta sorpresa en la mirada de aquellas tres chicas. Un «quién nos ha visto y quién nos ve» en perfecta comunión. Por encontrarse allí, inmersas en aquel cuento extraño, juntas, después de tanto tiempo. La suya no era la historia de amistad que se contaba en las novelas, ninguna de las tres vivía puerta con puerta, ni compartieron pupitre, ni una salvó a otra en el colegio de las burlas de un grupo de abusadores. No. Lo suyo era otra cosa. Una amistad escogida pese al tiempo y a la distancia. Lo que les hacía pensar que su amistad era, sin duda, mucho más verdadera. Blanca metió su equipaje en el armario y se sentó junto a Inma en la cama, mientras que Carla lo hizo en la silla.

—Podría ser la habitación de una residencia de estudiantes —dijo Carla tocando aquel escritorio y abriendo los cajones para encontrarlos completamente vacíos. Ni una Biblia, ni un Nuevo Testamento, nada. Se giró hacia sus dos amigas—. Y ellas parecen muy normales.

—A mí las monjas siempre me han dado miedo —explicó Inma recostándose en la cama de Blanca y rehaciéndose las trenzas del pelo—. Creo que la cosa que más miedo me daría en esta vida sería ver a una monja con patines.

—¿Por qué? —interrogó Blanca, a la que la escena imaginada por su amiga le daba, más que miedo, bastante risa.

—Porque parece que van levitando, como en las películas de terror. —Inma abrió mucho los ojos y mostró los brazos a sus amigas—. Mirad, piel de gallina —dijo simulando un escalofrío.

—Bueno, tranquila, dudo que vayan a ponerse en plan *Xanadú* —agregó Blanca, y todas volvieron a reír hasta que ella de pronto pensó en que no sabía qué iban a hacer aquellas monjas. Sabía, porque se lo habían pedido expresamente, que pretendían que intentase ayudar a sor Conchita, pero poco más conocía de sus intenciones. Es cierto que habían sido amables y parecían solícitas ante las necesidades de los cuatro, pero las apariencias podían engañar.

—¿Qué piensas? —preguntó Inma cortando a Blanca en aquello que escasos minutos antes había prometido no hacer: anticiparse, ponerse en lo peor.

—Que espero que no sean monjas satánicas o algo así —dijo Blanca frunciendo el ceño y un tanto preocupada por haber llevado a sus amigos a aquel convento—. No lo parecían, pero... son monjas que nos han encontrado por internet.

—Nosotras también nos conocimos por internet —señaló Carla, de manera tranquilizadora, rascándose la barbilla—. Nosotras sí que éramos satánicas —añadió—. Y, al final, todo salió bien.

A la hora convenida, Verónica recogió a las chicas. Él había aprovechado aquel rato de asueto para echar una cabezada tras el viaje, que le había producido cierto anquilosamiento en la pierna pocha, de modo que necesitaba ponerla en alto, como las señoras con problemas de circulación. Juntos, vagaron por los desconocidos pasillos hasta llegar a la biblioteca, y allí encontraron una puerta al comedor principal donde las cinco hermanas se encontraban terminando de poner la mesa, que habían decorado de manera un tanto silvestre, con un mantel de algodón blanco sobre el que habían dispuesto ramilletes de hierbas aromáticas. «Son de nuestro jardín», dijo sor Inés guiñándole el ojo a Verónica, que ya se había llevado uno de esos ramilletes a la nariz para descubrir un intenso aroma a lavanda y a romero. Sobre las mesas, cuatro enormes cuencos con ensalada de tomate y pepino, verduras asadas y pisto casero, pan y una serie de quesos con distintas mermeladas. Las monjas informaron a sus huéspedes de que eran vegetarianas.

Lo curioso es que, de no ser por los hábitos, aquellas cinco mujeres podrían ser un grupo de amigas cualquiera o los miembros femeninos de una amplia familia disfuncional. Sor Inés, quien había ideado el menú, ahora fumaba un cigarrillo y, presidiendo la mesa, daba órdenes al resto de las monjas. Conchita y Jessica, las más jóvenes, traían platos y vasos de la cocina, llenaban jarras con agua y doblaban con mimo las servilletas. Claudia y Leonor, en la cocina, fregaban con diligencia los cacharros que habían utilizado para cocinar y, cuando terminaron, todas se sentaron a la mesa.

—Por favor —indicó sor Inés señalando los asientos de los invitados y apagando su cigarrillo en un cenicero de plata. Una vez que estuvieron todos sentados, se encargó de bendecir la mesa.

Los invitados no tardaron en descubrir que las monjas no se andaban con chiquitas. Quizás era un daño colateral de haberse soportado unas a otras las soledades y vivir en aislamiento de la sociedad, lo cual les había hecho perder de forma gradual el tacto y las formas comunes de romper el hielo. O quizás, precisamente, su falta de tacto y decoro innato era lo que había llevado a aquel grupo de personas a terminar escogiendo el aislamiento y la soledad como modo de vida. Sea como fuera, allí ninguna les preguntó por el viaje o mencionó el tiempo. Lo primero que hicieron las monjitas para enterrar el ruido del masticar de tantas bocas fue preguntar a Verónica por la brecha en su cabeza, lo que llevó a este a hablar del accidente y a describir los episodios de dolor hasta la llegada de Blanca a su vida. Después, preguntaron a las chicas cómo se habían conocido, e Inma relató los inicios de su relación, en los albores de internet, aunque decidieron omitir la parte de la mentira de Verónica, puesto que tampoco venía al caso. Las monjas les preguntaron entonces por sus familias, interrogándolas sobre las razones por las que tres jóvenes y un señor habían emprendido juntos aquella aventura, lo que llevó a Blanca a hablarles de su infancia y contarles la historia de su madre, del diario, su huida y el redescubrimiento de su poder. También le preguntaron a Blanca cuándo fue la primera vez que había sentido la luz, como ellas lo denominaban, y respondió de manera escueta que a los nueve años de edad, sin dar más detalles escabrosos.

Y entonces las monjas también les contaron cosas. Que

eran una congregación pequeña, como saltaba a la vista, y que, bajo el tutelaje de sor Inés y frente al escaso interés por parte de la Iglesia, hacían y deshacían a su antojo, según ellas mismas explicaron. Llevaban a rajatabla los votos de castidad y pobreza, pero era evidente, y sus palabras lo confirmaron, que hacían su propio uso del de obediencia. Interpretaban la Biblia a su manera y se consideraban a sí mismas mujeres modernas, a quienes les inspiraban los textos de sor Juana Inés de la Cruz, pero también los de Concepción Arenal, Rosalía de Castro o Emilia Pardo Bazán. Se dedicaban, en líneas generales, a la vida contemplativa, y pasaban sus días enfrascadas en el estudio y la lectura, en el huerto y en la cocina. «Sin olvidar el ejercicio físico, evidentemente», añadió sor Inés.

Sor Conchita había sido la penúltima en unirse a la congregación, y explicaron su llegada como si las otras tres siempre hubiesen estado ahí, en ese trozo de tierra en medio de Toledo, y hubiera sido el convento el que se hubiese construido de manera natural a su alrededor. Conchita, aquejada desde niña de un problema en los pulmones, dijo que recorrer el Camino de Santiago le hizo encontrar a Dios, y que a través de él lo entendió todo. Conchita se había dedicado toda la vida a correr de un lado a otro, y lo que necesitaba su pecho era, precisamente, «estar muy tranquilita en un solo sitio».

Sor Jessica fue la última. Apareció montada en su moto, una madrugada, sin tener claro adónde acudir después de ser expulsada a palos de su casa, donde su familia, profundamente religiosa, no había visto con buenos ojos que mantuviera una aventura con un hombre casado, siendo ella todavía menor de edad, y mucho menos que se hubiese tatuado ese amor, a vista de todos, en su brazo derecho. Las hermanas la acogieron sin demasiadas preguntas ni juicios, como hicieran en su día con Conchita, y

Jessica se fue integrando en aquel convento en el que jamás pensó que se quedaría, pero donde reconoció sentirse apreciada de verdad por primera vez en su vida. «Aquí puedo ser yo misma», les confesó. Blanca le tomó la mano y se la apretó cuando terminó de contar aquella historia, porque sabía a qué se refería.

Fue sor Jessica quien mostró al resto de la congregación aquella ventanita al mundo del conocimiento al que podía accederse desde un ordenador. Y fue gracias a sor Jessica por lo que aquel convento, perdido donde Cristo dio esas cuatro voces que las monjas todavía escuchaban, se modernizó. Fue también sor Jessica quien encontró *Espíritu y sentimiento* una noche navegando en internet.

—Di con uno de tus textos —le explicó, algo nerviosa, a Blanca—. Era muy bello, hablabas de sentir una llama en las entrañas: «Y marco a la gente que odio, a la gente que amo, a la gente que me sobrepasa, pero el fuego también me da ganas de vivir» —recitó la joven con un nudo en la garganta. Sor Jessica tragó saliva. Sor Conchita, sentada a su lado, le puso una mano sobre la espalda para tranquilizarla e invitarla a continuar—. Cuando colgasteis vuestras fotografías se las mostré a las hermanas... Parecíais ángeles —siguió explicando, con la mirada empañada—. Y luego publicasteis aquel vídeo y supe que no me equivocaba —dijo mirando a Inma, a Verónica y finalmente a Blanca—. Escribiste aquella frase: «Y así como la luz se convierte en oscuridad, la oscuridad también se convierte en luz».

—Y así como la luz se convierte en oscuridad, la oscuridad también se convierte en luz —repitieron todas las hermanas, y Blanca se sintió conmovida. Aquello, sin duda, era el principio de algo grande.

—Imagino que no habréis leído el Nuevo Testamento

—indicó sor Inés tomando la palabra. Verónica y las tres chicas cruzaron una mirada y bajaron la cabeza, un tanto avergonzados—. No os preocupéis, no es una reprimenda, comprendo que para vosotros sea un tostón —agregó con una sonrisa—. «En él estaba la vida, y la vida era la luz de los hombres. La luz en las tinieblas resplandece, y las tinieblas no prevalecieron contra ella» —recitó de memoria—. San Juan, capítulo 1, versículo 4.

—Lo que queremos decir es que aquello nos pareció una señal —dijo sor Conchita bajando a tierra las sagradas escrituras, antes de tener el segundo acceso de tos en lo que llevaban sentadas a aquella mesa.

Entre historia e historia, la comida sobrante hacía tiempo que se había enfriado y sobre la mesa reposaban una serie de dulces caseros y unas tazas de café. El reloj marcaba las seis de la tarde y las chicas, Verónica y las monjas compartían una complicidad que no hubieran imaginado. Aquello terminó por convencer a Blanca de que estaba en el lugar adecuado, en el momento en el que debía estar, y, sin necesidad de preguntar a sus amigos, supo que ellos estaban pensando lo mismo.

—¿Qué es lo que tienes? —le preguntó Blanca a sor Conchita.

Conchita se encogió de hombros. No sabía. Había médicos que le dijeron que su caja torácica era demasiado pequeña para permitir el crecimiento de sus pulmones. Otros, que sus pulmones eran demasiado débiles. Había quien le había diagnosticado una enfermedad respiratoria que otro médico, tras una serie de pruebas, descartó. Asma, neumonía, bronquitis, EPOC o fibrosis pulmonar. Sor Conchita había pasado por todos los diagnósticos posibles sin encontrar ninguna cura ni tratamiento que sirviese. Lo único que sabía con certeza era que, desde niña, se ahogaba cuando ponía el pie en el tercer peldaño de cualquier escalera. Su esperanza de vida, según confesó, no era muy alta. Confiaba, eso sí, en que la buena alimentación y la tranquilidad del convento la ayudasen a alargarla.

—Pero con el tiempo ha empeorado —dijo sor Jessica con preocupación—. La tos apenas le permite dormir por las noches.

—No queremos pedirte nada que no quieras hacer —agregó sor Conchita mirando a Blanca a los ojos.

Blanca observó a aquella mujercita con cuerpo casi de niña, frágil como un pajarito, y supo que, desde que había puesto un pie en su convento, ya había decidido que la ayudaría como buenamente pudiera.

—Quiero hacerlo —asintió Blanca—. Pero no te puedo garantizar que vaya a funcionar.

—¿Qué necesitas? —preguntó, de inmediato, sor Inés.

No necesitaba nada, como bien conocían Verónica, Inma y Carla, más que su capacidad de concentración y grandes dosis de confianza en sí misma. Se decidieron por un lugar tranquilo y despejado y, acompañadas por las monjas, salieron a la luz del claustro. «Perfecto», musitó la Milagrosa.

Conchita y Blanca se sentaron frente a frente en un banco de piedra. Verónica sacó su cámara digital y pidió permiso a las monjas para grabar toda la escena, que de inmediato le fue concedido. «La luz es para compartirla», dijeron. Las cuatro mujeres pidieron permiso, por su parte, para estar presentes durante el milagro y Blanca tan solo les pidió dar unos cuantos pasos atrás y no intervenir bajo ninguna circunstancia, por muy fea que pareciera ponerse la cosa.

Blanca colocó las manos sobre el pecho de Conchita.

—¿Es aquí?

Sor Conchita asintió.

Blanca escuchó la fatigada respiración de aquella mujer joven y sintió bajo las manos como su pecho subía y bajaba con pesadez, como un fuelle al que se le ha hecho un agujero. La mujer sonrió a Blanca con dulzura y confianza, y entonces esta descubrió una mirada limpia, en cuyo iris parecían marcarse los puntitos del dolor que toda la vida había llevado a cuestas. Las monjas, a su alrededor, rezaban en silencio. Blanca decidió utilizar la técnica que usaba con Verónica y concentrarse en Conchita, en toda ella, para contagiarse de aquello que tuviera encima. Imaginó a una Conchita de pequeña, corriendo siempre por detrás del resto de los niños, sin ser capaz de alcanzarlos, quedándose sin respiración. Imaginó sus largos veranos sin poder salir a jugar al parque o bañarse en la piscina, como les suele suceder a los niños enfermos, que siempre tienen que sufrir ese doble castigo, el de la enfermedad y el del aislamiento. Imaginó salas de espera de médicos, estetoscopios y radiografías. Imaginó a una niña creciendo entre penumbras y visillos, siempre a las faldas de una madre o de una abuela, haciéndose mayor deprisa, a destiempo, y sintiendo nostalgia por una infancia que nunca había tenido. Y después la imaginó dando un pasito y luego otro y, con mucho esfuerzo, otro más hasta realizar por completo aquel Camino de Santiago en el que encontró esa luz que ahora esperaba que también tuviera Blanca.

Blanca sonrió para sí, porque empezaba a sentir ese calor que le subía de las entrañas y culminaba en forma de chispa en la punta de los dedos. Ese calor en la boca del estómago que le anunciaba que su técnica de andar por casa estaba dando frutos. Presionó todavía más fuerte con sus manos el frágil pecho de Conchita. Sor Conchita, al sentir un golpe de calor en su pecho, a punto estuvo de apartar las manos de la Milagrosa, pero al volver a mirarla a los ojos decidió agarrarse firmemente a la dura piedra que le servía de asiento, cerrar los ojos y aguantar.

—Ya viene —murmuró Inma, y tomó la mano de Carla, que observaba la escena boquiabierta, porque era la primera vez que presenciaba en persona eso que siempre habían llamado milagro.

Verónica, a su lado, lo miraba todo a través de la lente de la cámara digital y sonreía para sí, disfrutando también por primera vez de ser el espectador y no el protagonista de la obra.

Blanca notó el calor quemándole las manos, y el pecho de sor Conchita comenzó a agitarse a mayor velocidad, hiperventilando. De pronto, sor Conchita abrió los ojos, miró a Blanca y le apartó las manos justo antes de echarse a un lado para empezar a toser como quien es víctima de un terrible catarro.

—Perdón —musitó la joven tosiendo de nuevo, antes de que le sobreviniera la primera arcada.

—Tranquila —le dijo Blanca acariciándole la espalda con cariño, y la otra volvió a toser y a tener otra arcada y otro arranque de tos y otra arcada—. Échalo todo —le susurró al oído.

Y entonces vino el vómito. A raudales. Un pegote pastoso y negro como el petróleo que le subió en abundancia a la pobre monja por la boca y la nariz y que derramó sobre la tierra del bello jardín a pegotes y con un gran esfuerzo, pues a ratos se quedaba sin aire. Sor Conchita, con los ojos inyectados en sangre debido al trabajo que le había costado soltar aquello, observó ese chapapote derramado resultado de su vomitona y comprobó que no era líquido ni sólido, sino una masa uniforme y burbujeante con olor a azufre que dejó una gran mancha sobre la tierra, que, por el riego, estaba fresca y húmeda.

Y entonces sor Conchita aspiró y notó como todo el

aire del mundo entraba en sus pulmones. Y olió el olor del manzano y del peral y de la hierbabuena y del orégano y de la menta y del hinojo y del tomillo y del eneldo y del romero. Y aspiró todavía más porque sentía que todo aquel aroma no le cabía en el pecho del goce que le provocaba. Y volvió a aspirar y a sentir como le entraba de nuevo. Y entonces sor Conchita se tumbó sobre la piedra de aquel banco, extasiada, y miró el cielo sintiendo con incredulidad como su pecho subía y bajaba y subía y bajaba y sus pulmones se llenaban y se vaciaban como si se los hubieran cambiado por los de un corredor de maratones. Blanca se acomodó donde la monja apoyaba la cabeza y le limpió con la manga de la camisa el sudor de la frente y Conchita la miró, coronada por el sol de la tarde, y se echó a llorar. Blanca miró entonces a las monjas, que la observaban conmovidas y con las manos en el pecho.

—¿Alguien podría traerme una Coca-Cola *light*, por favor?

Verónica y las chicas pasaron cinco días en el convento. Blanca, según reveló a las monjas, quería asegurarse de que lo de sor Conchita no era una solución temporal, como sucedía con su amigo, por lo que decidió pasar primero una noche, por si volvían las temidas toses, y luego otra y otra y otra más, hasta que fue la propia Conchita quien tomó a Blanca por los hombros y le dijo que había llegado el momento de decirse adiós, puesto que no estaría obrando de buena fe si la retuviera más tiempo entre aquellos muros de piedra. Blanca, convinieron aquellas mujeres, debía marcharse y compartir su luz con el resto del mundo. Y ella dejó de tener una excusa válida para pasar más tiempo allí.

El tiempo en el convento les vino bien, todo sea dicho.

Verónica también encontró su propia excusa para alargar la estancia y, de paso, acompasar los tiempos del viaje a las necesidades de su amiga. Pretendía grabar unas cuantas escenas más del convento y las monjas y, aprovechando que allí tenían internet, colgar un nuevo vídeo en *Espíritu y sentimiento.* Y lo cierto es que podría haberlo terminado en tan solo dos días, pero esperó hasta que fueron cuatro.

Ninguna de las chicas le metió prisa en su tarea, porque todas se encontraron cómodas durante aquellos días en los que adoptaron las rutinas contemplativas de las monjitas: despertarse temprano, hacer algo de ejercicio físico, preparar juntas el desayuno, pasar unas horas en la biblioteca antes de comer, dar largos paseos por la tarde.

A todos les iba a dar pena tener que partir de aquel lugar en el que habían sido felices, pero en especial a Verónica, quien había aprovechado su tiempo más que ningún otro, tan poco acostumbrado como estaba a gozar de unos cuantos días libres y ociosos. Verónica ayudaba a sor Claudia y sor Leonor con el jardín de buena mañana y a sor Inés con los fogones a la hora de comer, dedicaba un par de horas al día a inspeccionar aquella hermosa biblioteca y nutrirse de sus textos por las tardes junto a las chicas, y, sobre todo, grababa vídeos por el convento. Como ya sucedió en Madrid, Verónica no salía de su cuarto si no era acompañado de la cámara digital. Grabó el edificio, el claustro, la biblioteca y el comedor, grabó a las monjas ocupadas en sus tareas y también realizó una serie de entrevistas a sor Jessica y sor Conchita, principio y fin de aquella historia respectivamente, para añadirlas al nuevo vídeo que colgaría en *Espíritu y sentimiento* antes de su marcha.

Las chicas, a su vez, pasaron la mayor parte del tiempo en compañía de sor Conchita y, sobre todo, de sor Jessy, quien parecía la más contenta de todas ellas al encontrarse junto a tres chicas de más o menos su misma edad con las que compartía tantos gustos e intereses. Las cinco jóvenes formaron una de esas indestructibles piñas como las que se forman en los campamentos de verano, cuando incluso resulta molesto que llegue el sueño bien entrada la noche porque impide seguir dándole a la lengua. Blanca, Inma y Carla les descubrieron a las monjitas maneras de descargarse contenido en internet y las canciones de The Cure, y las monjitas enseñaron a aquellas chicas, en tan solo cinco días, a vivir de un modo más reposado.

Verónica y Blanca colgaron el vídeo la cuarta noche. Una vez más, aquel hombrecito había hecho su magia tras la cámara. Para este vídeo utilizó unos cantos gregorianos en lugar de ese estridente sonido industrial, y una serie de planos más largos y abiertos en los que casi parecía respirarse el olor a tomillo y lavanda, con los que pretendía, tal y como explicó a las atentas chicas durante su primera proyección, «dar testimonio de la paz de la vida monacal». El vídeo no tardó en recibir incluso más atención que el primero puesto que, al haber sido grabado a plena luz del día e incluir el testimonio de dos dominicas, todo parecía mucho más real. Primero llegaron los comentarios («LA LUZ ES PARA COMPARTILA COMO DICE SOR INES, VENID A ASTURIAS», «Sabia q lo de esta chica era algo gordo», «Pero por qué vomita chapapote?», «Las tinieblas no prevalecerán», «Larga vida a la luz, larga vida AL FUEGO», «¡Viva Blanca la Milagrosa, niña de nuestros corazones!»).

Después, se multiplicaron las transferencias, quizás gracias a que aquella historia ahora contaba con el beneplácito de auténticas religiosas. Blanca volvió a pasar la noche pegada a la pantalla del ordenador, intentando responder todos los comentarios que se acumulaban bajo el vídeo. Se dio cuenta de que en poco tiempo los Sentimentalistas se habían convertido en legión.

El día de su partida, las cinco monjas volvieron a salir al portón principal del convento, como hicieran a su llegada, solo que esta vez lo que todas sentían, más que expectación, era la congoja de quien sabe que su pajarillo debe dejar el nido. Quien más lloraba era sor Jessy, abrazándose a aquellas crías y llenándolas de besos, pidiendo, por favor, que le escribieran de tanto en tanto, que regresaran en algún momento y que no la olvidaran nunca. Las chicas también lloraron y prometieron volver a visitarlas y, entretanto, escribirles a menudo, pero no cumplieron ninguna de aquellas promesas, salvo la de no dejarlas caer en el olvido.

Muchos años más tarde, Blanca se descubriría pensando en aquellos cinco días como si hubiesen durado mucho más tiempo. A veces el recuerdo le sobrevenía a través del tacto, al acariciar durante un paseo un muro de piedra que le recordaba a las paredes exteriores del convento. Otras veces la golpeaba a través del olfato, cuando el viento le traía de pronto el aroma de unas hierbas aromáticas plantadas en algún jardín cercano y le devolvía a la memoria los olores del claustro. Y en esos frágiles momentos Blanca encontraba cierta serenidad, al rememorar aquel tiempo en el que estuvo unos días plácida y en calma, que era lo mismo que decir que estuvo unos días plenamente feliz, antes de que todo tomara un extraño rumbo. El tiempo, al fin y al cabo, es el mejor recurso que tenemos para separar el grano de la paja, lo importante de todo lo que no lo es. Y resulta curioso que aquellas tardes en las que las chicas se quitaban el calor a manguerazos o le pintaban las uñas a sor Jessy con un esmalte transparente, alumbraron en Blanca una verdad que no se le revelaría con la claridad de la mañana hasta mucho después, y es esa tan simple de que no se necesita mucho para tener un corazón tranquilo.

XI

En aquel momento, sin embargo, Blanca vivía en un estado de permanente agitación y al dejar atrás el portón del convento volvió a sentir una losa de tensión sobre los hombros. El convento había sido como encontrar un oasis en medio del desierto. Un lugar donde todas las preocupaciones habían quedado detenidas por un tiempo y donde las chicas, y también Verónica, habían vuelto a sentirse como en las noches en las que vivían pegadas a las pantallas de sus ordenadores. Blanca se examinó el rostro en el espejito del copiloto y comprobó la calentura encima de su labio superior, que durante los días en el convento apenas le había molestado, y que a la luz del nuevo día parecía haberse inflamado otra vez.

Dentro de aquel coche, cuando los espejos retrovisores dejaron de devolverles la imagen cada vez más pequeña del convento, cuando las monjas dejaron de agitar las manos al aire para seguir con sus vidas, todos sintieron una especie de desasosiego. Era como si se hubiese producido un súbito cambio de temperatura que afectase a sus estados de ánimo. O como si el estado de ánimo de Blanca tuviese la capacidad de permear en sus tres compañeros de viaje. Sus amigos pronto comprobaron que nada de lo que hicieran conseguía animar a su amiga, que desde que examinó su calentura adoptó una actitud mohína y distante, cerrándose a los demás. De nada servía que le recordasen que ya llevaba, oficialmente, dos auténticos milagros. «Y dos milagros de verdad —incidía Inma—, nada que ver con alquilar una película en el videoclub». Ni que se mostrasen entusiastas por los planes venideros. Y es que lo que para Inma y Carla era tan solo el principio de una gran aventura, para Blanca era el recordatorio de que, más pronto que tarde, tendría que enfrentarse a su mayor temor.

—Ojalá los hippies sean tan encantadores como las monjas —dijo Carla, sentada junto a Inma en la parte de detrás del vehículo.

—Casandra parece simpática, aunque... —intervino Blanca pensativa, mirando el paisaje que quedaba a su lado en la ventana—. Es un poco intensa, la verdad.

—¿A qué te refieres? —preguntó Inma, que, como persona práctica y resolutiva, no se llevaba demasiado bien con las intensidades—. ¿Intensa en qué sentido?

—Nos ha pedido que tomemos una serie de precauciones antes de entrar en la comuna —explicó Blanca—. Y es muy pesada con lo de las precauciones. —Hizo una pausa—. Pero muy muy pesada.

—Pero ¿qué tipo de precauciones? —preguntó ahora Carla, con curiosidad.

—Esperad. —Blanca suspiró—. Os leo.

Blanca sacó con desgana un papel de su mochila, en el que había impreso todos los requisitos que le había mandado Casandra desde que Blanca anunció su llegada a la comunidad.

Casandra, según le había contado en las conversaciones que tuvieron por Messenger, se había marchado a vivir hacía poco más de un año al campo, donde sus padres conservaban un terreno en herencia, aunque prácticamente abandonado desde la época de sus abuelos. Casandra se trasladó allí al sentir que la vida en la ciudad le estaba causando serios problemas de salud física, mental y, según relató, también espiritual. Y lo hizo tras descubrir por internet que no era la única de su especie aquejada de los mismos males derivados de la vida moderna. En un principio, Blanca pensó que por estos males modernos Casandra se refería a aquellos que derivaban del sistema capitalista, pero más adelante, quizás demasiado tarde, se dio cuenta de que hablaba del microondas de su cocina.

—«Somos la primera comunidad autogestionada para personas con hipersensibilidad electromagnética, también conocida como electrohipersensibilidad» —comenzó recitando Blanca.

—¿Y eso qué quiere decir? —preguntó Inma frunciendo el ceño.

—He leído algo sobre eso... —dijo Verónica intentando recordar con exactitud todo lo que sabía sobre la electrohipersensibilidad, un asunto en boga en la primera década del siglo XXI tras la proliferación de los ordenadores en casa y el acceso a internet para todo el mundo y que, de tanto en tanto, ocupaba algún pequeño espacio en los telediarios y los periódicos—. Son personas a las que les afectan físicamente los campos magnéticos..., las ondas de radio, por ejemplo, o el cableado de las ciudades, pero también dispositivos como el teléfono, la televisión o incluso internet.

—¿Estás de coña? —preguntó Inma—. ¿Me estás diciendo que hay gente alérgica al wifi?

—Eso parece —asintió Verónica, y miró a Blanca de reojo—. Eso dicen, al menos.

—Tenemos que aparcar el coche a cien metros de la finca, por el tema de la radio, por lo visto —continuó explicando Blanca, y repasó una por una la lista de instrucciones que le había mandado Casandra—: No podemos llevar ordenadores, ni teléfonos móviles, ni las cámaras digitales..., nada de nada. Nos han advertido de que dentro de la finca no hay electricidad, y que todo lo hacen de la manera más tradicional posible.

—¿Y cómo han dado contigo si no usan internet? —preguntó Carla, con curiosidad.

—Bajan al pueblo de tanto en tanto para informarse y dar con más personas como ellos —relató Blanca—. Por eso Casandra solo escribe una vez a la semana. —Miró a las chicas por el espejo retrovisor y notó la preocupación asomando en su rostro. Quizás, pensaba ahora, debería haberles explicado hacia dónde se dirigían con algo más de antelación—. Casandra dice que están muy enfermos y que ningún médico da con la solución a su dolencia —explicó, a medio camino entre el ruego y la excusa—. Los campos electromagnéticos, según me ha contado, les producen dolores de cabeza y en los músculos, cansancio y hasta urticaria.

—Qué movida —dijo Carla, incapaz de esconder su falta de entusiasmo.

—O sea, que vamos camino de una leprosería —concluyó Inma cruzándose de brazos en el asiento de atrás.

Las comparaciones son odiosas, vaya eso por delante, y el grupo, todo sea dicho, no llegó a Linares con el mejor de los ánimos, pero lo cierto es que su visita a aquel lugar fue radicalmente distinta a la del convento de Toledo, por no decir que fue un absoluto desastre de principio a fin.

Allá en Linares no los recibió el caluroso abrazo de quien los aguardaba con esperanza e ilusión, sino un frío cartel escrito a mano sobre un cartón que les indicaba dónde debían aparcar el coche y una serie de señalizaciones hacia el lugar al que debían dirigirse. Verónica y las chicas salieron del vehículo al atardecer, despidiéndose de sus teléfonos móviles y demás aparatos eléctricos, y contaminadas de cierta desesperanza al darse cuenta de que, en los días siguientes, debían decirles adiós a todas esas comodidades con las que habían crecido, como el secador y la plancha para el pelo.

Al final del camino, marcado con temblorosas flechas pintadas sobre piedras y pedruscos —y donde los inquilinos habían cavado una serie de agujeros con la intención de arrancar cualquier tipo de cableado que hubiese enterrado en la zona—, no había una casa, como habían imaginado, sino una tosca construcción que, tiempo atrás, habría servido para guardar la cosecha. De gruesos muros, eso sí, pero llena de agujeros en el endeble techado de plástico, que no podía denominarse siquiera tejado, y una serie de ventanucos tapados con viejos trapos y demás textiles usados. En el exterior, un pozo que habría dado agua hacía mucho, una cocinilla de gas construida de aquella manera, una gran mesa y unas cuantas sillas de plástico cada una de su padre y de su madre, y una triste letrina que produjo escalofríos a las tres chicas y también, todo sea dicho, a Verónica, quien, por mucho que hubiera sufrido en la vida, nunca se había visto en la tesitura de tener que enterrar su propia mierda en un agujero en el suelo.

No ayudó a aquella desoladora estampa que el grupo hubiese llegado cuando se empezaba a poner el sol, ni que aquellas chicas hubiesen pasado la adolescencia leyendo sobre asesinos en serie que encerraban a sus víctimas en sitios que lucían exactamente como aquel que ahora tenían frente a sus ojos.

—Esto es peor que el rancho Spahn —dijo Inma dando una patada a un pedrusco que se le cruzó en mitad del camino.

—Vaya, mil perdones —respondió Blanca con retintín—. La próxima vez intentaré hacer mis milagros solo en hoteles de cinco estrellas.

Pero ayudó todavía menos el hostil recibimiento por parte de los inquilinos, que parecían haberse olvidado de que aquel día tenían visita, y cuya bienvenida serviría como preámbulo de lo que sería su corta estancia en aquel sitio.

—¡Por favor, quédense quietos! —gritó una voz de mujer desde un lugar que ninguno de los cuatro podía situar todavía. Y, casi sin darse cuenta, tanto Verónica como las chicas alzaron las manos por encima de sus cabezas, mientras sus sentidos se acostumbraban al panorama, como si los estuviera apuntando un francotirador—. ¿Recibieron las instrucciones? —preguntó aquella voz, más calmada que cuando dio el alto en el camino, aunque no precisamente tranquilizadora.

Verónica y las tres chicas se observaron, preguntándose en silencio si merecía la pena permanecer en aquel lugar más tiempo y otorgarles a quienesquiera que estuvieran observándolos desde la distancia el beneficio de la duda, o si quizás sería mejor darse media vuelta camino al coche y pasar página.

—¡Sí, las recibimos! —gritó también Blanca encogiéndose de hombros ante la mirada inquisidora, sobre todo, de las chicas, que ya casi habían girado sobre sus talones para poner tierra de por medio.

—¡Bien! —dijo la voz—. ¡¿Están ustedes seguros de que no llevan teléfonos móviles, ordenadores, audífonos, GPS, cámaras digitales, buscas, baterías ni ningún otro artefacto tecnológico moderno?! —preguntó a voz en grito.

—¿Esto va en serio, Blanca? —susurró Carla dirigiéndose a la única persona que tenía potestad en el grupo para tomar una decisión que, sin embargo, les incumbía a todos.

—Están enfermos —rogó Blanca, en el mismo tono

bajo—. ¡No! ¡No llevamos ningún aparato encima! —gritó de vuelta a aquella mujer.

—¡Bien! —volvió a graznar—. ¡En ese cubo encontrarán ropa limpia! ¡Pueden lavarse con una manguera que hay detrás de la casa y meter la ropa sucia en el cubo para su correcta descontaminación!

El cubo en cuestión se encontraba cerca de donde estaba situada Inma, quien, con cierta cautela, se aproximó para echar un vistazo a su contenido. Revolvió entre un montón de ropa usada y en condiciones un tanto deplorables: bragas raídas, camisetas con el logotipo publicitario ya desteñido de un banco o de un supermercado, pantalones de chándal agujereados y vaqueros ajados. Todo, eso sí, parecía estar limpio, aunque desgastado de tanto lavado, y desprendía un fuerte olor a lejía. A Inma se le torció el gesto en una mueca de asco; no solo debía ponerse esa ropa que a saber quién había utilizado antes, sino lavarse en medio del campo, a la vista de cualquiera, con el frío que ya hacía en esa época del año. Inma miró a Blanca y negó con la cabeza.

—¿Qué pasa? —susurró Blanca.

—Es... es un horror —respondió Inma—. Me niego —dijo tajante.

Blanca resopló y miró a su amiga con dureza, hasta que esta, casi suplicante, añadió un «Por favor» y Blanca se dio cuenta de que esas tres personitas estaban ahí exclusivamente por ella, y lo único que le pedían a cambio era no ducharse a la intemperie para vestirse después con una camiseta de Caja Rural. De modo que decidió concederles ese deseo, porque lo cierto es que a ella tampoco le apetecía vestirse como si fuera daltónica.

—¡¿Eres Casandra?! —gritó Blanca girándose hacia la casa.

—¡Mi nombre es Herminia! —contestó la mujer.

—Herminia, no pienso ponerme esa mierda —dijo Blanca.

—¿Cómo dice? —preguntó la mujer, que, ahora se daban cuenta, les gritaba a través de una pequeña ventanita desde dentro del cobertizo—. ¡Tiene que gritar! ¡No la oigo, señorita!

—¡Que soy Blanca la Milagrosa y no pienso ponerme esa ropa de mierda! —exclamó, con un brío y una fuerza en la voz que casi asustaron a sus tres amigos.

—Un... un momento —musitó la mujer.

—Gracias —susurró Inma.

Dentro se oyó un conjunto de voces. Desde la distancia, ni Verónica ni las chicas eran capaces de saber qué se estaban diciendo exactamente, ni tampoco de identificar cuántas personas habría dentro de aquella casucha, pero por el tono se dieron cuenta de que su conversación estaba cargada de recriminaciones, reproches y acusaciones de todo tipo.

Blanca buscó la mirada de Verónica, quien se limitó a enarcar ambas cejas con ese gesto tan particular en el que venía a indicarle que harían lo que ella quisiera hacer. Inma y Carla se miraron entre ellas, preguntándose si aquel sería el punto de no retorno, el momento y el lugar en los que tendrían que armar un muro y plantarse ante su amiga. Blanca volvió a observar aquella extraña casucha y se sintió desvalida. Ella, que se había sentido prácticamente imparable al descubrir su poder, el del fuego y el que vino después, con sus seguidores, sí, pero también con sus amigas, ahora se sentía perdida frente a aquella casa. Aquel poder que produjo que ese grupo transigiera y acatara cada una de sus ideas y decisiones sin hacer preguntas, ahora se daba cuenta, no le generaba ningún tipo de alegría, más bien un intenso pesar. La carga era enorme para una chiquilla tan joven. Habría preferido que alguno de ellos, cualquiera, se hubiese plantado y hubiese decidido marcharse de allí. Y que ella tan solo hubiese tenido que encogerse de hombros, fingir cierto desacuerdo y caminar cabizbaja hacia el asiento del coche. Blanca notó un nudo en la garganta. Si ahora se marchaba, pesaría sobre sus hombros el hecho de no haber atendido a ese grupo de gente que le pidió ayuda. Si se quedaba, cabía la posibilidad de que Verónica y sus dos amigas se enfadasen con ella. Era una situación en la que sentía que cualquier cosa que hiciera estaría mal.

—¡Blanca! ¡Aquí Casandra! —dijo otra voz, en un tono más amable, desde dentro de la casa—. Perdona, es que Herminia es muy suya —añadió asomando la cabecita por la ventana, sonriente, con la intención de calmar los ánimos—. Saldremos nosotros enseguida; por favor, tomad asiento.

Verónica y las tres chicas se sentaron en las sillitas de plástico y miraron a su alrededor. Todos estaban pensando lo mismo: no les apetecía pasar la noche allí. Si aquel extraño grupo al que todavía no habían podido conocer ponía tantas trabas a la hora de presentarse, no querían ni imaginar qué rigurosas normas les harían seguir a la hora de dormir, si es que contaban con un lugar en el que alojarlos a todos. Definitivamente, aquello no era el convento, y los compañeros de viaje de Blanca se preguntaron si no estarían cometiendo un grave error.

Verónica, tras el trayecto, volvía a sentir las piernas entumecidas y el presagio de que pronto le volverían los dolores. Inma se descubrió echando de menos a sor Jessy y a Conchita, y Carla, a quien se le había abierto el apetito, pensaba en los deliciosos platos vegetarianos con los que los agasajaba sor Inés. No se dieron cuenta en aquel momento, claro está, porque ninguno de ellos se atrevió a compartirlo en voz alta, pero el primer síntoma de que algo no va bien es fantasear con estar en cualquier otro lugar.

La brisa, el zumbido de las moscas y el último piar del día de un grupo de alborotados pajarillos se convirtieron en la banda sonora de los pensamientos de aquel grupo, resignado a aceptar las decisiones de una solitaria lideresa a la que no siempre llegaban a comprender del todo. Y la solitaria lideresa, por su parte, se sentía cada vez más aislada sobre su pesado trono.

Resultó que en aquel rinconcito sin luz ni cobertura tan solo vivían tres personas: Casandra, la más joven, Herminia, una mujer de cincuenta y pocos años, y un señor llamado Teodoro, que rondaría los ochenta y no parecía saber ni por dónde le venía el viento. Los tres fueron saliendo uno detrás de otro desde dentro de aquella chabola, ataviados con unas túnicas confeccionadas —no hacía falta que lo asegurasen— por ellos mismos. Se trataba de amplios ropajes que los cubrían desde los pies hasta la cabeza, unos pesados burkas de metal que solo dejaban a la vista sus caras. Entretejidos, explicarían más adelante, «con una fina fibra de plata importada de muy lejos». Al sentarse a la mesa, frente a Verónica y las tres chicas, parecían un grupo de actores de teatro *amateur* intentando poner en marcha una función sobre los caballeros de la mesa redonda. Verónica y las chicas se quedaron sin palabras cuando los tuvieron delante, protegiéndose entre ellos tras ese muro de respetuoso silencio cauto de quien reconoce que se encuentra ante alguien que no está del todo bien de la cabeza.

—Blanca, es un honor recibirte, aunque tendrás que disculparnos —dijo Casandra con una amabilidad exagerada que casi parecía de otra época—. No estamos acostumbrados a tener muchas visitas y todavía no hemos establecido un protocolo.

—¿Por qué...? —preguntó Inma, con los ojos como platos, pasando su mirada de Casandra a Herminia y de Herminia a Teodoro—. ¿Por qué vais vestidos así?

—Son trajes protectores —respondió Casandra pasándose las manos por su túnica plateada y brillante—. No sabemos si venís contaminados de fuera.

—¿Contaminados de qué? —preguntó Inma.

—De los campos magnéticos —contestó enseguida Herminia, pequeña y corpulenta, de movimientos rápidos, espasmódicos incluso, y una mirada permanentemente recelosa—. Hacemos los trajes nosotros mismos.

—Ah, qué bien —dijo Inma por toda respuesta.

Como sucede a veces en esta vida, y por mucho que Casandra y Blanca pusieran de su parte, no había química alguna entre aquellos dos grupos. Verónica y las chicas comprendieron, ante la actitud desconfiada de Herminia —por sus brazos cruzados, por sus respuestas parcas y cortantes, por su mirada clavada en los intrusos y su cuerpo en tensión ante el menor movimiento, aunque este fuera cruzar o descruzar las piernas—, que la invitación había sido una decisión unilateral y no consensuada por parte de la más joven del grupo, la única que mantenía un hilo, aunque fuera cada vez más frágil, con el mundo exterior. Ni los amigos de Blanca querían estar allí, ni el grupo que había formado Casandra quería que estuvieran.

Fue Casandra quien sacó un aparatito que, según les explicó, servía para medir sus niveles electromagnéticos. Una vez que hubieran pasado el filtro, les dijo, no habría ningún problema con que estuvieran allí. Y fue Blanca quien accedió, intentando tender un puente, a que el grupo pasara por la lectura de aquel aparatito para tranquilizar a Herminia, pese al gesto de disgusto de Inma, Carla y Verónica, que se dejaron examinar a regañadientes. El aparatito dio su visto bueno, al parecer, por lo que los de la hipersensibilidad parecieron relajarse y accedieron a servirles unos tristes vasos de agua, aunque no a desprenderse de sus vestidos. Blanca quedó un tanto disgustada al ver aquel vaso de agua frente a ella, en lugar de una Coca-Cola *light*. Lo de la Coca-Cola había sido la única petición que había exigido de vuelta a cambio de seguir todas las instrucciones requeridas por Casandra en la última conversación que tuvieron por Messenger, y sintió que ese detalle tan nimio le despertaba un profundo rencor hacia aquel grupo, aunque intentó que no se le notara demasiado.

Casandra explicó entonces su historia. Cómo se había dado cuenta de que sus dolores de cabeza, que sufría desde niña, habían ido en aumento conforme el mundo se hiperconectaba a su alrededor. Sus jaquecas, explicó, se volvieron insoportables cuando el primer ordenador entró en su casa, aunque al principio no relacionó estos dos hechos y continuó como buenamente pudo con su vida, cursó sus estudios reglamentarios y, más adelante, obtuvo un trabajo de recepcionista en un hotel. Una vida que, según les contó, se veía interrumpida una y otra vez por aquellos repentinos mareos que derivaban en fuertes jaquecas y la obligaban a tumbarse en la cama, a veces durante días, esperando que el temporal amainara. No era fácil para una persona como ella intentar engancharse al ritmo de una sociedad en la que todo sucedía cada vez más rápido, explicó, y en la que el descanso resultaba cada vez más difícil de conseguir cuando se veía entrecortado por llamadas, mensajes, pitidos y demás sonidos que eran ya el ruido de fondo de esta nueva era. Así, ante la ausencia de un tratamiento que realmente funcionase, Casandra entró en internet para tratar de comprender esa enfermedad difusa que parecía no tener una cura que no fueran más que parches, y allí descubrió una enorme comunidad de personas que habían descubierto cuál era la causa de su mala salud. Estaba en el aire, explicó. Eran las ondas invisibles, las distintas frecuencias que surgían de todos esos aparatitos que habíamos ido introduciendo en nuestras casas, todo aquello que no era perceptible por los cinco sentidos, ni tampoco necesario para vivir. Casandra, todavía un tanto escéptica cuando escuchó por primera vez esa teoría, probó a marcharse por un tiempo a un retiro de silencio en las montañas, donde para su sorpresa comprobó que su estado de salud mejoraba considerablemente, y, tras leer más y más en foros comunitarios sobre personas que habían abandonado las grandes ciudades y se habían fortalecido tras el cambio, puso en marcha su plan.

—Aquí estoy mejor, pero, como podéis comprobar, queda mucho por hacer —dijo señalando de manera vaga a su alrededor—. Y es difícil poner algo en marcha cuando no contamos con recursos ni apoyo para ello. Esto que veis es todo lo que tenemos.

Pese a que el discurso de Casandra podía resultar coherente y hasta cierto punto creíble, el problema principal vino de las constantes interrupciones por parte de Herminia, que entraba como un elefante en una cacharrería en mitad de las frases de la otra para lanzar una diatriba contra algo muy concreto, como podían ser las máquinas fotocopiadoras, o contra algo más abstracto, como podían ser «los rayos de energía ultravioleta que están dentro de los cablecitos que tenemos siempre sobre nuestras cabezas». Por no olvidar «todo el asunto de los ultrasonidos marítimos que no permiten a una ni bañarse en el agua tranquila», o «los microchips que hay dentro de las vacunas de la gripe». Ante cada intervención de Herminia, que parecía haber decidido, casi de golpe y porrazo, confiar en aquellos cuatro visitantes y revelarles «todas las verdades que no nos cuentan en los medios de comunicación porque no interesan a las grandes corporaciones», el grupo se ponía en tensión y aumentaba el recelo no solo hacia Herminia, sino hacia todo el relato que Casandra había armado previamente.

—Bueno —dijo Blanca cortando una de las últimas intervenciones de Herminia por lo sano, como quien arranca una mala hierba, y mirando a Casandra para que la primera no pensara que le estaba dando voz—. ¿Qué esperas de mí, Casandra? —preguntó con desgana.

Casandra explicó que sabía que Blanca no podía curar a todos los que sufrían su misma condición, pero sí intentarlo con ellos tres, y así dotarlos de la energía y fuerza suficientes para poder construir un refugio para los demás. Ellos necesitaban volver a la ciudad y trabajar para conseguir recursos económicos y mano de obra; de ese modo podrían marcharse definitivamente al campo y ayudar al resto de las personas como ellos. «Es una gran causa, Blanca, nadie nos ha escuchado hasta ahora como tú lo has hecho», dijo Casandra como conclusión a su historia, y Blanca la observó y, aunque dudó de ella y de todo su relato, se dijo que mejor terminar con aquel asunto cuanto antes para que todos pudieran marcharse de allí.

—Está bien —dijo Blanca dándose una palmada en los muslos, resuelta a terminar con lo que tenía entre manos. Luego se dirigió a las chicas y a Verónica—: Preparadlo todo.

—Blanca... —musitó Verónica, tratando de atraer la atención de su amiga para recordarle que no tenía por qué hacer nada por esos tres desequilibrados mentales—. Blanca —repitió.

Pero esta ya se había puesto en pie, preparándose para hacer lo que tenía que hacer, y no escuchó o quizás no quiso escuchar lo que le tuviera que decir su amigo. También ignoró, o más bien trató de ignorar, la inquietud que se dibujaba en los rostros de Carla e Inma, que no se atrevían, por el momento, a moverse de sus sillitas de plástico. ¿Qué les pasaba?, pensaba Blanca, notando como su exasperación iba a más. Estaba haciendo lo que todo el mundo esperaba de ella, se decía. Y estaba haciéndolo con el propósito de sacar cuanto antes a Verónica y a las chicas de allí, para no obligarlos a pasar la noche junto a la familia Monster. Lo que Blanca no pensaba, y ese fue el error, es que no había comunicado sus intenciones a sus más fieles amigos.

—¿No me habéis oído o qué? —dijo Blanca, con más fiereza de la que pretendía.

Inma y Carla dieron un respingo al escuchar el tono y la demanda de su amiga, y se miraron un instante. Uno de esos instantes que lo dicen todo. Esa mirada que venía a significar: «Ya comentaremos esto tú y yo más tarde». Un gesto sutil, pero que no pasó desapercibido para Blanca, en el que volvió a establecerse la vieja alianza que había existido entre ellas. Blanca sentía como su cuello y sus hombros volvían a agarrotarse.

Inma y Carla se levantaron de sus sillas sin mirar a su amiga. Las chicas apartaron la mesa de plástico, en silencio, y, como quien acostumbra a seguir una liturgia aunque esa noche Dios no se encuentre de su lado, pidieron a Casandra algo sobre lo que pudieran tumbar a quien recibiera el milagro. Casandra sacó de dentro de la casa una vieja sábana que las chicas extendieron en el suelo para tener un espacio central donde Blanca pudiera obrar el milagro, rodeada del resto del grupo, que observaba expectante. Al ver trabajar de manera diligente a sus dos amigas sin emitir ningún tipo de queja ni reproche, a Blanca se le hizo un nudo en el estómago, y por su esófago comenzó a subir el hormigueo de la culpa. Sintió que debía decir algo, disculparse ante sus amigas, pero su garganta estaba seca y de su boca no brotó palabra alguna. «Haré mi magia y nos largaremos de aquí», pensó para sí.

Haría su magia y se largarían de allí. Parecía sencillo. Parecía que nada podía salir mal. O, al menos, no podía ser peor de lo que ya era. Blanca decidió que lo más sencillo sería comenzar por Casandra y, quizás, terminar también con Casandra. La reacción que pudiera tener Herminia ante el ritual le daba un poco de miedo y tenía la vaga sensación de que Teodoro no podía dar un firme consentimiento sobre nada, estando como estaba ahí plantado, sonriendo a nadie en particular, con esa mirada que no parecía esconder ningún pensamiento detrás.

Blanca le explicó a Casandra, como había hecho con sor Conchita, en qué consistiría el proceso y le pidió que, aunque pudiera asustarse y sentir calor en el cuerpo, intentase mantenerse firme y no apartarse de ella hasta el final. Casandra asintió ante la explicación, le aseguró que había visto los vídeos en *Espíritu y sentimiento* varias veces y que estaba preparada para todo lo que iba a suceder durante aquel trance. Así que decidieron empezar.

Blanca le dijo a Casandra que se tumbase y se apoyase sobre sus muslos, mirando al cielo, como hiciera en el piso de Vallecas con Verónica. Como la noche caía sobre ellas, Blanca pidió algo de iluminación, y Herminia entró en la casucha y regresó con unas cuantas velas que las chicas colocaron en torno a Blanca y a Casandra, formando un círculo de luz a su alrededor.

—Parece un aquelarre —musitó Carla.

Blanca puso las manos sobre la frente de Casandra y entonces la noche entera se iluminó. Acerca de lo que sucedió durante aquellos minutos que parecieron durar horas, cada uno cuenta su propia versión de los hechos.

Blanca asegura que al posar sus dedos sobre la frente de Casandra no sintió nada en absoluto, por mucho que se forzase y tratase de recrear en su cabeza la imagen de aquella mujer sufriendo en su habitación, hasta que de pronto vio las llamas frente a ella. Inma siempre asegura que el problema fue aquella túnica, que se prendió al primer chispazo y provocó que el fuego se extendiera a toda velocidad desde la cabeza hasta los pies de Casandra, sin que nadie pudiera hacer nada por pararlo. Carla nunca volvió a hablar del tema, solo aquella noche, cuando afirmó que el fuego no había salido de los dedos de Blanca, sino que había surgido de dentro de la propia Casandra, como si se tratase de una combustión espontánea. Verónica, por su parte, siempre intentó encontrar una explicación coherente a aquella historia, y por eso terminó defendiendo que el problema era que esas personas no estaban enfermas, sino que ella actuó sobre alguien que fingía, y el fuego no pudo llegar a la verdad, por lo que quemó su superficie.

Sea como sea, Casandra empezó a arder. Y a partir de ahí todo sucedió muy deprisa, pero también fue como si el tiempo se hubiese parado. Cuando Casandra ardió, Herminia enloqueció. «¡Bruja! —gritó—, ¡hija de Satanás!». Después de enloquecer, Herminia atacó a Blanca, lanzándose sobre ella como una auténtica fiera, agarrándola por el pelo y arrastrándola lejos de Casandra mientras le chillaba que sabía que venía desde el mismísimo averno y que la había descubierto en cuanto pusieron un pie sobre aquel lugar.

Las chicas, por su parte, no dudaron en acudir al rescate de Blanca. Y se lanzaron a su vez sobre aquella vieja loca, propinándole golpes por todas las partes de su cuerpo, duras y blandas, que eran capaces de alcanzar con esos puños que jamás se habían metido en una pelea.

Los gritos de Herminia, que soltó a Blanca para protegerse de los golpes y arañazos de las otras dos, se confundían con los de Casandra, que se revolvía sobre aquella sábana luchando por escapar de unas llamas que la tenían atrapada dentro de su túnica plateada.

Verónica acudió a toda prisa a socorrer a Casandra. Le gritó que rodase por el suelo y a continuación la cubrió de mantas con la intención de asfixiar todo ese fuego. Hasta que las llamas se extinguieron y la noche se apagó del todo. Sin embargo, lo que fueron capaces de identificar mientras la vista se les acostumbraba a toda esa oscuridad sigue apareciéndose en sus pesadillas.

Casandra ya no tenía la forma de un ser humano, sino que se había convertido en un conjunto de jirones de piel y bultos del color intenso de la sangre quemada y de la plata de la túnica. Tumbada en el suelo, en el centro de aquella sábana, rodeada de cenizas y sin moverse, era imposible identificar dónde estaba exactamente su cabeza y dónde quedaban sus pies. Pero lo peor no era aquella imagen, lo peor era el olor. Un olor tan fuerte y desagradable que se les metió a todos por la nariz hasta llegar a sus cerebros, donde permaneció en lo más hondo de su memoria para siempre, hasta el punto de que los allí presentes siempre pondrían una mueca de asco al recibir una invitación a una barbacoa. Olía a pollo. Un aroma desesperado que les recordó que, pese a todo lo que hiciéramos y lo que quisiéramos alcanzar en esta vida, pese a los buenos propósitos e intenciones y también pese a las faltas y errores, al final éramos tan solo grandes trozos de carne.

Blanca observó a Casandra con un profundo horror en la mirada, sintiéndose causante y responsable de aquella tragedia. Inma y Carla, cogidas de la mano, lloraban juntas. Herminia, más calmada, observaba desde la distancia sin poder reaccionar, con las manos sobre la cabeza. Y Teodoro, sosteniendo un cubo de agua vacío, se reía a carcajadas.

Verónica, quien mantuvo la serenidad, envolvió lo que quedaba de Casandra para meterla en el coche y llevarla al hospital más próximo, donde por fortuna tenían una unidad de quemados. Casandra sobrevivió gracias a la rápida respuesta de Verónica para asfixiar el fuego. Lo más complicado, según explicaron los médicos, fue quitarle aquella tela que se le había adherido a la piel. Resultó que aquellas túnicas no habían sido tejidas «con una fina fibra de plata importada de muy lejos», sino que las habían comprado en una tienda de disfraces y eran altamente inflamables. Verónica se quedó en la sala de espera del hospital hasta que un médico le aseguró que Casandra estaba fuera de peligro, aunque seguía muy grave.

Verónica y las chicas se trasladaron a un motel de carretera no muy lejos de allí, desde cuyas ventanas tan solo veían el ir y venir de los camiones por una carretera secundaria. Cuando Blanca se tumbó en la cama aquella noche, ardía.

XII

Vivían como fugitivos porque tenían miedo. El grupo era un manojo de nervios, de tensiones acumuladas, de suposiciones y de malos presentimientos. Temían que en cualquier momento apareciese la policía. Que los detuvieran, que los metieran en un calabozo, que tuvieran que explicar cosas que no eran capaces de explicar, cosas que nadie en su sano juicio podría comprender. Las chicas temían especialmente por Verónica. Porque tuviera que aclarar el porqué del flujo de dinero que había entrado en su propia cuenta y el motivo de su viaje con tres chicas que acababan de cumplir la mayoría de edad. Las chicas temían que Verónica fuese señalado como responsable y cabecilla del grupo, que le acusaran de cosas que no era y que se enfrentase a las peores consecuencias. Verónica temía por las chicas, pero, en especial, temía por Blanca, que desde la noche en que ardió Casandra apenas era capaz de salir de la cama a causa de las fiebres. Temía que la juzgasen con la severidad con la que en el pasado juzgaron a su madre, que no la creyesen, que la tratasen de demente, de bruja, de satánica. Temía que Blanca quedase marcada de por vida.

Más que a la policía, Verónica y las chicas temían a los medios de comunicación. Todos y cada uno de ellos eran conscientes del dulce jugo que contenía toda aquella historia, y de la capacidad de los periódicos, las radios y las televisiones para exprimirla a fin de conseguir una mayor audiencia. Todos y cada uno de ellos sabían lo que cualquiera que tuviera un ordenador en casa encontraría al entrar en *Espíritu y sentimiento*: canciones de Marilyn Manson, una monja vomitando un chorro de color negro, angelitos que lloraban sangre, un hombre convulsionando, crípticos poemas y, sobre todo, aquella chica, rubia, guapa, de rostro angelical que se vanagloriaba de poder hacer milagros. Y todos y cada uno de ellos imaginaban de qué sería capaz un periodista sin escrúpulos si consiguiera todo ese material. Sabían que serían carne de debate en las tertulias de los programas matinales más alarmistas, que serían protagonistas de agitadas columnas de opinión, que el nombre de Blanca estaría en boca de todos los tertulianos que se proclamaban expertos en algo, pero que en realidad acostumbraban a opinar sobre cualquier cosa. Sabían que aquel rostro de aspecto dulce dejaría de representar a una chica y se convertiría en imagen y símbolo de los peligros de internet, de la amenaza para la juventud de escuchar a grupos como Marilyn Manson, de lo que sucede cuando los menores de edad pasan demasiado tiempo online, de la crisis de los valores occidentales, de la pérdida de fe de buena parte de la sociedad y hasta del auge del feminismo moderno, que invitaba a las chicas jóvenes a maquillarse como puertas, huir de sus casas y fundar sectas satánicas.

Intentaban no hablar de ello, pero sus gestos los delataban. Era ese echar las cortinas de cada una de sus habitaciones por si alguien, desde fuera, los estaba observando. Era ese cosquilleo en la nuca que de inmediato los ponía en tensión cuando el hombre de la habitación de al lado hacía una pregunta de cortesía a la hora del almuerzo, en el barecito de aquel motel, como podía ser el preguntarle al adulto cómo se las apañaba uno con tres hijas adolescentes. Era ese agujero en el estómago y la comida que dejaban sin tocar en el plato cuando, a la hora de la cena, oían de fondo el sonido de una sirena, hasta darse cuenta de que se trataba de una ambulancia o de un camión de bomberos.

Quien más sufría era Blanca, que había vuelto a instalarse en aquel enigmático mutismo de su temprana adolescencia, aparentemente ajena a todo lo que sucedía a su alrededor. Incapaz de dormir o de comer, sentía su cuerpo cansado y débil, y su mente, aturullada a causa de los delirios febriles, le recordaba los temores que la habían perseguido desde la infancia. Blanca, en ese duermevela constante, ni del todo despierta ni del todo dormida, tenía siempre mal sabor de boca. Una sensación de putrefacción que parecía consumirla desde las entrañas, al vivir con la intranquilidad de que una no ha hecho las cosas como tocaba hacerlas.

Inma y Carla, de tanto en tanto, entre susurros a altas horas de la madrugada, se consolaban la una a la otra. Hablando en voz tan baja que sus voces se confundían, con la intención de no despertar a su compañera de cuarto, que permanecía impasible tumbada en la cama, de cara a la pared, no podían evitar mencionar aquellos asuntos que les quitaban el sueño y no se atrevían a mencionar en voz alta y a plena luz del día. «Hemos quemado a una mujer», decía una. «Hemos montado una secta», decía otra. «No sé qué vamos a hacer ahora», decía la primera. «Ni yo, tía, tengo miedo», decía la segunda. «Ya, tía, yo también tengo miedo». Y Blanca, mientras fingía dormir bajo las ásperas mantas de la cama del motel, se aguantaba las lágrimas para no hacer ruido, conmovida por la generosidad de sus amigas, a quienes no se les pasaba por la cabeza utilizar la tercera persona del singular.

Verónica compraba los periódicos del día a primera hora de la mañana en un quiosco situado en el pueblo más próximo, y los estudiaba con detenimiento buscando pistas que pudieran responder a la pregunta que a todos les rondaba por la cabeza, que era «qué va a ser de nosotros». El segundo día apareció una noticia breve en el periódico local. «Una mujer sufre graves quemaduras tras un incendio en una fiesta de disfraces», rezaba el titular, que añadía que la víctima, de treinta y cinco años, se encontraba estable en la unidad de quemados del hospital de la zona. Después de aquello, nada más. Otro suceso sin mayor relevancia informativa ni interés, de esos que no tienen continuidad en los diarios del nuevo día, puesto que solo importan ya a los vecinos cuando descubren que la protagonista de la historia es la vecina del tercero B.

Pasó una semana, pasaron dos semanas. Y Verónica despertó una mañana con la urgencia de llamar al hospital donde había llevado a Casandra, incapaz de seguir viviendo con esa tensión que convertía el aire que respiraban en polvo del desierto. Casandra seguía allí, le advirtió el personal sanitario, aunque en planta, recuperándose de las quemaduras, e inmediatamente y sin hacer preguntas le pasaron con la habitación. La mujer se alegró al escuchar la voz de Verónica al otro lado de la línea. Le dijo que siempre mantuvo la misma versión de lo sucedido, ante los médicos y también ante la policía, que solo apareció por allí una vez. Casandra les había contado que aquel accidente se lo provocó una vela, que prendió su vestido durante una fiesta y que, antes de que pudiera darse cuenta, todo ardió a su alrededor. Había añadido que no recordaba nada más de lo sucedido, y nadie volvió a interrogarla sobre el tema.

—Gracias por salvarme la vida —dijo la mujer antes de despedirse—. Y dale las gracias a la Milagrosa también. Fíjate, aquí estoy, rodeada de máquinas y conectada a todo tipo de cablecitos..., y no me duele nada la cabeza.

Verónica transmitió el mensaje a las chicas y fue como si todos pudieran volver a respirar de nuevo. Cuando el miedo fue menguando, Verónica, Inma y Carla se tranquilizaron y, por primera vez, empezaron a tomar pequeñas decisiones sobre el futuro inmediato. Durante los días en que el mundo parecía haber llegado a su fin, y en los que cuando no estaba haciéndose la dormida se dedicaba a poco más que a mirar el paso de los camiones por la ventana desde un butacón en su habitación, a Blanca no se le escapó que sus amigas habían vuelto a llamar a casa. Carla, allá en el patio, con el teléfono móvil pegado a la oreja, caminaba de un lado a otro con la cara de circunstancias de quien sabe que debe soportar el chaparrón de una buena bronca antes de pedir disculpas. Inma, por su parte, consultaba de tanto en tanto la página web de las inscripciones a la universidad desde la recepción del motel, apuntando en una pequeña libreta los documentos que le harían falta para matricularse el siguiente año. Blanca sentía que el mundo a su alrededor se iba desperezando. Sin prisa, pero sin pausa.

Las chicas y Verónica estaban pendientes de Blanca. La observaban en silencio y con preocupación y, en lugar de atosigarla con palabras que todavía no podían decir, la acompañaban con cuidados y atenciones. «Seguro que esta sopa te entrará bien», le decía Inma sentándose al borde de su cama, con un cuenco humeante entre las manos de un restaurante al que Verónica las había llevado en su coche; «Anda, Blanca, tendrás que comer algo», insistía, acercándole el cuenco a su amiga como si fuera una niña pequeña. «Deja al menos que cambiemos las sábanas», decía Carla invitándola a darse una ducha, ponerse otro pijama y volver a su nido sobre unas sábanas limpias que se habían encargado de pedir en la recepción. «Quizás algo de música te venga bien», decía Verónica, dejando un discman adquirido en uno de sus viajes al pueblo sobre la mesilla de noche de Blanca con un disco dentro que había comprado en una gasolinera. «No tenían nada de The Cure, pero compré uno de Héroes del Silencio».

Con cada uno de esos pequeños gestos, Blanca sentía en su estómago el hormigueo de la culpa al recordar todos los abusos de poder que había ejercido sobre sus amigos. Todas las veces que los había obligado a transigir en algo en lo que quizás no estaban de acuerdo, todas las ocasiones en las que habían hecho algo que no querían hacer, y todas las veces que había ignorado sus opiniones, sus ideas o sus deseos. Ahora se preguntaba si habían sido muchas, para después darse cuenta de que tan solo pudiendo alzar un dedo de una mano para contarlas ya serían más que suficientes. Y sabía que podía alzar más de uno. De todo el grupo, sabía que con quien peor se había portado era con Inma. La observó ahora, sentada en la cama de al lado de la habitación que compartían, luciendo todavía esas discretas trenzas que ocultaban su precioso cabello rizado y concentrada en anotar todo lo que debería tener listo para acceder a la universidad, y Blanca supo que esa era la causa por la que vivía en tal estado de agitación.

—Inma —dijo de pronto. E Inma casi dio un brinco al oír la voz de Blanca después de varios días de silencio. Carla, sentada en el escritorio del cuartito donde dormían las tres, también giró sobre su silla para atender lo que fuera que su amiga necesitase.

Blanca recordó todas las Coca-Colas *light* que le había pedido, sin hacer el esfuerzo de levantarse del sofá de flores del piso de Vallecas, y que ella le había traído sin rechistar, pensó en los sutiles comentarios hirientes, en las burlas soterradas y en las malas formas. Fue consciente de que se había aprovechado del cambio de dinámica tras la noche en que ayudó a Verónica. Y se avergonzó profundamente de haber utilizado aquello que denominaron la causa con el propósito de darse un baño de ego. Blanca se dio cuenta de que eran tales sus ansias de sentirse querida que se había olvidado de querer bien a los demás.

—Lo siento —dijo Blanca en voz baja mirando a Inma a los ojos—. Lo siento mucho.

—¿Qué sientes? —preguntó Carla sin comprender del todo aquel arranque tan sentimental, tan impropio de la Blanca de los últimos tiempos. Pero Inma sí comprendía.

—Siento haberme portado tan mal con vosotras —añadió ella con un hilo de voz—. Lo siento de corazón.

Inma y Carla cruzaron una de sus miradas y luego volvieron a observar a Blanca con el temor de estar ante alguien a punto de rompérseles en mil pedazos. O, quizás, pensó por su lado Inma, el problema es que Blanca ya venía rota de casa.

Inma se levantó de la cama y se sentó junto a Blanca. Por primera vez, como quien deja de ver a un santo para ver tan solo a un hombre, Inma fue plenamente consciente del peso que Blanca cargaba sobre sus delicados hombros. Su poder, su fuego, su pasado y su miedo al futuro. Tan solo era una mortal, pensó Inma, y tenía derecho a equivocarse, como todos los demás. Pensó que ya era hora de que alguien aligerase su equipaje.

—De todo lo que nos ha pasado, el noventa por ciento ha sido bueno —dijo Inma sujetando con ternura el mentón de su amiga.

—El noventa y nueve por ciento —señaló Carla levantándose de la silla y encontrando un hueco en la cama, junto a ellas.

—Te pasas, tía —aseguró Inma.

—¿Por qué me paso? —preguntó Carla.

—¿Porque quemamos a una señora hace dos semanas? —replicó Inma sarcástica.

—Quemé —aclaró Blanca.

—Quemamos —repitió Inma mirando a su amiga.

—Es verdad —concedió Carla pensativa—. El noventa por ciento. El noventa por ciento está muy bien.

—Está genial —dijo Inma, y se giró de nuevo hacia Blanca—. Imagina que te diagnostican un cáncer pero que tienes un noventa por ciento de posibilidades de sobrevivir; ¿no sería una buenísima noticia?

—Sería una buenísima noticia no tener cáncer —respondió Blanca, e Inma chasqueó la lengua.

—No me estás entendiendo. —Inma se apretujó contra Blanca en la cama, y las dos quedaron con la espalda apoyada en el cabecero, mientras que Carla se apoyó a los pies—. Lo que quiero decir es que creo que al final nos centramos siempre en lo positivo, porque solo así podemos sobrevivir, ¿sabes? Y los recuerdos también funcionan de esa manera. Recordamos con más claridad lo bueno y nos olvidamos de lo malo, porque es que si no fuese así nos suicidaríamos.

—Sí —dijo Carla, y acarició el pie de Blanca, que salía por encima de la sábana—. Dentro de muchos años, Blanca, ¿qué crees que recordarás? ¿El noventa por ciento o el diez por ciento?

Blanca trató de imaginarse a sí misma al cabo de muchos años, como proponía Carla, pero le costaba visualizar su futuro, como si una densa niebla cubriese la perspectiva de aquel paisaje. Sin embargo, no le costó mirar a aquellas chicas, tumbadas junto a ella en la cama, y recordar lo que habían vivido, también junto a Verónica. Pensó en aquella primera sala de chat, y en sus primeras conversaciones llenas de faltas de ortografía («Yo m yamo Carla y vosotras???»).

Pensó en cómo se había generado un espacio de intimidad y confianza en el que todo resultaba tan fácil de decir («Odio ODIO ODIOOOOO a las xikas populares de mi clase», «Mis padres no dejan de discutir, os kedais un rato + conmigo esta noche?», «Mi madrastra es buena gente, pero un poco cateta»). Pensó en cómo se nutrieron las unas a las otras, en cómo se apoyaron las unas a las otras, en cómo crearon una coraza frente a un mundo allá fuera que a todas se les quedaba pequeño, cuando no era frontalmente hostil. Pensó en las noches en vela, en los «jajajajaj» y luego en los más sonoros «JAJAJAJA», en las obsesiones de unas y de otras, en que nadie, jamás, hizo creer a nadie de ese grupo que lo que tuviera que contar no fuera interesante. Pensó en sus primeros encuentros, en cómo las palabras les salían a borbotones, en la escandalera que montaban cada vez que se veían, en cómo tenían la necesidad física de tocarse, de sentirse, de no separarse nunca. Pensó incluso en la escena del VIPS, que tantas noches había tenido a Blanca en vela, y que ahora le daba hasta risa. Pensó en cuántas veces, en su casa, había sentido que todo estaba bien porque, al otro lado de la pantalla, sabía que tenía seis ojos leyendo sobre sus preocupaciones y anhelos. Y pensó en aquel verano. Y, más que de milagros, Blanca descubrió que las escenas que le venían a la mente eran todas de cosas sencillas. Escenas a las que en su momento no había dado ningún tipo de importancia pero que, por alguna razón, eran las que su cerebro había decidido conservar en su memoria. Como esa de Inma en el cuarto de baño, haciéndose la raya del ojo perfecta a la primera, sonriendo después al espejo con coquetería y lanzándose un beso, para descubrir a Blanca observándola desde el pasillo y partirse de la risa. O la de Verónica mostrándole cuidadosamente su selección de vinilos, explicándole a Blanca cómo debía hacer para poner un disco si él no estaba en casa y quería escuchar música. O la de los tres en el salón viendo una película que tenían que parar todo el tiempo porque necesitaban recordar en qué otra película había salido este y este otro actor que les sonaba tanto, y, al final, se olvidaban de la película porque se quedaban charlando hasta la madrugada. O la de Verónica, flis-flis en mano, cuidando sus plantitas. O la de Carla bajando del autobús que la trajo aquel día desde Alicante. Qué curioso. Blanca miró de nuevo a sus amigas.

—El noventa por ciento —afirmó de manera enfática—. Recordaré el noventa por ciento de todo.

Aquel día Blanca se levantó de la cama, se duchó, se vistió y salió a la fresca junto con Verónica, Inma y Carla. La fiebre le había bajado, aunque se sentía demasiado débil todavía. Verónica, Inma y Carla estaban sentados en unas sillas de plástico, con la vista fija en la carretera, cuando Blanca se aproximó a ellos.

—Rojo —dijo Verónica.

—Blanco —dijo Inma.

—Uno de esos que llevan cerdos al matadero —dijo Carla.

—¿Qué hacéis? —preguntó Blanca. El grupo entero la miró y le sonrió. Por fin había salido de su cama, de su cuarto, de su mutismo, de su encierro. Verónica se levantó del asiento y buscó otra silla para su amiga.

—Jugamos a adivinar cuál será el siguiente camión que pase por la carretera —le explicó Verónica sentándose a su lado.

—Ah. —Blanca se acomodó en el asiento—. ¿Y quién va ganando?

—Yo, como siempre —respondió Inma.

—Inma siempre dice blanco —le explicó Verónica—. Tienes muchas más posibilidades de ganar si siempre dices blanco.

—Pues di tú blanco, Verónica —le propuso Inma.

—En esta vida hay que asumir algún riesgo de vez en cuando, Inma —respondió él, y las chicas se rieron.

—Voy a eliminar el blog —dijo Blanca súbitamente—. Creo que es lo que toca. —Vio como el grupo entero asentía—. ¿Os parece bien?

—Nos parece que es lo que toca —contestó Verónica.

Blanca se levantó de su asiento y fue hacia la recepción de aquel pequeño motel. Pagó cinco euros a cambio de usar el ordenador y eliminó *Espíritu y sentimiento.* Cuando hizo clic, no sintió nada más que alivio. Atrás quedaban los vídeos, las fotografías y los textos que escribió. Atrás quedaba ese centenar de comentarios anónimos a los que Blanca había dado tanto espacio en sus pensamientos, creyendo que un enorme grupo de gente desconocida conseguiría llenarla de todo lo que le había faltado. Atrás quedaba la idea de hacer algo grande y algo bueno. Atrás quedaba también la necesidad de aprobación, de cariño, de alabanzas y devociones que habían hecho que se olvidase de sí misma. Atrás quedaban la causa y los Sentimentalistas. Atrás quedaba la todopoderosa figura de Blanca la Milagrosa, la criatura hecha de rabia y fuego. Y allí mismo, cuando la pantalla se fundió a negro al agotarse la media hora de uso del ordenador, tan solo estaba su reflejo.

Blanca salió de nuevo al exterior y el día le pareció, de pronto, más luminoso. Se sentó en su silla, al lado de Verónica, y tomó la mano de su amigo.

—Creo que ya estoy preparada —le dijo, casi en un susurro que solo oyeron ellos dos, y Verónica, por toda respuesta, le dio un apretón de manos—. Pero siempre voy a estar, quiero que lo sepas.

Blanca desvió la mirada a la carretera. Verónica apretó su mano con más fuerza, como si tuviera miedo de soltarla.

—¿Cuál es tu apuesta, Blanca? —preguntó Inma, ajena

por completo a la promesa que le acababa de hacer a Verónica. Blanca se quedó pensativa unos instantes.

—Uno de esos camiones que llevan piscinas vacías —indicó.

—Eso, amiguita, es altamente improbable —le respondió Inma.

—Ya lo veréis —dijo Blanca.

El grupo entero calló cuando oyó a lo lejos el ruido del motor de un camión aproximándose y se concentró con la vista fija en la carretera. Debía de estar a poco menos de dos minutos, después a uno, después a tan solo unos segundos de distancia. Blanca apretó con fuerza la mano de Verónica. Inma y Carla también tomaron sus manos. El camión cruzó por delante de ellos, levantando la polvareda acumulada por ese camino por el que apenas pasaba nadie. Verónica y las chicas se echaron a reír. El camión era de color blanco.

XIII

La carretera que llevaba hasta Rodalquilar serpenteaba entre montañas que parecían hechas de arena de playa. Blanca, desde el asiento trasero del coche, pegó la frente al frío cristal de la ventanilla y observó el escenario que se abría ante sus ojos con la curiosidad de quien espera que la tierra le cuente un secreto. El árido panorama almeriense parecía comulgar con su delicado estado anímico, una maraña de expectación y esperanza, de inquietud y preocupación. Blanca, sin embargo, ya no tenía miedo. Y a la chiquilla le resultaba paradójico que hubiese sido precisamente su madre quien le hubiera enseñado a través de la tinta que era posible sentir tantas emociones y tan contradictorias al mismo tiempo, como el amor y también el rencor por alguien que te ha herido. O el querer estar y a la vez marcharse de un mismo lugar.

El paisaje parecía devolverle su atenta mirada con complicidad, como si también la hubiera estado esperando desde hacía un tiempo. Todo en él, desde las impresionantes cárcavas surcadas en las montañas hasta las ramblas que se teñían del ocre amarillento al más anaranjado, era para Blanca el reflejo de las erosiones invisibles que también habían dejado huella en su paisaje interior. Si se paraba a pensarlo, resultaba asombroso que aquellas vistas que tenía delante hubieran emergido hacía millones de años como resultado de una serie de violentas erupciones volcánicas. Aquel risco afilado que dejaban atrás, en perpetua caída hacia uno de los mares más azules que había visto en su vida, o esas lenguas de tierra y arena que lamían el agua, habían surgido de la lava y la ceniza. Todos éramos también fruto de accidentes que terminaban marcando nuestra geografía personal, pensó. De casualidades y suertes, de encontronazos, tropiezos, equivocaciones y malas decisiones, de caminos que se cruzan y de huidas hacia delante, sin mirar atrás. Y al final de todo aquello, del fuego y la rabia, de la lava y las cenizas, estábamos nosotros, mejor o peor acabados, más o menos en pie. Alguien, puede que fuera Verónica, explicó que había leído que en Rodalquilar existía una vieja mina de oro, ahora abandonada, pero que a principios del siglo pasado había generado riqueza en toda la región y atraído a una serie de profesionales, pero también a muchos artistas en busca de inspiración, hacia aquel punto olvidado del mapa. Puede que fuese Inma, sí, seguramente fue ella, quien habló del crimen sucedido en el viejo Cortijo del Fraile, un lugar maldito en el que una madrugada, hace muchos años, un hombre mató a la mujer con la que se iba a casar la noche antes de su boda al descubrir que pretendía huir con un amante. ¿Fue Carla? Quizás fue ella la que contó que Federico García Lorca había leído sobre dicho suceso en un periódico local, y que aquel crimen de oscuras pasiones le había inspirado tanto que lo convirtió en la tragedia conocida como *Bodas de sangre*.

Blanca escuchaba a unos y a otros con la mirada puesta en el panorama de fuera, pensando en eso que le dijo su madre en una nota. Ser diferente, sí, no es malo, tan solo es diferente. Esas tres personas eran la prueba más clara. Dos chicas góticas obsesionadas con los crímenes y un hombre tullido con una enciclopedia en la cabeza.

Ser así, pensó Blanca, y buscar de manera ansiosa a otras personas que también fueran así, era lo que los había conducido a iniciar aquel viaje, empalmando una historia tras otra, llenando la parte de atrás del coche de los cuentos que creían que Blanca necesitaba escuchar para distraerse de todo lo demás. Conforme aquel colosal paisaje milenario se sucedía ante ella, y el interior del vehículo se iba llenando de más y más historias, ella se sintió más y más chiquitita y más y más insignificante, al darse cuenta de que poco o nada importaba quién fuera o lo que hubiera hecho hasta entonces si al final nos convertiríamos en la historia que alguien le cuenta a otro durante un largo viaje en coche. Tan solo una más de tantas. Blanca se sintió en comunión con todas aquellas historias del pasado que sus amigos narraban para llenar el silencio y el espacio, al descubrirse a sí misma recorriendo el mismo sendero que tantos otros recorrieran antes, todos ellos buscando encontrar también alguna cosa. Oro y gloria, algunos. La posibilidad de una vida mejor, una vía de escape o el amor verdadero. Quién sabe si ellos llegaron a encontrar lo que tanto anhelaron. Inma apretó la mano de su amiga cuando un desgastado cartel en la carretera anunció que estaban llegando a Rodalquilar. Blanca se llevó la mano al pecho para notar el latido de su corazón y recordarse que, pese a todo, estaba viva. Esa era la única certeza, la de que su corazón seguía latiendo.

—¿Qué pasa si todo sale mal? —se atrevió a preguntar Blanca en voz alta.

—Nada —dijo Carla girándose desde el asiento del copiloto para mirar a Blanca a los ojos—. Absolutamente nada, tu vida seguirá igual que hasta ahora.

—Espero que algo mejor —expresó ella, casi como un deseo.

—Será mejor —dijo Inma, con una seguridad que resultaba contagiosa—. Porque tendrás respuestas.

—Y porque nosotros estaremos aquí —añadió Verónica dedicándole una cálida mirada desde el espejo retrovisor—. Si sale todo mal, que no va a salir, nosotros estaremos aquí.

Aparcaron el coche en un solar de tierra a la entrada del pueblo y disfrutaron de unos instantes de contemplación desde dentro del vehículo antes de salir. Rodalquilar se situaba en un hermoso valle rodeado de montañas. Un enclave idílico con pequeñas casas, ninguna de ellas superaba las dos alturas, que sus habitantes habían teñido de color blanco. No se veía un alma por allí. Una placita principal daba el recibimiento a una calle sin asfaltar que parecía consistir en el centro neurálgico del lugar. Todos tuvieron la sensación de encontrarse dentro de un *western* en el que todo funcionaba en una sola dirección. Aquí, donde se situaban, estaba la entrada. Un poco más allá, la salida. Entremedias, unos ultramarinos, una tienda de *souvenirs* cerrada por estar fuera de temporada y un par de barecitos eran las principales atracciones del sitio. Blanca pensó en el lugar en el que había crecido, su barrio, con sus comercios y supermercados, sus farolas amarillas y parpadeantes, sus bares llenos de escandalosos borrachines y sus vecinas siempre arriba y abajo con sus carros de la compra llenos hasta el borde, especialmente a primeros de cada mes. Todos ellos, hombres y mujeres, y los hijos de estos hombres y mujeres, conviviendo sin saberlo. Hacinados en edificios con paredes de papel, en una especie de colmena vertebradora de la que era imposible mantenerse al margen o salirse, porque todo se sabía.

Blanca observó ahora el pueblo de casitas blancas y montañas, respiró hondo, la invadió una sensación de extraña tranquilidad que ella ya definía como la tranquilidad del convento e imaginó que esa misma sensación fue la que tuvo que sentir su madre años atrás.

Inma apretó con su mano el brazo de Blanca y señaló una de las dos terrazas de aquel bar. Ahí estaba la mujer. Todos supieron al momento que era ella. Blanca, por motivos evidentes. Verónica, por las famosas botas negras de tacón de las que, aun pasados los años, parecía que se negaba a bajarse. Inma, por el evidente parecido entre la madre y la hija. Y Carla se fijó en la marca que debía de nacerle del pecho, pero le recorría hasta la clavícula en el lado del corazón, y que se anunciaba en el cuello de su fino jersey de otoño. La madre estaba sentada en una terraza al sol frío de la mañana, un café cortado sobre la mesa, un libro en las manos y un cigarrillo a la espera en el cenicero. Levantó la vista de lo que estuviera leyendo, como si hubiese sentido su llegada. Desde que envió aquel diario, así pasaba los días. La madre se puso en pie de inmediato, la mano haciéndole de visera, para contemplar a los cuatro forasteros a poco más de veinte metros. Tres de ellos quedaron rezagados cuando fueron conscientes de que esa niña alta y espigada ya no era tan niña, y parecía lo suficientemente capaz de pedalear sin ruedines y sin una mano sobre la espalda. En cuanto la madre reconoció a Blanca, se acercó a rápidas y urgentes zancadas hasta quedar frente a su niña perdida, poniendo ambas manos sobre su rubia cabecita, sin decir nada.

Porque ¿qué se dice después de tanto tiempo? Lo cierto es que nada se dice, al menos al principio, porque la piel lo hace todo. Los cuerpos se aproximan, se tocan, se aprietan y finalmente se abrazan hasta que falta la respiración. Las manos acarician el cabello, el rostro, los brazos, el torso y la cintura para reconocer y conservar en su memoria eso que tienen ahora delante. Los ojos escrutan cada nuevo detalle, cada sutil cambio, con atención; las arrugas de la frente y los surcos que han marcado la piel de la madre con el paso de los años, los pómulos afilados y esos labios tintados de rojo que denotan que la hija dejó la infancia atrás hace dos o tres veranos. Y esos mismos ojos se llenan de lágrimas ante lo viejo conocido y reconocido: el particular gesto con el que una boca concreta anuncia una sonrisa, los tres lunares que marcan el moflete como una constelación, las notas del perfume que vuelven a llenarlo todo de recuerdos, el sonido desbordante de aquella risa que, de pronto, estalla de alegría. Y todo eso sucede a la vez y se repite como en una coreografía donde domina el cuerpo sobre la mente. Donde lo que más importa son los sentidos y lo que estos sentidos nos cuentan y nos dicen. Lo que vemos, tocamos, olemos y oímos. Y no hay más que eso.

—No sabía si aparecerías por aquí —dice una.

—No sabía si querías que apareciera por aquí —responde la otra.

Resulta que las cosas suelen tener una explicación más sencilla de la que imaginamos, pero las explicaciones se producirían después, en todo caso. La hija, ya sabemos, tardó en llegar porque, entre una cosa y la otra, que ya le contaría con más detalle, había montado una secta casi sin quererlo, y porque tenía miedo de que nadie la esperase. Pero también, debía reconocerlo, porque, por el camino, se había sentido menos sola en el mundo. Blanca, al final de aquel viaje y ya en los brazos de su madre, descubrió que sí había encontrado lo que tanto anheló. Ahí estaban, de hecho, apoyados en el murete de la casa, esperando a que Blanca volteara la cabeza e hiciera un gesto que los invitase a quedarse o a marcharse, un hombre tullido y dos chicas góticas. Su otra familia.

EPÍLOGO

El segundo hospital más grande de Sheffield está acaparando en los últimos dos años una gran atención mediática, después de llevar cinco recibiendo el interés de la comunidad médica y también científica. Ellos hacía tiempo que hablaban del «enigma Semmelweis» para tratar de dar con la aparentemente inexplicable razón detrás de que este hospital del condado de Yorkshire del Sur tenga el índice de mortalidad más bajo de toda Inglaterra y sin llegar a una conclusión más firme que la de pensar que aquello que se les escapa debía de ser algo tan simple que, con toda probabilidad, estaría a la vista de todos, como el lavarse las manos. De ahí lo de Semmelweis.

Ignaz Philipp Semmelweis fue un médico cirujano y obstetra húngaro que, en 1847, aconsejó a sus compañeros del ala de maternidad del Hospital General de Viena, donde ejercía su profesión, que se lavaran las manos antes de atender a sus pacientes. Lo hizo después de preguntarse qué diantres sucedía en aquel hospital para que en una de sus áreas murieran muchísimas mujeres, y en otra, muy pocas.

Resulta que dentro del ala dedicada a la maternidad existían dos clínicas: la Clínica Primera, donde practicaban los estudiantes que aspiraban a dedicarse a la medicina, y la Clínica Segunda, donde trabajaban aquellas que querían ser exclusivamente matronas. La sepsis puerperal, también conocida como fiebre del parto, era, a mediados del siglo XIX, la causa de la muerte de entre un 10 y un 35 por ciento de las parturientas, y en el mismo Hospital General de Viena podía observarse esta misma variable. En la Clínica Primera, la tasa de mortalidad pasaba de un amplio 10 por ciento mientras que, en la Clínica Segunda, apenas alcanzaba el 4 por ciento. Este hecho era tan conocido, no solo en los pasillos del hospital, sino también fuera de este, que las mujeres a punto de dar a luz preferían apretar con fuerza sus esfínteres antes de ser admitidas en la Clínica Primera, donde las probabilidades de salir dentro de una cajita de pino eran considerablemente mayores.

Semmelweis descubrió que los estudiantes de la Clínica Primera no solo trataban con embarazadas, sino con enfermos de todo tipo, y que una parte fundamental de su aprendizaje consistía en realizar autopsias a cadáveres. Las de la Segunda Clínica, sin embargo, no realizaban autopsia alguna, y rara vez estaban en contacto con los muertos, a quienes permitían descansar en paz. El médico pensó que debía de existir una conexión entre la fiebre puerperal y la contaminación cadavérica, y que esa conexión tenía que ver con los residuos que los aprendices de la Clínica Primera se traían en las manos después de toquetear en el más acá a los del más allá.

Tras años de investigación, el húngaro demostró eficazmente que lavarse las manos con una solución de cal clorada disminuía de forma drástica el número de muertes hasta el 1 por ciento, pero no podía ofrecer una explicación razonable ante este hecho, lo que para él supuso el principio del fin.

A pesar de sus descubrimientos, la comunidad médica no se tomó en serio a Semmelweis. Más bien, sus colegas entendieron su sugerencia como un ataque frontal y directo en el que el doctor húngaro los responsabilizaba de las muertes de sus propias pacientes, ya que siempre habían considerado la fiebre del parto como una enfermedad contagiosa que las pobres parturientas se pasaban entre ellas.

A pesar de que Semmelweis aplicó su método, con buenos y prometedores resultados, en todos los hospitales donde continuó trabajando, su nombre quedó denostado entre sus iguales y, tras recibir una serie de críticas desfavorables, el húngaro cayó en una profunda depresión, sufrió graves problemas nerviosos y comenzó a presentar fallos en su memoria. En 1865 fue internado en una clínica para enfermos mentales, donde murió al cabo de tan solo dos semanas, sin llegar a conocer que años más tarde el químico y microbiólogo francés Louis Pasteur ofrecería la explicación teórica que le faltó a su descubrimiento para ser ampliamente reconocido: la teoría de los gérmenes como causantes de enfermedades. Y hoy en día no existe médico al que se le pase por la cabeza entrar en un quirófano sin antes lavarse de manera correcta las manos.

La comunidad médica y científica actual estaba convencida de que algo similar sucedía en Sheffield y, al denominarlo «enigma Semmelweis», sin darse cuenta le habían otorgado un nombre lo suficientemente llamativo como para protagonizar unos cuantos titulares de las noticias.

De modo que ahí estaban de nuevo los trabajadores de aquel hospital, en la portada de un periódico local, posando orgullosos tras conocerse de nuevo el dato de que, el año anterior, en sus plantas y quirófanos había muerto mucha menos gente que en otros hospitales.

La fotografía en blanco y negro mostraba a todo el equipo humano que conformaba el corazón de aquel lugar, que últimamente no daba abasto con tanto ingreso. En el centro de la estampa, la orgullosa dirección general, ajena a los pormenores del día a día, pero siempre dispuesta y disponible para posar ante los medios de comunicación y recibir a las más destacadas autoridades. Un escalón más abajo, los jefes del equipo médico en representación de todas las especialidades que se trataban en el centro, aquellos que con más asiduidad escuchaban cada día la palabra *héroes.* No olvidaron en el periódico a todo aquel equipo que, aunque no suela llevarse el mayor reconocimiento, siempre es necesario para el funcionamiento del hospital. Estos eran los camilleros y celadores, los paramédicos, pero también el indispensable personal administrativo, los cocineros y camareros, los chóferes de las ambulancias y el fundamental equipo de limpieza.

Y en una esquina, abajo a la izquierda, una representación del equipo de enfermeras, a quienes, en el momento en el que la cámara hizo clic, les entró un ataque de risa por lo que fuera. Quien más se ríe de todas es la muchacha en el extremo de la fotografía, con el cabello rubio alborotado a causa del viento, los ojos cerrados y la boca muy abierta. Se parte toda ella.

No es su mejor foto, todo sea dicho, pero ahí está, a la vista de todos, la chica a la que un día llamaron Blanca la Milagrosa.

AGRADECIMIENTOS

Quiero dar las gracias, con gran efusividad y mucho aspaviento, a mis seres queridos.

A mi familia de sangre y, sobre todo, a mis amigos, mi otra familia: por no echarme nada en cara pese a todos los planes cancelados, las ausencias injustificadas, las excusas de última hora, las despedidas tempranas y las largas que os di durante los meses en los que me encerré a escribir estas páginas. Os quiero mucho.